AVIS DE DÉCÈS

Zhou Haohui

AVIS DE DÉCÈS

Traduction du chinois établie à partir de la version anglaise
par Hubert Tézenas

SONATINE ÉDITIONS

Directeur de collection : Arnaud Hofmarcher
Coordination éditoriale : Marie Misandeau
et Pierre Delacolonge

Titre original : *Si wang tong zhi dan: an hei zhe*
Éditeur original : Beijing Times Chinese Press, Beijing

Sonatine Éditions
32, rue Washington
75008 Paris
lisezsonatine.com

Ouvrage réalisé par Cursives à Paris

ISBN 978-2-35584-751-6
N° d'édition : 751 – Dépôt légal : juin 2019

Effectif de la cellule interservices 18/04

CAPITAINE HAN HAO – police criminelle de Chengdu, chef de la cellule 18/04 réactivée
AGENT YIN JIAN – police criminelle de Chengdu, assistant du capitaine Han
CAPITAINE PEI TAO – police criminelle de Longzhou
CAPITAINE XIONG YUAN – unité de police spécialisée (UPS) de Chengdu
AGENT LIU SONG – UPS de Chengdu
MU JIANYUN – psychologue, maître de conférences à l'académie de police du Sichuan
AGENT ZENG RIHUA – police criminelle de Chengdu, directeur technique des services de surveillance numérique
SERGENT ZHENG HAOMING – police criminelle de Chengdu, membre de la première cellule interservices 18/04

PROLOGUE

Ne te souviens-tu pas de moi, élève 8102 ?

Une fois l'ouverture terminée, le premier acte doit commencer.

Et l'ouverture remonte à bien trop longtemps… Mais le jour est enfin venu.

J'ai du mal à contenir mon excitation quand je pense au bal splendide qui s'annonce. Veux-tu danser avec moi, mon vieil ami ? Je sais que tu n'as que trop attendu.

Je te vois lisant cette lettre. Tu frissonnes d'expectative, n'est-ce pas ? Ton sang bouillonne, et une pression irrésistible enfle en toi. C'est pareil pour moi.

Je sens l'odeur de ton impatience. De ta colère. Et même de ta peur.

Dépêche-toi. Je t'attends.

1
Une tempête imminente

19 octobre 2002, 15 h 45
Chengdu, Province du Sichuan

L'air avait fraîchi dès le mois de septembre, pendant les célébrations de la fête de la Lune, et le froid n'avait fait qu'empirer au fil des semaines. Depuis quelques jours, il pleuvait constamment et les températures étaient en chute libre. Un vent glacial et chargé de brume balayait en hurlant les gratte-ciel et les avenues de la ville. Chengdu débordait en général d'activité le samedi après-midi, mais ce temps sinistre avait vidé la capitale provinciale de son énergie caractéristique.

Zheng Haoming sauta du taxi, oubliant complètement son parapluie, laissé sur le plancher du véhicule. Il courut jusqu'au trottoir et disparut derrière une porte vitrée barrée des mots « SKYLINE CYBERCAFÉ ».

Contrairement aux rues, la salle grouillait de monde. Le Skyline bénéficiait d'un afflux de clients à peu près permanent, car il était situé à distance de marche de plusieurs universités. Son propriétaire se tenait derrière le comptoir, flanqué de deux employés d'une vingtaine d'années. Son dernier contrôle de caisse ayant révélé un déficit inexplicable, cet homme rondouillard et rougeaud était déterminé à surveiller personnellement toutes les transactions à venir tant qu'il n'aurait pas visionné l'ensemble des images de vidéosurveillance du mois. Il haussa un sourcil en voyant débarquer Zheng. Les clients de cet âge étaient rares.

Les vêtements de Zheng dégoulinaient. Ses cheveux étaient trempés et en paquets. Il posa sa serviette sur le comptoir, l'ouvrit, tira un bout de papier d'une de ses poches et le tendit au propriétaire.

« Regardez ce numéro, ordonna-t-il d'une voix rauque, qui trahissait une pointe de fatigue. Et dites-moi à quel ordinateur il correspond. »

Le propriétaire reconnut immédiatement l'adresse IP d'un de ses PC. Pourtant, il considéra le chapelet de chiffres d'un œil indifférent.

« Pourquoi est-ce que je ferais ça ? répondit-il avec dédain.

– Taisez-vous et obéissez ! »

Le propriétaire se raidit sous le regard incandescent de Zheng. L'éclat de voix fit également sursauter la jeune administratrice réseau assise à ses côtés, dont les yeux noirs et luisants pivotèrent aussitôt vers la source du tapage. Son patron était clairement offensé, et l'inconnu semblait à deux doigts de perdre son sang-froid. Zheng sortit ce qui ressemblait à un portefeuille, l'ouvrit et l'abattit sur le comptoir.

« Police ! » aboya-t-il.

Le propriétaire, surpris, baissa les yeux sur l'écusson rouge, bleu et or du rabat supérieur. Dessous, protégée par un film plastique transparent, une carte de police montrait une photo de l'homme qui lui faisait face, son nom et son grade. Il avala bruyamment sa salive et passa le bout de papier à son employée.

« Lin, vérifiez-moi ça pour le sergent Zheng. »

La fille fit apparaître une liste d'adresses IP sur son écran de contrôle.

« Deuxième rangée, dit-elle au bout de quelques secondes. Sixième poste en partant de la gauche. »

Zheng glissa un coup d'œil en direction du jeune homme assis devant l'ordinateur en question. Il semblait avoir une vingtaine d'années et avait les cheveux teints en rouge.

« Il est dessus depuis combien de temps ?

– Depuis midi. Ça fait à peu près cinq heures. »

Zheng sortit un appareil photo numérique de sa serviette. Il l'orienta vers le client aux cheveux rouges et appuya une dizaine de fois de suite sur le déclencheur. Le jeune homme était tellement absorbé par son monde virtuel qu'il ne remarqua même pas ce nouveau venu qui le mitraillait dans le brouhaha du cybercafé.

L'appareil photo émit un bip. Le policier l'examina et s'aperçut que la carte mémoire était pleine.

Il poussa un discret soupir de soulagement, comme s'il arrivait enfin au bout d'une tâche importante. En deux semaines, il avait visité tous les cybercafés de la ville et pris plus de trois cents photos de clients. Pourtant, à ce stade, il était incapable de dire si ses efforts aboutiraient à un résultat quelconque.

Allez, va le voir, pensa Zheng. *Ça fait dix-huit ans. Il serait temps.*

Il regagna la rue et partit en pataugeant vers sa nouvelle destination sur le trottoir inondé de pluie. Le vent lui griffait les joues, et il releva au maximum le col de son blouson léger. Une bouffée de vapeur odorante, échappée d'un restaurant de raviolis voisin, l'enveloppa brièvement, offrant un contraste bienvenu.

Pour la première fois, il mesura à quel point les rues du centre de Chengdu étaient désertes depuis quelques semaines. Il se sentait exposé. Vulnérable. C'était une impression aussi inédite que perturbante. Quelques gouttelettes de pluie froide atterrirent dans son cou, et il essaya, sans succès, de réprimer un frisson.

Je t'attends.

Ces mots lui avaient glacé le sang. Dix-huit ans plus tôt, Zheng Haoming s'était cru tiré de ce cauchemar. Mais avait-il seulement pris fin ?

22 h 17

Un réverbère, à l'entrée nord du quartier, éclairait une brèche large de trois mètres entre deux murs en ciment. Zheng avait d'abord tenté sa chance à l'entrée est, dont le portail rouillé ne s'ouvrait plus, contrairement à celui-ci. Il braqua sa torche vers le mur de gauche et vit trois idéogrammes gravés dans le ciment.

« *Meiyuan Cun* », murmura-t-il dans sa barbe.

Le Village des pruniers. Voilà qui sonnait bien, mais Zheng, ayant grandi à Chengdu, connaissait cet endroit sous un autre nom en dialecte du Sichuan : *Touyoupo Cao*. Le Nid de cafards.

Après deux minutes de navigation dans le lacis de ruelles, Zheng eut l'impression d'être un rat dans un labyrinthe. Des masures de plain-pied le cernaient de partout. Une lueur blafarde dégoulinait des réverbères vétustes, et l'air empestait le moisi.

Il pleuvait toujours. Une flaque de boue luisait sur le bitume. Un égout débordé, peut-être. Ou du vomi ? S'efforçant de faire abstraction de la saleté ambiante, Zheng se dirigea vers une masure. Il vérifia l'adresse et frappa trois fois contre la porte en bois.

« Qui est là ? »

La voix échappée de l'intérieur, rauque et sourde, lui hérissa le poil. Après avoir étudié ses possibilités, Zheng opta pour une approche frontale.

« Police. »

Il entendit des pas. Quelques secondes plus tard, la porte s'ouvrit. Dans la pénombre, une silhouette inquiétante apparut.

Le policier avait beau s'être préparé à ce moment, il ne put retenir une grimace de dégoût. L'homme planté devant lui ressemblait à une gargouille humaine. Et le manque de lumière n'arrangeait rien.

Des cicatrices couleur de boue labouraient son crâne chauve. Zheng étudia sa trogne parcheminée sans trouver une seule zone de peau intacte. Ses yeux étaient de travers, et il lui manquait un gros morceau de nez. Sa lèvre supérieure, fendue en son centre, lui donnait l'aspect d'un lapin.

Zheng inspira profondément.

« Huang Shaoping », dit-il.

Après avoir tressailli, l'homme défiguré scruta son visiteur.

« Et vous, vous êtes… le sergent Zheng ? » demanda-t-il d'une voix grinçante, qui fit surgir une image de scie usée dans l'esprit du policier.

Zheng haussa un sourcil.

« Vous vous souvenez encore de moi après toutes ces années ?

– Comment pourrais-je vous oublier ? marmonna Huang.

– J'ai des photos à vous montrer, dit Zheng en sortant son appareil avec un frisson d'excitation. Des photos récentes. »

Ses mains tremblaient si fort qu'il faillit lâcher le boîtier. Il préféra le rempocher.

« Je ne vous ai pas oublié non plus, vous savez. Pas une seule seconde !

– Entrez. »

Huang marchait à l'aide d'une canne. Pendant qu'il faisait péniblement demi-tour, Zheng vit à quel point le temps l'avait maltraité. Son dos était voûté à l'extrême, ses jambes tordues comme des branches brûlées. Il vivait dans un logement minuscule, pas plus de dix mètres carrés. À côté de l'entrée, un coin cuisine délimité par un bout de cloison ; en jetant un coup d'œil à l'intérieur, Zheng vit une casserole sale sur un réchaud. Puis il s'avança dans la pièce principale, et une toile d'araignée lui caressa la joue. Le mobilier se résumait à un lit, une table et quelques chaises. C'était un lieu sans vie, en dehors du flot braillard d'actualités qui se déversait d'un téléviseur vieillot, posé sur une pile de palettes jaunies.

Zheng fut pris de pitié. Huang n'aurait jamais dû tomber aussi bas. Certes, il n'avait jamais vécu dans le luxe, mais sans cet ignoble crime survenu dix-huit ans plus tôt, il aurait pu continuer à sortir dans la rue sans attirer ni les regards ni les murmures.

Après avoir indiqué une chaise à son visiteur et s'être lui-même assis au bord du lit, Huang coupa court aux cérémonies.

« Je ne comprends pas, dit-il. Ça fait si longtemps… Je n'ai plus entendu parler de rien.

– Peut-être, mais je n'ai jamais cessé de chercher. Je pense qu'il est de retour. »

Zheng sortit à nouveau son appareil et fit apparaître les images de la galerie.

« Tenez. À vous de me dire si quelqu'un vous rappelle quelque chose. »

Huang se pencha sur l'écran et regarda quelques photos. « Ils sont tous tellement jeunes ! »

Il releva la tête avant d'ajouter :

« C'était il y a dix-huit ans. La plupart de ces gosses n'étaient même pas nés.

– S'il vous plaît, regardez encore, insista Zheng. Cela fait des années que j'attendais une piste de ce genre. Il n'est pas question que je la laisse filer. Je suis prêt à remuer ciel et terre. Même si aucun d'eux n'est la personne que vous avez vue il y a dix-huit ans, vous pourriez avoir un déclic. Allez, concentrez-vous. Si vous avez le moindre soupçon, surtout ne l'ignorez pas ! »

L'infirme gratifia Zheng d'un coup d'œil dubitatif, mais, apparemment convaincu, se remit à faire défiler les images, en s'arrêtant plusieurs secondes sur chacune. Arrivé à la dernière, il secoua la tête.

« C'est tout ce que vous avez ? Qui sont ces gens, au fait ? »

Zheng s'abstint de répondre. Si aucun d'eux n'était la bonne personne, pourquoi auraient-ils rappelé quelque chose à Huang Shaoping ? Sa demande n'avait rien de simple. Elle confinait même à l'absurde. Il rangea son appareil. Huang ne savait rien. Il n'avait joué qu'un rôle de victime dans cette tragédie vieille de dix-huit ans.

Comme s'il lisait dans ses pensées, Huang ricana. Zheng eut du mal à deviner de qui il se moquait. Sa lèvre fendue se retroussa vers son nez, découvrant une rangée de dents blanches comme de l'ivoire.

Zheng grimaça.

« Un médecin devrait pouvoir vous arranger ça, non ? »

Il regretta ses paroles sitôt qu'elles eurent quitté sa bouche.

« Oh, je devrais peut-être passer un coup de fil à mon chirurgien esthétique, c'est ça ? »

Huang éclata de rire, mais on aurait plutôt cru qu'il s'étranglait.

« Regardez autour de vous, poursuivit-il. J'ai déjà de la chance d'avoir réussi à tenir jusqu'ici avec mes allocations et la ferraille que je revends. Je suis un pauvre vieux bonhomme, laissez-moi mourir en paix.

– Vous avez vu les photos, répliqua Zheng sans ménagement. Rappelez-moi sans faute si vous repensez à quoi que ce soit. Je reviendrai peut-être vous poser des questions bientôt. »

Huang s'appuya sur sa canne pour se lever du lit. Sa déception était visible. Il n'y avait rien à ajouter.

Deux jours plus tard : 21 octobre, 10 h 52
Siège de la police criminelle de Chengdu

La tension qui emplissait le bureau du capitaine Han Hao était suffocante. Han abattit son poing sur la table en chêne verni et se leva de son fauteuil. Les muscles de ses épaules roulèrent sous sa chemise bleue d'uniforme impeccablement repassée.

« Dites-moi tout ! » rugit-il.

Son assistant, Yin Jian, était assis face à lui. Yin, qui n'avait rien d'un géant, se sentit carrément minuscule sous le regard furieux du capitaine.

« Nous… nous venons de recevoir un appel du commissariat de Nancheng, répondit-il. Le sergent Zheng Haoming a été assassiné.

– Donnez-moi des détails ! »

La joue de Han tremblait de colère. Son éclat de voix fit courir des frissons sur l'échine de son subordonné.

« Il y a dix minutes, on leur a signalé un homicide par téléphone. Les premiers agents sont arrivés sur place cinq minutes plus tard. Ils se sont aperçus que la victime était l'un de nos collègues et nous ont aussitôt alertés. C'est tout ce que je sais pour le moment. La collecte d'indices est encore en cours.

– On y va ! »

Han jeta une veste d'uniforme sur son épaule et quitta la pièce à grands pas.

Yin lui courut après.

« Et aussi, mon capitaine, la situation a quelque chose d'assez unique. L'homme qui leur a signalé l'homicide est un collègue.

– Du commissariat de Nancheng ?

– Non. Il s'est présenté comme le capitaine de la police de Longzhou.

– De Longzhou ? »

Han fronça les sourcils. Longzhou était un bled paumé, à au moins deux heures de route de Chengdu. Que venait faire le flic en chef d'une aussi petite ville sur son territoire ?

De toute façon, il n'avait pas de temps à perdre avec des questions futiles. Tout en marchant à grandes enjambées vers le parking du quartier général, le capitaine Han passa une série de coups de fil. Il donna rendez-vous sur les lieux du crime à son meilleur médecin légiste, à son expert numéro un de l'investigation criminelle et à son équipe de recherche la plus compétente.

La nouvelle de la mort du sergent Zheng créait déjà une onde de choc dans tous les services de la police de Chengdu. Le meurtre d'un policier provoquait toujours un traumatisme, mais Zheng Haoming était une légende.

Il venait de mourir à l'âge de quarante-huit ans, après un quart de siècle de bons et loyaux services au sein des forces de sécurité de Chengdu. Ses talents d'enquêteur s'étaient révélés dès le début de sa carrière. Même s'il n'avait jamais obtenu le diplôme de l'académie de police requis pour accéder au rang d'officier de la brigade criminelle – ce qui l'avait empêché d'être promu au-delà du grade de sergent –, Zheng était une icône aux yeux de ses collègues. Certes, depuis quelques années, il passait plus de temps qu'auparavant assis derrière son bureau, mais le QG regorgeait encore d'officiers dont il avait été le mentor. L'irascible capitaine Han lui-même tendait à s'adoucir en sa présence.

Son meurtre était un coup de poignard pour tous les flics de la ville. Et en particulier pour Han, qui se sentait touché en plein cœur.

À peine assis dans la voiture de patrouille, il se tourna vers l'agent au volant.

« Foncez ! »

Le bleu et le blanc de la carrosserie se brouillèrent quand le véhicule s'élança sur la route, sirène hurlante.

Deux ans plus tôt, Zheng avait installé sa famille dans un immeuble neuf, loin de l'agitation du centre de Chengdu. Lui-même avait cependant conservé son ancien logement de fonction et continuait d'y dormir chaque fois que son service se prolongeait tard le soir, ce qui lui permettait à la fois de rester en contact étroit avec ses collègues et d'éviter de réveiller sa femme et sa fille. Il l'appelait son deuxième bureau.

Et c'était dans ce deuxième bureau que gisait à présent Zheng, à un jet de pierre du commissariat de Nancheng. Grâce à la semelle de plomb de son chauffeur, le capitaine Han y arriva en moins de dix minutes.

Zheng avait son pied-à-terre dans un ensemble vieillot et assez calme de petits immeubles de brique et de béton. Un jeune agent en uniforme était posté au bout de la rue. Han ouvrit sa portière et descendit avant même que la voiture soit à l'arrêt complet. Quelques secondes plus tard, il grimpait l'escalier quatre à quatre.

Sur le palier du deuxième, il aperçut deux autres agents en faction devant la porte de l'appartement. Tous deux reconnurent le capitaine de la police criminelle et le saluèrent avec déférence.

« Qu'est-ce que vous fichez dans le couloir, tous les deux ? leur lança-t-il, le visage fermé. Qu'est-ce qui se passe ? »

Les jeunes agents parurent embarrassés. L'un d'eux se gratta le crâne.

« Euh, ce n'est pas très clair. Il y a un inspecteur là-dedans, et il ne veut pas nous laisser entrer. Il nous a dit de monter la garde ici. »

Les agents expliquèrent qu'ils s'étaient précipités à l'adresse indiquée mais que l'homme qui avait donné l'alerte était déjà sur place. Tous deux avaient ouvert des yeux ronds quand il avait brandi un insigne de police et refusé de les laisser accéder à l'appartement. Faute de mieux, ils avaient contacté le QG pendant leur attente sur le palier.

Han serra les dents et, plantant là les agents, poussa la porte pour voir de lui-même ce qu'il en était.

Ce logement offrait un exemple parfait de primauté de la fonction sur la forme. La pièce de séjour, située sur la gauche, n'abritait qu'un canapé, une table basse en bois et un téléviseur éteint. Han fit un pas dans la cuisine, sur sa droite, et considéra distraitement les paquets de nouilles instantanées qui s'entassaient sur le plan de travail. L'odeur lui agressa les narines dès qu'il entra dans le séjour.

La pièce empestait le sang, en partie à cause d'une ventilation défectueuse. Zheng Haoming était au sol, sur le dos. À en juger par la flaque de sang accumulé sous sa nuque, il devait être mort depuis plusieurs heures. Un homme était accroupi près du cadavre, un genou à terre. Il examinait un tranchoir abandonné sur le sol.

« Vous êtes le type de Longzhou ? » demanda Han.

Yin Jian arriva dans l'appartement à ce moment-là et s'arrêta derrière son supérieur.

L'inconnu les gratifia l'un après l'autre d'un regard pénétrant. Il pouvait avoir une trentaine d'années, et un coupe-vent moulait son corps maigre.

Il leva la main gauche, paume tournée vers Han et Yin, en même temps qu'il retirait de la main droite un porte-insigne de sa poche intérieure. Il le lança en direction de Han, qui l'attrapa au vol.

« Capitaine Pei Tao, dit l'homme. De la police de Longzhou. »

Après un rapide coup d'œil à son nom et à son grade, Han passa le porte-insigne à Yin.

« Vous me vérifierez tout ça », ordonna-t-il.

Pei l'observa en plissant les yeux.

« Je suppose que vous êtes en charge de cette enquête ?

– Je vous présente le capitaine Han Hao, répondit Yin. De la police criminelle de Chengdu. »

Pei hocha la tête.

« Dans ce cas, je suis sûr que vous êtes déjà intervenus sur toutes sortes de scènes de crime comme celle-là, mais... faites quand même attention à ne contaminer aucun indice autour du corps. »

Han se rembrunit et congédia Yin d'un geste. Son assistant quitta la pièce avec une moue dépitée. Les membres de la police criminelle de Chengdu respectaient tous à la lettre une règle implicite : on ne contredisait jamais le capitaine Han.

Han pointa du doigt l'homme de Longzhou.

« On peut savoir ce que vous faites ici, capitaine Pei ? »

Pei parut se rendre compte que sa dernière remarque n'avait pas été bien perçue et se redressa prestement.

« J'étais venu voir le sergent pour raisons personnelles. Jamais je ne me serais douté qu'il...

– Dans ce cas, coupa sèchement Han, vous devez quitter les lieux immédiatement. Allez rejoindre mon assistant sur le palier. Il prendra votre déposition. »

Pei maintint les yeux rivés sur l'athlétique capitaine Han, qui soutint son regard avec une froideur d'acier. Des voix enflèrent dans le couloir ; quelques secondes plus tard, dans une floraison d'uniformes et de matériel, le médecin légiste et les techniciens de scène de crime franchirent à la queue leu leu le seuil de l'appartement.

« Sortez, commanda Han à Pei. Je ne veux pas que vous nous gêniez dans notre travail. »

L'homme de Longzhou s'éloigna du cadavre de Zheng mais s'arrêta devant Han.

« J'ai déjà découvert quelques indices. Nous pourrions peut-être confronter nos théories sur l'assassinat du sergent.

– Ne vous méprenez pas, capitaine Pei. En tant que témoin, puisque c'est vous qui avez découvert le corps, vous serez légalement obligé de coopérer avec nous dans le cadre de l'enquête. Mais ça, vous devez déjà le savoir. Je suis sûr que vous êtes déjà intervenu sur toutes sortes de scènes de crime comme celle-là. »

Une ombre de sourire ourla les lèvres de Han.

Yin passa la tête dans l'embrasure de la porte.

« Capitaine Pei, si vous voulez bien me suivre... »

Sa courtoisie contrastait agréablement avec l'attitude de Han. Pei saisit cette occasion de mettre fin à une situation tendue et quitta la pièce. Dès qu'il se fut éclipsé, Han commença son inspection de la scène de crime.

Yin entraîna l'officier de Longzhou à l'écart de l'entrée, dans une partie déserte du couloir. Son regard tomba sur la tache de sang grosse comme un poing qui s'épanouissait sur la cuisse gauche du pantalon de Pei.

« C'est la procédure standard, dit-il en sortant son carnet et son stylo. J'aimerais que vous me racontiez tout ce qui s'est passé à partir du moment où vous êtes arrivé ici. »

Un mugissement de sirènes s'engouffra par les fenêtres, et les deux hommes virent plusieurs véhicules de police se garer au pied de l'immeuble.

« Nous aurons tout le temps d'en parler, répondit Pei, balayant la demande de Yin d'un revers de main. Il y a plus urgent. Avez-vous autorité sur les agents qui sont en train d'arriver ? »

Yin secoua la tête.

« Pourquoi voudriez-vous qu'ils m'obéissent alors que le capitaine Han est là, derrière cette porte ?

– Dans ce cas, allez dire à votre capitaine qu'il doit lancer des recherches dans toute la ville dès que possible. Votre meurtrier est un homme mince, mesurant autour de 1,68 mètre. Sans doute blessé à la main par un instrument tranchant. Il est passé dans ce quartier entre 23 heures hier soir et 2 heures du matin aujourd'hui.

– Il est hors de question que le capitaine accepte ça, répliqua Yin, nerveux.

– Vous savez que j'ai raison. »

L'assistant sentit une fermeté et une assurance indéniables dans le ton de Pei. Il se força à sourire.

« J'ai bien peur que vous ne compreniez pas. La question n'est pas de savoir si je vous crois ou non. Ici, le capitaine Han décide et on exécute, pas l'inverse. »

Une ombre de fatigue passa sur les traits de l'homme de Longzhou.

« Bon. Mais notez bien tout ce que je vais vous dire. Je suis venu ici pour raisons personnelles. J'ai appelé le sergent Zheng à son bureau ce matin à 9 h 52. Ça ne répondait pas. J'ai eu un de ses collègues, qui m'a donné son numéro de mobile. Là encore, pas de réponse. J'ai réussi à joindre sa tante, qui m'a expliqué qu'il dormait souvent dans son ancien logement de fonction quand il travaillait tard. Je suis arrivé ici à 10 h 37.

« J'ai frappé. Personne n'a répondu, mais j'ai senti une forte odeur à l'intérieur. La porte n'était pas fermée à clé. Je l'ai ouverte, j'ai trouvé le corps et j'ai averti la police. Ensuite, j'ai mené mes propres investigations sur place. Les premiers agents se sont présentés à 10 h 49, dix minutes après mon coup de fil. Pour préserver l'intégrité de la scène de crime, je leur ai interdit d'entrer. À 11 h 05, votre capitaine et vous-même nous avez rejoints. »

Pei récita tout cela avec l'aisance d'un acteur maîtrisant son texte sur le bout du doigt.

« 9 h 52. Votre chronologie des faits est très… précise », observa Yin avec une suspicion palpable.

Le policier de Longzhou lui lança un regard exaspéré.

« Et elle est exacte. Vous pouvez me faire confiance. Ma montre est pile à l'heure. »

Yin relut les notes qu'il venait de jeter sur son carnet, puis leva à nouveau les yeux sur Pei.

« Vous connaissiez le sergent Zheng ? »

À sa grande surprise, Pei secoua la tête.

« Non.

– Dans ce cas, comment pouvez-vous dire que vous êtes venu le voir pour raisons personnelles ? »

Pei hésita.

« Je voulais lui parler d'une autre enquête. D'une enquête dont il était responsable.

– D'une enquête ? Alors c'était plutôt une visite de travail, non ? »

De longues secondes s'écoulèrent avant que Pei réponde, en parlant beaucoup plus lentement que jusque-là :

« D'une enquête qui remonte à dix-huit ans. À laquelle j'ai été mêlé. Avant d'entrer dans la police.

– C'est de l'histoire ancienne. Pourquoi avez-vous soudain eu envie d'exhumer le passé après toutes ces années ? Ah, revenons plutôt au présent. Décrivez-moi ce que vous avez découvert en arrivant ici.

– Je ne m'aventurerais pas à dire qu'il n'y a aucun lien entre les deux affaires, répondit Pei avec un léger tremblement dans la voix, en fixant Yin avec une intensité qui mit celui-ci mal à l'aise.

– On peut savoir sur quoi portait cette vieille enquête ? »

Pei sentit que son vis-à-vis était nerveux, ce qui risquait de le rendre imprévisible. Il essaya de se détendre en inspirant longuement.

« Depuis combien de temps êtes-vous dans la police, monsieur Yin ?

– Un peu moins de deux ans.

– Vous êtes passé par l'académie de police du Sichuan ?

– C'est ça. Section investigation criminelle. »

Pei sourit.

« Dans ce cas, nous sommes presque faits du même bois. J'en suis sorti en 1984. Dans la même section que vous. Wei enseigne toujours là-bas ?

– Et comment ! dit Yin, hochant la tête avec enthousiasme. Il m'a tout appris de la collecte d'indices.

– Wei et moi avons fait nos études là-bas ensemble, expliqua Pei en tapotant l'épaule de l'assistant. Vous pouvez parler de moi à n'importe lequel de leurs instructeurs de la vieille garde, ça m'étonnerait qu'ils m'aient oublié.

– Çà alors ! s'exclama Yin, sans chercher à cacher le sentiment de camaraderie qui commençait à s'installer en lui.

– Il n'y a donc pas à douter de ma sincérité, dit Pei, durcissant à nouveau son expression. Ai-je raison de penser que je peux vous faire confiance ? Car j'ai besoin de votre aide. »

Yin acquiesça sans hésiter. Le charisme de Pei était indéniable. Il venait de balayer les suspicions de ce jeune collègue en éveillant en lui un sentiment confraternel.

« Parfait, reprit-il en esquissant un sourire. Il est inutile que vous me bombardiez de questions sur cette vieille affaire. Du moins pour le moment. En attendant, j'en ai moi-même quelques-unes à vous poser. Le comportement du sergent Zheng a-t-il changé ces derniers jours ? A-t-il dit ou fait quoi que ce soit d'inhabituel ? »

Yin baissa les yeux sur ses chaussures.

« D'inhabituel ? Ces derniers jours, il a passé le plus clair de ses journées en dehors du QG, mais ça n'a rien d'étrange. Je suis sûr que vous aussi, vous passez énormément de temps sur le terrain.

– Il avait plusieurs enquêtes sur le feu ? »

Yin secoua la tête.

« Aucune. Je veux dire, Zheng n'était pas de toute première jeunesse. On ne lui confiait plus d'enquêtes depuis un bon moment. Non, il effectuait plutôt un travail d'analyse et de supervision. Ce qui ne l'empêchait pas d'être très occupé. Même sans mission spécifique à mener, il s'absentait souvent du QG. "Pour prendre le pouls de la ville", comme il disait. » Le regard de Yin s'éclaira tout à coup. « Ah, ça me revient ! Je crois qu'il consacrait l'essentiel de son temps, depuis deux semaines, à faire de la surveillance. »

Pei haussa les sourcils.

« D'où tenez-vous cette information ? Il vous parlait de son travail ?

– Non, le sergent préférait garder ces choses-là pour lui. Ce n'était pas quelqu'un de très sociable. Si j'ai l'impression qu'il faisait de la surveillance, c'est uniquement parce que je le voyais partir avec un appareil photo numérique tous les matins.

– Un Nikon argenté ?

– C'est ça. Tous les appareils de la brigade sont du même modèle. Comment le savez-vous ?

– J'ai vu un Nikon chez lui. Sur la table du séjour. »

Pei jeta un coup d'œil par-dessus l'épaule de Yin. La porte de l'appartement était défendue par deux nouveaux agents de la police criminelle de Chengdu, à la mine sévère. Ses chances de pouvoir retourner sur la scène de crime étaient au mieux infimes. Il avait plutôt intérêt à en appeler à la sollicitude de son nouveau camarade.

« Il faut absolument que j'examine cet appareil, chuchota Pei. Vous pourriez aller me le chercher ? »

Yin hésita.

« Euh... ma foi, je veux bien essayer. Mais c'est le capitaine qui décidera. »

Pei opina à contrecœur, conscient que Yin avait les mains liées. Han était son supérieur, après tout.

Heureusement, Yin ne le déçut pas. Quelques instants plus tard, le jeune homme revint vers lui, tenant un appareil photo numérique en aluminium brossé entre ses mains à présent gantées.

« Je suis autorisé à vous montrer les images de la carte mémoire, mais vous ne devrez pas toucher l'appareil. Ce sont les ordres du capitaine. »

Yin entreprit de faire défiler les photos prises par Zheng sous les yeux de Pei, qui lui demanda à plusieurs reprises de s'arrêter sur telle ou telle image. Chaque fois que cela se produisait, il rouvrait son fidèle carnet et griffonnait quelques mots dessus. Au bout d'une demi-heure, Yin atteignit la dernière des trois cents photos stockées dans l'appareil.

« Bon, fit Pei en soupirant. Une tendance très nette se dégage de ces images. Malgré la présence de quelques points douteux qui méritent notre attention. Ce qui compte avant tout, c'est qu'elles nous donnent une piste précieuse.

– Laissez-moi voir si je suis capable de deviner de quelle tendance vous parlez. Ces photos ont été prises par Zheng dans des cybercafés. Et toujours en cachette, ce qui fait que les personnes n'ont pas réalisé qu'elles étaient photographiées. J'ai dénombré un total de cinquante-sept individus, en majorité des adolescents et des jeunes adultes. Cela étant, je ne vois pas ce qu'ils ont en commun à part leur âge. Ni ce que Zheng espérait découvrir en leur tirant le portrait. Est-ce que je passe à côté de quelque chose ? » demanda Yin, les yeux luisants d'expectative.

Sans s'en apercevoir, il avait entièrement laissé à Pei les rênes de la conversation.

« Votre compte est presque bon, répondit l'officier de Longzhou en faisant tourner son stylo entre ses doigts. Si vous regardez une deuxième fois ces images, vous constaterez que Zheng a photographié cinquante-huit personnes au total.

– Vous voulez dire que je me suis trompé dans mon calcul ?

– Non, votre calcul est juste. Nous avons effectivement vu défiler cinquante-sept sujets différents. Avez-vous remarqué que chaque fichier porte un nom ?

– Bien sûr. Ils sont tous numérotés.

– Oui. L'appareil leur a automatiquement attribué un numéro en suivant l'ordre de la prise de vue. Le hic, c'est qu'il manque six images, de la 280 à la 285. »

Yin s'empressa de vérifier en appuyant sur une série de boutons. Il changea d'expression.

« Vous avez raison, dit-il. Ce n'est sans doute pas un hasard. Il est très possible que ces photos aient représenté une cinquante-huitième personne.

– Mais qui les a effacées ? Et pourquoi ? murmura Pei, comme s'il se parlait à lui-même. Cette histoire est moins simple qu'il n'y paraît.

– Vous voulez dire qu'il y a peut-être un lien entre les images manquantes et le meurtre de Zheng ? Que le sergent était sur la piste de cette cinquante-huitième personne ? Si c'est le cas, nous arrivons un peu tard, vous ne croyez pas ? Son assassin a effacé la pièce à conviction numéro un. Je suis prêt à parier que les autres personnes photographiées n'ont strictement rien à voir dans cette affaire.

– Ça nous laisse tout de même quelques pistes à explorer. Par exemple, on peut essayer de découvrir ce que cherchait le sergent.

– Comment ? » demanda aussitôt Yin, incapable de refréner sa curiosité.

Pei lui montra une note prise pendant qu'ils visionnaient les photos : *Skyline Cybercafé, 19 octobre, 15 h 47.*

« Sur les toutes dernières images, expliqua-t-il, on aperçoit la vitrine du cybercafé derrière le sujet. Avec l'enseigne «Skyline Cybercafé» en lettres autocollantes. La date et l'heure du fichier nous indiquent qu'elles ont été prises avant-hier en milieu d'après-midi.

– Je vais prévenir le capitaine, dit Yin, admiratif.

– En espérant qu'il voudra bien vous écouter. Dans l'immédiat, j'ai une autre piste à explorer. »

Pei déchira une page de son calepin et inscrivit dessus un numéro de téléphone.

« S'il vous plaît, appelez-moi dès qu'il y a du nouveau. »

Après avoir gratifié Yin d'une tape amicale sur l'épaule, Pei descendit l'escalier.

Deux heures plus tard, la police criminelle de Chengdu organisa une grande réunion avec les officiers responsables de tous les commissariats et sous-commissariats de la ville. Une ambiance solennelle régnait dans la salle de conférences. Tous les regards convergeaient sur le capitaine Han. Son teint était livide.

« Comme vous le savez sûrement tous déjà, commença-t-il d'une voix tremblante de chagrin et de colère, un homicide sanglant a été commis ce matin. Pas la peine de revenir sur l'identité de la victime. Maintenant, la scène de crime. »

Debout à ses côtés, Yin alluma le projecteur monté au plafond dès que le capitaine lui en donna le signal. Les clichés pris dans le logement de Zheng apparurent sur un grand écran.

« Trois plaies principales ont été retrouvées sur le cadavre, reprit Han. Un coup de couteau en profondeur à l'abdomen, une lacération au bras droit et une entaille en travers de la gorge. C'est cette dernière blessure qui a été fatale. La lame a tranché la carotide de la victime, provoquant l'hémorragie qui l'a tuée. Selon l'estimation de notre médecin légiste, le décès a très vraisemblablement eu lieu entre minuit et 2 heures du matin. »

Plusieurs photos prises de près ponctuèrent la description de Han. Toutes les personnes présentes dans la salle avaient l'habitude de la violence. Pourtant, ces images du sang noir et du cadavre d'un camarade vétéran les firent frissonner.

Zheng Haoming avait les paupières closes mais la bouche grande ouverte – comme s'il avait tenté de hurler. Un gros plan sur son cou égorgé envahit l'écran. Une réglette souple indiquait que la plaie était longue de 6,98 centimètres.

« À en juger par l'aspect de cette blessure, le meurtrier s'est servi d'une arme de petite taille extrêmement coupante, comme un rasoir. Par ailleurs, un tranchoir a été retrouvé sur les lieux. Les premières analyses effectuées par nos techniciens montrent que les empreintes recueillies sur le manche et la lame appartenaient à la victime. Par conséquent, il semblerait que ce soit Zheng qui ait utilisé le tranchoir, pour se défendre. Cette découverte, entre autres, nous permet d'affirmer avec certitude que la victime a opposé une résistance féroce à son agresseur avant de succomber. »

Han fit signe à Yin. Plusieurs photos du pied-à-terre de Zheng se succédèrent.

« La surface de la table du séjour présente une encoche récente, probablement causée par l'impact d'un objet tranchant, enchaîna le capitaine. Peut-être le tranchoir de Zheng. Le contenu de l'armoire était sens dessus dessous, sans doute parce qu'elle a été violemment heurtée par quelqu'un. Ses portes sont maculées d'un grand nombre d'éclaboussures de sang. Il semblerait donc que la victime ait reçu le coup mortel à proximité... »

Son auditoire l'écoutait en silence. Pendant que Han poursuivait son compte rendu, les autres visualisaient le combat entre Zheng et son assassin.

L'écran montra soudain un gros plan du sol de l'appartement. Han eut un infime mouvement de recul en découvrant l'image.

« Cette photo a été prise tout près des pieds de la victime. On distingue plusieurs gouttes de sang par terre, apparemment tombées d'une hauteur assez importante. Étant donné que la victime portait un pyjama à manches longues, le tissu a absorbé le sang de ses plaies au bras et à l'abdomen. Quant à la blessure principale, celle à sa gorge, elle a causé une hémorragie trop massive pour produire des gouttes de ce type. Nous sommes donc à peu près certains qu'elles proviennent du meurtrier. »

Le capitaine se tourna vers son assistant.

« Repassez-nous ce gros plan du tranchoir, Yin. Là, c'est ça. Maintenant, tout le monde, observez les taches de sang visibles sur la lame du tranchoir.

– Ça veut dire que le meurtrier s'est blessé ? » interrogea un officier.

Une rumeur sourde enfla dans la salle. Si le meurtrier avait laissé du sang sur les lieux du crime, cela augmenterait grandement leurs chances de l'identifier et de retrouver sa trace.

Le capitaine Han jeta un regard circulaire à ses collègues pour mettre fin au brouhaha.

« Je peux vous répondre avec cent pour cent de certitude que c'est exactement ce qui s'est passé ! cria-t-il en agitant le rapport qu'il tenait à la main. J'ai ici les résultats du labo. La victime n'était pas du groupe B, alors que c'est le cas du sang recueilli sur le tranchoir et sur le sol. Il n'y a aucun doute. Ce sang-là est celui du meurtrier. Et maintenant, passons aux images de la cuisine. »

La photo suivante représentait une étroite fenêtre à croisillons de bois, un modèle assez répandu dans les immeubles anciens.

« Cette fenêtre donne sur le petit parc aménagé au centre de la résidence. Elle était ouverte à notre arrivée sur place. Un des carreaux du bas avait été brisé de l'extérieur. »

Il refit signe à Yin, qui lança l'image suivante.

« Et voici le placard de la cuisine. Là aussi, des marques de couteau ont été constatées. »

Il fit une pause pour laisser le temps à son auditoire d'assimiler ce fait supplémentaire.

« Apparemment, le meurtrier a escaladé la façade de l'immeuble jusqu'au deuxième étage, en prenant appui sur le tuyau de la gouttière et sur une fenêtre du premier. Ensuite, il a cassé ce carreau, il a ouvert la fenêtre de la cuisine et il s'est introduit dans l'appartement. Le bruit a réveillé Zheng, qui s'est levé pour voir ce qui se passait. Les deux hommes se sont retrouvés face à face dans la cuisine, et ils se sont battus. Zheng a empoigné un tranchoir pour se défendre. Il a été contraint de reculer pendant leur corps-à-corps et a été égorgé par son agresseur dans le séjour.

– A-t-on retrouvé des empreintes digitales ou des empreintes de chaussures de l'assassin ? » interrompit un officier.

Han secoua la tête.

« Non. Il portait peut-être des gants et des surchaussures. Il semblerait que cet individu sache deux ou trois choses de la manière dont nous menons nos investigations. Mais bon, ajouta-t-il en plissant les yeux, nous disposons tout de même de quelques pistes solides. Je vous demande à tous de bien noter le signalement que nos analyses nous ont permis de déduire. Le meurtrier de Zheng est probablement un homme jeune ou d'âge moyen, menu, mesurant entre 1,65 mètre et 1,70 mètre, récemment blessé à une main. »

Après avoir rapidement sorti leurs carnets et stylos, les officiers suivirent la consigne. Le silence fut rompu par une voix étouffée :

« Mon capitaine ? »

Tous les regards convergèrent vers Yin.

« Vous avez besoin que je clarifie quelque chose ? s'enquit sèchement Han.

– Non, mon capitaine. Simplement, je repense au collègue que nous avons découvert chez Zheng. C'est presque comme s'il lisait dans nos pensées.

– Vous parlez de Pei Tao ?

– Dès ce matin, il m'a expliqué que nous devions rechercher un individu de sexe masculin – mince, autour de 1,68 mètre, blessé à une main. »

Han écarquilla les yeux de surprise. Le signalement qu'il venait de fournir était sommaire, mais il avait fallu des heures à son équipe d'experts pour le déterminer.

Pour quelqu'un qui, comme Pei, savait que le meurtrier avait escaladé deux étages sans être repéré avant de se faufiler par une étroite fenêtre, affirmer que le suspect était quelqu'un de mince et d'agile n'était pas sorcier. Mais de là à fournir une estimation aussi précise de sa taille, il y avait une marge considérable.

Les enquêteurs avaient constaté que la lutte entre Zheng et cet inconnu avait laissé plusieurs marques de lame sur le mobilier en bois de la cuisine et du séjour. Les indices matériels suggéraient que le meurtrier s'était servi d'une arme acérée ; tous ses coups avaient été très puissants, ce dont on pouvait déduire qu'il les avait portés dans une position lui permettant d'optimiser sa force. En partant de cette hypothèse, les techniciens s'étaient appuyés sur l'emplacement, sur l'angle et sur la profondeur de chacune de ces marques pour en déduire sa taille approximative. Cela leur avait demandé tout un enchaînement de calculs extrêmement rigoureux, et il était difficile d'imaginer que quelqu'un ait pu parvenir à la même conclusion à l'œil nu, en se creusant simplement la cervelle.

L'assassin avait laissé des gouttes de sang sur le sol. L'analyse des éclaboussures était un art en soi – plus le sang tombait de haut, plus elles étaient larges quand les gouttes s'écrasaient. Par conséquent, les experts avaient pu évaluer la hauteur de leur chute en les comparant aux simulations effectuées sur place. Les conclusions définitives de leur rapport indiquaient que le sang du meurtrier était tombé d'une hauteur estimée entre soixante-quinze et quatre-vingt-dix centimètres. En tenant compte du fait que les gens portaient en général des vêtements chauds et épais à cette période de l'année, ses mains et son visage semblaient être les seules parties de son corps d'où du sang aurait pu couler jusqu'au sol en cas de blessure. Les experts de la police en avaient tiré la conclusion que le meurtrier s'était blessé à une main.

Han trouvait inconcevable que Pei ait pu déterminer tout cela en aussi peu de temps, mais la surprise disparut très rapidement de ses traits, comme recouverte d'une pellicule de givre.

« Les motivations de Pei Tao restent à éclaircir, dit-il. Pour l'instant, nous devons le considérer comme un suspect-clé. Où en est l'opération de surveillance que j'ai ordonnée, Yin ?

– J'ai chargé Jin Youfeng de le prendre en filature. Je n'ai pas encore de nouvelles, mais je peux essayer de le joindre. »

Yin sortit son portable et appela un numéro. Après plusieurs sonneries, une voix s'éleva à l'autre bout de la ligne.

« Allô ? Agent Jin ? »

Yin écouta la réponse, et ses traits se crispèrent. Après avoir marmonné quelques phrases gênées, il s'approcha de Han. Il lui tendit son téléphone.

« Mon capitaine, je crois que vous devriez entendre ça vous-même. »

Han lança un coup d'œil perplexe à son assistant mais prit l'appareil.

« Allô ? Ici Han, j'écoute.

– Toutes mes excuses, capitaine Han, répondit une voix de baryton. Ici Pei Tao.

– Pei Tao ? répéta Han, aussi surpris que Yin. Où… où est mon homme ?

– Nous avons eu un léger malentendu. J'étais sur une piste quand je me suis aperçu que quelqu'un me suivait. J'ai attendu une occasion de maîtriser cet homme, et je l'ai saisie. Il se trouve qu'il a résisté, donc j'ai suivi mon instinct. Cela vient tout juste d'arriver, soit dit en passant. En fait, vous m'avez appelé au moment exact où j'ouvrais son porte-insigne. Votre homme ne devrait pas tarder à se réveiller. »

La sincérité apparente de son ton ne suffit pas à dissiper la fureur de Han, qui eut beaucoup de mal à garder son sang-froid.

« Vous êtes à Chengdu, capitaine Pei ! éructa-t-il dans un flot de postillons. Pas à Longzhou ! Vous n'avez aucun droit de faire ce que vous venez de faire !

– Je vous comprends. Ma réaction a été trop brutale, c'est indéniable. » Et il ajouta avec une soudaine gravité : « Mais vous ne m'en tiendriez pas rigueur si seulement vous saviez à quel genre d'adversaire nous avons affaire.

– Dois-je en déduire que vous avez des indices ? demanda Han.

– En effet. Et j'espère que, cette fois, vous voudrez bien m'écouter. »

Le capitaine de la police criminelle serra les mâchoires.

« Je vous attends au QG d'ici une demi-heure. Dans mon bureau.

– Je pars à l'instant. » Et, après une courte pause : « Ah, j'ai une bonne nouvelle pour vous. Votre agent est revenu à lui. »

Quelques secondes plus tard, Han entendit la voix de Jin Youfeng.

« Mon capitaine, je…

– Je me demande où vous avez eu votre insigne ! » tonna Han.

Il mit fin à l'appel d'un coup de pouce rageur.

Une bouffée de nostalgie étreignit Pei lorsqu'il entra dans le bureau de Han. Cette pièce immaculée, avec ses lignes élégantes et son ordinateur dernier cri, était exactement le genre d'endroit où il avait jadis rêvé de travailler un jour. La vie, hélas, en avait décidé autrement. Pei s'empressa de chasser cette pensée. Le capitaine Han, assis derrière sa table de travail, semblait dans l'expectative.

« Du progrès ? demanda Pei de but en blanc.

– Je ne suis pas tenu de vous en informer. »

Pei pinça les lèvres. La réponse du capitaine n'était ni amicale ni hostile. Inutile d'être diplômé de l'académie de police pour savoir qu'il marchait sur des œufs. Au vu des relations qui étaient jusque-là les siennes avec cet homme, mieux valait faire profil bas pour le moment. Il lâcha un rire forcé.

« Un point pour vous, capitaine. »

Cette petite démonstration d'humilité parut améliorer l'humeur de Han.

« Nous avons défini le signalement du suspect, dit-il. Nous avons aussi mis en place, dans toute la ville, des contrôles d'identité aux principaux arrêts de bus et à la sortie des stations de métro les plus stratégiques. Par ailleurs, nous épluchons nos archives de façon exhaustive pour déterminer si le suspect pourrait avoir été impliqué dans une quelconque enquête menée par Zheng.

– Je vois votre raisonnement, réagit Pei. Vous pensez que quelqu'un a voulu se venger du sergent.

– Aucun signe de cambriolage n'a été retrouvé sur place. Le suspect s'est introduit par effraction dans l'immeuble, armé d'un couteau. Il s'agit très clairement d'un meurtre prémédité. Vous avez d'autres idées ? »

Pei préféra éluder.

« Savez-vous ce que je faisais chez Zheng ?

– À vrai dire, répondit Han en fixant son visiteur, c'est précisément ce que j'aimerais savoir. Quelle était la nature exacte de vos relations avec le sergent ? »

Pei sortit de sa poche une feuille de papier pliée et la présenta au capitaine. Han l'ouvrit et lut :

Ne te souviens-tu pas de moi, élève 8102 ?
Une fois l'ouverture terminée, le premier acte doit commencer.
Et l'ouverture remonte à bien trop longtemps... Mais le jour est enfin venu.

Han lut le reste en plissant le front, de plus en plus perplexe.

« J'ai reçu cette lettre il y a deux jours, dit Pei. Elle a été postée ici, à Chengdu. 8102 était...

– Votre numéro de matricule à l'académie de police du Sichuan, coupa Han. Vous y êtes entré en 1981 et vous avez eu votre diplôme en 1984. Avec des notes extrêmement impressionnantes d'un bout à l'autre. Vous êtes sorti major de votre promotion. Bref, vous avez été l'un des élèves les plus remarquables de l'histoire de cette école.

« Pourtant, il s'est passé quelque chose juste avant la remise de votre diplôme. Un faux pas dont la conséquence a été votre affectation dans un bled de troisième zone, Longzhou, ce qui a anéanti tous vos espoirs de décrocher un poste prestigieux dans une grande ville comme... »

Han marqua une courte pause, et Pei vit l'ombre d'un sourire apparaître sur ses lèvres.

« ... celle-ci. Vous vous êtes retrouvé dans un commissariat de la périphérie, au poste de simple agent. »

Pei se raidit. Cet homme cherchait-il à l'humilier ? Ou simplement à gagner son respect ?

« Pourtant, continua Han, vous avez vite gravi les échelons. Vous êtes devenu capitaine de ce commissariat en à peine huit ans. Plus tard, vous avez été muté à la brigade criminelle de la ville. » Souriant, il tapota le dossier posé sur sa table. « J'ai demandé un rapport complet sur votre carrière. »

Pei était mal à l'aise. Plusieurs secondes s'écoulèrent avant qu'il réussisse à répondre, avec un rire qui, cette fois encore, sonna faux :

« Quel est le mot que vous avez utilisé ? Un faux pas ? Laissons tomber les euphémismes, capitaine Han. J'ai vécu un désastre absolu. »

Han fut surpris de cette soudaine franchise. Jusque-là, il avait plutôt pris l'attitude de Pei pour de l'arrogance. Elle lui apparaissait maintenant sous une lumière très différente – comme l'expression d'un irrépressible besoin de vérité. Il était regrettable qu'un officier aussi brillant que lui ait été privé d'une carrière prometteuse en raison de quelques incidents.

« Appelez ça comme vous voudrez, répondit-il, radouci, mais c'est le passé. Tôt ou tard, il faut savoir tourner la page sur certaines choses.

– Non ! riposta Pei d'une voix glaciale, tellement tendu que Han vit des veinules saillir au coin de ses yeux. Je ne peux pas la tourner. Ça n'a jamais fini. Il est revenu – il est toujours là ! »

Cette soudaine explosion rappela quelque chose à Han. Il reprit la lettre manuscrite de Pei et demanda brusquement :

« Qui a écrit ce message ? Quel rapport peut-il bien avoir avec le meurtre du sergent Zheng ? »

Pei se massa les tempes. Petit à petit, son émotion retomba.

« Quand êtes-vous entré à la police criminelle de Chengdu ?

– Il y a dix ans, dit Han. Juste après la remise de mon diplôme en investigation criminelle à l'université populaire de sécurité publique. »

Han prononça avec fierté le nom de l'école de police la plus prestigieuse de Chine.

« Dans ce cas, soupira Pei, vous n'êtes peut-être pas au courant. Ce matin, j'ai fait un saut au Skyline Cybercafé après mon départ de l'appartement de Zheng. Le sergent y avait pris plusieurs photos d'un client pas plus tard qu'avant-hier, à 15 h 47. J'ai demandé à l'administratrice réseau du café de m'imprimer l'historique de navigation de ce client. C'est ce qui m'a permis de découvrir l'existence de ce site. »

Redevenu maître de lui, Pei tendit une feuille imprimée à Han.

Malgré son peu d'expérience d'Internet, Han sut instantanément qu'il avait sous les yeux un message de forum de discussion. Son auteur l'avait signé *Euménide* – et ce pseudonyme était écrit en alphabet romain, pas en idéogrammes chinois. Le titre du message, formé de quatre mots en caractères gras, sautait aux yeux :

APPEL À LA JUSTICE

Des âmes abjectes habitent ce monde. La loi devrait être un outil de purification pour la société, mais la loi est faible.
Les gens qui commettent des crimes échappent trop souvent à la sanction de la loi. Ou bien la loi échoue à produire des preuves permettant de les condamner. Les malfaisants réussissent trop souvent à lui échapper en graissant des pattes.
La société a besoin d'une autre forme de justice.
Je rendrai cette justice.
Je purifierai le monde du mal.
La liste des malfaisants, toutefois, reste à écrire.
Vous avez l'occasion d'y participer.
Dites-moi qui mérite de figurer sur la liste.
Dites-moi qui ne mérite pas de vivre sur terre.
Dites-moi qui échappe à la loi.
Dites-moi leurs noms.
Dites-moi ce qu'ils ont fait.
Je les jugerai.
Vous avez deux semaines avant que je publie la version définitive de ma liste.

« Ça pourrait n'être qu'un canular, dit Han en secouant la tête. On en voit circuler à longueur de temps sur Internet.

– Un canular ? »

Pei lâcha un rire acerbe et se pencha au-dessus du bureau de Han, clairement indigné.

« Ce que vous dites est monstrueux ! s'emporta-t-il. C'est à cause de ça que le sergent Zheng a perdu la vie ! Et il n'est pas le premier. Il y a dix-huit ans…

– Quoi ? Que s'est-il passé il y a dix-huit ans ? »

Pei se redressa en secouant la tête.

« Je ne peux pas… », souffla-t-il.

Han abattit sa paume sur la table et le foudroya du regard.

« C'est confidentiel, dit Pei, la mine grave.

– Et vous ne pouvez vraiment rien me dire ?

– Une enquête a été menée ici, à Chengdu, il y a dix-huit ans. Par suite de faits tellement dérangeants que, pour éviter la panique, elle a été classée top secret. Toutes les investigations ont été effectuées de manière confidentielle par une cellule interservices spécialement créée pour l'occasion. Mais elles n'ont jamais abouti. Je regrette, ajouta Pei en se forçant à croiser le regard de Han, mais je ne peux rien vous dire de plus pour le moment.

– Un dossier confidentiel, mais vous avez l'air d'en savoir long dessus. »

Han vit frémir les paupières de Pei. Apparemment, il avait touché un point névralgique.

« Vous ne comprenez pas ? J'étais… impliqué. Cette affaire a ruiné ma carrière ! J'ai été interrogé par un des membres de la cellule. Le sergent Zheng. »

Le capitaine ouvrit des yeux ronds. Certains faits, enfin, se mettaient en place. Des causes et des effets.

Pei Tao avait donc joué un rôle dès le début dans cette histoire. Dix-huit ans après l'enquête initiale, il avait reçu cette lettre étrange et était revenu à Chengdu. Et Zheng venait d'être assassiné. Un nouveau chapitre de la tragédie était en train de s'ouvrir.

Mais sur quoi au juste le sergent Zheng avait-il enquêté dix-huit ans plus tôt ?

Han chercha à nouveau les yeux de Pei, mû par des sentiments contradictoires. Il fit de son mieux pour garder une posture nonchalante.

« Si vous ne pouvez rien me dire, pourquoi êtes-vous ici ? »

Pei soutint son regard sans ciller.

« Pour vous conjurer de faire sans tarder une demande à vos supérieurs, répondit-il en détachant chaque syllabe. Je suis ici pour vous pousser à déclasser le dossier et à réactiver la cellule interservices 18/04 ! »

2
Une tragédie vieille de dix-huit ans

21 octobre, 16h00
Siège de la police criminelle de Chengdu
Salle de conférences

Avec un soupir, le capitaine Han Hao posa les mains à plat sur l'épaisse liasse de procès-verbaux qui trônait devant lui sur la longue table en chêne plaqué. Il s'était lui-même rendu aux archives du service deux heures plus tôt pour ordonner le déclassement de ces rapports vieux de près de deux décennies. Ce n'était qu'après les avoir lus et s'être familiarisé avec l'historique de l'affaire qu'il avait pris la mesure de la terrifiante dangerosité de l'ennemi qu'il était sur le point d'affronter.

Heureusement pour lui, il n'allait pas l'affronter seul. Les membres désignés de la nouvelle cellule interservices, tout juste réactivée après quasiment deux décennies de sommeil, étaient réunis avec lui autour de la table.

Pei Tao était installé à l'autre bout. Même s'il avait longuement laissé traîner son regard sur les divers documents du rapport d'enquête, une espèce de voile lui couvrait les yeux, comme s'il hésitait entre plusieurs émotions. La culpabilité, la colère et la peur.

Jamais il n'oublierait ce qui s'était passé en 1984, et il savait qu'il n'existait pour lui qu'un seul moyen de se libérer du passé : retrouver ce dément assoiffé de sang et mettre fin au cycle des meurtres.

Assis à côté de Han, son assistant, Yin Jian, observait Pei avec une intense curiosité. L'homme de Longzhou semblait enveloppé d'une étrange aura, et cela l'intriguait beaucoup. Toutes sortes de questions se bousculaient dans son esprit. Qui était vraiment ce capitaine Pei Tao ? Que lui était-il arrivé à l'époque ? Pourquoi ce retour soudain à Chengdu ?

Parmi les autres personnes présentes, un homme affichait une expression diamétralement opposée à celle de Yin. Il était maigre, presque décharné, et faisait beaucoup plus jeune que ses collègues. Il portait des lunettes et avait le menton en appui sur une paume. Son attention, si on pouvait parler d'attention, semblait à cent pour cent focalisée sur les rotations complexes que son stylo décrivait entre ses doigts. Il donnait l'impression d'être parfaitement indifférent à ses voisins – sauf à de rares moments, lorsqu'il levait la tête et balayait le groupe du regard. Une lueur d'intelligence éclairait alors ses prunelles, mais jamais plus de quelques secondes. Sans son uniforme bleu azur, les autres n'auraient jamais deviné qu'il était de la police.

Son voisin, lui aussi en uniforme, était un homme tout en muscles, brun de peau, la trentaine. Il se tenait aussi droit qu'une poutrelle d'acier, et la force se lisait dans son regard. Il jeta un coup d'œil à sa montre et annonça, impassible :

« C'est l'heure, capitaine Han. On commence ? »

Han tapota impatiemment la pile de documents.

« Il manque quelqu'un. »

Le siège entre Pei et le jeune homme au stylo était effectivement vacant.

« La discipline devrait être de mise dans un moment pareil, maugréa l'officier musculeux en regardant Han. Comment allons-nous pouvoir répondre au défi que représente ce tueur si nous ne sommes même pas capables d'accorder nos montres ?

– Pas question d'ouvrir les débats tant que l'équipe ne sera pas au complet dans cette pièce », répliqua Han avec autorité.

L'autre détourna les yeux sans rien dire.

« Inutile d'attendre plus longtemps, lança une voix venue de la porte. Je suis déjà ici depuis un moment. »

Une femme svelte traversa le seuil, et son apparition offrit tout à coup un puissant contrepoids à l'ambiance virile qui régnait jusque-là dans la salle. Pei lui-même sortit de sa contemplation pour lever la tête, tout étonné.

C'était une vraie beauté du Sud. Des yeux immenses, une bouche et un nez élégamment proportionnés. Sa chevelure luisante, d'un noir de jais, soulignait la pâleur de son teint. Même si la délicatesse de ses traits permettait difficilement de lui donner un âge, elle dégageait une impression d'intelligence et de maturité.

Han plissa les yeux.

« Mademoiselle Mu, je suppose ? »

Elle confirma de la tête.

« Exact. »

Ses lèvres dessinèrent un sourire, puis elle ajouta à l'intention du reste de la salle :

« Je suis Mu Jianyun, maître de conférences en psychologie criminelle à l'académie de police du Sichuan. »

Han ravala une grimace. *Mu Jianyun.* Quand ses supérieurs du quartier général provincial lui avaient recommandé un expert en psychologie criminelle, pas une seconde il n'avait envisagé qu'on lui enverrait une femme.

« Pourquoi êtes-vous restée dehors jusqu'ici ? demanda l'officier musculeux, qu'on sentait à la fois agacé et sous le charme.

– Je vous observais de là-bas, répondit Mu en montrant du doigt une cloison vitrée. Quand le capitaine a dit qu'il manquait encore quelqu'un, chacun de vous a eu une réaction différente – et très révélatrice, je dois dire. »

L'officier musculeux, soudain mal à l'aise, expira lentement par le nez.

Mu s'assit sur la chaise libre entre Pei et le jeune homme aux lunettes. Ce dernier, qui ne l'avait pas quittée des yeux depuis l'instant de son entrée, la dévisageait toujours. Il s'éclaircit la gorge.

« Dans ce cas, mademoiselle Mu, fit-il avec un sourire en coin, pourriez-vous nous faire part de vos découvertes ? »

Mu se tourna vers lui.

« Il n'y a pas besoin d'être un expert pour sentir que vous êtes le moins enthousiaste de tous par rapport à votre travail. Bien entendu, comme vous passez vos journées plongé dans un flot continu de uns et de zéros, il est tout à fait compréhensible que vous éprouviez une certaine forme d'ennui. La solitude qui caractérise votre activité peut parfois être étouffante. Il arrive même qu'elle affecte la personnalité de celui qui la pratique. Il est donc très possible que la rencontre d'une femme inconnue, par exemple, génère en vous une excitation importante, une sensation de profonde nouveauté. J'espère sincèrement que ce type d'émotion vous incitera à mobiliser tout ce qu'il faut d'efforts et de professionnalisme pour remplir au mieux votre mission. Cela étant dit, je tiens à être très claire sur un point – et c'est valable pour toutes les personnes ici présentes. Nos relations resteront de nature strictement professionnelle, rien de plus. Même si vos talents en informatique sont en train de faire de vous une légende de la police, Zeng Rihua.

– Je suis honoré que ma réputation soit parvenue aux oreilles d'une femme aussi ravissante », répondit le jeune homme, un brin confus.

Mu sourit. Au lieu de prolonger son échange avec Zeng, elle reporta son attention sur l'officier musculeux, qui lui faisait face. Même s'il n'y avait aucune hostilité dans le regard de la jeune femme, l'homme se tortilla sur sa chaise et baissa les yeux.

« Capitaine Xiong Yuan, de l'UPS, c'est bien ça ? »

Mu attendit. L'officier garda le silence.

« Vous excellez à exécuter les ordres, et vous avez une influence très apaisante sur les personnes avec lesquelles vous travaillez. »

Xiong releva la tête, plus ou moins rassuré.

« Quant à vous, capitaine Han... »

Mu scruta le capitaine et prit le temps de choisir ses mots.

« Vous avez un sens aigu de la décision, une qualité indispensable pour un chef. À partir du moment où vous avez fait votre choix, vous n'écoutez plus que très rarement les suggestions des autres. Ce qui a ses avantages et ses inconvénients. »

Elle jeta un coup d'œil à Yin.

« Votre assistant, par contre, déborde de curiosité et a soif de découvertes. Il pourrait vous aider à élargir votre éventail de compétences. En un sens, lui et vous êtes très complémentaires. »

Han émit un grognement distrait. Il attendait surtout l'avis de Mu sur le dernier membre de l'équipe.

« Et de trois, lâcha-t-il. Il ne vous en reste plus qu'un. »

Elle sourit.

« Le capitaine Pei, vous voulez dire ? Eh bien, j'ai l'impression que quelque chose le perturbe. Quelque chose en lien avec les documents posés devant vous. Je vois de la tristesse dans ses yeux. Mêlée à de la colère et, pardonnez-moi d'être aussi directe, à une peur irrépressible. »

Tous les regards convergèrent immédiatement sur le policier de Longzhou.

Pei fut incapable de cacher sa surprise. Certes, Mu venait de proposer une analyse psychologique très pertinente des autres membres de l'équipe, mais elle était parvenue à ce résultat en examinant leurs paroles et leurs actes. Spectaculaire mais superficiel. En revanche, s'agissant de lui, elle avait décrypté ses sentiments les plus profonds grâce à sa seule expression.

Il soutint son regard, et Mu finit par se détourner avec grâce.

« Ça suffit, intervint Xiong Yuan. Nous avons assez perdu de temps comme ça. »

Han approuva.

« Je déclare cette réunion officiellement ouverte, dit-il. Vous êtes tous ici sur ordre de vos supérieurs, donc j'irai droit au but. La cellule interservices 18/04 vient d'être réactivée. Elle se composera exclusivement des personnes présentes dans cette pièce. Je suis chargé de la diriger. Des questions jusqu'ici ? »

Xiong et Mu regardèrent Han d'un air perplexe.

« Réactivée ? » dit Xiong à mi-voix.

Han leva une main, et le silence revint.

« Nous sommes chargés d'enquêter sur le meurtre du sergent Zheng. Cela étant, une information troublante vient de me parvenir, ajouta le capitaine d'une voix sourde. Ce n'est pas la première fois qu'un de nos collègues de Chengdu est assassiné de cette façon. »

Han décocha un coup d'œil à Yin, qui appuya sur une touche de son ordinateur portable.

Le projecteur s'alluma sous le plafond, et une vieille photographie numérisée montrant un séjour à la décoration criarde envahit l'écran. Si les couleurs du papier peint et du canapé étaient défraîchies, le rouge intense d'une flaque de sang fit frissonner Mu. Un corps d'homme gisait à plat ventre sur le sol.

« Cet homicide a été commis le 18 avril 1984, poursuivit Han. La victime s'appelait Xue Dalin. Il avait quarante et un ans. À l'époque des faits, c'était le vice-commissaire de la police criminelle de Chengdu. »

Mu remarqua que Pei restait de marbre. Les autres, en revanche, paraissaient sous le choc. Elle ne pouvait pas le leur reprocher : c'était aussi son cas. Bien qu'ayant passé toute sa vie dans le Sichuan, jamais elle n'avait entendu parler de ce crime. Se pouvait-il que les autorités provinciales aient étouffé le meurtre d'un des plus hauts responsables de leur police ?

« Vous avez sous les yeux la scène du crime, enchaîna Han. La victime a été assassinée chez elle, dans son séjour. De multiples plaies au couteau ont été constatées sur le corps. La blessure mortelle a été portée ici, à la gorge. Artère carotide tranchée. Xue Dalin s'est vidé de son sang. Sa femme avait dû s'absenter pour son travail ce jour-là. Leur fille unique était à l'internat. La victime était seule. Aucune empreinte digitale, aucune empreinte de pas n'a été relevée sur place. Les recherches n'ont permis de découvrir qu'un seul et unique indice : ce bout de papier. »

Plusieurs autres images prises au même endroit se succédèrent, remplacées par la photo d'une feuille volante couverte d'idéogrammes soigneusement tracés à la main. Tout le monde les lut.

AVIS DE DÉCÈS

ACCUSÉ : Xue Dalin
CRIMES : Manquements à ses devoirs, corruption passive, collusion avec le crime organisé
DATE DU CHÂTIMENT : 18 avril
EXÉCUTEUR : Euménide

Chaque caractère ressemblait à une prouesse calligraphique. À première vue, cette écriture manuscrite était impossible à distinguer d'un texte imprimé.

« Est-ce que ce... » Mu s'interrompit une fraction de seconde. « Est-ce que ce message a été laissé par l'assassin ? »

Mais Han continua d'énumérer les faits décrits dans le rapport d'enquête.

« Les premiers agents arrivés sur place ont découvert ce papier sur le bureau de la victime. Il était agrafé à une carte postale anonyme, laquelle avait été déposée dans sa boîte aux lettres deux jours plus tôt.

– Le 18 avril, dit Zeng, songeur. Voilà qui explique le nom de la cellule. Pourquoi n'ai-je jamais entendu parler de cette affaire ? »

Il promena un regard sur la tablée. Les autres semblaient aussi déconcertés que lui – à l'exception de Pei, qui secouait tristement la tête.

« Je viens moi-même d'en apprendre l'existence, répondit Han. Toutes les informations à ce sujet ont été classées top secret peu après le meurtre de Xue. Le maire et le commissaire principal ont eu peur que la nouvelle de sa mort ne sème la panique. C'est pour cette raison que la cellule interservices créée à l'époque a enquêté en secret. Le sergent Zheng Haoming en faisait partie. »

À nouveau, Mu nota le contraste flagrant entre la réaction de Pei et celle des autres. Le reste de l'équipe semblait profondément perturbé de voir le lien entre deux meurtres de policier espacés de dix-huit ans devenir clair comme le jour. Pei, lui, était stoïque.

« Et ils n'ont jamais trouvé la solution ? pouffa Zeng. Bah, je suppose que c'est le prix à payer quand on enquête en catimini. Pourquoi le département a-t-il fait preuve d'une telle paranoïa ? »

Han lui lança un regard noir.

« Ce n'est pas aussi simple que ça, répondit-il à mi-voix. Il y a eu plusieurs autres victimes. Projecteur, Yin. »

Un nouveau cliché s'afficha. Il représentait un bâtiment de vastes dimensions, gravement endommagé par ce qui ressemblait à un violent incendie. Les parties atteintes étaient noircies et calcinées. Pei, qui avait gardé son calme depuis le début, sursauta en le voyant comme sous l'effet d'une décharge électrique.

« Qu'est-ce que c'est que ça ? demanda Zeng. Et qui sont ces autres victimes dont vous parlez, capitaine ?

– Les victimes ? Elles ont été retrouvées là et là, répondit Han en braquant un pointeur laser sur l'image. Et encore là. »

Pei serra si fort les poings que des veines apparurent sur le dos de ses mains. Les autres regardaient toujours la photo, mais elle était trop sombre pour leur permettre de voir quoi que ce soit de précis.

« Envoyez les gros plans », dit Han à Yin.

Yin appuya sur une touche de sa mini télécommande. Des plans rapprochés de chacune des zones que Han venait d'indiquer se succédèrent. La salle de conférences retomba dans le silence. Même Zeng retint son souffle en découvrant les dépouilles des victimes. *« Dépouilles » n'est pas le mot juste,* pensa-t-il, sérieusement ébranlé. *Il vaudrait mieux parler d'un hachis. D'un hachis carbonisé, pour être exact.* Il était impossible de distinguer, parmi ces fragments calcinés de carcasses humaines, les membres des crânes fracassés.

Ce carnage donnait la nausée. Han détourna les yeux et se surprit à observer Pei en se demandant quels souvenirs le tourmentaient à cet instant.

Pourtant, l'homme de Longzhou ne s'était pas soustrait à ces images horribles. Il semblait fasciné. Son masque glacial avait fondu, remplacé par une bouillonnante colère.

Han se décida à rompre le silence :

« Ce que vous voyez là est une autre scène de crime, liée à la même affaire de 1984. Ce bâtiment était l'entrepôt désaffecté d'une usine chimique de la périphérie. L'après-midi du 18 avril – juste après l'assassinat du vice-commissaire Xue, donc –, il a été secoué par une explosion. Les vieux produits chimiques encore stockés sur place ont pris feu. L'incendie a fait deux morts et un blessé grave. L'enquête a établi que les deux victimes décédées étaient des élèves-officiers de l'académie de police du Sichuan. Le blessé était un ferrailleur sans domicile fixe. »

Yin actionna sa télécommande, et un beau jeune homme apparut en plan moyen. Mu reconnut la chemise bleue impeccablement repassée des élèves de l'académie ; ce qui ressemblait à une médaille d'excellence était épinglé dessus, malgré un motif un peu plus grossier que l'actuel. Le jeune homme affichait une expression joyeuse et un sourire plein d'assurance.

« Yuan Zhibang, première des deux victimes mortelles. Membre de la promotion 1984 de l'académie, section investigation criminelle. »

Han lança un coup d'œil à Pei en parlant. Les autres, qui connaissaient tous plus ou moins l'histoire du policier de Longzhou, suivirent son regard.

Pei inspira profondément.

« Yuan était mon camarade de chambre à l'internat, dit-il d'une voix étranglée. Et mon meilleur ami.

– Les documents que j'ai ici le confirment », lâcha Han.

Il fit signe à Yin de passer à l'image suivante.

Elle montrait une jolie jeune femme, elle aussi en uniforme de l'académie, aux longs cheveux soigneusement rassemblés en queue-de-cheval. Même sur ce vieux portrait, ses yeux pétillaient.

Pei sentit un picotement au fond de sa gorge, comme si quelque chose y était coincé. Il contempla la photo de la fille d'un air absent.

« Meng Yun, la deuxième victime fatale de l'explosion, reprit Han. Elle aussi membre de la promotion 1984, section psychologie criminelle. Selon nos informations, elle avait des liens tout sauf éloignés avec le capitaine Pei. »

Han attendit quelques secondes avant d'ajouter :

« Pour dire les choses clairement, la défunte avait une liaison amoureuse avec le capitaine Pei au moment des faits. »

Ces mots poignardèrent Pei en plein cœur. Il ferma aussitôt les paupières, comme si cela pouvait suffire à le protéger d'un souvenir aussi atroce.

Un soudain émoi gagna la salle de conférences.

Xiong évita de regarder Pei en face, sans doute par respect, mais Zeng, lui, le fixa avec une curiosité à la limite de l'impolitesse. Mu le gratifia d'un bref coup d'œil avant de reporter son attention sur l'écran, visiblement captivée par cette fille fauchée dans la fleur de sa jeunesse.

De plus en plus impatient, Zeng interpella Pei.

« Alors ? On peut savoir ce qui a provoqué cette explosion ?

– Nous avons des informations là-dessus, intervint Han, mais elles proviennent pour la plupart des déclarations faites à l'époque par le capitaine Pei. Plutôt que de les lire, je préférerais qu'il nous en résume lui-même la teneur. Ce sera sans doute plus clair. N'êtes-vous pas d'accord avec moi, capitaine ? »

Même si Han avait donné à sa dernière phrase la forme d'une question, l'ordre sous-jacent était limpide.

Pei commença à se masser les tempes avec des mouvements de pouces aussi lents que vigoureux. Au bout de dix-huit longues années, il retrouvait enfin la cellule interservices. Sauf que, cette fois, ce n'était pas en tant que simple témoin. Il participait aux investigations.

Même après tout ce temps, ses souvenirs restaient clairs. Quand il reposa les mains sur la table, ses yeux brillaient. Il était prêt à raconter son histoire.

« En avril 1984, je n'étais plus qu'à quelques semaines de mon diplôme en investigation criminelle à l'académie de police provinciale. À ce stade, tous les élèves-officiers de ma promotion étaient déjà en stage dans divers commissariats de Chengdu. Nous étions très excités à l'idée d'accomplir enfin un vrai travail d'enquête, et, pour la plupart, nous avions terriblement hâte de découvrir enfin le travail que notre diplôme allait nous permettre d'effectuer. »

Pei s'interrompit pour inspirer profondément.

« Le 18 avril tombait un mercredi. Cet après-midi-là, je potassais mes exercices de stage dans un commissariat de quartier. Mon camarade de chambre, Yuan, avait quitté le campus un peu plus tôt dans la journée en me disant qu'il allait rencontrer sa correspondante. Ça m'avait paru un peu bizarre, mais je savais jusqu'où il était capable d'aller pour décrocher un rendez-vous avec une fille. Et je pensais surtout à mon dîner prévu avec Meng. Je lui avais passé un double des clés, et elle était censée m'attendre dans la chambre. J'ai quitté le commissariat vers 15 heures. Quand je suis arrivé à l'internat, j'ai trouvé la porte déverrouillée, et Meng n'était nulle part. Elle avait laissé un mot sur la porte, bien en évidence.

– Celui-ci ? »

Han souleva un sachet transparent sous scellés contenant une feuille de papier. Pei fit oui de la tête, et le capitaine lut à haute voix :

Appelle-moi dès que possible.

« À l'époque, les lignes de téléphone étaient beaucoup plus rares qu'aujourd'hui, expliqua Pei. Et il n'y avait évidemment ni bips ni portables. Cela dit, je m'y connaissais un peu en radio, et j'avais bricolé deux petits émetteurs-récepteurs portatifs. Leur portée maximale ne dépassait pas les dix kilomètres, et Meng et moi les utilisions comme des talkies-walkies pour rester en contact. J'avais laissé le mien dans ma chambre en partant travailler, et comme j'ai eu très peur qu'il ne soit arrivé quelque chose de grave, je me suis jeté dessus et je l'ai réglé sur la fréquence que j'utilisais avec Meng. Mais je n'ai pas pu la joindre.

– Pourquoi ? » demanda Han.

Pei secoua tristement la tête.

« Notre matériel était vétuste, et le signal très instable. Nous avions souvent des problèmes – soit la communication était coupée, soit il y avait des interférences et d'autres voix entrecoupaient nos conversations. Comme je n'avais pas vraiment le choix, j'ai décidé de rester sur place et d'attendre qu'elle me contacte. Et c'est là que j'ai aperçu une enveloppe, sur la table. Déjà ouverte. »

Yin actionna une touche, et l'image agrandie d'une lettre manuscrite envahit le mur.

« Oui, c'est celle-là. »

Tout le monde dans la salle reconnut l'écriture. Identique à celle du message découvert la veille chez Zheng, elle se composait de plusieurs lignes d'idéogrammes parfaitement tracés.

AVIS DE DÉCÈS

ACCUSÉ : Yuan Zhibang

CRIMES : Infidélité récurrente, violences psychologiques et abandon d'une innocente jeune femme ayant mené celle-ci au suicide

DATE DU CHÂTIMENT : 18 avril

EXÉCUTEUR : Euménide

« Un autre avis de décès ? grogna Zeng, incrédule.

– Quelle a été votre réaction quand vous avez lu cette lettre ? demanda Han à Pei. Saviez-vous que le vice-commissaire Xue Dalin avait été assassiné le matin même ?

– Non. Je n'en avais pas la moindre idée. »

Puis, après une seconde d'hésitation :

« Par contre, la conjonction entre cette menace et l'absence de Meng m'a tout de suite inspiré un sinistre pressentiment.

– Mais vous n'avez rien fait, remarqua Han en feuilletant les documents étalés sous ses yeux. Vous êtes resté dans votre chambre à essayer d'entrer en contact avec Meng. D'après le rapport d'enquête, vous avez attendu une demi-heure. »

Pei acquiesça.

« Une demi-heure, et vous n'avez même pas appelé la police. Une demi-heure, malgré votre "sinistre pressentiment".

– Je n'ai pas jugé que ça méritait d'être signalé. »

Pei marquait un point, songea Mu. Dans la mesure où il ne savait rien du meurtre de Xue, cette lettre anonyme pouvait tout à fait lui être apparue comme un canular. Un canular de très mauvais goût, sans doute, mais un canular quand même.

« Je vois, dit Han. Racontez-nous ce qui s'est passé après la découverte de cette lettre.

– J'ai laissé mon talkie-walkie allumé et j'ai attendu. Au bout d'une trentaine de minutes, le signal est revenu. Et j'ai entendu la voix de Meng.

– Que vous a-t-elle dit ? »

Pei ferma les yeux. Il resta muet plusieurs secondes.

« Je l'ai sentie affolée. Elle m'a dit qu'elle était avec Yuan, qu'il était pris au piège dans un entrepôt désaffecté. Quelqu'un l'avait menotté contre un mur, avec une bombe à retardement fixée sur le torse.

– Que faisaient-ils là-bas ? interrompit Mu.

– Je crois que Meng a découvert l'avis de décès de Yuan en arrivant dans la chambre. Ça l'a inquiétée, et elle est partie l'aider. »

Cette réponse ne satisfit pas Mu.

« Vous croyez ? Meng vous l'a dit, ou c'est une hypothèse personnelle ?

– Une hypothèse personnelle.

– Quelle était la nature des relations entre Meng et Yuan ? » insista-t-elle.

Pei ne répondit pas.

« Permettez-moi d'être plus précise : qui de vous deux était le plus proche de Yuan ? Vous ? Ou Meng ?

– Moi, bien sûr. Yuan était mon meilleur ami. Meng ne le connaissait que par moi.

– Dans ce cas, pourquoi a-t-elle couru le retrouver ? Elle et vous avez lu la même lettre, et pourtant vous – le meilleur ami de Yuan, comme vous venez de le souligner –, vous êtes resté dans la chambre. Cela me paraît étrange. »

Mu dévisagea Pei, en attente d'une explication. Le regard de Pei se perdit dans le vague.

« Je... je ne sais pas. Peut-être est-ce une question d'intuition – elle a senti inconsciemment qu'il était en danger. »

Mu fit une moue.

« Pourquoi n'a-t-elle pas alerté la police, dans ce cas ?

– Je ne sais pas, dit Pei, évitant le contact visuel.

– Et comment a-t-elle retrouvé Yuan ? »

Pei secoua la tête. Il esquissa un sourire navré avant de répéter la même réponse.

« Je ne sais pas.

– Vous ne le lui avez pas demandé ? Ce sont des questions tout ce qu'il y a d'élémentaires.

– Le capitaine Pei n'a peut-être pas eu le temps de les poser, intervint Han, sortant de son silence. D'après nos informations, il ne restait plus que trois minutes de compte à rebours quand Meng a appelé Pei. C'est exact ?

– Oui, répondit gravement Pei. Il fallait absolument essayer de désamorcer la bombe, nous n'avons pas eu le temps de parler d'autre chose.

– Quel type d'engin était-ce ? demanda Xiong, dont les compétences en matière de déminage étaient connues de tous dans la police.

– Je ne l'ai pas eu sous les yeux, mais j'imagine que la réponse se trouve dans le dossier du capitaine Han. »

Après avoir feuilleté divers documents, Han sélectionna une pochette transparente et la tendit au capitaine de l'UPS. Xiong en retira plusieurs feuillets et se mit à les lire.

« Mon échange avec Meng ne m'a permis de dresser qu'un tableau très sommaire de la situation, continua Pei. Yuan était attaché à un tuyau de fer au pied d'un mur de l'entrepôt. Le détonateur était relié à ses menottes. S'ils essayaient de le libérer ou d'arracher les fils, il y avait un risque considérable que la bombe explose.

– Bref, dit Xiong, ils étaient obligés de la désamorcer. Meng et Yuan s'y connaissaient en déminage ?

– Yuan et moi avions suivi un stage spécialisé. Quand Meng m'a rappelé sur mon talkie-walkie, Yuan lui avait déjà expliqué comment ouvrir l'enveloppe externe. Il ne restait plus qu'à débrancher le fil relié au minuteur. »

Xiong fronça les sourcils.

« Je lis ici que cette bombe était équipée d'un fil factice, c'est bien ça ?

– C'est ça. Meng m'a effectivement décrit deux fils. Un rouge et un bleu, entortillés l'un autour de l'autre et reliés à un boîtier de commande scellé.

– Meng et Yuan n'avaient donc aucun moyen de savoir lequel alimentait le détonateur, observa Xiong.

– Le mec aurait carrément pu en mettre de toutes les couleurs de l'arc-en-ciel ! pouffa Zeng, dont le ton léger tranchait complètement avec la gravité des autres. Cela dit, le choix est intéressant. Comme le code binaire. Zéro ou un. La vie ou la mort. Un dilemme impossible. Personnellement, j'aurais pris le rouge. C'est ma couleur préférée. Et vous ? »

Tous ses coéquipiers le regardèrent avec consternation. Han était furieux. Pei semblait ailleurs, et le crépitement ineffaçable des parasites s'engouffra une fois de plus dans ses oreilles.

Les parasites crissaient comme une lime sur son tympan. Une voix flottait dans ce chaos sonore. Elle resterait à jamais gravée dans son esprit.

Meng. La personne la plus forte que Pei ait jamais rencontrée. Pourtant, dans ce moment terrible, sa voix était bizarre et étranglée de sanglots, transformée par la panique en parodie larmoyante d'elle-même.

« Par pitié, Pei, dis-le-moi ! Quel fil ? Le rouge ou le bleu ? Dis-le-moi vite !

– Je… je ne sais pas, répondit-il faiblement.

– Vite, vite !

– Arrête de lui demander ça ! s'écria une autre voix. De toute façon, tu as une chance sur deux ! »

Pei reconnut celle de Yuan, pressante mais désespérée, au milieu des crépitements.

« On n'a plus qu'une minute, Pei !

– Tant pis pour moi, Meng ! glapit Yuan. Fiche le camp avant qu'il soit trop tard !

– Non, je ne bougerai pas d'ici, répliqua Meng d'une voix étouffée, comme si le talkie-walkie était plaqué contre ses lèvres. Tant pis si tu n'es pas sûr de savoir lequel c'est, Pei. Donne-moi une réponse !

– Je… je ne peux pas », bredouilla Pei, presque aussi inaudible qu'elle.

Meng émit un son qui ressemblait à un rire torturé puis commença à compter, le souffle de plus en plus court et de plus en plus rauque.

« Huit… sept…

– Pardonne-moi, Meng », murmura Pei.

Chaque fois qu'elle respirait dans le talkie-walkie, Pei recevait une décharge à l'estomac. Un vrombissement enfla dans ses tempes, et il cria enfin :

« Le rouge ! Tire sur le fil rouge ! »

Pei attendit. Le flux de ses pensées se ralentit, puis cessa. Son esprit était maintenant aussi vide qu'un pré enneigé.

Le silence sembla durer une éternité. Puis un son – aussi bref et sec qu'une toux – s'échappa comme un murmure du haut-parleur.

La communication venait d'être coupée.

« Capitaine Pei ? Capitaine Pei ? »

Han eut beau hausser le ton, ses appels répétés restèrent sans effet.

« Pei Tao ! » répéta Mu en lui secouant l'épaule.

Pei redressa enfin la tête et retrouva ses esprits.

« Excusez-moi, tout le monde », dit-il avec un sourire forcé.

Han, déstabilisé par l'étrange absence de son collègue de Longzhou, baissa les yeux sur le dossier.

« D'après le rapport d'enquête, vous avez donné par radio à Meng une consigne visant à désamorcer la bombe. Elle a tiré sur le fil rouge à votre demande. Et ce faisant, elle a déclenché l'explosion. C'est exact ? »

Pei ferma les yeux et confirma.

« Quelle raison aviez-vous de croire qu'arracher le fil rouge désamorcerait cette bombe ? demanda Han.

– Aucune, admit Pei, pâlissant. C'était… une supposition. »

Mu haussa les sourcils.

« C'est le scénario catastrophe, intervint Xiong en secouant la tête. Le capitaine Pei a été obligé de s'en remettre à son intuition pour prendre cette décision terrible. Mais dans une situation de vie ou de mort comme celle-là, avait-il le choix ? »

Zeng se tourna vers Pei, et sa mine espiègle se teinta de compassion.

« Nous avons maintenant la preuve officielle que l'intuition masculine ne vaut que dalle.

– Puisque vous n'aviez aucune raison objective de donner cette instruction à Meng, insista Han, les yeux rivés sur Pei, pourquoi l'avez-vous fait ? Si vous l'aviez laissée choisir elle-même, elle aurait peut-être arraché le bon fil.

– C'est ce que vous pensez ?

– Elle avait une chance sur deux. Comme vous. Et elle était sur place. Alors que vous n'aviez rien d'autre que sa description verbale pour faire votre choix. Et même en admettant qu'il s'agisse d'une pure question d'intuition, vous auriez mieux fait de vous fier à la sienne ! Pourquoi lui avez-vous dit sur quel fil tirer ? »

Pei, sentant monter en lui une panique familière, s'empressa d'esquiver le regard du capitaine. Quel fil aurait choisi Meng s'il lui avait laissé le choix ? Ce mystère lui torturait l'esprit depuis dix-huit ans.

« Analysons cette question d'un point de vue psychologique, suggéra Mu après avoir longuement observé Pei. On peut considérer que le capitaine Pei s'est retrouvé contraint de choisir entre le combat et la fuite. Et qu'est-ce qui pousse quelqu'un à prendre une décision dans une situation aussi urgente et aussi stressante ? Ni la logique, ni la raison, mais l'instinct. Ce type de réaction est tout simplement déterminé par la personnalité de chacun. »

La tempête en formation sous le crâne de Pei retomba d'un cran. Il considéra Mu avec gratitude, et leurs yeux restèrent soudés un certain temps. Un étrange espoir lui vint – que le regard de cette jeune femme serait peut-être assez pénétrant pour le débarrasser des secrets enfouis dans le tréfonds de son cerveau.

« Admettons, fit Han. Mais concentrons-nous sur les faits mentionnés dans le dossier. Les dépositions des habitants du quartier ont permis d'établir précisément l'heure de l'explosion : l'entrepôt a sauté à 16 h 13. L'onde de choc s'est propagée dans un rayon de deux cents mètres, causant d'immenses dommages sur un marché de produits frais. D'après le rapport, la déflagration a été entendue dans un hôpital situé à plus de huit kilomètres. L'entrepôt contenait des restes de produits chimiques surtout utilisés pour la fabrication de cosmétiques. Ils étaient hautement inflammables, ce qui a provoqué un incendie massif. Meng Yun et Yuan Zhibang sont très certainement morts sur le coup. Par ailleurs, une troisième personne a été gravement brûlée.

– Vous avez déjà mentionné cette troisième victime tout à l'heure, dit Pei.

– Huang Shaoping, un vagabond de vingt-cinq ans environ. Il campait à proximité immédiate de l'entrepôt. Huang a été interrogé à plusieurs reprises une fois remis de ses blessures, mais il n'a pu fournir aucune information utile aux enquêteurs. Il semblerait qu'il se soit juste trouvé au mauvais endroit au mauvais moment. Maintenant, revenons-en au présent. Yin va vous distribuer à tous des copies des principaux éléments du rapport d'enquête. Vous pourrez les lire en détail après la réunion. »

Il se tourna vers l'informaticien de l'équipe.

« Zeng, veuillez exposer aux autres ce que vous savez de la situation. »

Souriant largement, Zeng remonta ses lunettes sur son nez.

« Certains d'entre vous ne savent peut-être pas qui je suis. Permettez-moi donc de me présenter. Je m'appelle Zeng Rihua. Je dirige les services de surveillance numérique de notre chère police à l'échelle provinciale. »

Pei fit de son mieux pour dissimuler sa surprise. Ce gamin sarcastique était bien la dernière personne à qui il aurait prêté un rang aussi élevé dans la hiérarchie.

« Il y a une semaine, le 14 octobre, le sergent Zheng est venu me trouver pour demander si je pouvais l'aider à mettre en place une petite opération de surveillance en ligne. Plusieurs messages suspects avaient été récemment publiés sur Internet, et Zheng comptait sur moi pour lui fournir quelques infos sur leur auteur. »

Une capture d'écran s'afficha sur l'écran mural, montrant une page de forum de discussion. Pei reconnut aussitôt le message d'Euménide dont il avait découvert l'existence au cybercafé. *Appel à la justice.*

« Qu'avez-vous trouvé ? demanda-t-il impatiemment.

– Le message originel est parti le 5 octobre à 14 h 11 d'un ordinateur du Qianghui Cybercafé, qui est installé ici, à Chengdu, récita Zeng avec un débit quasi mécanique. Il a été publié sur la plus grosse plateforme de forums de la ville. Le temps que Zheng entre en contact avec moi, il avait déjà été vu 25 220 fois et avait suscité 1 525 commentaires, postés par un total de 1 330 utilisateurs. »

Zeng passa en revue ses coéquipiers, qui le fixaient tous d'un air impassible. Il eut l'impression d'être un instituteur en train d'expliquer une opération de calcul à des élèves incompétents.

« En gros, ça veut dire que des tas de gens l'ont vu », ajouta-t-il.

Yin actionna une commande de son ordinateur, et une multitude de commentaires fut projetée à l'écran. Certains utilisateurs se moquaient de l'auteur du message originel en le traitant de « timbré » ou de « psychotique ». D'autres demandaient si c'était une plaisanterie. D'autres encore allaient jusqu'à balancer des noms de personnes dans l'espoir qu'elles subiraient les foudres de l'étrange forme de « justice » préconisée par l'auteur. L'éventail des crimes décrits dans les commentaires allait du menu larcin au meurtre.

Après avoir laissé aux autres le temps de prendre connaissance de ces commentaires, Zeng reprit la parole.

« Cet individu, "Euménide", a posté son message depuis un cybercafé. À l'évidence, il cherche à dissimuler son identité. Il se trouve que dans cette ville, le contrôle du réseau est à peu près aussi performant qu'une passoire pour garder de l'eau. Si vous voulez découvrir qui a utilisé tel ou tel ordinateur il y a dix ou douze jours, vous aurez plus de chances d'y arriver en organisant un bon vieux porte-à-porte. C'est pourquoi, à la demande du sergent Zheng, j'ai mis en ligne un petit programme espion.

Capable de détecter et d'enregistrer automatiquement l'adresse IP de tout internaute passé par ce fil de discussion. Chaque fois que l'adresse provenait d'un cybercafé local, je prévenais Zheng; et lui se rendait immédiatement sur place pour mitrailler tout ce qui pouvait ressembler à un suspect.

– C'était la bonne tactique, approuva Pei à mi-voix. Euménide est forcément repassé de temps en temps sur ce forum pour lire les nouveaux commentaires. Nous avons affaire à quelqu'un de très prudent – il n'aurait pas pris le risque de les consulter à partir d'un ordinateur privé.

– Précisément. Par contre, Zheng m'a laissé dans le brouillard complet s'agissant de ce qui s'est passé il y a dix-huit ans. Je ne me doutais pas que tout ça aurait des conséquences aussi graves.

– Se pourrait-il que le mobile du meurtre de Zheng soit à chercher de ce côté-là ? demanda Mu. Que le sergent ait été réduit au silence parce qu'il avait photographié Euménide ?

– Son appareil photo a été retrouvé sur le lieu du crime, répondit calmement Han. Plusieurs images avaient été effacées. Nous avons de solides raisons de croire que leur élimination – et celle de Zheng, bien sûr – était en effet l'objectif principal du meurtrier. »

Le capitaine adressa un regard appuyé à Pei Tao, qui était parvenu à la même conclusion dès le jour du crime.

« Est-il possible de récupérer ces photos effacées ? » demanda Xiong.

Zeng ricana.

« Ce type est peut-être un professionnel du meurtre et du maniement des explosifs, mais il ne connaît pas grand-chose à la technologie numérique. Il est possible de récupérer une image supprimée tant que l'espace qu'elle occupait reste inutilisé. Bien entendu, ça exige un certain niveau de ressources techniques.

– Vous avez le matériel qu'il faut ? s'enquit Pei.

– Mes gars sont déjà dessus. Les données seront disponibles d'ici demain matin. À ce moment-là, on pourra se faire une idée de la tête de notre coupable. »

Pei frappa la table du poing.

« Excellent ! »

Cette bouffée d'enthousiasme ne dura pas. Il ajouta, retrouvant aussitôt sa gravité :

« Il faut que nous nous préparions. Et surtout, il faut que nous disposions d'effectifs suffisants pour mener nos investigations. Nous ne sommes pas confrontés à un adversaire ordinaire. Nous devrons être capables de passer à l'action à tout moment.

– Vous n'aurez pas à vous occuper de tout ça, intervint Han, étrangement tendu. L'enquête sera codirigée par le capitaine Xiong et moi-même. Mes hommes se chargeront de retrouver la trace du suspect. Ceux de l'UPS se concentreront sur les éventuelles situations d'intervention. »

Xiong acquiesça d'un coup de menton. Des erreurs avaient été commises dix-huit ans plus tôt – des erreurs qui ne devraient pas être répétées.

« Comment puis-je vous aider ? » demanda Pei.

Han soutint son regard pendant plusieurs secondes.

« Vous êtes loin de Longzhou, capitaine Pei. Techniquement parlant, vous n'avez pas à vous mêler plus longtemps de l'enquête. Si nous vous avons demandé de vous joindre à nous, c'est en raison de votre parcours et de votre point de vue unique sur cette affaire. Ceci étant précisé, j'attends de vous que vous vous replongiez dans vos souvenirs des meurtres de 1984 et que vous portiez un regard extérieur sur nos investigations. Peut-être découvrirez-vous même de nouveaux indices. Mais je tiens à souligner que votre rôle au sein de cette cellule ne sera pas de premier plan.

– Je vois », fit Pei, hochant la tête à contrecœur.

Le ton solennel de la réponse du capitaine de la criminelle recelait un autre message, que Pei reçut aussi : Han ne lui faisait pas confiance. Quoi qu'il en soit, le choix ne lui appartenait pas.

« Il me semble que c'est vous qui avez spécifiquement requis ma présence au sein de ce groupe, capitaine Han, intervint Mu d'un ton posé. Quel sera mon rôle pendant l'enquête ?

– Ce n'est pas moi, mais peu importe. Vous travaillerez avec le capitaine Pei Vous êtes psychologue, après tout. Aidez-le à fouiller dans ses souvenirs, au cas où un indice nous aurait échappé, et établissez-moi le profil de ce fou furieux. »

Et Han ajouta après une courte pause :

« Je me suis bien fait comprendre ?

– Oui, chef », répondit Mu, fixant à nouveau sur Pei son regard sombre.

3
Premiers mouvements

21 octobre, 18 h 25

Le ciel s'assombrissait lorsque Pei ressortit sur le trottoir animé devant le quartier général de la police criminelle. Les magasins écoulaient encore leurs stocks de pâtisseries produites pour la fête de la Lune – des gâteaux de lune circulaires, fourrés à la pâte de haricots rouges, à la crème de graines de lotus et au jaune d'œuf. Pei sentit l'indolence des citoyens de Chengdu qui flânaient dans les rues après les festivités et se demanda quelle serait leur réaction s'ils apprenaient qu'un tueur impitoyable se cachait parmi eux.

Il se dirigea à grands pas vers le centre d'hébergement de la police, un immeuble de taille moyenne situé à deux minutes de marche du QG. Tous les membres de la cellule interservices devraient y être hébergés jusqu'à nouvel ordre. Si les plus jeunes étaient restés discrets sur leur vie privée, Pei avait vu Xiong sortir son téléphone juste après la réunion. Le capitaine de l'UPS avait dû répéter maintes fois les mêmes phrases, en s'efforçant de garder son calme :

« C'est temporaire, ne t'inquiète pas ! C'est pour le travail, tu sais ce que c'est ! »

La chambre de Pei offrait un confort en tout point comparable à celui de son domicile, ce qui, tout bien considéré, n'était pas une référence. Après s'être débarbouillé dans la petite salle d'eau, il s'assit à son bureau et entama sa lecture des pièces du dossier.

Bien qu'ayant lui-même été autrefois suspecté dans cette affaire, il ne connaissait quasiment rien du contenu de l'enquête.

À l'époque, il s'était rendu coupable de deux fautes graves. Primo, il aurait dû alerter la police dès qu'il avait senti que Meng pouvait avoir eu un problème. Et secundo, il lui avait soufflé le mauvais choix pendant qu'elle essayait de désamorcer la bombe. Depuis, il ne cessait de repenser aux dizaines de scénarios qui auraient pu se réaliser s'il avait réagi différemment et signalé ses soupçons sans tarder. Les policiers seraient peut-être intervenus à temps. Peut-être même auraient-ils intercepté Meng avant qu'elle n'arrive à l'entrepôt. Il aurait pu la sauver.

Si seulement il lui avait dit d'arracher l'autre fil…

Jamais il n'oublierait le son de sa voix déformée par la panique dans le talkie-walkie.

Le remords le poursuivait depuis lors comme une ombre collée à ses pas. Le sentiment de son échec le hanterait toujours.

Les fautes de cet après-midi-là avaient chamboulé toute la suite de son parcours. Sa si prometteuse carrière était passée à la trappe, et il avait dû rentrer à Longzhou, sa ville natale, gros bourg tranquille où rien ou presque ne changeait jamais. Là, sans s'en rendre compte, il avait laissé filer dix-huit années de son existence.

Il y avait quelque chose de presque aussi insoutenable pour Pei que la conscience d'avoir irrémédiablement perdu les deux êtres qui lui étaient les plus chers : l'idée qu'il n'avait jamais eu la moindre chance de se venger de leur bourreau.

Aujourd'hui, cette chance se présentait.

En lisant le journal du sergent Zheng Haoming, retrouvé à son domicile, Pei se sentit inexorablement rattrapé par un passé qu'il n'avait jamais véritablement laissé derrière lui.

18 avril 1984

Une telle série de meurtres est quasiment inédite dans la Chine d'aujourd'hui.

Xue Dalin, vice-commissaire de police, a été assassiné chez lui ce matin. Ensuite, dans l'après-midi, une explosion s'est produite à l'intérieur d'un dépôt de produits chimiques de la banlieue est de Chengdu, tuant sur le coup deux élèves-officiers de l'académie de police. L'horreur de ces crimes a incité l'administration locale à les dissimuler au public. Une cellule interservices regroupant l'élite des policiers du Sichuan a été secrètement mise en place. J'ai l'honneur d'en faire partie.

L'assassin est visiblement très au fait de nos techniques d'investigation. Il n'a laissé aucune empreinte digitale sur ses lettres anonymes. L'écriture de ces « avis de décès » est tellement parfaite qu'on la dirait tapée à la machine, ce qui rend quasiment impossible toute identification de l'auteur. De même, nous n'avons relevé ni empreintes digitales ni traces de pas sur les lieux du meurtre de Xue. On peut en déduire que l'assassin a procédé à un nettoyage méticuleux après son crime. Psychologiquement parlant, nous avons affaire à une personnalité réfléchie et bien structurée.

L'incendie de l'entrepôt a réduit en cendres tous les indices potentiels. Nos techniciens ont mis plusieurs heures à ramasser tous les restes des deux victimes. Il a été impossible de reconstituer leurs corps respectifs.

Pour l'heure, nous n'avons fait qu'une seule découverte prometteuse : un rescapé retrouvé sur place. Il souffre toutefois de nombreuses fractures et de brûlures gravissimes sur une bonne partie du corps. Il a été admis en urgence à l'hôpital populaire du Sichuan. Son pronostic vital reste engagé.

19 avril 1984

J'ai réinterrogé ce matin l'élève-officier Pei Tao, de l'académie de police. Il était visiblement sous le choc. Ou, de façon plus imagée : à ramasser à la petite cuiller. Sincèrement, j'ai de la sympathie pour lui. De tout ce que j'ai entendu dire par ses pairs et ses instructeurs, Pei est un étudiant prodigieux et extrêmement appliqué. Il s'attribue à l'évidence une certaine part de responsabilité dans l'explosion de la bombe.

Dans l'après-midi, je me suis rendu à l'hôpital populaire. L'unique survivant de la déflagration était toujours inconscient, dans un état critique. Pour le bon déroulement de l'enquête, j'espère qu'il reprendra très vite connaissance. Sur le plan purement humain, en revanche, la mort serait pour lui un sort plus enviable.

20 avril 1984

Nous avons entamé nos investigations sous différents angles. Je m'occupe du rescapé de l'explosion.

Il est toujours dans le coma. Ma mission consiste à l'identifier, mais son visage… Sa propre mère ne le reconnaîtrait plus !

Il n'avait sur lui aucun portefeuille ni aucun papier, mais les médecins ont sorti d'une de ses poches, avant de l'opérer, une petite pelote de fil de cuivre. Qui sait, cet indice nous aidera peut-être à déterminer son identité.

Déroulé, ce fil de cuivre mesure environ deux mètres. Il pourrait provenir d'un câble électrique dénudé.

21 avril 1984

Aujourd'hui, j'ai fait plusieurs découvertes importantes.

Tout d'abord, il y a ce tunnel en béton désaffecté à une centaine de mètres au sud du site de l'explosion. Il est large d'au moins deux mètres. De la ferraille de récupération et des rebuts divers étaient entassés à l'intérieur. Cela donnait l'impression que quelqu'un avait vécu là.

Au milieu de ce bric-à-brac, j'ai ramassé une gaine de câble électrique évidée. Étant donné sa longueur, elle pourrait correspondre au fil de cuivre récupéré dans les poches du rescapé.

Qui est-ce ? Un ferrailleur sans domicile fixe ? Je ne peux qu'attendre son réveil pour connaître la réponse.

À en croire les médecins, le pire est derrière lui.

25 avril 1984

Les choses s'améliorent.

L'homme a enfin repris connaissance aujourd'hui. Il ne se souvient pratiquement de rien. Même pas de son nom. Les médecins disent que ce type d'amnésie est courant chez les personnes grièvement blessées. Je cherche un moyen de lui rafraîchir la mémoire.

Je suis retourné au tunnel pour y prendre quelques photos. Je vais devoir patienter jusqu'à demain matin avant de récupérer les tirages.

26 avril 1984

J'ai montré au rescapé mes photos du tunnel. Il a paru troublé. Compréhensible. Je lui ai ensuite montré le bout de fil de cuivre en disant qu'il avait été retrouvé dans sa poche. Je l'ai encouragé à se concentrer au maximum sur ce qui s'était passé ce jour-là.

Son expression s'est modifiée, et il a paru se souvenir de quelque chose. Cela lui a demandé un effort colossal, mais il s'est mis à parler. Je me suis penché sur lui jusqu'à ce que mon oreille effleure ses lèvres.

« Je... j'habite dans ce tunnel. »

J'étais ravi de recueillir un témoignage. Enfin. Et il ne s'est pas arrêté là.

Huang Shaoping a grandi dans une région rurale de l'Anhui, à plus de mille cinq cents kilomètres d'ici. Il est arrivé à Chengdu après la mort de ses deux parents, en espérant trouver du travail. Il n'y est pas parvenu, ce qui l'a obligé à élire temporairement domicile dans ce tunnel. Il survivait en ramassant et en revendant de la ferraille. Pour la plupart de nos concitoyens, Huang n'était qu'un déraciné anonyme parmi tant d'autres.

Quand je lui ai une nouvelle fois demandé ce qui s'était passé le jour de l'explosion, il a secoué la tête sans répondre. Ces souvenirs-là, apparemment, persistent à lui échapper.

Je reviendrai demain avec des images du site de l'explosion.

27 avril 1984

J'ai montré à Huang mes photos de l'entrepôt. Il a paru abasourdi quand je lui ai dit qu'un homme et une femme avaient été tués par la déflagration responsable de ses blessures. Et la mémoire, enfin, lui est revenue.

Alors qu'il se reposait dans son tunnel de béton l'après-midi du 18, Huang affirme avoir vu trois personnes pénétrer consécutivement dans l'entrepôt en à peine une heure. Malgré la distance, l'orifice du tunnel offre une vue directe sur la porte du bâtiment. Huang a assisté à l'entrée d'un individu de sexe masculin vers 15 heures, puis à celle d'un autre homme une demi-heure après. Au bout de quelques minutes, l'un de ces hommes est ressorti. Et une troisième personne, de sexe féminin celle-là, s'est présentée une demi-heure plus tard. Intrigué par la vue de cette femme, Huang s'est glissé à l'intérieur de l'entrepôt pour la regarder de plus près. L'homme et la femme se parlaient en criant. Malheureusement, avant qu'il ait pu comprendre ce qui se passait, l'explosion a eu lieu.

Face à mes questions, Huang a été formel : le premier homme à être entré dans le bâtiment en est ressorti à peu près une demi-heure avant l'arrivée de la femme. S'il dit vrai, nous devons absolument retrouver ce premier homme. Huang l'a vu de loin depuis son tunnel, mais il m'a juré qu'il serait capable de le reconnaître.

Pei interrompit sa lecture. Son poing gauche était serré. Si Huang Shaoping avait vu le suspect, comment se faisait-il que la cellule interservices de l'époque n'ait pas dressé de portrait-robot ?

À en juger par la suite du journal de Zheng, la cellule avait poursuivi ses travaux sans faire de progrès notables ni découvrir de nouvelles pistes. Les annotations du sergent, de plus en plus espacées, trahissaient un sentiment de frustration croissant. Deux ans plus tard, l'enquête était au point mort. La cellule avait été démantelée, les investigations actives avaient cessé.

Sauf que les enquêteurs venaient de découvrir quelques heures plus tôt, dans un tiroir du bureau de Zheng, un volume beaucoup plus récent de son journal, dont les dernières pages avaient été écrites dans la semaine précédant son décès. Pei fouilla dans la liasse de documents rapportés du QG jusqu'à retrouver les pages photocopiées d'un carnet noir à spirale que leur avait montré Han. Il les lut avidement.

13 octobre 2002

J'ai longtemps cru que c'était fini. Que tous ces souvenirs resteraient à jamais inaccessibles, comme le rapport d'enquête. J'avais peut-être tort.

Ce matin, j'ai trouvé une enveloppe sur le pas de ma porte. À l'intérieur, deux feuilles : une lettre manuscrite anonyme et une bande de papier mentionnant une adresse Web. Mon cœur s'est mis à faire des bonds quand je les ai étalées sur mon bureau.

Cette écriture... je l'aurais reconnue n'importe où ! La calligraphie impeccable. Les idéogrammes parfaitement alignés. Chacune de ces lignes était une cicatrice dans ma mémoire. Il y a dix-huit ans, j'ai étudié tout cela des centaines de fois.

Je suis allé sur le site. Ce que j'ai vu m'a causé un choc absolu. Serait-il de retour ? Non, je ne veux même pas l'envisager. Peut-être est-ce l'œuvre de quelqu'un qui, à l'époque, a joué un rôle dans l'affaire ? Une tentative de canular ?

J'ai examiné l'enveloppe et son contenu. Aucune trace de doigts, pas de poil qui traîne, rien. Comme si la lettre et la bande de papier s'étaient cachetées toutes seules dans cette enveloppe.

La cellule interservices 18/04 a été démantelée il y a près de deux décennies. Il est très possible que je sois le dernier de ses ex-membres à y penser encore. Que faire ? Signaler ceci au QG provincial et demander la réouverture de ce vieux dossier ? C'est peut-être un peu précipité... Je risquerais mon poste et ma réputation si je m'emballais à cause de ce petit indice. Han et les siens ne doivent pas y être mêlés. Pas encore. Je dois régler ça discrètement.

14 octobre 2002

J'ai contacté Zeng Rihua, un jeune prodige de l'informatique du QG. Il a accepté de m'aider en mettant en ligne un programme espion. Je me suis fait prêter un appareil numérique par le département. Grâce aux informations de Zeng, j'ai déjà la photo de plusieurs suspects potentiels. Étant donné que l'affaire a été classée top secret dès le départ, je ne pourrai rien dire de mon enquête à personne, ni solliciter l'aide de qui que ce soit d'autre. J'espère ne pas être en train de perdre mon temps.

19 octobre 2002

Photographié plein de gens aujourd'hui. Vu Huang dans la soirée. Il n'a été capable d'identifier personne.

Ce message du forum a été vu et commenté un très grand nombre de fois. Son auteur, par contre, ne s'est plus manifesté. Peut-être était-ce juste une plaisanterie de très mauvais goût.

D'après Zeng, les utilisateurs des forums de discussion sont en majorité des adolescents et des jeunes adultes. Je risque donc d'avoir du mal à faire le lien entre l'un d'eux et une affaire qui remonte à 1984. Cela étant, je devrais peut-être me renseigner quand même sur certains de ces jeunes. Zeng me dit qu'il a récemment remarqué d'étranges anomalies dans la base de données informatique du QG. Sa théorie est qu'un hacker se promènerait actuellement dans le système. S'il a raison, cela pourrait bien expliquer qu'un mauvais plaisant ait entendu parler de cette vieille histoire.

C'était l'ultime annotation du journal de Zheng. Elle avait été rédigée la veille de son meurtre.

Si seulement tu avais signalé ceci au QG…

Pei soupira. C'était absurde, mais il avait presque l'impression que Zheng l'écoutait depuis l'au-delà.

« Quand tu t'es battu contre ton meurtrier, dit-il à haute voix, tu as dû comprendre que ce n'était pas une plaisanterie. Mais il était trop tard, hein ? »

Trois petits coups frappés à la porte l'arrachèrent à ses pensées. Il remit les documents en piles soigneuses et se leva. Quand il ouvrit, Mu Jianyun était debout devant lui.

« Bonsoir, capitaine Pei.

– Vous venez parler du dossier ? demanda Pei, d'un ton qui se voulait amical. Entrez, faites comme chez vous. »

Il regagna son siège, et Mu s'assit dans le canapé face à lui, en jetant un coup d'œil oblique aux documents posés sur le bureau.

« Je viens moi aussi de finir de lire ça, dit-elle. Auriez-vous l'obligeance de me faire profiter de votre expertise en répondant à quelques questions ? »

Pei sourit.

« Ne faites pas tant de cérémonies. D'ailleurs, je n'irais pas jusqu'à me qualifier d'expert. Que voulez-vous savoir ?

– À cause de ma formation, j'ai tendance à aborder chaque enquête criminelle en partant des motivations et de l'état d'esprit de l'auteur présumé. J'en déduis un certain nombre d'informations sur son milieu social, son histoire personnelle et ses principaux traits de caractère, ce qui me permet d'établir un profil psychologique. Dans le cas présent, l'un des éléments les plus remarquables me paraît être le pseudonyme utilisé à la fois pour les courriers anonymes de 1984 et pour les récents messages en ligne. »

Mu sortit son stylo et écrivit le mot « Euménide » sur un carnet.

« Savez-vous à quoi renvoie ce nom ? »

Pei ne répondit pas.

« C'est une autre façon d'appeler les Furies dans la mythologie grecque. Les déesses de la justice et du châtiment. D'après la légende, les Euménides traquaient sans relâche ceux qui avaient commis des crimes graves. Où qu'ils aillent, elles les poursuivaient pour emplir leur conscience de remords et de culpabilité. Et à la fin, elles leur faisaient payer leurs méfaits au prix fort.

– Notre assassin connaît donc ses classiques. Les déesses de la justice et du châtiment...

– En 1984, deux de ses victimes ont reçu le même type de courrier anonyme : un "avis de décès" signé Euménide. Son but était semble-t-il de les punir selon les principes d'une justice dévoyée. Ce qui m'amène à la question que je voulais vous poser : ces deux victimes, Xue Dalin et Yuan Zhibang, ont-elles commis les crimes cités dans leurs avis de décès ?

– Vous me demandez si le vice-commissaire a manqué à ses devoirs, touché des pots-de-vin et travaillé en collusion avec le crime organisé ? Je n'en ai pas la moindre idée. À l'époque, j'étais un simple élève-officier de l'académie de police. S'agissant de Yuan, en revanche... Disons que les "crimes" mentionnés sont plausibles.

– Capitaine Pei, je suis bien consciente que Yuan était votre meilleur ami, mais je compte néanmoins sur vous pour me fournir des réponses exactes et précises en ce qui concerne cette affaire.

– Je comprends, dit Pei à contrecœur. Yuan était un étudiant remarquable. Pour vous dire la vérité, je l'admirais sur bien des plans, mais les femmes étaient son talon d'Achille. »

Le regard de Mu glissa à nouveau sur les documents posés sur le bureau de Pei avant de s'arrêter sur une photo agrandie de Yuan. Un très bel homme, en effet.

« Ses liaisons ne duraient jamais longtemps, expliqua Pei. À peu près un an et demi avant l'explosion, il s'est mis à fréquenter une élève de la section administration. Une fille superbe, pour qui Yuan avait indéniablement des sentiments. À l'époque, j'étais convaincu qu'il allait s'installer avec elle. » Il secoua la tête et soupira. « Mais ils se sont séparés quelques mois plus tard.

– Pourquoi ?

– C'était peut-être la façon d'être de Yuan. En tout cas, c'est lui qui a rompu. Le jour même, la fille est venue frapper à la porte de notre chambre, les yeux tout rouges. Elle voulait lui parler. Yuan m'avait chargé de lui dire que je ne savais pas où il était. J'étais inquiet, bien sûr, mais jamais je n'aurais cru que cette fille prendrait la chose aussi mal. Ce que j'ignorais à ce moment-là, c'est qu'elle venait d'avorter à sa demande. Par la suite, elle s'est suicidée en se jetant du haut d'un pont. »

Pei fixait ses pieds, accablé de honte.

« Ce que les hommes peuvent être minables..., lâcha Mu avec un regard noir. Et Yuan ? Est-ce qu'il a eu des remords, au moins ? Ou quoi que ce soit d'autre ?

– Rien. Il s'est trouvé une autre petite amie presque tout de suite grâce à un programme de correspondance organisé par le journal local. Au bout de quelques lettres, la fille et lui ont décidé de se rencontrer en chair et en os. Ils ont fixé une date pour leur premier rendez-vous. Le 18 avril. »

Mu hocha la tête, pensive.

« Voilà qui pourrait bien faire de cette correspondante l'une des dernières personnes à avoir vu Yuan en vie, n'est-ce pas ? »

Pei haussa les épaules.

« Je sais ce que vous pensez, mais la vérité va vous décevoir. Après l'explosion, des enquêteurs de la cellule 18/04 sont venus perquisitionner à l'internat et ont saisi les lettres échangées par Yuan et sa correspondante. L'adresse de l'expéditeur leur a permis de retrouver la fille, qui étudiait dans une autre université de la ville. Elle n'avait jamais entendu parler de Yuan – et encore moins prévu de le rencontrer. Ses camarades de promotion ont confirmé sa version : elle avait passé toute la journée du 18 avril sur le campus.

– Quelqu'un a pourtant écrit ces lettres. Ce quelqu'un aurait donc donné à Yuan un faux nom et une fausse adresse ?

– C'est exactement ça. Si vous lisez le rapport d'expertise, vous verrez que les lettres de sa correspondante ont été écrites par la même personne que les avis de décès.

– Yuan était logé à l'académie, enchaîna Mu avec enthousiasme. Il aurait été presque impossible d'organiser son assassinat dans un bâtiment aussi peuplé que l'internat. Voilà pourquoi le coupable l'a attiré par la ruse dans cette lointaine banlieue, où il a pu tranquillement effacer toutes ses traces grâce à une bombe. »

Pei opina en silence.

« Ce salaud est sacrément prudent, ajouta Mu en scrutant les traits de Pei. Même si ses méthodes sont ignobles, je peux comprendre qu'il ait pris pour cible un type comme Yuan. Courir les filles, en mettre une enceinte et la pousser au suicide en l'abandonnant dans la foulée… Ne me dites pas que vous approuvez ce genre d'attitude, capitaine ? »

Pei détourna les yeux.

« Non, bien sûr que non. Mais il ne méritait pas de mourir au fond d'un entrepôt abandonné, avec une bombe sur le torse. Yuan était mon ami. Il a beau s'être conduit de manière odieuse, je reste persuadé qu'au fond de lui c'était une bonne personne.

– Je vois. Capitaine Pei, je vous suis très reconnaissante de votre aide. Mon profil psychologique du tueur s'est sérieusement étoffé, ajouta-t-elle avec un sourire conciliant. Quelle sera votre prochaine étape ?

– J'ai prévu de rendre visite à notre unique rescapé, Huang Shaoping, répondit Pei en sortant une feuille de la pile de photocopies. Zheng nous a laissé ses coordonnées.

– Excellent. J'aimerais bien l'entendre moi aussi. Si nous allions le voir ensemble demain ? D'ailleurs, Han ne demande qu'une chose, c'est que nous évitions tous les deux de rester dans ses pattes. »

Pas tous les deux, rectifia Pei en silence.

22 octobre, 7 h 12

En temps normal, les toits de la ville auraient déjà dû être baignés de lumière, mais la bruine automnale, ce matin-là, jetait sur la ville un voile de brume opaque et gris.

La douleur tira Huang Shaoping de son sommeil. Ses vieilles blessures étaient guéries, mais il suffisait que le temps devienne pluvieux pour que chaque centimètre carré de sa peau paraisse reprendre feu. Respirant bruyamment entre ses dents serrées, il fut ramené dix-huit ans en arrière par sa souffrance.

Ces cinq secondes étaient plus profondément gravées dans sa mémoire que tout autre moment de son existence. La fille arrachait un fil de la bombe. Elle était engloutie par une boule de flammes, tout comme l'homme assis à côté d'elle. Avant qu'il ait le temps de réagir, la vague brûlante le submergeait à son tour et le plongeait dans un abîme d'horreur et de détresse, puis il perdait connaissance.

Pourtant, il avait survécu. Et au vu de ses multiples fractures et des brûlures au troisième degré qui couvraient soixante-quinze pour cent de la surface de son corps, sa survie tenait du miracle.

Ces quelques secondes, pourtant, avaient transformé le cours de son existence. Il n'avait réchappé de cet enfer que pour se retrouver à l'état d'épave humaine. Aux yeux du reste du monde, il n'était plus qu'un monstre.

L'explosion avait fait voler sa vie en éclats. Les gens avaient aussi peur de le regarder que lui d'être vu par eux. Il menait aujourd'hui une existence solitaire, comme un arbre dans le désert. Personne ne pouvait mesurer le supplice qui était le sien depuis dix-huit ans.

Huang se pelotonna sur son lit. Un filet d'eau de pluie ruisselait d'une fissure dans le mur. Une araignée trottait au plafond. Ses oreilles frémirent. Il retint son souffle et attendit.

Les douleurs chroniques avaient aiguisé ses sens. Il entendit des pas approcher. Quelques secondes plus tard, on frappa à la porte.

« Qui est là ? gronda Huang.

– Police. »

Encore et toujours la police. Qui d'autre viendrait lui rendre visite dans ce taudis ? Huang se souleva péniblement de son lit, saisit sa canne et clopina jusqu'à l'entrée. Quand il ouvrit la porte, un homme et une femme en civil étaient immobiles face à lui. Tous deux arboraient quasiment le même masque stupéfait.

Huang connaissait bien cette expression. Étonnamment, aucun d'eux ne détala en le voyant. Cela ne l'empêcha pas d'adopter un ton méfiant.

« Tiens, deux flics. Où est passé le sergent Zheng ?

– Je suis le capitaine Pei Tao, de la police de Longzhou, dit l'homme en montrant son insigne. Et voici Mu Jianyun, maître de conférences à l'académie de police du Sichuan. »

La femme esquissa un sourire embarrassé.

« Pei Tao... Pei Tao... », répéta Huang dans sa barbe, tout en examinant la carte de l'homme.

Ses prunelles troubles scrutèrent les deux visiteurs. Les brûlures de son visage lui tendaient hideusement la peau et se confondaient avec le blanc de ses yeux. Troublé par la fixité de son regard, Pei fut parcouru d'un frisson glacial. Heureusement, Huang rebroussa chemin vers les profondeurs de la masure.

« Entrez », dit-il dans un souffle.

Une odeur de moisi agressa les policiers dès qu'ils s'avancèrent dans la pièce unique. Pei avait déjà visité toutes sortes de taudis dans l'exercice de ses fonctions à Longzhou, mais celui-là était misérable. Mu toussa discrètement au creux de son coude.

« Refermez derrière vous. Sinon, on aura vite des courants d'air. »

Pei remarqua que Huang ne portait pas de chandail. L'homme se traîna jusqu'au lit et s'emmitoufla dans la couverture crasseuse laissée en boule sur le matelas.

Mu repoussa sans bruit le battant de bois. L'obscurité envahit la pièce. Pei et elle eurent tout à coup encore plus de mal à respirer.

« Nous sommes ici pour vous poser quelques questions sur une affaire qui remonte à dix-huit ans, lâcha Pei sans prendre de gants, car il n'avait aucune envie de s'attarder dans un endroit pareil. Sur l'explosion. »

Huang le regarda avec étonnement, puis lâcha un éclat de rire amer.

« Je ne suis bon qu'à ça, on dirait ! Qu'est devenu le sergent Zheng ? Pourquoi est-ce que ce n'est pas lui qui vient me voir aujourd'hui ?

– Il est mort, répondit froidement Pei. Zheng a été assassiné avant-hier. Nous pensons qu'il y a un lien entre cet assassinat et l'explosion de l'entrepôt. Nous sommes chargés d'identifier l'homme qui l'a tué. L'homme qui vous a causé ces brûlures. Et de l'arrêter. C'est pour ça que nous sommes ici.

– Quoi ? Qu'est-ce qui s'est passé ? Zheng était encore ici il y a quelques jours !

– Et il vous a montré des photos de gens, n'est-ce pas ? Avez-vous pu identifier quelqu'un ?

– Ah oui, ces images..., fit lentement Huang, comme s'il produisait en même temps un gros effort de mémoire. Non. La personne que vous cherchez n'était pas dessus.

– Vous êtes formel ? Le sergent Zheng a été assassiné dans le but évident d'effacer certaines d'entre elles.

– Oui. J'en suis certain. Elles ne montraient que des gamins. La plupart n'étaient sans doute même pas nés quand c'est arrivé. »

Avec un grognement d'approbation, Pei décida de changer d'approche.

« Laissons les photos de côté pour le moment. Je veux que vous me racontiez en détail ce que vous avez vu le jour de l'explosion. »

Huang fronça les sourcils.

« Je l'ai déjà fait un nombre incalculable de fois !

– Je sais, j'ai lu les procès-verbaux. Mais je tiens à vous l'entendre dire en personne.

– Bon, soupira Huang. À l'époque, je venais d'arriver de ma campagne. Je ramassais de la ferraille pour gagner de quoi manger. La plupart du temps, je passais la nuit dans un ancien tunnel d'accès, juste en face de l'entrepôt. L'après-midi du 18 avril, je n'ai pas eu envie de sortir travailler. Je suis resté faire la sieste dans le tunnel. Mais je me suis vite réveillé et j'ai vu plusieurs personnes entrer une par une dans l'entrepôt. Au début, ça ne m'a pas tellement intéressé, mais quand j'ai vu une femme se pointer, j'ai décidé d'aller jeter un coup d'œil.

– Pourquoi ? »

Huang rit jaune.

« C'était un entrepôt désaffecté. J'ai vu une femme y entrer alors qu'un homme était déjà à l'intérieur. Qu'est-ce que vous vouliez que je pense ? » Il rit à nouveau. « Quand je pense que c'est ma libido qui a failli me faire tuer… »

Pei lui lança soudain un regard tellement acéré qu'il aurait pu tailler des diamants. Huang cessa de rire presque sans s'en rendre compte.

« Vous devriez faire attention aux mots que vous employez, l'avertit Mu. L'une de ces personnes était la petite amie du capitaine Pei. L'autre était son meilleur ami. »

Un voile de peur passa sur les traits de Huang. Terriblement gêné, il chercha les yeux de Pei.

« Vous ne pouviez pas le savoir, dit le capitaine en se radoucissant. Bon, ne nous attardons pas là-dessus. Vous dites que vous avez vu trois personnes entrer dans le bâtiment ?

– C'est ça. Trois. Deux hommes et une femme. Le premier homme est reparti avant l'arrivée de la femme.

– Pourriez-vous être plus précis sur l'heure de ces entrées et sortie ?

– Je n'avais pas de montre. Tout ce que je peux vous dire, c'est que le deuxième homme a débarqué une bonne demi-heure après le premier. Et que le premier est ressorti quelques minutes plus tard. La femme est arrivée en dernier. »

Pei et Mu se cherchèrent du regard. Tous deux pensaient la même chose – le premier homme avait attendu Yuan pour lui tendre un guet-apens. Il avait posé sa bombe et s'était éclipsé avant l'arrivée de Meng.

« D'après le rapport, dit Pei, vous avez vu ce premier homme. Pourquoi n'avez-vous pas donné son signalement aux enquêteurs ?

– Je l'ai vu de loin. Je ne sais pas vraiment à quoi il ressemblait. »

Mu inclina légèrement la tête et demanda :

« N'avez-vous pas déclaré que vous seriez capable de le reconnaître si vous le revoyiez ? »

Les lèvres de Huang se retroussèrent en un large sourire, révélant deux rangées de dents étincelantes.

« La police a beaucoup fait pour moi depuis l'accident, vous savez. Ils ont payé toutes mes opérations. Ils m'ont installé à l'œil dans ce palais. J'ai essayé d'être gentil avec eux.

– Mais vous avez dit…

– J'ai juste dit que je serais *peut-être* capable de le reconnaître. En plus, je l'ai dit à l'époque. Il y a près de vingt ans. »

La déception se peignit sur le visage de Mu.

Cette ligne de questionnement ne nous mènera nulle part, songea Pei. *Il faut trouver un autre angle d'attaque.*

« Vous avez suivi la femme à l'intérieur de l'entrepôt, demanda-t-il. Qu'avez-vous vu après ?

– Un bâtiment gigantesque. Des tas de bidons poussiéreux et des engins de levage. Je me suis caché derrière l'un d'eux, tout près de l'entrée, pour ne pas être repéré. Et là, j'ai vu un homme assis par terre. Avec un bras tendu de façon bizarre – il ne devait vraiment pas être à l'aise. La femme était accroupie et tripotait quelque chose à côté de lui. Il n'arrêtait pas de lui dire de s'en aller, de le laisser là. Je n'ai rien compris à ce qu'ils faisaient, mais je n'arrivais pas à les quitter des yeux. La femme s'est mise à hurler dans une espèce de radio : "Fil rouge ! Fil bleu !" C'est tout ce que j'ai compris. "Fil rouge ! Fil bleu !" Et là, j'ai entendu une autre voix d'homme qui…

– Assez ! cria Pei, les yeux embués. Je… Je sais déjà tout ça.

– Vous voulez savoir quoi, alors ? » demanda Huang, décontenancé.

Pei inspira profondément.

« Dites-moi ce qui s'est passé à la fin.

– La voix d'homme de la radio a dit "Fil rouge !" Tout a explosé.

– Comment était-elle ? murmura Pei. Décrivez-moi l'expression de son visage, ses gestes. Vous ne l'avez pas quittée des yeux, n'est-ce pas ?

– Exact. Je l'observais. C'est bizarre, quand on y pense. Jusqu'à la fin, elle a eu l'air ultra-nerveuse. Et puis, au tout dernier moment, elle est devenue étrangement calme. Je crois même qu'elle a souri. Pendant ces quelques secondes, je l'ai trouvée d'une beauté... »

Les ongles de Pei s'enfoncèrent dans les paumes de ses mains. Il attendit d'avoir repris son souffle et se redressa.

« On étouffe, ici. »

Mu alla aussitôt rouvrir la porte d'entrée. Un courant d'air froid s'engouffra dans la pièce, et Pei s'emplit goulûment les poumons. Alors qu'il s'éloignait vers le seuil, Huang l'interpella.

« Hé, minute, capitaine ! »

Pei se retourna.

« Quoi, qu'y a-t-il ? »

Huang sourit à nouveau de ses lèvres déchiquetées.

« Ce vent est glacial. Il faudrait que je mette mon caleçon long. Ça vous embêterait de m'aider ? Comme vous le voyez, je ne suis plus aussi habile de mes mains qu'autrefois. Il est dans la malle, juste à côté du lit. »

Pei ouvrit la malle, et une odeur épouvantable lui fit monter les larmes aux yeux. De moisi, de vinaigre et de sueur à la fois. Retenant sa respiration, il fouilla dedans et en sortit un caleçon en laine. Mu tourna les talons et quitta la pièce en voyant Huang baisser son pantalon.

Huang attrapa Pei par l'épaule.

« Elle n'est pas là pour m'interroger, siffla-t-il à son oreille.

– Bien sûr que si, rétorqua Pei, surpris. Nous sommes tous les deux membres de la cellule interservices. »

Tout en se tortillant pour enfiler son caleçon, Huang murmura :

« Elle ne m'a pas regardé une seule seconde pendant que vous m'interrogiez. C'est vous qu'elle observait. Elle a étudié tous vos regards et tous vos gestes. J'ai eu affaire à des tas de flics depuis l'explosion de l'entrepôt. Je sais comment ils fonctionnent. Cette femme n'est pas venue pour moi. Elle vous surveille. »

Pei sentit sa poitrine se serrer, mais resta de marbre et aida Huang à boutonner son caleçon.

« Pourquoi me dites-vous ça ? » demanda-t-il à voix basse.

Huang ricana.

« La plupart des gens ne supportent même pas de me regarder. Et encore moins de m'aider à mettre mon caleçon. »

Pei étudia à nouveau la trogne défigurée du ferrailleur, pris de compassion.

« Merci de nous avoir reçus », dit-il.

Et il quitta la masure en refermant derrière lui.

Il pleuvait de la neige fondue. Les gouttes, fines et glaciales, fouettèrent le visage de Pei. Mu était déjà dehors. Ses yeux inquiets couraient sans cesse sur la rue, d'une porte à l'autre, comme si n'importe laquelle risquait à tout moment de s'ouvrir à la volée. Elle se tourna vers Pei en le voyant sortir.

« Si les rôles avaient été inversés entre Meng et vous, demanda-t-elle, vous seriez-vous fié à votre jugement dans ces ultimes secondes ? Ou auriez-vous préféré suivre le sien ? »

Pei hésita brièvement.

« Je me serais fié au mien.

– Alors pourquoi Meng vous a-t-elle écouté ? D'où lui venait cette confiance aveugle ? Et à la réflexion, comment pouvez-vous être sûr qu'elle vous a écouté ? Que c'est bien le fil rouge qu'elle a arraché ? »

Ce flot de questions sidéra Pei. Il se força à sourire, mal à l'aise, et soupira doucement.

« Je sais maintenant pourquoi le sergent Zheng a écrit que la mort aurait été plus enviable pour cet homme.

– Je ne suis pas d'accord. Vous avez remarqué le calendrier ?

– Oui, répondit Pei après un bref silence. Cloué au mur juste à côté de la porte.

– C'est une éphéméride. De ceux dont on arrache une page tous les jours. Je l'ai regardé – il est à la bonne date.

– Et vous y voyez la preuve qu'il a encore une raison de vivre. Un peu tiré par les cheveux, vous ne trouvez pas ? »

Mu secoua la tête.

« Cet homme est loin d'être aussi désespéré qu'on pourrait le penser. »

22 octobre, 7 h 55

Bureau du capitaine Han

Après avoir toqué deux fois à la porte entrouverte, Zeng s'avança dans le bureau du capitaine Han et lui tendit une courte note manuscrite. Son écriture était à peine lisible, et le capitaine se demanda si c'était un effet collatéral de sa dépendance aux ordinateurs.

« "Adresse : Jardins de Dongming, bâtiment 12, porte 404. Nom : Sun Chunfeng" », lut-il lentement.

Il leva les yeux sur Zeng.

« Qu'est-ce que c'est ?

– Le type qu'on recherche et l'endroit où on va le trouver. »

Avec un grand sourire, Zeng étala plusieurs clichés sur la table. Ils représentaient tous le même jeune homme aux cheveux peroxydés, photographié dans la salle d'un cybercafé.

« Vous avez réussi à récupérer les images effacées ? »

Zeng acquiesça avec nonchalance.

« Prises le 18 octobre, entre 10 h 25 et 10 h 30 du matin. »

Han souleva les photographies et les étudia une par une.

« Comment vous êtes-vous procuré son nom et son adresse ?

– Comme je l'ai dit hier, le sergent Zheng choisissait ses cybercafés en fonction des informations que je lui donnais. En épluchant les données de mon logiciel espion à l'heure où ces fichiers ont été créés, je me suis aperçu que les photos avaient été prises au Qianghui Cybercafé, près de l'université de pédagogie. Je me suis rendu sur place et j'ai demandé à voir leur fichier clients. Ce gamin a passé toute la matinée sur une de leurs bécanes. J'ai récupéré les données d'exploitation du disque dur sur la même plage horaire. Du coup, je connais maintenant son numéro de messagerie instantanée, deux de ses adresses mail et ses identifiants d'accès à quatre sites de vente en ligne. »

Zeng réprima un gigantesque bâillement. Malgré la fatigue, il semblait content de lui.

« Et vous avez trouvé l'adresse postale associée à ces comptes, je suppose ? fit Han, impatient.

– Bingo, répondit Zeng avec un sourire suffisant. Son adresse d'expédition était toujours la même, cet appartement aux Jardins de Dongming. J'ai appelé le commissariat du coin. Ils m'ont dégotté le numéro de son propriétaire, qui m'a confirmé qu'un dénommé Sun Chunfeng vivait sur place depuis un an et demi. Signe distinctif de ce locataire ? Des cheveux peroxydés. »

Han sourit.

« Bien joué. Cela étant, j'espère que vous vous rendez compte que vous auriez dû m'avertir à la seconde où vous avez eu l'adresse. Mes hommes seraient déjà sur le terrain.

– Hé, capitaine, je croyais qu'on faisait équipe !

– Oui, et ça signifie que vous êtes censé m'obéir. Souvenez-vous-en la prochaine fois que vous serez tenté de donner des ordres à votre équipe informatique.

– Promis, chef. Vous ne m'aurez pas dans les pattes pour le service après-vente. De toute façon, je viens de me taper une nuit blanche ! J'ai sacrément besoin de souffler. »

Zeng s'étira, se leva et sortit du bureau. Le capitaine le suivit des yeux. Ce gosse était trop fainéant et trop indiscipliné pour devenir un bon flic, mais ses talents d'investigation n'étaient pas à négliger.

Han réfléchit à l'étape suivante. Il ne pouvait pas se permettre de répéter les erreurs commises par ses prédécesseurs dix-huit ans plus tôt.

Il composa un numéro sur son Interphone.

Yin répondit à la première sonnerie, comme d'habitude. Han ne perdit pas de temps.

« Appelez le capitaine Xiong – je veux vous voir tous les deux dans mon bureau, maintenant ! »

22 octobre, 8 h 31
Jardins de Dongming

Les Jardins de Dongming étaient un vaste ensemble d'immeubles d'habitation en brique de hauteur modeste, comme on en avait beaucoup construit à une certaine époque à Chengdu. Les allées d'accès aux bâtiments étaient suffisamment larges pour permettre à deux voitures de s'y croiser, même si Han ne vit qu'une poignée de véhicules pendant que sa voiture se dirigeait vers le numéro 12. Un groupe d'hommes septuagénaires et octogénaires se tenait autour d'un banc du parc, et plusieurs vieillards des deux sexes faisaient de la gymnastique sur les agrès installés en plein air entre les immeubles. Han vit quelques habitants plus jeunes sortir en coup de vent, habillés le plus souvent en noir et blanc, avec une serviette à la main. Si les anciens assistèrent d'un air curieux à l'entrée des véhicules de police sur leur territoire, les jeunes semblaient trop pressés pour y prêter attention.

Han remarqua toute une série de visages inconnus aux abords du numéro 12, haut de cinq étages. Des hommes et des femmes en civil, positionnés autour de l'immeuble. Malgré leur apparente indifférence, ils surveillaient les rues et les allées environnantes. Tous étaient des agents d'élite de la police criminelle et de l'UPS, mobilisés en urgence pour une intervention discrète.

Le groupe de policiers emmené par Han pénétra dans le bâtiment. Certains décrochèrent en cours de trajet pour rester en couverture. Chaque étage accueillait quatre appartements, défendus par une grille de métal en plus de l'habituelle porte d'entrée en bois. Le noyau dur de l'équipe d'intervention grimpa l'étroit escalier puis s'arrêta devant l'appartement 404.

Plaqués contre le mur du couloir, Han et Xiong ordonnèrent au propriétaire, un vieil homme tremblotant, de s'approcher de la porte. L'homme appuya sur la sonnette, appela à haute voix Sun Chunfeng et cria qu'il était là pour encaisser le loyer du mois. Une attente angoissante s'ensuivit, sans réaction perceptible à l'intérieur.

Han fit signe à Yin, qui éloigna le propriétaire. Dans la foulée, un colosse de la police spécialisée passa devant Xiong pour se positionner sans bruit face à la porte.

L'unité de police spécialisée de Chengdu comptait dans ses rangs des spécialistes de quasiment tous les domaines d'intervention. L'agent Liu Song était plus habile à crocheter une serrure que le meilleur cambrioleur de la ville. Il s'attaqua d'abord à la grille de protection, qui s'ouvrit sans mal. Souriant, Liu Song inséra ensuite un crochet effilé dans la serrure de la porte, et un léger clic se fit entendre à l'intérieur. Liu leva la main gauche pour indiquer qu'elle était ouverte. L'arme au poing, Han et les autres se préparèrent pour l'assaut.

Xiong répéta le signal de Liu. Hochant la tête, Liu appuya doucement sur la porte à deux mains. Elle pivota en silence, et les policiers se ruèrent à l'intérieur.

Ils déboulèrent dans un deux-pièces vieillot. Le séjour, sombre et exigu, n'était meublé que d'un canapé en Skaï et d'un petit téléviseur. Les agents de l'UPS se déployèrent dans la pièce. L'un d'eux leva la main pour faire signe aux autres de stopper. Ils écoutèrent. Un vague bruissement s'échappait d'une porte close qui devait donner sur la chambre à coucher.

Le capitaine Han s'engouffra dans la chambre avant tout le monde. La lumière du séjour éclairait surtout le lit, et Han promena sa lampe-torche tout autour. Il repéra la silhouette qui se tortillait sous la fenêtre et la mit en joue.

« Pas un geste ! » rugit-il.

Xiong et les autres le rejoignirent.

Un homme aux cheveux blonds peroxydés était assis sous la fenêtre, dos contre le mur. Un bandeau noir lui couvrait les yeux, et l'épais ruban adhésif plaqué sur sa bouche l'empêchait d'articuler le moindre son.

Han se crispa. Quelque chose n'allait pas du tout. Il rengaina son arme et dénoua le bandeau de Sun. Le jeune homme leva sur lui des yeux écarquillés et, fou de terreur, se tordit dans tous les sens. Il était menotté au radiateur.

« Calmez-vous ! Calmez-vous ! Nous sommes la police ! » s'exclama Han.

La panique finit par laisser la place à une lueur d'espoir dans le regard de Sun. Il hurla des mots incompréhensibles derrière son bâillon.

Han se pencha sur lui et commença à décoller l'adhésif. Liu s'approcha par-derrière. Il sortit son jeu de crochets, déjà prêt à ouvrir les menottes du jeune homme.

« Non ! N'y touchez pas ! cria Sun dès que l'adhésif eut quitté ses lèvres. Une bombe ! Il y a une bombe ! »

Xiong sentit ses nerfs se tendre. D'un geste ferme, il écarta Liu et s'accroupit pour observer les menottes de Sun. Comme il le redoutait, deux fils très fins s'échappaient du trou de la serrure et disparaissaient ensuite sous le col ouvert de la chemise de Sun.

Après avoir fait signe à Han et aux autres de reculer, Xiong souleva avec d'infinies précautions un des pans de la chemise. Les fils menaient à un petit boîtier carré en plastique scotché contre son ventre.

« C'est la bombe ! beugla Sun, secoué de sanglots hystériques. Vous avez déclenché le compte à rebours en ouvrant la porte ! »

Xiong repéra l'écran digital du retardateur. Son sang se glaça quand il vit les chiffres rouges qui défilaient en ordre décroissant. Il leur restait moins de huit minutes.

« Faites évacuer l'immeuble », dit-il à Han.

Sans un mot, Han entraîna ses hommes hors de la pièce. Des cris d'alerte ne tardèrent pas à fuser dans les étroits couloirs du bâtiment.

« Il y a une bombe au quatrième !

– Faites sortir tout le monde ! »

Xiong se tourna vers Liu et dit :

« Allez plutôt leur donner un coup de main. Vous n'avez plus rien d'utile à faire ici. »

Liu affronta son regard avec un mélange d'effroi et de honte. S'il avait eu le malheur de toucher à la serrure de ces menottes... Mais il comprenait l'ordre de son chef. Xiong allait avoir besoin de toute sa concentration pour désamorcer la bombe.

Des piétinements et des cris résonnaient dans tout l'immeuble.

Sun tremblait comme une feuille. Ses yeux épouvantés allaient et venaient sans cesse entre le visage de Xiong et l'écran du retardateur.

« Du calme, dit Xiong en lui tapotant l'épaule avec un sourire inattendu. Je vais la désamorcer. »

Sun cessa de trembler. L'espoir revint dans son regard.

Xiong sortit sa pince multifonction et l'utilisa pour ouvrir le boîtier du détonateur. Les vis tombèrent une à une, et le couvercle lui resta dans la main. Retenant son souffle, Xiong tira tout doucement sur le socle en plastique du boîtier. Au moment où il s'apprêtait à le soulever, il sentit quelque chose résister sous ses doigts. Il se figea.

Un autre fil était relié au détonateur. Malgré ses précautions, le mal était fait. L'engin émit un faible bip, et les chiffres de l'écran digital se mirent à défiler à une vitesse folle. Xiong comprit qu'il lui restait moins d'une minute pour désamorcer la bombe.

Sun lâcha un long râle. Il se tortilla et tenta de se libérer des cordes qui lui entravaient les jambes.

Xiong ignora la sueur qui dégoulinait de son front. N'ayant plus rien à perdre, il arracha les fils du détonateur.

Le compte à rebours afficha zéro.

Un fin jet de fumée gicla du boîtier. De minuscules éclats de silicium tombèrent en pluie sur le sol. Une mélodie étouffée, entraînante, parvint aux oreilles de Xiong. Il sursauta en voyant un fin rouleau de papier émerger peu à peu du boîtier détruit.

Cet engin n'avait jamais eu vocation à exploser, comprit-il. C'était juste une boîte à musique couplée à un retardateur.

Libéré d'un poids gigantesque, le capitaine de l'UPS inspira profondément. Ce fut alors qu'une étrange odeur lui agressa les narines. Alors qu'il en cherchait la source, il vit une tache sombre et humide grandir à l'entrejambe du pantalon de Sun. Avec une grimace ironique, Xiong attrapa le morceau de papier que venait d'éjecter le boîtier. Il lut rapidement le texte puis s'élança dans le couloir. Han et les autres officiers étaient toujours occupés à coordonner l'évacuation, et il lui fallut un certain temps pour capter leur attention.

Quand tout le monde sut qu'ils avaient affaire à une fausse bombe, Liu regagna l'appartement et libéra Sun de ses menottes. Le jeune homme mit un long moment à retrouver ses nerfs. Finalement, une fois le calme revenu, il se lança dans un récit bafouillant de ce qui lui était arrivé dans les quelques heures précédentes.

Le soir du 20, date du meurtre du sergent Zheng, Sun Chunfeng s'était rendu au cybercafé et y avait passé une nuit blanche. L'aube se levait lorsqu'il avait regagné son deux-pièces et s'était effondré sur son lit, où il avait immédiatement sombré dans un sommeil profond. À son réveil, il s'aperçut qu'il ne pouvait plus bouger – il avait les poings et les chevilles entravés, un bâillon sur la bouche et un bandeau devant les yeux.

Une voix d'homme inconnue lui expliqua qu'il était attaché au radiateur, avec une bombe scotchée sur le ventre. Un fil fusible reliait la serrure de ses menottes au détonateur. Si quelqu'un ouvrait la porte de la chambre, le retardateur de la bombe serait actionné à distance et entamerait un compte à rebours de dix minutes. Si quelqu'un tentait d'ouvrir ses menottes, l'explosion serait instantanée.

Sun entendit des pas s'éloigner. Il se retrouva seul, terrorisé et sans autre solution que d'attendre dans l'obscurité l'arrivée de quelqu'un.

Han était furieux. À part qu'elles semblaient confirmer que leur suspect était de sexe masculin, les explications de Sun ne leur permettaient pas d'avancer d'un pouce.

« On s'est bien fait avoir ! pesta-t-il. Un jour à peine après avoir tué Zheng, cet enfoiré s'est amusé à venir ici pour nous tendre ce piège.

– Vous voulez dire qu'il aurait fait exprès d'effacer ces photos pour nous entraîner sur une fausse piste ? demanda Xiong.

– C'est évident, non ? Il savait qu'on essaierait de récupérer ces images et que ça nous mènerait directement ici. »

Xiong secoua la tête.

« Mais pourquoi s'être donné autant de mal s'il cherchait juste à nous faire parvenir un message ? » demanda-t-il, baissant les yeux sur le rouleau de papier que Han serrait à présent entre ses doigts.

Tous deux l'avaient déjà lu tellement de fois qu'ils auraient pu en réciter le contenu les yeux fermés.

Avec toujours cette calligraphie parfaite, presque mécanique.

AVIS DE DÉCÈS

ACCUSÉ : Ye Shaohong

CRIMES : violence routière, homicide volontaire, abus de pouvoir

DATE DU CHÂTIMENT : 23 octobre

EXÉCUTEUR : Euménide

Les mains de Han tremblaient de rage. La menace était claire.

Ce n'était pas la peur qui le mettait dans cet état, mais une furie incontrôlable.

Euménide dévoilait sciemment le nom de ses cibles et la date de leur assassinat. Il les narguait. Il cherchait à les humilier. Dans quelle intention aurait-il pu faire cela ?

Han était comme un pistolet au chien armé. À la plus infime pression sur la détente, même involontaire, le coup risquait de partir.

Un homme jouait avec un boîtier électronique. Il était calme, serein – l'exact opposé du capitaine Han. Il observa les chiffres affichés à l'écran : une série de temps enregistrés, comme sur un chronomètre.

« Vingt et une heures cinquante minutes pour arriver à l'appartement. Ensuite, quatre minutes et onze secondes pour désamorcer la "bombe", murmura-t-il, amusé. Plutôt pas mal comme performance. Ça risque d'être intéressant, après tout. »

4
Le secret de Pei

22 octobre, 10h40
Siège de la police criminelle de Chengdu
Salle de conférences

Zeng avait à peine eu le temps de dormir deux heures et demie lorsqu'il fut rappelé à la salle de conférences. Avec ses yeux bouffis et ses cheveux en désordre, il semblait en piteux état.

« Merde ! s'exclama-t-il, dépité. Alors comme ça, la piste de ce Sun Chunfeng n'a rien donné ? Rien du tout ? »

La réaction de Han fut brutale.

« Nous avons épluché son histoire familiale, son histoire personnelle, sa vie sociale et ses activités récentes. Ce gamin n'est qu'un lycéen décrocheur type, tombé dans les filets d'Euménide après avoir lu son "appel à la justice" sur Internet. C'était un piège. Sun n'a rien à voir dans tout ça. »

Zeng grimaça en réalisant que ses efforts – son système de traçage d'adresses IP, installé en coopération avec le défunt sergent Zheng – n'avaient servi à rien.

« Le mystère s'épaissit, soupira-t-il. D'accord, je me suis trompé. Ce type nous mène en bateau depuis le début. Ce n'est pas du tout un criminel lambda. C'est un professionnel aguerri. »

Yin, qui prenait des notes depuis le début de la réunion, laissa son stylo en suspens au-dessus de la page, décontenancé par le changement d'attitude de Zeng.

« Si les photos n'ont été effacées que pour nous appâter, intervint Han, il y a de grandes chances que nos hypothèses initiales sur les motivations de ce tueur soient erronées. Recommençons par le commencement. Pourquoi cet homme a-t-il tué Zheng ? »

Yin se remit à écrire en tâchant d'ignorer son impression qu'ils s'enfonçaient toujours plus avant dans les ténèbres. Les strates de cette affaire étaient apparemment plus nombreuses que prévu. Il décida que la meilleure solution, à ce stade, était encore d'écouter l'analyse que feraient les autres membres de la cellule et de profiter au mieux de leur expertise.

Xiong fut le premier à répondre.

« En fait, il n'est pas si compliqué que ça de deviner ses motivations. N'oublions pas que Zheng a été tué très peu de temps après avoir remis son nez dans le dossier 18/04. Le scénario le plus plausible, à mon avis, reste inchangé : Zheng a découvert un nouvel indice et a été assassiné pour éviter qu'il ne creuse la piste. Vous aviez raison là-dessus. La question-clé, pour moi, est : pourquoi est-ce que ce type nous balade comme ça ? C'est la seule chose que je ne comprends pas.

– Son attitude est totalement contradictoire », lâcha Mu.

Pei, jusque-là absorbé dans ses pensées, leva la tête et la regarda.

« Que voulez-vous dire ?

– Ses actes trahissent une contradiction psychologique évidente. Si l'assassinat de Zheng avait eu pour but de l'empêcher de retrouver sa trace, il aurait tout fait pour éviter d'attirer l'attention des forces de l'ordre. Sauf qu'il a fait exactement l'inverse en vous tendant ce piège.

– Tout ça est bien joli, réagit Pei, mais ça ne nous avance pas d'un pouce sur la question du mobile d'Euménide.

– Il y a tout de même un élément nouveau, dit Han. En examinant le boîtier du détonateur que Sun portait sur lui, nous avons découvert un minuscule émetteur. »

Il adressa un signe de tête à Yin, qui actionna une commande de son ordinateur. Une image numérique de l'émetteur apparut sur l'écran.

« Bien sûr ! s'écria Zeng, arraché à sa léthargie. Cette bombe bidon n'était qu'une ruse de plus !

– On sait quel type de signal ce truc servait à envoyer ? interrogea Xiong.

– C'est un émetteur très basique, répondit Han. Connecté au retardateur de la "bombe bidon". Sa seule fonction est de transmettre les données du retardateur. »

Zeng éclata de rire.

« Qu'est-ce qu'il a bien pu foutre avec ça ? Nous chronométrer ? »

Pei haussa soudain les sourcils et tapota la table du bout des doigts. Han s'en aperçut.

« On dirait que vous avez une idée en tête, capitaine Pei.

– Il me semble que nous avons un problème de raisonnement. Ou plutôt un problème d'attitude collective, ajouta Pei, ignorant les regards offusqués de ses collègues. Nous nous posons les mauvaises questions. "Que savons-nous à ce stade ?" "Quelle erreur a bien pu commettre le tueur ?" Une chose est très claire : nous ne savons que ce que le tueur veut que nous sachions, et rien d'autre. Il nous voit comme son public ! Il a publié son manifeste sur Internet, il a assassiné le sergent Zheng, il a semé des miettes de pain pour nous emmener là où il voulait qu'on aille. Il nous a même annoncé la date de son prochain meurtre et le nom de la victime ! Il nous mène par le bout du nez. »

Pei vit l'embarras se peindre sur les visages de ses collègues. Sauf sur celui de Zeng, qui ricana avec une moue blasée et dit :

« Bon, et on est censés faire quoi ? Pleurnicher sur notre sort ?

– Le capitaine Pei vient de faire une excellente observation, intervint Mu. L'objectif du tueur dépasse de loin l'élimination du sergent Zheng. Il s'amuse à défier la police. Tout ça est un jeu pour lui.

– Précisément, approuva Pei. C'est un jeu – et il s'est donné un mal fou pour le mettre en place. Il a passé les dix-huit années écoulées à se préparer. La partie vient de commencer, et il a déjà éliminé un premier pion. Mais il lui manque encore quelque chose. Et tant qu'il ne l'aura pas, le plaisir dont il a soif lui échappera, quelle que soit l'habileté de ses manœuvres. »

Zeng poussa un soupir exagéré.

« Admettons, dit-il. Mais il lui manque quoi ?

– Pour qu'une partie soit bonne, il faut un adversaire à la hauteur, expliqua Pei avec un sourire en coin. Finalement, le mobile du meurtre de Zheng est peut-être plus simple qu'il n'y paraît. Rappelez-vous que le dossier 18/04 vient de passer dix-huit ans aux oubliettes. L'enquête a été classée top secret. Puis enterrée. Peut-être que notre homme veut relancer le match.

– Vous voulez dire qu'il aurait tué le sergent en sachant que la police réactiverait la cellule interservices ? demanda Zeng.

– Regardez comment ça s'est passé aux Jardins de Dongming ! C'était un test. Il a laissé exprès un indice pour nous attirer jusqu'à Sun Chunfeng. Il nous a même chronométrés !

– Incroyable, murmura Xiong. C'est proprement abracadabrant !

– Non, capitaine Xiong, rétorqua Pei avec assurance. Ce sont les faits. Je me demande d'ailleurs si notre performance a été à la hauteur de ses attentes.

– Je dois admettre, dit Mu en se mordillant la lèvre, que si nous analysons l'attitude d'Euménide sous cet angle, ses actes n'ont plus rien de contradictoire. À l'opposé, ils visent tous à atteindre un objectif très bien défini. »

Yin épongea le voile de sueur qui s'était formé sur son front. Il ne savait plus s'il devait réfléchir ou se contenter de prendre des notes.

« Tout ça est à la fois absurde et inquiétant, dit Han, sans que les autres comprennent au juste s'il parlait de l'analyse de Pei ou du profil redéfini de leur adversaire. En tout cas, s'il a envie de jouer, il va trouver à qui parler ! »

Il frappa du poing sur la table, ce qui fit sursauter tout le monde.

« Drôle de jeu, commenta Zeng, maussade. Bon, quand est-ce qu'on lance la deuxième manche ?

– Montrez-leur l'avis de décès », ordonna Han à Yin.

Enfin, pensa Yin en inspirant profondément. Il revenait en terrain familier. Il appuya sur la flèche droite de son clavier, et la reproduction numérisée d'un message manuscrit remplaça la photo de l'émetteur.

« Ce message, expliqua Han, a été découvert chez Sun, dans le boîtier de l'engin explosif.

– Le 23 octobre, lut Zeng. C'est demain.

– Yin, s'il vous plaît, enchaîna Han. Qu'avons-nous sur Ye Shaohong ? »

Yin fit apparaître la photo d'une femme et récita :

« Ye Shaohong. Sexe féminin, trente ans, mariée, sans enfant. Originaire de Chengdu, actuellement domiciliée dans le lotissement de luxe de Jinding, au sud de la ville. Mme Ye est une femme d'affaires. Fortunée. Elle est directrice générale de la société Duhua Import-Export. Une entreprise de prêt-à-porter de luxe – le genre de vêtements qui coûtent plusieurs mois de salaire…

– Il y a plein de "Ye Shaohong" dans cette ville, interrompit Xiong. Comment pouvez-vous être sûr que c'est la bonne ?

– Elle aussi a reçu un avis de décès, répondit Yin en passant à l'image suivante. Et maintenant, voici les réactions à l'appel lancé par Euménide sur ce forum. Le nom de Ye Shaohong est cité dès le troisième commentaire. Plus de sept cents internautes ont approuvé la suggestion. On dirait que cette victime a été sélectionnée par les utilisateurs du forum.

– Un vrai choix du peuple, marmonna Zeng.

– Qu'est-ce qu'elle a fait au juste ? » demanda Mu.

La photo de Ye Shaohong lui inspirait *a priori* une certaine sympathie. C'était une femme séduisante, certes, mais « belle » n'était assurément pas le premier mot qui venait à l'esprit quand on la regardait. « Disciplinée » lui convenait beaucoup mieux. Sa coupe courte était stylée, et quelques touches expertes de maquillage atténuaient la tension un peu excessive de sa peau sur ses mâchoires et ses pommettes. Même si les hommes présents ne s'en rendaient pas compte, Mu sentit sur-le-champ la ténacité qui émanait de cette femme, l'enveloppant comme une coque étanche. C'était aussi de cette façon qu'elle-même s'était protégée du deux poids, deux mesures et des remarques déplacées qui poursuivaient inévitablement les femmes diplômées en Chine moderne. Mais la façade lisse de ce visage cachait aussi autre chose. De la fierté, pensa Mu.

Yin entreprit de décrire son crime.

Deux ans plus tôt, le 5 avril, alors que Ye Shaohong roulait vers son bureau, sa BMW rouge flambant neuve avait percuté l'étal de fruits et légumes d'un paysan nommé Wang, et une prise de bec en avait découlé. Wang avait réclamé à Ye une compensation pour les dégâts subis. Ye, de son côté, s'était défendue en soutenant que l'étal de Wang empiétait sur la chaussée – même si une douzaine d'autres marchands ambulants étaient eux aussi installés au bord de cette rue du centre-ville – et avait refusé toute discussion.

Pour l'empêcher de repartir, Wang s'était planté devant sa voiture. Selon des témoins, la BMW avait démarré en trombe et renversé le paysan. Wang avait été conduit à l'hôpital, où il était mort des suites de ses blessures.

L'incident ayant eu lieu sous les yeux d'une multitude de témoins, la nouvelle se répandit comme une traînée de poudre, tant par Internet que par le bouche-à-oreille. Malgré les récentes mesures de répression adoptées par les autorités locales contre les ambulants, beaucoup de gens prirent le parti de Wang, et un récit s'imposa rapidement : celui d'une femme d'affaires riche et bardée de privilèges qui avait écrasé de sang-froid un pauvre vendeur de rue. Ye expliqua qu'elle avait voulu enclencher la marche arrière et contourner Wang mais qu'elle s'était trompée de vitesse, perturbée qu'elle était par la dispute avec le paysan. Il s'agissait donc d'un accident aussi terrible que malheureux, dont elle était en réalité elle-même victime. Le procès qui s'ensuivit se rendit à ses arguments, et Ye fut libérée après avoir versé une lourde amende. Cette sanction bien dérisoire souleva un tollé ; des cris accusateurs et indignés envahirent les médias. On reprocha au mari de Ye, éminent diplomate en poste en Europe, d'avoir usé de son influence pour étouffer l'affaire.

« En fin de compte, conclut Yin, Ye a repris son travail chez Duhua. À l'époque, elle était directrice adjointe, et elle a été promue peu de temps après à son poste actuel de directrice générale. »

Xiong secoua la tête d'un air réprobateur. Les visages des autres membres de l'équipe affichaient des sentiments à peu près similaires.

« Cette histoire de chauffard me revient, fit Zeng. C'est donc cette Mme Ye qui conduisait... Effectivement, j'ai entendu dire qu'elle avait de sacrées relations.

– Je crois moi aussi à un acte intentionnel, intervint Yin, osant enfin faire entendre son avis. Des témoins ont déclaré que Mme Ye avait agressé verbalement Wang avant de redémarrer, allant jusqu'à le menacer de lui passer sur le corps s'il refusait de s'écarter. Franchement, l'excuse de l'erreur d'embrayage ne me paraît pas très convaincante. »

Han s'éclaircit la gorge.

« La loi dit que toute personne est présumée innocente tant que sa culpabilité n'a pas été établie. Condamner quelqu'un pour homicide volontaire exige d'avoir des preuves solides, ajouta-t-il en adressant à Yin un regard sévère. Il ne suffit pas de lancer des phrases enflammées autour d'une table.

– Vous voulez dire que si j'écrase quelqu'un avec ma bagnole en sortant d'ici, je serai innocenté aussi ? demanda Zeng. Hé, on est de la police, non ? Alors pourquoi se voiler la face ? Si vous vous demandez comment elle a pu être relâchée aussi facilement, il n'y a que deux explications possibles : soit son compte en banque, soit son mari ! »

Pei considéra le jeune informaticien avec ce qui ressemblait à du respect.

« Bon, revenons à nos moutons, suggéra Xiong. Quelle est la prochaine étape ? »

Tous les regards se portèrent sur le patron de la cellule. Heureusement pour eux, Han avait déjà un plan en tête.

« Euménide affirme que le "châtiment" de Mme Ye est pour demain. Dans la mesure où il nous a déjà lancé ce genre de défi, la meilleure solution consiste à mettre en place un filet aussi large que possible et à l'attendre.

– Le mari a été contacté ? s'enquit Pei.

– Ça nous a pris du temps, répondit Han, mais nous avons réussi à joindre sa secrétaire particulière. D'après elle, il est encore pour trois jours aux sports d'hiver dans les Alpes suisses. Elle a promis de laisser un message à son hôtel, mais je doute que nous puissions compter sur une réponse rapide de sa part. Et nous devons agir dès maintenant. »

C'était le signal qu'attendait Yin. Pendant que le capitaine continuait ses explications, il projeta une série de photos de lieux.

« Étant donné qu'Euménide a déjà révélé l'identité de sa victime et le moment où il l'assassinera, il doit s'attendre à ce qu'elle soit placée sous protection policière. Nous en avons conclu qu'il comptait agir dans un lieu très fréquenté. Un lieu à la géographie complexe, où nous aurons du mal à contrôler tout ce qui se passe en permanence. Nous pensons qu'il va porter son attaque sous notre nez et tenter de disparaître dans la foulée. »

Une nouvelle image s'afficha – un immeuble massif, tout de verre et d'acier.

« Le Deye Building, dans le centre. La société de Mme Ye y a son siège. C'est un bâtiment de l'ancienne génération, sans parking souterrain. Mme Ye est obligée de se garer sur la place des Citoyens et de rejoindre son bureau à pied. Elle termine sa journée de travail vers 16 heures et rentre ensuite chez elle. »

Les membres de l'équipe découvrirent la photo d'une espèce de petit manoir, devant lequel se déployait une belle pelouse ponctuée d'arbres, de buissons et d'une cascade miniature.

« Sa villa est très bien entretenue, et sous vidéosurveillance vingt-quatre heures sur vingt-quatre. Le Deye Building aussi bénéficie d'une bonne sécurité. Toutes les issues sont gardées. Il y a très peu de chances que l'attaque ait lieu dans l'un ou l'autre de ces endroits. »

Han fit une pause pour s'assurer qu'il disposait toujours de l'attention pleine et entière de son auditoire. Puis il tendit l'index vers l'écran, sur lequel s'étalait à présent une vaste place carrée de plusieurs dizaines de mètres de côté.

« La place des Citoyens, reprit-il. Un lieu public entièrement ouvert, fréquenté par une foule de piétons et offrant un accès immédiat aux deux artères qui en partent. Il sera assez facile pour notre homme de se fondre dans la masse pour effectuer son approche et de prendre la fuite après coup. C'est là qu'il agira. Notre priorité absolue est de sécuriser cette place d'ici à demain. »

Han se tourna brièvement vers Xiong avant d'ajouter :

« Naturellement, nous devrons aussi prendre des précautions pour le cas où il utiliserait une méthode non conventionnelle. Du gaz, un fusil de précision, une voiture-bélier, une bombe… C'est vous qui gérerez cet aspect des choses, capitaine Xiong. »

Xiong ne paraissait pas convaincu.

« Vous voulez dire que nous sommes censés protéger Mme Ye toute la journée ? Et intervenir pour capturer le tueur au moment où il essaiera de la tuer ?

– Exactement. Je ne vois pas comment il pourrait réussir son coup au nez et à la barbe de toute la police. »

Xiong prit le temps d'organiser ses pensées.

« Ce n'est pas la bonne approche, dit-il. S'il y a une chose dont nous pouvons être sûrs après ce qui est arrivé aujourd'hui, c'est que cet Euménide n'a rien d'un imbécile. Il sait forcément qu'une exécution publique de Mme Ye serait suicidaire pour lui. C'est encore un piège. Vous ne le voyez pas ? Tout ça fait partie du jeu. Nous devrions plutôt limiter au minimum les activités de Mme Ye pour la journée de demain et lui interdire de mettre le nez dehors. Ce serait le meilleur moyen d'assurer sa sécurité physique.

– Et après ? Vous croyez qu'on pourra la maintenir enfermée chez elle éternellement ? Supposons qu'Euménide ne puisse pas passer à l'offensive demain. Vous croyez vraiment qu'il renoncera ? Imaginez qu'il s'attaque à Mme Ye un autre jour, quand nous ne serons plus là ? Pourquoi devrions-nous laisser filer notre meilleure chance de mettre la main sur ce tueur ?

– Je vois mal Euménide tenter son coup tant que la villa de Ye grouillera d'uniformes, renchérit Pei. Il attendra que nous soyons repartis. Que notre vigilance se relâche.

– Je ne peux pas approuver un plan qui utilise comme appât la personne que nous sommes censés protéger », dit Xiong en se grattant le front.

Irrité, Han s'accorda quelques secondes de réflexion. Puis, plutôt que de laisser s'installer chez les autres l'impression qu'il était dans une impasse, il décida de mettre l'affaire aux voix.

« À la majorité de trancher, décréta-t-il. Nous allons voter pour choisir le plan.

– Je suis d'accord », concéda Xiong.

Zeng fut le premier à lever la main.

« Je suis avec le capitaine Han. De toute façon, Ye n'a rien d'une citoyenne modèle. Pourquoi est-ce qu'elle mériterait un traitement de faveur ? » Il décocha un coup d'œil espiègle à Mu. « Même s'il serait tout à fait dommage de laisser mourir une aussi belle femme. »

La psychologue soutint son regard.

« Cette femme n'est certainement pas assez belle pour altérer mon jugement, répliqua-t-elle. C'est le capitaine Xiong qui a raison. Protéger la vie de Ye Shaohong passe avant tout.

– Nous en sommes à deux contre deux, dit Han. Capitaine Pei ? »

Toutes les têtes se tournèrent vers l'homme de Longzhou.

« Je vote pour le plan de Han.

– Voilà qui est réglé, dit Han avec un sourire satisfait. Et maintenant, dit-il, passons à la stratégie. »

Vers 14 heures, leur plan était au point. Les meilleurs agents de la brigade criminelle de Han et de l'UPS de Xiong se chargeraient de sécuriser la place et de maintenir Ye Shaohong sous protection constante.

Pei ne fut pas surpris quand Han lui annonça qu'il resterait cantonné à un rôle périphérique. Il était théoriquement chargé de participer à la supervision des policiers déployés sur la place des Citoyens. Pourtant, Han n'eut aucun scrupule à lui accorder un rôle de simple observateur. Pei évita de s'en plaindre.

Comme ils n'avaient qu'une seule journée devant eux pour tout mettre au point, Han et Xiong s'attelèrent immédiatement à la tâche. Zeng repartit aussitôt vers le centre d'hébergement, désireux de rattraper son retard de sommeil. Du coup, Mu et Pei, qui s'étaient tous deux vu confier une tâche de « supervision », se retrouvèrent seuls dans la salle de conférences. Même si le capitaine Han n'était plus là, Mu critiqua de nouveau le plan choisi par l'équipe.

« Capitaine Pei, vous vous rendez sûrement compte qu'en votant comme vous venez de le faire, vous êtes allé à l'encontre de tous les principes auxquels un officier de police est censé se soumettre. Votre devoir consiste à empêcher la commission des crimes, pas à appâter un tueur pour l'inciter à assassiner quelqu'un.

– Vous croyez sincèrement qu'Euménide a une chance de réussir sous une telle surveillance policière ? Han a raison. C'est autre chose qui se joue ici. »

Mu refusait toujours d'en démordre.

« Pour être honnête, je me fiche complètement de ce qui arrivera demain. C'est ce qui se passe dans la tête des gens qui m'inquiète. Xiong et moi sommes les seuls ici à avoir défendu nos valeurs professionnelles et morales. Han est trop impatient de capturer le tueur, peut-être parce qu'il rêve de venger le sergent Zheng. À moins que ce ne soit la marque d'un excès de zèle. Zeng manque d'expérience – et de la maturité qui va avec. Ils ont tous des motivations qui correspondent à leur personnalité. Mais vous ? Vous paraissez plus pondéré que Han et vous n'êtes certainement pas aussi superficiel que Zeng. Pourquoi avez-vous choisi de risquer la vie de Ye ?

– Je n'en sais rien, dit Pei en secouant la tête.

– Chacun est conscient de ses propres pensées, en tout cas jusqu'à un certain point, déclara Mu avec un sourire ironique. Vous refusez d'affronter les vôtres, voilà tout. Tout à l'heure, vous avez pourtant réussi à identifier le mobile d'Euménide, s'agissant du meurtre de Zheng. Une théorie audacieuse mais lucide. Même si votre explication est tout à fait cohérente, elle a été le fruit d'un raisonnement non conventionnel. Comment en êtes-vous arrivé là ?

– C'est simple, dit Pei. J'ai abordé le problème d'un point de vue différent.

– Celui du tueur, vous voulez dire ? C'est le genre de chose qu'on nous apprend en première année à l'académie. En revanche, vous avez pensé à quelque chose que personne d'autre n'a vu. Qu'est-ce que ça dit de vous ? »

Pei se borna à plisser les yeux, attendant que la psychologue trouve d'elle-même la réponse.

Mu rit à nouveau.

« De nous tous, dit-elle, vous êtes celui dont la façon de penser est la plus proche de celle du tueur. En un sens, lui et vous êtes très semblables. »

Pei se raidit sur son siège.

« Je suppose que j'aurais du mal à réfuter ça.

– La perspective de rivaliser d'ingéniosité avec lui n'est pas pour vous déplaire, je me trompe ? demanda-t-elle, les yeux luisants. Vous avez tous les deux besoin du frisson que procure le jeu. »

Après un temps d'hésitation, Pei pouffa. Mu venait de décrypter si clairement son système de pensée qu'il en éprouva une forme de soulagement.

« On dit que pour être un grand flic, il faut être un grand criminel, lâcha-t-il.

– C'est ce que répétait souvent le professeur Yang pendant ses cours d'investigation criminelle, pas vrai ? Pour lui, le bon policier et le bon criminel présentaient un certain nombre de points communs – un esprit acéré, une nature méticuleuse, une attirance innée pour le risque, un puissant désir d'apprendre. Deux faces de la même médaille, en quelque sorte. Et ce dont tous deux rêvent plus que tout, ce qui est pour eux le plus difficile à atteindre, c'est de voir le monde par les yeux de l'autre.

– En effet. Je dois énormément au professeur Yang. »

Mu observa Pei avec beaucoup d'attention.

« C'est une chance pour nous que vous ayez atterri du bon côté de la médaille. Si vous aviez choisi la voie du crime, le résultat serait terrifiant. »

Pei secoua la tête.

« Je connais au moins une chose encore plus terrifiante, dit-il.

– Laquelle ?

– Une femme psychologue. »

Mu tressaillit.

« Vous êtes donc capable de ce genre de mauvaise blague, vous aussi ? Pour votre information, je n'ai pas changé d'avis sur les hommes. Parfois, vous êtes vraiment minables. »

22 octobre, 18 h 23

Bureau du capitaine Han Hao

« Bon, je peux faire une croix sur l'idée de fermer l'œil aujourd'hui. »

Zeng étouffa un bâillement, mais ses yeux injectés de sang pétillaient d'excitation.

« Qu'avez-vous découvert ? interrogea Han.

– Ce fils de pute a mis en ligne l'avis de décès de Ye Shaohong il y a environ une demi-heure. »

Han se pencha sur son ordinateur. Comme venait de le dire Zeng, un message intitulé « Avis de décès », signé d'un certain Euménide, faisait au même moment l'objet de débats houleux sur le forum.

Le texte du message était identique à celui retrouvé chez Sun. Han parcourut les commentaires, qui se chiffraient déjà par dizaines.

Ce mec est maboul, disait l'un d'eux.

Son regard descendit sur le commentaire suivant.

Pourquoi Ye Shaohong ? Il n'aurait pas pu choisir ma femme ?

Vous pouvez toujours le traiter de cinglé, écrivait un autre internaute, *mais il fait juste ce que personne d'autre n'ose faire.*

« Avez-vous localisé l'adresse IP d'où a été envoyé ce message ? demanda Han. Si vous y arrivez, on a une chance de remonter jusqu'à lui.

– Ce type est d'une arrogance incroyable. Il a beau savoir qu'on surveille Internet, il a quand même osé en remettre une couche et publier ça. Il utilise un serveur proxy, mais on n'a pas eu de mal à remonter jusqu'à son adresse IP. Elle est au nom d'une société – une boîte de com. Tenez, voici l'adresse. »

Zeng tendit une feuille de papier au capitaine. Celui-ci ignora le flot de chiffres de l'adresse IP, préférant se concentrer sur l'adresse postale imprimée dessous : *Haizheng Building, rue Yingbin, bureau 901.*

Pendant que Han lisait, Zeng baissa les yeux sur une photographie encadrée sur le bureau. Ses couleurs défraîchies montraient deux jeunes officiers debout côte à côte, avec un sourire quasi identique. Il reconnut l'un d'eux : Han en nettement plus jeune.

Le capitaine s'éclaircit la gorge, et Zeng chercha son regard. Un éclat froid luisait dans ses prunelles.

« Allez me chercher Yin, ordonna-t-il. On y va. »

Un quart d'heure plus tard
Haizheng Building

Le bureau 901 abritait une petite entreprise baptisée White Lodge Media. La salle principale, de type open space, avait un côté caverneux. Une douzaine d'employés y travaillaient. Une réceptionniste conduisit Han, Zeng et Yin dans une pièce de réunion attenante, où ils furent bientôt rejoints par le patron, un homme entre deux âges au front luisant de sueur qui répondait au nom de Li, et par son responsable informatique.

Les enquêteurs commencèrent par s'assurer que personne, employés mis à part, n'était entré dans les bureaux depuis 14 heures ni n'en était ressorti ensuite. Ils se trouvaient au huitième étage de l'immeuble. Han chargea Yin de surveiller l'entrée pour empêcher quiconque de quitter les lieux.

Zeng montra le message d'Euménide au responsable informatique.

« Il faut qu'on sache de quel ordinateur il a été posté, dit-il.

– Je... euh... je vais devoir vérifier. »

C'était un jeune homme aux cheveux huilés, clairement au comble du stress. Il n'avait sans doute jamais eu affaire à la police, pensa Zeng.

Le patron se tourna vers son balbutiant subalterne.

« Quoi, vous ne savez même pas ça ? Je vous paye pour quoi, bon sang ? »

Rouge comme une écrevisse, le jeune homme tenta comme il put de se justifier, ce qui ne fit qu'aggraver son bégaiement.

« C'est que... on utilise un système d'adresses IP dynamiques, monsieur Li. Celle-ci vient bien de chez nous, c'est sûr et certain. De là à dire de quel ordinateur, je... Il va falloir que je vérifie.

– C'est ce que je me tue à répéter, pesta Li. Ces fichus jeunes n'ont même plus la notion du travail bien fait ! Moi, quand j'étais...

– Ce n'est pas sa faute. » Zeng s'adressa ensuite au responsable informatique. « C'est bon, allez vérifier. »

Le jeune homme partit avec le message.

« Au fait, messieurs, quel est le problème ? demanda Li. Quelqu'un de chez nous a surfé sur des sites pornos, c'est ça ? Ne cherchez pas. C'est forcément ce petit vicieux de Kang. Il sera viré dans la journée !

– Votre société emploie combien de personnes ? interrogea Han, pressé d'en revenir au sujet qui les intéressait.

– Douze, moi compris. C'est une petite affaire. On est spécialisés dans l'analyse des nouvelles tendances médiatiques, et notre activité commence tout juste à décoller. »

Il sortit une carte de visite de son portefeuille.

Zeng la prit et la retourna distraitement entre ses doigts. Han passa sans broncher à la question suivante.

« Tous vos employés sont présents aujourd'hui ?

– Oui, oui. Ils sont tous en train de bosser à côté au moment où je vous parle. »

Han tapota l'épaule de Zeng.

« Allons jeter un coup d'œil. »

Après avoir empoché la carte de visite, Zeng suivit le capitaine dans l'open space, divisé en dix box. Plusieurs visages curieux apparurent au ras des demi-cloisons pour observer ces visiteurs inattendus.

Han jeta un regard circulaire sur la salle. Huit des dix employés étaient des femmes. En dehors du responsable informatique dont ils venaient de faire la connaissance, le seul autre représentant du sexe masculin était un petit jeune homme au corps en forme d'aubergine. Aucune de ces personnes ne semblait pouvoir être assimilée à un dangereux tueur.

Tout à coup, Zeng se frappa le front.

« Hé, vous utilisez un réseau Wi-Fi, non ?

– Exact. Nous avons même été les premiers de la ville à en installer un quand nous avons démarré, répondit Li, très fier de lui. Vous devez avoir l'impression que nous sommes une boîte minuscule, mais notre équipement est haut de gamme. »

Zeng sourit. Le Wi-Fi commençait tout juste à se répandre à Chengdu alors qu'il était déjà monnaie courante dans des villes comme Pékin ou Shanghai, mais il avait eu la présence d'esprit d'y penser. Au même moment, Li interpella son responsable informatique.

« Alors, ça avance ? Vous avez fini de vérifier ? »

Le jeune homme, toujours aussi fébrile, sortit presque en rampant de son box.

« C'est, euh, assez bizarre. Je... je viens de vérifier tous les postes du bureau. Aucun d'eux n'a utilisé cette adresse IP.

– Qu'est-ce que ça veut dire ? murmura Han à Zeng. Il y a eu une erreur quelque part ?

– Notre réseau interne a incontestablement attribué cette adresse à un utilisateur, et, euh, un ordinateur s'est incontestablement connecté à Internet avec autour de 15 heures aujourd'hui, bredouilla l'informaticien. Mais bizarrement, ajouta-t-il en lançant un regard angoissé à son patron, ce n'est pas un des nôtres.

– Pas un des nôtres ? répéta Li, les yeux exorbités. Si ce n'était pas un de nos ordis, comment quelqu'un a-t-il pu accéder à notre réseau ? »

L'informaticien suait à grosses gouttes.

« Je... j'avais prévu de définir un mot de passe d'ici la fin de la semaine, et...

– Bon, glissa Zeng à Han, je crois qu'on peut dire adieu à notre piste. N'importe qui aurait pu se connecter à leur réseau avec un ordinateur portable. Sans même avoir besoin d'être dans cette salle ! »

Han se décomposa.

« Quoi, hurla Li, vous n'aviez pas défini de mot de passe ? Pourquoi ne pas afficher le Digicode sur la porte, tant que vous y êtes ! »

Le jeune homme baissa la tête, résigné à endurer en silence la furie de son patron.

Zeng toucha l'épaule de Li.

« Ça ne sert à rien de l'engueuler comme ça.

– Ah bon, et pourquoi ?

– Même si votre réseau avait été protégé par un triple système de sécurité, l'homme qu'on recherche l'aurait craqué en quelques minutes.

– Nous n'avons plus rien à faire ici », grommela Han, écœuré, en agitant la main.

Sur le chemin du retour au QG, Yin, qui conduisait, ne put s'empêcher de dire ce qu'il avait sur le cœur.

« Je savais que nous perdrions notre temps là-bas. Le tueur est bien trop malin pour laisser des traces informatiques. Vous en connaissez beaucoup qui auraient eu le culot de nous défier en envoyant des avis de décès ? »

Han darda sur lui un regard froid.

« Notre adversaire est prêt pour demain. Et vous ?

– Je... Ce n'est pas ce que je voulais dire, mon capitaine, répondit Yin, embarrassé.

– Arrêtez de vous prendre le bec, intervint Zeng. Les deux mains sur le volant, s'il vous plaît, Yin. Je tiens à avoir une chance de rattraper mon retard de sommeil. »

Yin resta muet jusqu'à la fin du trajet.

Ils arrivèrent à destination une dizaine de minutes plus tard. Zeng descendit devant l'immeuble et regagna seul à pied le centre d'hébergement. Malgré sa fatigue, il mit le cap sur la chambre de Mu au lieu d'aller directement au lit. Il entra sans frapper. La jeune femme, occupée à préparer son dîner, avait laissé sa porte entrouverte.

Zeng s'avança, accueilli par un regard noir. Tous deux étaient policiers, mais en raison de son statut de maître de conférences à l'académie, Mu se considérait comme légèrement supérieure à

Zeng et n'appréciait pas du tout les tentatives de celui-ci de se faire passer pour son égal.

« Que venez-vous faire ici ?

– À votre avis ? Discuter du cas de notre estimé collègue, évidemment. »

Avec un large sourire, Zeng s'affala dans le canapé et inspira longuement par les narines, bien décidé à savourer l'instant.

« Hmmm, lâcha-t-il, même votre chambre sent divinement bon. Voilà qui rajoute encore à votre beauté.

– Si vous vouliez me parler de l'enquête, pourquoi venez-vous de refermer la porte derrière vous ?

– Vous ne la refermez pas quand vous entrez dans le bureau du capitaine, peut-être ? » rétorqua Zeng d'un air narquois.

Malgré son impertinence, Mu ne pouvait s'empêcher de voir en lui quelqu'un d'inoffensif. Sans compter que sa gaieté était parfois contagieuse.

« Dites-moi plutôt ce dont vous vouliez réellement me parler. À quoi bon tourner autour du pot ?

– Han vous a confié une mission spéciale, dit Zeng, délaissant son ton badin avec une soudaineté qui étonna Mu. Vous enquêtez sur Pei. »

Elle inclina légèrement la tête.

« Voilà une théorie intéressante, Zeng.

– Dans cette affaire, le capitaine Pei Tao est forcément suspect. Il a été aussi proche qu'on puisse l'être des deux victimes de l'entrepôt il y a dix-huit ans – l'une d'elles était son amoureuse, l'autre son meilleur ami. Par ailleurs, il a été le premier à alerter la police. Son attitude avant l'explosion a été erratique, c'est le moins qu'on puisse dire. Et si on fait un bond dans le temps, il a encore une fois été le premier sur les lieux du meurtre du sergent Zheng il y a trois jours. Sacrée série de coïncidences. Tout bien considéré, Han serait fou de *ne pas* mettre Pei sous surveillance.

– Votre logique est d'une solidité étonnante, remarqua Mu en s'asseyant sur une chaise face au jeune homme. C'est le moment où je suis censée me demander si je ne vous ai pas sous-estimé, j'imagine ? »

Zeng battit des cils. Dans son esprit, c'était peut-être une tentative de séduction ; dans les faits, cela ne fit qu'accentuer son côté comique.

« Et vous, dit-il, vous me prenez depuis le début pour un gros macho de flic lambda ! J'ai plus d'informations sur l'affaire du 18 avril que n'importe lequel d'entre vous. Han m'a chargé d'analyser par ordinateur la totalité des données disponibles.

– Oh... Et avez-vous trouvé quelque chose jusqu'ici ?

– Plusieurs enquêtes disciplinaires internes ont été menées à l'académie de police en 1984, *avant* les meurtres. Et elles étaient toutes liées entre elles. »

Mu haussa un sourcil.

« Il n'en est fait aucune mention dans le dossier.

– Vous feriez mieux de mettre un casque, dit Zeng, parce que vous allez vous prendre un gros coup derrière la tête. Dans les six mois qui ont précédé les meurtres d'avril, plusieurs soi-disant "avis disciplinaires" ont été distribués à l'académie.

– Des "avis disciplinaires" ? Vous essayez de me dire que...

– J'y viens, coupa Zeng. Il y en a eu quatre, et chacun d'eux a été remis en secret à un élève-officier accusé d'avoir commis une infraction mineure. Ces quatre élèves se sont vu notifier – de la main du mystérieux auteur des avis – des sanctions proportionnelles à la gravité des faits qui leur étaient reprochés. Des sanctions... humiliantes, mais bien sûr jamais illégales, qui leur ont été infligées au sein même de l'académie. »

Mu sentit que Zeng faisait durer le suspense. Cette fois, elle refusa de mordre à l'hameçon.

« D'accord, d'accord. Je vous ai gardé le meilleur pour la fin. Chacun de ces avis était signé "Euménide". Et ce n'est pas tout. L'écriture ressemblait comme deux gouttes d'eau à celle de nos avis de décès.

– Mon Dieu..., souffla Mu.

– Il y a encore une chose, ajouta Zeng. Tous ces avis disciplinaires ont été retrouvés après la sanction.

– Les élèves n'ont pas été avertis ? Donnez-moi des détails.

– L'analyse des données a fait apparaître un total de quatre cas d'avis disciplinaires. Le premier date de fin 1983. Un élève était accusé d'avoir triché à un examen, et l'avis a été divulgué le jour de l'annonce des résultats. Cet élève a eu un zéro pointé pour avoir prétendument rendu une copie blanche. Mais selon le rapport d'enquête interne, il n'a cessé d'affirmer par la suite que toutes ses réponses avaient été mystérieusement effacées. Il a exigé des explications de son correcteur, mais le nom et le numéro de matricule inscrits en haut de sa copie avaient indiscutablement été tracés de sa main. L'élève a été exclu sans autre forme de procès.

« Pourtant, après les meurtres du 18 avril, la cellule interservices a retrouvé sa trace. Il travaillait comme serveur dans le restaurant à pot-au-feu de son père. Après avoir reçu l'assurance des enquêteurs qu'il ne serait pas poursuivi, ce gamin a admis avoir triché à l'examen. Mais il a maintenu qu'il avait rempli sa copie et qu'il ne comprenait absolument pas comment ses réponses s'étaient volatilisées.

– Et les autres cas ?

– Le deuxième avis a visé une étudiante, à qui il était reproché d'avoir volé de l'argent et des objets personnels à d'autres filles de l'internat. Un jour, elle a découvert en sortant de la douche que tous les vêtements de son casier avaient disparu. Le cadenas était pourtant mis. Et elle avait fait sa toilette avec la seule clé capable de l'ouvrir attachée au poignet. Personne n'a compris comment cet "Euménide" avait pu lui piquer ses fringues. »

Mu, toute à ses efforts pour tenter de démêler l'écheveau des méthodes d'Euménide, ne répondit pas.

« La troisième cible a été un élève qui avait la réputation d'espionner les autres et de s'amuser à divulguer leurs secrets. Un soir à minuit, tous les haut-parleurs du campus se sont mis à cracher à plein volume une voix lisant des extraits ultra-personnels de son journal intime. Plus tard, on s'est aperçu que quelqu'un s'était introduit dans la salle de sonorisation et avait diffusé un message préenregistré sur cassette. Et maintenant, ajouta en souriant Zeng, la cerise sur le gâteau. L'élève en question ne se séparait jamais du carnet sur lequel il notait son journal. Personne n'est parvenu à expliquer comment cet Euménide avait pu y avoir accès. »

Mu regarda Zeng entrelacer les doigts derrière sa nuque, visiblement ravi de lui faire ces révélations. Elle-même était fascinée.

« La dernière victime a été un garçon, enchaîna-t-il. Son seul crime était… de trop aimer, peut-être qu'on peut dire ça comme ça. Ou d'aimer une fille de trop. Un soir de bal, en arrivant dans la salle des fêtes du campus, il est tombé sur ses deux petites amies qui l'attendaient en même temps, et sa double vie a été dévoilée. Plus tard, elles ont toutes les deux expliqué avoir reçu une invitation à ce bal écrite de sa main. Bon, ce mec n'était peut-être pas une flèche, mais il n'aurait évidemment pas fait une aussi grosse connerie. C'était l'œuvre d'Euménide, bien sûr. »

Les pensées de Mu se bousculaient.

« Et la cassette ? interrogea-t-elle. Celle qui a été diffusée en pleine nuit sur le campus ? C'était sûrement la voix d'Euménide. Imiter l'écriture de quelqu'un n'est pas trop difficile, mais imiter sa voix, c'est une autre paire de manches.

– Pile dans le mille, ma chère ! Je vous adore ! s'exclama Zeng, aux anges, en sortant de sa poche un lecteur MP3. Le contenu de la cassette est enregistré là-dessus. Ça vous dirait de l'entendre ? »

Mu s'empara des écouteurs qu'il lui tendait, et une voix masculine nasillarde s'éleva bientôt au creux de ses oreilles.

« Qu'est-ce qui cloche dans cette voix ? demanda-t-elle au bout d'un moment.

– Facile. Il a fait comme ça, répondit Zeng en se pinçant le nez.

– On peut la modifier ?

– Il y a dix-huit ans, la réponse aurait sûrement été non. Mais les choses ont changé. Vous n'imaginez pas ce dont sont capables les logiciels d'aujourd'hui Mes gars et moi avons réussi à trafiquer le son pour reconstituer la voix que cette personne aurait eue en parlant normalement. »

Zeng appuya sur une touche du lecteur. La voix résonna à nouveau, beaucoup plus claire. Elle avait aussi un son étrangement familier, même si Mu ne parvint pas à l'identifier.

« On sent qu'il est jeune, pas vrai ? fit Zeng. Ça nous indique qu'il n'avait sans doute pas plus de vingt-cinq ans à l'époque. Et à partir de là, il nous a suffi de quelques manips supplémentaires sur le logiciel pour reconstituer le son de sa voix dix-huit ans plus tard. »

Il lança la piste suivante. La même voix, en plus grave, jaillit des écouteurs. Mu écarquilla les yeux.

« Le capitaine Pei ! »

Zeng opina.

« Je suppose que vous comprenez mieux l'importance de votre tâche », dit-il.

Mu ôta les écouteurs.

« Han est au courant ?

– Nan », lâcha Zeng, secouant la tête.

Mu le fixa.

« Alors pourquoi est-ce que vous m'en parlez ? demanda-t-elle sèchement. Ce type d'information doit impérativement être signalé au capitaine. »

Zeng sourit.

« Peut-on reprocher à un mec de trouver un prétexte pour parler à une fille aussi canon ? »

Il promena un regard circulaire sur la chambre. Il n'y avait là aucune photo, aucun objet susceptible de suggérer l'existence d'un petit ami, ni d'ailleurs de quelque parent que ce soit. La seule touche personnelle visible dans la pièce était une petite pile de livres de Nietzsche, de Skinner et de Cai Yuanpei – des noms qu'il connaissait à peine. Mu ne paraissait pas avoir une vie sociale intense, c'était le moins qu'on puisse dire.

« Vous avez fini ? demanda-t-elle avec un reniflement dédaigneux. Bon, j'appelle Han et je lui dis de venir tout de suite. »

Voyant qu'elle allait décrocher son téléphone, Zeng lui saisit la main.

« Hé, minute ! Vous allez me balancer ?

– Peut-être. Expliquez-moi tout. Immédiatement.

– D'accord, d'accord, je vais vous dire la vérité. Je ne connais pas bien Pei Tao, mais je suis sûr et certain que ce n'est pas un tueur.

– Sa voix prouve son implication dans cette histoire d'avis disciplinaires, riposta Mu. Même si nous ne pouvons pas formellement démontrer qu'il est aussi derrière les avis de décès, les éléments sont suffisants pour que nous le considérions comme suspect. Je vous rappelle qu'il a fait renvoyer un élève de l'académie.

– Mais ce n'était qu'une mauvaise plaisanterie, et cet élève a avoué avoir triché. Voyons, vous croyez sincèrement que la réaction de Pei ait été feinte quand Han nous a parlé de l'explosion ? »

Mu le regarda en fronçant les sourcils.

« En plus, ajouta Zeng, je sens au fond de mes tripes que cet homme est quelqu'un de bien. Franchement, il me fait une bien meilleure impression que Han. C'est pour ça que j'aimerais creuser cette piste avec une spécialiste en psychologie comme vous. »

Les lèvres de Mu remuèrent un moment en silence, puis elle hocha la tête.

« D'accord, mais à une condition. Je veux avoir accès à toutes vos données.

– Ça marche, répondit Zeng sans hésitation. Je vous ferai des copies des fichiers. »

22 octobre, 23h55

Cinq ans plus tôt, Ye Shaohong s'était retrouvée au centre d'innombrables conversations lorsqu'elle avait épousé un homme issu d'une famille riche et influente. L'un des oncles de son mari était un haut responsable politique de la province. Lui-même s'était plutôt bien débrouillé en décrochant un poste de diplomate en Allemagne, où il passait maintenant le plus clair de son temps. Ses six premiers mois de séjour en Europe avaient mis le couple à rude épreuve, surtout quand elle était allée le rejoindre à Berlin et avait découvert une demi-douzaine de photos compromettantes dans la mémoire de son téléphone portable. Ils avaient fini par conclure un pacte – aucun d'eux ne questionnerait plus l'autre sur ses activités pendant leurs périodes de séparation. Les affaires de l'entreprise de prêt-à-porter de Mme Ye étaient désormais florissantes, en grande partie grâce à son vaste réseau de relations. Elle vivait dans une villa estimée à plusieurs millions de dollars américains, roulait dans une BMW de millésime 2003 importée à grands frais d'Allemagne et s'était taillé un nom dans la haute société de Chengdu. Le tout à vingt-neuf ans.

Mme Ye aimait se considérer comme une femme raffinée et de bon goût. Elle se mettait en général au lit à 23 heures, après un verre de vin qui l'aidait à glisser dans une torpeur paisible. Ce soir-là, ce fut différent. Au lieu de s'endormir, elle se tourna et se retourna un nombre incalculable de fois dans son lit moelleux, luttant en vain pour chasser l'angoisse qui accélérait les battements de son cœur.

Dans un premier temps, elle ne s'était guère inquiétée de cet étrange « avis de décès ». Signaler la lettre anonyme à la police avait été plus une formalité qu'autre chose. Elle avait reçu à plusieurs reprises des menaces similaires depuis le détestable incident avec le marchand ambulant. Ces menaces l'avaient d'abord effrayée, puis elle y était devenue à peu près insensible. Elle commençait même à trouver amusants ces grotesques accès de colère et de vertueuse indignation.

Ce soir-là, ce fut différent, et elle passa une nuit exécrable.

Un groupe de policiers était arrivé à sa porte une heure à peine après qu'elle eut signalé la réception de la lettre. Ils l'avaient bombardée de questions. D'autres les avaient rejoints dans l'après-midi pour lui fournir, disaient-ils, une protection renforcée. L'un d'eux – un officier stoïque et tout en muscles, plutôt bel homme malgré son air grave – s'était présenté comme le capitaine Xiong Yuan. Comment aurait-elle pu rester sereine alors que la police prenait autant au sérieux cette lettre stupide ?

Le téléphone sonna sur la table de chevet, et elle se redressa d'un bond sur son lit. Était-ce encore son mari ? Elle avait tenté de le rassurer tout à l'heure, en disant que la police faisait de l'excès de zèle et qu'il n'y avait aucune menace réelle. Apparemment, cela n'avait pas suffi. Elle alluma la lampe et décrocha le combiné.

« Allô ? »

Silence au bout du fil. Un grand frisson la traversa, du bout des doigts aux orteils. Ce n'était pas son mari.

« Allô ? » répéta-t-elle un peu plus fort, mais d'une voix mal assurée.

Toujours pas de réponse.

Elle lâcha brusquement l'appareil et s'enfuit de sa chambre. Ce ne fut qu'en voyant les policiers installés dans le salon qu'elle commença à se calmer.

Xiong se précipita vers elle.

« Qui était-ce ? interrogea-t-il.

– J'ai décroché, mais personne n'a répondu. »

Ye haletait. Xiong adressa un signe à l'un de ses hommes, qui contrôlait l'appareil d'écoute branché sur le téléphone du séjour. L'homme appuya sur une touche, et l'enregistrement de l'appel fut diffusé sur un haut-parleur.

Silence total pendant dix secondes. Puis une tonalité lancinante se fit entendre, signe que la communication était coupée.

Xiong se tourna vers un autre agent de l'UPS :

« Trouvez-moi le numéro d'appel, vite ! »

Il refit face à Mme Ye. Sa peau lisse comme de la porcelaine avait viré au gris cendre.

« On s'occupe de tout, madame, dit-il d'une voix apaisante, presque paternelle. Vous pouvez retourner au lit.

– Non. Je n'arrive pas à dormir. Je préfère rester ici avec vous.

– Vous n'avez rien à craindre ici, sourit Xiong. Ça, je peux vous le promettre. Votre maison est protégée de la cave au grenier. Personne ne pourra déjouer notre surveillance. Mes collègues de la criminelle montent la garde devant votre chambre. Si un écureuil passe sous votre fenêtre cette nuit, ils le repéreront à la seconde.

– Vous êtes sûr ? fit Mme Ye, moyennement convaincue.

– Vous avez dû remarquer la berline blanche garée derrière chez vous, non ? Ils sont plusieurs à être assis dedans. Dont le capitaine Han Hao, que vous avez rencontré tout à l'heure. C'est lui qui commande cette opération. »

Ye consentit à retourner dans sa chambre. Elle laissa tout de même la porte entrebâillée avant de se glisser entre ses draps.

Le résultat de la recherche de numéro tomba peu après. L'appel avait été passé depuis un téléphone portable à carte prépayée. Aucune chance, dans ces conditions, de retrouver son auteur. Xiong appela Han pour l'en informer.

« Il n'a rien dit du tout ? demanda le capitaine de la criminelle, assis sur le fauteuil avant droit de la berline, les yeux fixés sur la façade de la villa.

– Pas un mot », répondit Xiong.

Après un temps de silence, Han expira longuement.

« Si. Ce qu'il nous dit, c'est que la manche vient de commencer. »

5
Coupe-gorge

23 octobre, 7 h 15

Ye Shaohong ouvrit les yeux et attendit que la brume de son sommeil se dissipe. Elle avait rêvé de policiers – de policiers campant chez elle pour la protéger. Et aussi que le tueur l'appelait...

Quelqu'un frappa à la porte.

« Madame Ye ? Vous êtes réveillée ?

– Qui est-ce ? demanda-t-elle d'une voix enrouée.

– Yin Jian, de la police criminelle. Nous partirons dès que vous serez prête. »

La réalité la rattrapa d'un seul coup. Elle saisit le verre d'eau posé sur sa table de chevet et but une longue gorgée. La fraîcheur du liquide apaisa sa gorge sèche.

« Donnez-moi cinq minutes », lança-t-elle.

En entrant peu après dans le salon, elle constata que Han était de retour, assis dans le grand canapé en cuir qui trônait au centre de la pièce. Il avait les yeux fermés. Les autres policiers avaient tous été remplacés, et leurs visages semblaient frais et dispos. Des ordinateurs portables et des carnets de notes se bousculaient sur la longue table basse, en compagnie du plateau de pêches et de l'assiette de graines de tournesol servis par Mme Ye trois heures auparavant. Si les fruits étaient presque intacts, l'assiette de graines ne contenait plus qu'un amas de coques déchiquetées.

« Capitaine Han, dit-elle, je ne crois pas que je puisse y arriver. Je ferais mieux de rester à la maison. »

Le capitaine ouvrit les yeux et se redressa. Il repéra un éclat de coque sur sa manche, le cueillit et le déposa dans l'assiette.

« Je n'ai pas l'intention de vous forcer à faire quoi que ce soit, répondit-il à Ye Shaohong, d'une voix étonnamment alerte pour quelqu'un qui venait de sortir de sa somnolence. Bien entendu, nous pouvons passer toute la journée avec vous ici. Vous devez néanmoins savoir que nos ressources sont limitées. Pour des raisons évidentes, il ne nous sera pas possible de vous protéger de cette manière pendant des jours et des jours. Cet homme est dangereux et ne renoncera pas. »

Ye blêmit.

« Qu'est-ce que je dois faire ?

– Vous n'allez pas pouvoir rester cachée indéfiniment. Il est capable de patienter aussi longtemps qu'il le faudra. C'est pour cela que nous sommes ici. Nos filets sont en place. Tout ce que vous avez à faire, c'est de continuer à vivre et à travailler normalement jusqu'à ce qu'il soit pris dedans. À ce moment-là, vous serez définitivement débarrassée de lui.

– Vous pouvez vraiment me garantir qu'il ne m'arrivera rien ? »

Han hocha la tête.

« Il y a une heure, des agents de l'UPS ont inspecté votre voiture en profondeur et reconnu la totalité du parcours entre ici et votre lieu de travail. Le capitaine Xiong vous escortera personnellement jusqu'à votre bureau, et nous aurons des véhicules devant et derrière le vôtre. Croyez-moi, nous serons tous à l'affût de la moindre anomalie. »

Han fit une pause.

Les yeux de Ye étaient immenses, la peau de son visage plus tendue que jamais. Les ombres projetées par la lumière rasante du matin sur sa frêle carcasse lui donnaient un aspect squelettique. Elle écoutait.

« Quand vous vous serez garés, le capitaine Xiong restera à vos côtés pendant tout votre trajet à pied. C'est un tireur émérite, et il est ceinture noire de krav-maga. Des policiers en civil seront déployés partout sur la place. Vous ne les verrez pas, mais ils seront là. Dans le seul but de vous protéger. Aucune personne suspecte ne pourra vous approcher. Il y en aura aussi à l'intérieur de l'immeuble : déguisés en vigiles, en agents de maintenance, et même en employés de votre entreprise. Si jamais un livreur de repas ou de boissons se présente sur place pendant que vous y serez, il passera à la fouille. Nous avons aménagé un dispositif extrêmement serré. Oui, je peux vous garantir qu'il ne vous arrivera rien. »

Ye regarda Han sans ciller et s'efforça d'assimiler les informations qu'il venait de lui fournir, mais c'était au-dessus de ses forces. Les paroles du capitaine flottaient autour d'elle, l'étouffaient comme les anneaux d'un boa constrictor. Une chose seulement était claire : elle allait devoir se conformer au plan de Han.

« Oh..., souffla-t-elle.

– Passez votre journée normalement. Ne vous éloignez pas du capitaine Xiong et suivez nos instructions à la lettre. Si vous le faites, je vous promets que d'ici à ce soir, tout ça ne sera plus qu'un souvenir. Une bonne histoire à raconter à vos amis autour d'un verre. »

Ye finit par hocher la tête. Petit à petit, un fragile espoir se substitua à son angoisse.

« Très bien, dit Han. Ah, il y a une dernière chose. Autant vous en parler dès maintenant.

– Quoi donc ? interrogea-t-elle, rattrapée par la sensation d'asphyxie.

– Votre agresseur potentiel est très probablement un homme mince, entre 1,65 mètre et 1,70 mètre, jeune ou d'âge moyen, récemment blessé au couteau à une main. Par conséquent, vous devrez veiller à ne jamais vous approcher d'un homme correspondant à ce signalement. Mes agents mesurent tous plus de 1,80 mètre, et ils porteront tous une casquette en feutre marron ou noire pendant l'opération. Quoi qu'il arrive, vous devrez toujours rester à proximité immédiate du capitaine Xiong et bien en vue de nos collègues. Vous comprenez ? »

Ye, qui l'avait écouté avec beaucoup d'attention, hocha résolument la tête.

« Bien, dit Han en consultant sa montre. Allez vous préparer. Vous vous mettrez en route à l'heure habituelle avec le capitaine Xiong. De mon côté, je pars dès maintenant pour organiser la coordination de mes hommes. Nous serons avec vous en permanence. »

Ye fit demi-tour, puis s'arrêta.

« Capitaine Han ?

– Oui ?

– Les crimes cités sur cet avis de décès…, dit-elle d'une voix tremblante. Vous me croyez coupable ? »

Han resta de marbre.

« Ce n'est pas à moi de répondre à ces questions. Le tribunal l'a déjà fait. »

Ye baissa les yeux sur le parquet verni. Ce n'était pas la réaction qu'elle espérait.

« Je commence à me dire que je le suis peut-être », murmura-t-elle.

Elle glissa un coup d'œil à Yin, qui l'observait du canapé. Rougissante, elle repartit vers sa chambre pour se maquiller.

Yin la suivit des yeux. Ce n'était peut-être pas le cas des autres membres de la cellule, mais il avait pitié d'elle. Il poussa un soupir et s'efforça de se concentrer sur sa tâche du moment. Au cours de la réunion de la veille, il avait suggéré que Xiong se gare au pied de l'immeuble où travaillait Ye Shaohong. Han avait toutefois rejeté sa proposition.

« Il y aura foule sur la place des Citoyens », avait-il répondu. « C'est un facteur de risque, mais il n'y a pas de meilleur endroit pour déployer nos agents en civil. Nos filets sont en place. Comment voulez-vous que le tueur tombe dedans si nous les remontons trop tôt ? Nous devrons être prêts à agir vite, mais il faut lui laisser une ouverture. Et cette ouverture, c'est la place ! Nous sommes capables d'assurer la protection de Ye. Sinon, il ne nous resterait plus qu'à l'enfermer dans une chambre forte ! »

Ils étaient censés protéger cette femme, mais, dans l'esprit de Yin, elle jouait plutôt le rôle du morceau de fromage dans la souricière du capitaine.

Vingt minutes plus tard

La place des Citoyens était le cœur battant de Chengdu. Plusieurs avenues hérissées de gratte-ciel en partaient, semblables à des artères de verre et de béton. Quelques-unes des plus grosses entreprises de la ville avaient leur siège dans les immeubles qui l'entouraient. Le Deye Building, construit à l'angle sud-est de la place, était de ceux-là. La cellule interservices avait réquisitionné une chambre au cinquième étage du Sky Peak Hotel, qui se dressait à l'angle nord-ouest.

Ce poste de commandement improvisé était pourvu d'une baie vitrée offrant une vue imprenable à la fois sur la place des Citoyens et sur la façade principale du Deye Building. Six écrans d'ordinateur étaient alignés sur une longue table perpendiculaire à la fenêtre, et des techniciens s'affairaient un peu partout dans la pièce, préparant leurs instruments de transmission et de surveillance.

En y entrant, Han et Yin constatèrent que Pei et Mu étaient déjà sur place. Pei, qui aidait un technicien à brancher son matériel, les rejoignit dès qu'il les vit.

« Alors ? s'enquit-il. Où en est-on ?

– Ye Shaohong a reçu un coup de fil anonyme à 00 h 10. Son interlocuteur a raccroché après quelques secondes sans avoir rien dit. À part ça, tout est calme », répondit Han, visiblement décidé à rester aussi succinct que possible.

Mu se tourna vers Pei.

« Exactement comme vous l'aviez prévu, remarqua-t-elle. Vous avez dit qu'il ne fallait pas s'attendre à ce qu'il se passe quoi que ce soit chez elle. »

Pei hocha la tête puis, s'adressant au patron de la police criminelle :

« J'ai très bien dormi cette nuit. Dommage que le capitaine Xiong et vous n'ayez pas eu cette chance.

– Tout le matériel a été testé ? demanda Han à un technicien en s'éloignant vers la baie vitrée.

– Oui, mon capitaine. »

Le technicien tendit à Han un émetteur sans fil, un micro et une oreillette. Han approcha le micro de sa bouche.

« Ici Lima 1. Lima 2, vous me recevez ? »

Une voix masculine tonitruante réagit aussitôt :

« Ici Lima 2, en position !

– Lima 3, vous me recevez ?

– Ici Lima 3, en position ! »

C'était la première fois que Mu assistait personnellement à une opération de police. Fascinée, elle s'approcha de la batterie d'écrans. Chacun d'eux montrait une portion différente de la place des Citoyens. Comme l'avait expliqué Han, leurs images provenaient des six caméras à haute résolution installées à peine un quart d'heure plus tôt par l'équipe de Zeng à l'intérieur de plusieurs immeubles. Il y avait un espace vacant entre le troisième écran et le quatrième. Cette disposition donna à Mu, grande amatrice de musées et de galeries d'art, la sensation irrépressible d'être face à deux triptyques animés.

« Nos agents sont déjà déployés ? demanda-t-elle. Je ne les vois pas. »

C'était l'heure de pointe, et les côtés de la place grouillaient de véhicules et de piétons. Malgré ses efforts de concentration, personne n'attira spécialement son regard.

Pei sourit.

« Regardez bien, dit-il. Le vendeur de journaux au pied de cet immeuble, le chauffeur de taxi garé près du carrefour, l'employé municipal en train de balayer, le gardien qui surveille ces vélos dans l'angle sud-est, le monsieur d'un certain âge assis au bord de la fontaine, celui qui fume sur le seuil de cette échoppe, ce couple assis sur un banc côté ouest, ce type un peu furtif qui essaie de vendre des films piratés aux passants… Ils sont tous de la maison. J'en vois treize sur la place au moment où je vous parle. »

Mu, surprise, chercha le regard du capitaine. Ni Pei ni elle n'avaient assisté à la dernière réunion préparatoire, et ils ne connaissaient aucun des agents sélectionnés par Han en vue de l'opération.

« C'est le balayeur qui m'a mis sur la voie, poursuivit Pei avec une pointe de fierté. Il en fait des tonnes. À ce rythme-là, il ne lui faudrait qu'un jour ou deux de travail pour se mettre le dos en vrac. Tenez, regardez ces vrais balayeurs. Ils passent le plus clair de leur temps debout, à se tourner les pouces, au lieu de se défoncer comme lui. »

Han, qui l'avait entendu, observa l'un après l'autre ses agents déployés sur la place. Il leva à nouveau son micro.

« Ici Lima 1. Lima 5, vous me recevez ?

– Ici Lima 5. Je vous reçois, Lima 1.

– Arrêtez de balayer comme un fou furieux, bon sang ! À partir de maintenant, je veux que vous preniez deux minutes de repos pour chaque minute de travail !

– Bien reçu, Lima 1. »

Mu était de plus en plus intriguée.

« Et les autres ? demanda-t-elle à Pei. Comment les avez-vous repérés ? »

L'homme de Longzhou secoua la tête.

« Une chaîne n'est jamais plus solide que son maillon le plus faible. Le balayeur a attiré mon regard, et je me suis servi de sa position pour estimer celle des autres. Le déploiement des policiers en civil est une vraie science quand on doit couvrir un espace aussi ouvert et aussi vaste. Ils doivent surveiller chaque mètre carré de cette place tout en gardant un œil sur les rues et sur les intersections. J'aurais du mal à décrire par des mots la beauté de cette science, mais du temps de mes études, elle faisait l'objet d'une matière spécifique à l'académie.

– Mais… même en devinant leur position approximative, je ne vois pas comment vous avez pu les repérer individuellement. Il y a peut-être mille personnes en train de marcher sur cette place ! Votre vendeur de journaux, par exemple. J'en vois au moins dix autres dans la même zone. Qu'est-ce qui vous permet d'affirmer que celui-ci est des nôtres ?

– Quand on met en place ce type de dispositif, les agents en civil portent en général un signe de reconnaissance discret. Ça leur permet de s'identifier les uns les autres si la situation tourne au chaos. Ces signes passent inaperçus au milieu d'un grand nombre de personnes, mais ils deviennent faciles à repérer quand on les cherche dans un espace limité. Aujourd'hui, nos amis portent tous une casquette de feutre noire ou marron – c'est bien cela, capitaine Han ? »

Han resta muet, mais son expression en disait long. Il jeta un coup d'œil à sa montre.

« Contactez Xiong et voyez où ils en sont », ordonna-t-il à Yin.

Son assistant passa un rapide coup de fil.

« Ils viennent de quitter la villa et sont en route, mon capitaine, dit-il ensuite. Ils devraient être là dans une demi-heure. »

Han ralluma son micro.

« Ici Lima 1. Appel à toutes les unités : l'arrivée de la cible est prévue d'ici une trentaine de minutes. Tenez-vous prêts dès maintenant à exécuter le plan. Inutile de répondre. »

Les trois autres membres présents de la cellule interservices se penchèrent sur les écrans de contrôle. Depuis leur perchoir, tout semblait calme sur la place. Le balayeur fumait même une cigarette, le menton en appui sur son balai.

Comme annoncé par Han, la BMW rouge s'engagea sur le parking qui faisait face au Deye Building à 9 h 25. Le capitaine Xiong, en uniforme de chauffeur, gara l'auto entre une camionnette blanche et une Volkswagen noire. Ces deux véhicules étaient équipés de vitres blindées.

Xiong fut le premier à mettre pied à terre. Peu après, deux hommes à casquette de feutre noire sortirent pour l'un de la camionnette et pour l'autre de la Volkswagen. Ils allèrent se placer de part et d'autre de la BMW, que Xiong contourna afin d'ouvrir la portière passager à Ye.

Les deux hommes à casquette firent halte à une dizaine de mètres l'un de l'autre, le premier devant Xiong et Ye, le second derrière. Puis tout ce petit monde commença à marcher vers l'entrée du Deye Building.

Cinq agents en civil positionnés sur la place se mirent en mouvement autour de Ye et de son escorte. Ils semblaient passer tranquillement par là, chacun en chemin vers sa destination propre, mais leur trajectoire avait été calculée pour que Ye reste en permanence couverte par au moins deux agents supplémentaires.

Trois autres gardèrent leur position initiale sur la place, tous à un endroit où la circulation des piétons était intense. Ils jetaient des regards dans toutes les directions, à l'affût du moindre signe d'activité inhabituelle.

Au cinquième étage de l'hôtel, dans leur salle de commandement, Han et les autres assistèrent au déplacement de Ye le cœur battant.

La place grouillait de monde. Des mères y slalomaient avec leurs poussettes, frôlant des retraités surchargés de provisions. Côté sud, un groupe de femmes d'âge mûr dansait au son d'une grosse enceinte noire posée à même le sol. Pendant le bref parcours à pied de Ye et de Xiong, un flot régulier de passants traversa le discret cercle protecteur des policiers en civil. Personne ne semblait avoir remarqué quoi que ce soit.

Enfin, le capitaine de l'UPS pénétra avec Ye dans le Deye Building. Les policiers entrés devant eux s'arrêtèrent dans le hall pour monter la garde. Au même instant, l'ascenseur s'ouvrit au rez-de-chaussée. Le vigile qui en défendait la porte évita soigneusement le regard de Xiong. Tous deux tenaient autant l'un que l'autre à préserver leur couverture.

Xiong respira enfin. La sécurité à l'intérieur de l'immeuble avait été confiée à ses hommes, et leur présence le soulagea. Il s'autorisa un instant à fermer les yeux. La première phase de l'opération était derrière eux.

« Alors ? demanda Mu à Pei. Vous feriez quoi, maintenant ? »

Pei tiqua.

« Comment ça ?

– Vous essayez de vous mettre dans sa peau, non ? Vos yeux bougent sans arrêt. C'est tout juste si vous avez regardé Ye. Vous cherchez le défaut de la cuirasse. Vous espérez lire dans ses pensées. »

Pei sentit tous les regards se braquer sur lui.

« Vous avez raison. Je cherche une faille. Ça pourrait nous aider à anticiper l'action du tueur. »

Il se tourna vers Han.

« Votre dispositif est extrêmement bien monté, capitaine. Je n'ai relevé aucun point faible. Je ne vois absolument pas comment il pourrait réussir à assassiner Ye. Sauf si… »

Han plissa aussitôt les yeux.

« Sauf si quoi ?

– Sauf si un élément crucial nous a échappé. Il paraît presque impossible de franchir le rempart de Xiong et de son équipe pour atteindre Ye, et même s'il y arrivait, il n'aurait aucune chance de nous échapper une fois son crime commis. Il se retrouverait instantanément cerné par dix ou douze agents. J'ai beau retourner le problème dans tous les sens, je ne vois pas ce qu'il pourrait espérer de mieux qu'une annihilation pure et simple. S'il tue Ye, ce sera un suicide pour lui. Et une défaite pour tout le monde.

– Pour nous aussi ? bougonna Han. Personnellement, du moment qu'on attrape Euménide, je pense être capable de me remettre de la perte de Ye. J'ajoute que si vous aviez déjà vu le capitaine Xiong en action, vous prieriez pour que ce tueur tente quelque chose. »

Mu inclina la tête.

« Et s'il essayait tout simplement de l'abattre de loin ?

– Avec un fusil de précision ? intervint Yin. Nous ne sommes pas aux États-Unis, mademoiselle Mu. Même notre police n'a pas ce type de matériel.

– Hautement improbable, confirma Han. Dans toute l'histoire de la Chine, je ne crois pas qu'un seul homicide ait jamais été commis de cette façon. »

Dans une suite de luxe

« Un fusil de précision ? Quelle absurdité ! »

Les lèvres de l'homme s'étirèrent en un sourire glacial. Sur le forum, une poignée d'internautes débattaient avec animation du meilleur moyen pour Euménide d'infliger son châtiment à Ye Shaohong. Le tir de loin comptait parmi les suggestions les plus fréquentes.

À moins d'avoir des relations exceptionnelles, il était quasiment impossible de se procurer un fusil de précision. De même, s'il avait opté pour une arme plus classique, comme un revolver ou un pistolet, plusieurs policiers lui seraient tombés dessus à la seconde où il l'aurait sortie en public. C'était absurde. La tuer par balle ne faisait pas partie de ses possibilités.

Il se leva et passa dans la salle de bains.

Le visage qui lui fit face dans le miroir lui parut à la fois familier et inconnu. Il se toucha les joues. Malgré les bandages blancs de ses deux mains, sa barbe naissante lui piquait la peau. Après l'avoir méticuleusement fait disparaître à l'aide d'un rasoir mécanique, il rinça le lavabo jusqu'au dernier poil.

Plus détendu, il ferma les yeux, caressa ses mâchoires lisses et se souvint.

Quel est le meilleur outil pour un tueur ? Une arme à feu ? Vous n'y êtes pas du tout.

Souvenez-vous de ce que je vais vous dire. N'utilisez jamais d'arme à feu. Si vous prenez l'habitude d'utiliser une arme à feu, vous signerez votre perte. Déjà, vous devrez prendre tous les risques pour en trouver une. Et pas n'importe laquelle, car il faudra qu'elle soit fiable. Ensuite, vous devrez trouver un moyen sûr de la transporter. Et qu'en ferez-vous après usage ? Tous ces problèmes vous ralentiront. Non seulement ils vous rendront esclave de votre arme, mais ils offriront des indices de choix à la police.

Les meilleures armes sont celles qu'on peut se procurer n'importe où. Choisissez quelque chose d'accessible à tout moment, que vous pourrez porter librement et jeter quand vous le voudrez. Votre arme sera bientôt votre plus intime partenaire. Et vous avez besoin d'un partenaire fiable, qui ne vous trahira jamais.

L'homme rouvrit les yeux et dévissa lentement le manche de son rasoir. Une lame ultra-fine étincela dans le miroir.

23 octobre, 16 heures

L'heure de pointe commençait. Aux abords de la place des Citoyens, les rues étaient encombrées de voitures et d'autobus, les trottoirs grouillaient de piétons et même de cyclistes impatients. Des files de taxis en attente d'un client s'étaient formées autour de la place ; leurs chauffeurs feuilletaient des journaux ou fumaient des cigarettes, indifférents au tourbillon des banlieusards.

Même si la journée s'était déroulée dans le calme et sans incident, Ye Shaohong rongeait son frein depuis sept longues heures. Elle avait l'habitude de se présenter comme une buveuse de thé, ne consommant du café que de manière très occasionnelle, mais les cinq gobelets d'expresso écrasés au fond de sa corbeille contredisaient cette description.

Les bureaux climatisés de l'entreprise de Ye formaient une espèce de cocon protecteur, mais Xiong n'avait pas un instant relâché sa vigilance. Les chances qu'Euménide porte son attaque tant qu'ils seraient à l'intérieur étaient quasiment nulles, mais la phase la plus périlleuse de toutes commencerait lorsqu'il faudrait ramener Ye à sa voiture.

Des agents en civil étaient en position sur la place depuis de longues heures. Jusque-là, personne n'avait signalé le moindre individu suspect ni repéré une seule personne correspondant de près ou de loin au signalement du tueur.

Au cinquième étage du Sky Peak Hotel, Pei, nerveux, scrutait les écrans de contrôle. Il souhaitait que Ye remonte dans sa voiture sans encombre, mais, en même temps, il rêvait d'entrevoir enfin – et pour la première fois – Euménide. Il repensa à la critique formulée par Mu la veille, dans la salle de conférences, comme quoi son vote en faveur du plan de Han bafouait tous les principes qu'un officier de police était censé défendre.

Han, lui, observait la place par la fenêtre.

« Ça y est, dit-il. Ye et Xiong quittent l'immeuble ! »

Toute la salle retint son souffle. Pendant que Ye et Xiong émergeaient du Deye Building sur le premier écran, les autres montrèrent la mise en mouvement simultanée des treize policiers en civil présents sur la place. Il ne leur fallut que quelques secondes pour établir un cordon de sécurité.

L'attention de Pei fut attirée sur un des écrans par un taxi stationné à l'angle sud-est de la place. Il crut voir une silhouette bouger sur le siège passager.

« Il y a quelque chose qui ne va pas, annonça-t-il.

– Montrez-moi ça », fit Han en le rejoignant.

Pei s'approcha de la baie vitrée et pointa du doigt le véhicule qu'il venait de voir à l'écran.

« Ce taxi rouge, à l'angle sud-est, est garé depuis plus de dix minutes, et pourtant... regardez. Il y a quelqu'un sur le siège passager. »

Le taxi en question se trouvait en dehors du périmètre couvert par les agents, mais la distance qui le séparait de l'hôtel n'était pas immense. Han distingua effectivement une vague forme à l'intérieur.

Il ralluma son micro.

« Ici Lima 1. Lima 7, tenez à l'œil le taxi rouge garé à trente mètres au sud-est de votre position. »

Sur le bord est de la place, un policier en civil, à califourchon sur son vélo, tourna lentement la tête vers le taxi. La portière passager s'ouvrit, et un homme apparut.

Pei et les autres le virent clairement sur leurs écrans. L'homme, petit et maigre comme un clou, tenait à la main droite un sac en plastique noir. Il balaya la place du regard, puis ses yeux se fixèrent sur Ye Shaohong. Il se mit à marcher très rapidement vers elle, en balançant les bras d'avant en arrière. Les policiers de la salle de commandement virent que sa main gauche était couverte par quelque chose de blanc.

Un bandage, pensa Pei.

« Lima 7, interceptez-le ! glapit Han, le cœur battant, dans son micro. Il correspond au signalement ! »

Lima 7 avait déjà sauté de son vélo et fondit sur l'homme comme un tigre en furie. Avant que celui-ci ait eu le temps de faire cinq pas, Lima 7 se jeta sur lui et le plaqua au sol. L'homme se débattit de toutes ses forces pour tenter de lui échapper mais ne réussit qu'à se tortiller comme une larve pathétique.

L'excitation de Han fut vite éclipsée par une perplexité grandissante. Comment un gringalet pareil pouvait-il avoir tué le sergent Zheng ?

Pendant que Lima 7 menottait le suspect, Han vit un autre homme émerger d'un taxi noir, cette fois sur le bord est de la place. Petit et maigre lui aussi, il tenait un sac en plastique noir de la main droite. Et la gauche était entourée d'un bandage blanc. À peine eut-il posé le pied sur le trottoir qu'il s'élança au sprint vers Ye.

Dans les secondes suivantes, plus de dix hommes efflanqués, aux traits plus ou moins semblables, descendirent de taxis stationnés sur la place. Et tous se lancèrent dans une course éperdue en direction de Ye et de Xiong.

Les agents de Han en charge du cordon de sécurité entrèrent immédiatement en action. Chacun d'eux choisit d'instinct une cible différente pour endiguer la vague d'assaillants. Ces types n'avaient aucune chance face à eux dans le combat rapproché. Un par un, ils se retrouvèrent immobilisés sur le bitume. Certains furent prestement menottés, et ceux qui tentaient de résister eurent droit à un aperçu de la formation au corps-à-corps de l'élite de la police de Chengdu.

Livide, Han assista à la scène depuis son perchoir. Presque vingt hommes avaient jailli simultanément de taxis – en évidente supériorité numérique par rapport à ses treize agents. Les policiers en planque à l'intérieur de la camionnette blanche et de la Volkswagen arrivèrent aussitôt en renfort, mais ces inconnus si étrangement similaires étaient tout bonnement trop nombreux. Deux d'entre eux avaient déjà réussi à transpercer le cordon de sécurité et ne se trouvaient plus qu'à quelques mètres de Ye Shaohong.

Ni l'un ni l'autre, cependant, ne parvint à l'approcher. Xiong la laissa en arrière et se rua sur eux. Il fut sans pitié. Son poing frappa comme une massue les côtes du premier homme, puis la mâchoire du second. Avant même qu'un gémissement de douleur ait pu quitter leurs lèvres, tous deux s'écroulèrent en lâchant un couteau, mais le bruit que ces armes firent en touchant le sol parut anormal à Xiong, qui n'eut malheureusement pas le temps de s'attarder sur ce détail. Déjà, trois autres gringalets lui faisaient face, immobiles.

Ils avaient déboulé sur les talons des deux premiers mais s'étaient arrêtés net en voyant leurs prédécesseurs s'écrouler, et leur visage était marqué par une incompréhension totale.

Le capitaine de l'UPS n'essaya pas de les neutraliser. Il préféra reculer jusqu'à Ye sans les quitter des yeux, les poings serrés. Il était décidé à ne plus la lâcher d'une semelle. Et aussi, si nécessaire, à tuer le premier d'entre ces hommes qui esquisserait un geste menaçant.

Tout cela ne dura que quelques secondes. La foule de la place commençait à peine à réagir. Deux étudiantes détalèrent en criant, et le groupe de danseuses se figea pour contempler l'échauffourée avec stupeur. Après avoir battu en retraite, certains passants se rapprochèrent progressivement pour pouvoir assister à la scène à distance de sécurité.

Xiong se retourna et vit Ye juste derrière lui. Elle tremblait. Il lui montra du doigt la BMW, garée à une quinzaine de mètres.

« Courez à la voiture ! s'écria-t-il. Je m'occupe de ces trois-là et je vous rejoins ! »

Il refit face aux nouveaux venus, qui eux aussi avaient sorti des couteaux de leurs sacs noirs. Euménide était derrière tout ça. Xiong n'avait aucun doute là-dessus.

Han observait toujours, la gorge emplie de bile amère. Ses agents étaient en train de refermer leur cercle sur ces inconnus et semblaient sur le point de reprendre le contrôle de la situation, mais cela ne changeait rien au fait que leur plan, en quelques secondes, venait d'être bouleversé. Il fallait impérativement faire remonter Ye dans sa voiture.

Comme s'il lisait dans les pensées du capitaine, un agent de haute taille, coiffé d'une casquette en feutre noire, se dirigea au même moment vers Ye Shaohong, qui n'était plus qu'à dix mètres de la BMW, et lui fit signe de le rejoindre.

Ye bifurqua précipitamment dans sa direction. Paniquée et emportée par son élan, elle perdit l'équilibre, mais l'agent la rattrapa d'une main ferme. Il la prit par les épaules, et tous deux s'élancèrent ensemble vers la BMW.

« Vite, ouvrez la portière ! » lui ordonna-t-il.

Les doigts tremblants, elle sortit un jeu de clés de son sac à main. Après plusieurs tentatives, elle réussit à déverrouiller l'auto, et l'agent l'aida à prendre place sur le siège passager. Dès qu'elle fut installée, il récupéra les clés. Deux bips retentirent, et les portières se refermèrent.

Han, de son perchoir, s'autorisa à pousser un soupir de soulagement. Même en cas de nouvelle vague d'agresseurs, Ye était désormais en lieu sûr.

Après avoir maîtrisé leurs adversaires un par un, tous les agents déployés sur la place vinrent renforcer le cordon de sécurité. Cernés, les trois derniers hommes armés d'un couteau s'allongèrent au sol. Xiong tourna les talons et courut vers la BMW.

Un autre homme maigre descendit d'un taxi au bord de la place, non loin de la voiture de Ye. Mais celui-là resta immobile à un mètre de la portière, le regard vide.

L'agent qui venait d'aider Ye à remonter dans sa BMW se mit aussitôt à sprinter vers lui.

« Police ! À genoux ! » aboya-t-il.

L'homme du taxi poussa un cri et s'enfuit. L'agent se lança à ses trousses et, au bout de dix secondes à peine, avait déjà réduit de moitié la distance qui les séparait. Ses foulées s'enchaînaient en souplesse, avec une précision mécanique.

Étonné, Han tourna la tête vers Yin.

« Sacré sprinteur ! Qui est-ce ?

– Aucune idée », répondit Yin.

La plupart des agents avaient mis leur tenue civile avant de prendre position sur la place pour éviter d'éveiller les soupçons du tueur. Leur casquette, à cette distance, empêchait de les reconnaître.

Pei regardait lui aussi la course-poursuite. Il la regarda jusqu'à ce que les deux hommes aient quitté le champ des caméras, puis inspecta l'ensemble de la place. Tout à coup, il écarquilla les yeux de surprise.

« Attendez un peu… Cet homme ne fait pas partie de ceux que vous aviez déployés sur la place, si ?

– Que voulez-vous dire ? demanda Han.

– Je vois que vos treize agents sont toujours en bas, dit Pei, de plus en plus nerveux. D'où sort celui-là ? »

La mâchoire de Han faillit se décrocher.

« Ici Lima 1 ! hurla-t-il dans son micro. Vérifiez l'état du moineau ! Vérifiez l'état du moineau, vite ! »

Xiong, déjà devant la BMW, toqua à la portière. Pas de réaction. Son estomac se noua. Il colla l'œil contre la vitre et regarda à l'intérieur. Un grondement sourd s'échappa de ses lèvres.

Ye Shaohong avait la tête penchée sur un côté, comme si elle dormait d'un sommeil paisible. Mais cette impression était démentie par le filet de sang qui dégoulinait de son cou et teintait déjà de rouge le côté droit de son corsage blanc. Son bras gauche pendait le long de son corps, et une rigole de sang frais descendait de sa main au levier de vitesse, dont le cuir blanc cassé virait progressivement à l'écarlate.

Comme le faux agent s'était enfui avec les clés de Ye, ils furent obligés de casser une vitre de la BMW. Un médecin de la police fut appelé en urgence. Il ne put que constater le décès de la victime.

L'estafilade qui barrait la gorge de Ye Shaohong était longue de sept centimètres et demi et profonde de huit millimètres. Parfaitement régulière, elle avait sans doute été causée par une lame de rasoir.

La trachée et la carotide étaient toutes deux sectionnées. L'hémorragie, massive, avait provoqué une défaillance circulatoire aiguë, puis le décès.

Le dispositif de vidéosurveillance avait tout enregistré cet après-midi-là. Pendant la réunion de la cellule interservices, quelques heures après les faits, chaque membre se vit remettre une transcription de tous les moments-clés de l'incident, entre l'arrivée de l'auteur des faits sur la place et sa disparition du champ des caméras après le meurtre :

16 h 02 min 23 s – Ye Shaohong et le capitaine Xiong Yuan, de l'UPS, ressortent du Deye Building.
16 h 02 min 33 s – Un premier suspect descend de son taxi. Deux secondes plus tard, Lima 7 plaque ce suspect au sol.

16 h 02 min 35 s / 16 h 03 min 38 s – Vingt suspects envahissent la place des Citoyens, supérieurs en nombre aux policiers en civil déployés.

16 h 02 min 39 s – Un homme à casquette de feutre noire s'approche, venu du parking situé au sud de la place. Les autres agents sont accaparés par les nombreux suspects qui convergent vers Ye Shaohong, donc son arrivée passe inaperçue.

16 h 02 min 46 s – Après avoir maîtrisé deux de ces suspects, Xiong est confronté à trois autres.

16 h 02 min 49 s – L'homme à la casquette noire passe derrière Xiong et fait signe à Ye Shaohong. Visiblement affolée, Ye court vers lui.

16 h 02 min 56 s – L'homme à la casquette noire escorte Ye jusqu'à la BMW.

16 h 03 min 08 s – L'homme à la casquette noire invite Ye à prendre place sur le siège passager de la BMW. Sur les écrans de contrôle, seul le fauteuil conducteur est visible.

16 h 03 min 10 s – Plusieurs agents en civil aident Xiong à maîtriser les trois suspects restants sur la place. Xiong repart en courant vers la BMW.

16 h 03 min 11 s – Un individu de sexe masculin non identifié, à la main gauche bandée et porteur d'un sac en plastique noir, descend d'un autre taxi sur le côté est de la place. L'homme à la casquette noire le prend immédiatement en chasse, comme s'il voulait l'arrêter.

16 h 03 min 19 s – L'homme à la casquette noire saute par-dessus la rambarde du parking. La caméra perd sa trace.

D'après tous ceux qui avaient vu l'assassin de Ye, l'homme portait sa casquette enfoncée au maximum et le col de son blouson relevé. Aucun témoin n'était en mesure de fournir une description précise de son visage.

Le capitaine Han n'était pas de bonne humeur. Les autres membres de la cellule, Xiong en particulier, se sentaient tous accablés par le poids de la tragédie qui venait d'avoir lieu. Tant la brigade criminelle que l'UPS avaient mobilisé des dizaines d'agents pour l'opération. Pire encore, les chefs des deux unités s'étaient personnellement rendus sur place afin de coordonner l'action de leurs troupes. Leurs prétendus filets hermétiques n'avaient en rien empêché le tueur de mettre sa menace à exécution. Au lieu de capturer Euménide, ils avaient interpellé dix-huit « suspects » qui semblaient tous plus ignorants les uns que les autres.

Le premier homme à être interrogé par la police fut un certain Ai Yuncan, jeune paysan de vingt-cinq ans qui travaillait pour un salaire de misère dans un boui-boui local depuis son arrivée à Chengdu. Quinze jours plus tôt, une affichette placardée dans la rue avait retenu son attention. Une grosse agence de services recherchait des « ambassadeurs itinérants ». L'annonce promettait un bon salaire, plus de dix mille yuans, ainsi que des avantages sociaux. Pour couronner le tout, les critères physiques de sélection lui correspondaient parfaitement : *Les candidats devront être de constitution menue et mesurer entre 1,65 mètre et 1,70 mètre.*

Il avait appelé le numéro, et un homme lui avait expliqué qu'on attendait des « ambassadeurs itinérants » qu'ils offrent des services sexuels à une clientèle féminine fortunée. Les critères de l'annonce correspondaient aux vœux d'un nouveau client de l'agence, qui recherchait plusieurs hommes prêts à s'adonner à des pratiques de type bondage, domination et sado-masochisme. Ai avait hésité, mais le recruteur lui avait envoyé une photo de sa future cliente. À sa profonde surprise, elle était d'une beauté incroyable. Submergé par ses désirs les plus primitifs, Ai avait suivi les instructions du recruteur et répondu au mail avec une photo de lui-même en pièce jointe. Cette photo avait plu à l'homme, qui avait aussitôt fait virer mille yuans sur son compte en banque, à titre de « frais de préparation ».

La réception de la somme avait levé les dernières réticences d'Ai, qui s'était empressé de respecter à la lettre les consignes suivantes, pourtant étranges. Le jour même, il avait fait l'acquisition de plusieurs objets : un rouleau de bande à pansement, un martinet et un couteau factice en caoutchouc. Ses achats en main, il avait anxieusement attendu que sa sublime cliente le contacte. L'appel était enfin arrivé la veille dans l'après-midi. On lui avait expliqué qu'en raison de la nature illégale de ce genre de transaction et du statut social éminent de sa cliente, les deux parties devraient convenir d'une méthode discrète de rendez-vous. L'homme avait envoyé à Ai une photo de la BMW rouge de sa future cliente en expliquant qu'elle quitterait le Deye Building vers 16 heures. Ai l'attendrait sur la place des Citoyens, en vue de l'immeuble. Quand il la verrait sortir, il devrait la rejoindre aussi rapidement que possible et monter avec elle dans sa voiture. Ai devait cependant savoir que les mêmes instructions seraient aussi données à plusieurs autres postulants. Le choix final de l'heureux élu reviendrait à la cliente.

Afin d'assurer une compétition équitable, tous les postulants devraient l'attendre à bord d'un taxi garé à un endroit prédéterminé. Ils n'auraient le droit de quitter leur véhicule et de courir à la rencontre de la cliente qu'après en avoir reçu l'ordre par SMS. Par ailleurs, ils devraient avoir rangé tous les accessoires achetés en vue du rendez-vous dans un sac en plastique noir qu'ils tiendraient de la main droite et s'être bandé la main gauche pour satisfaire un caprice particulier de la cliente.

Tous les autres suspects firent des dépositions remarquablement similaires à celle d'Ai. La honte s'empara de Han et de ses collègues interrogateurs quand ils virent se dessiner la sinistre réalité de la tragédie du jour. Ces quidams avaient servi à opérer une diversion sophistiquée, rien de plus. Et les policiers s'étaient empressés de tomber dans le panneau, comme des papillons de nuit face à une flamme.

6
Deux minutes

23 octobre, 20 h 15
Siège de la police criminelle de Chengdu
Salle de conférences

La pièce baignait dans une lumière artificielle glaciale. La dernière fois que la cellule interservices 18/04 s'était réunie autour de cette table, la pièce avait bourdonné d'énergie. Ce soir-là, son ambiance rappelait plutôt des funérailles.

Les enquêteurs avaient analysé tous les itinéraires possibles du tueur à partir de sa dernière position connue, et Han avait fait ratisser le quartier dans un rayon de dix pâtés d'immeubles autour de la place. Ils n'avaient rien trouvé. Était-il resté caché quelque part dans les environs ? Avait-il réussi à s'enfuir à bord d'un véhicule ? S'était-il déguisé et fondu dans la foule ? Avait-il bénéficié d'une ou de plusieurs complicités ? Cela faisait bien trop de questions sans réponses.

L'équipe passa et repassa les images vidéo de la place. En s'appuyant sur une série d'algorithmes géométriques, Zeng avait cartographié les endroits d'où avaient surgi les dix-huit leurres d'Euménide en les situant par rapport au positionnement des treize policiers en civil ; il avait aussi chronométré leur course vers Ye et reconstitué leur trajectoire respective. Le résultat était alarmant. Leur mouvement semblait avoir été délibérément orchestré pour créer un chaos instantané. Le cordon de sécurité organisé par la police s'était effondré comme un château de cartes dans la tempête.

Le dernier leurre avait traversé le cordon au nord-est de Xiong, avec une trajectoire qui avait naturellement poussé Ye Shaohong à se réfugier derrière le capitaine de l'UPS. Au même moment, le tueur était entré sur la place côté opposé, coiffé d'une casquette semblable à celle des policiers en civil. La charge conjointe des leurres avait rabattu Ye dans sa direction. Xiong, occupé à neutraliser les deux suspects arrivés par le nord, n'avait pas pu la retenir. Cette diversion ne pouvait pas ne pas avoir été planifiée par le tueur.

Zeng avait retrouvé la source des SMS reçus par chaque leurre : ils provenaient d'un mobile à carte prépayée, acquis avec une fausse pièce d'identité. Une impasse de plus.

Han, qui faisait les cent pas le long de la table, les mains nouées derrière le dos, demanda à Yin :

« Pouvez-vous nous rappeler le signalement de l'assassin du sergent Zheng tel qu'il figure dans le rapport d'enquête ?

– Entre 1,65 mètre et 1,70 mètre, récita son assistant. Blessé à une main. »

Han vérifia dans le dossier.

« C'est ça. C'est exactement ça. »

Il alluma le projecteur. Une image fixe, en noir et blanc, apparut sur l'écran. Tout le monde sut aussitôt qu'elle provenait d'une des caméras de surveillance installées autour de la place des Citoyens. Xiong frissonna en reconnaissant la silhouette debout à côté de la BMW.

« Quelle taille donneriez-vous au tueur, Xiong ? demanda Han.

– Je ne peux pas vous répondre avec certitude, répondit le capitaine de l'UPS avec un embarras visible. Je ne l'ai pas vu de près.

– Mais tout de même, si vous deviez l'évaluer ? » insista Han.

Xiong hésita. Une goutte de sueur roula sur sa tempe.

« Autour de 1,80 mètre, je dirais.

– Voilà ! s'écria Han en brandissant le rapport d'enquête. Quelqu'un peut-il m'expliquer comment notre tueur a réussi à grandir de douze ou quinze centimètres en une nuit ? Et surtout, quelqu'un peut-il m'expliquer pourquoi nous avons donné à Ye Shaohong et à tous les participants de l'opération un signalement du suspect aussi éloigné de la réalité ? »

Yin se tortilla sur sa chaise.

« Peut-être qu'Euménide a un complice qui... »

Han lança le rapport contre le mur.

« Nous n'avons pas l'ombre d'un élément de preuve capable d'étayer ça ! L'homme que nous avons vu sur la place tout à l'heure a dicté chacune de nos actions. Nous avons été ses marionnettes du début à la fin ! s'exclama le capitaine, écœuré, en passant en revue tous les membres de l'équipe. Quelqu'un a-t-il quelque chose à ajouter à ça ? »

Xiong rompit le silence.

« J'ai commis une faute, dit-il. J'aurais dû voir le coup venir. J'ai senti que quelque chose clochait quand les deux premiers leurres ont lâché leur couteau. Ils ont fait un bruit inhabituel en heurtant le sol, mais je n'ai pas pris le temps de me demander pourquoi. Si Ye est morte, c'est parce que j'ai été trop bête pour rester près d'elle.

– Vous cherchiez à la protéger ! Ces hommes constituaient une menace réelle. Dans le feu de l'action, vous n'aviez aucune chance de deviner ce qui se tramait juste en entendant le bruit que faisait un couteau en tombant par terre. Et on ne pouvait pas non plus vous demander de connaître le visage de tous mes agents en civil présents sur les lieux. Même moi, je n'en aurais pas été capable. Et c'est ce qui a permis à ce fumier d'enfoncer nos défenses. C'est moi le fautif. L'opération a été mal organisée.

– Ce type sait exactement ce qu'il fait, intervint Zeng. Et surtout, il sait exactement ce qu'on fait, *nous*. Par contre, ce qu'il ne sait pas, c'est qu'il vient de se trahir.

– Soyez plus clair, Zeng ! » aboya Han, exaspéré par la propension du jeune informaticien à faire durer le suspense.

Sans se démonter, Zeng s'humecta les lèvres.

« Vous pensez vraiment que quelqu'un comme Euménide sort de nulle part ? Vu ses compétences, il a forcément été formé dans la police ou dans l'armée, et ces choses-là laissent des traces. On pourrait commencer par éplucher les dossiers de tous les flics et de tous les militaires dont le profil a des chances de correspondre, un par un. J'ai accès à toutes les bases de données personnelles de la police et de l'armée sur les deux dernières décennies. »

Pei, qui avait gardé le silence jusque-là, se tourna vers le jeune informaticien.

« Il semblerait que vous ayez déjà commencé, lâcha-t-il froidement.

– On peut savoir ce que ça veut dire ? réagit Zeng avec un petit rire forcé.

– Qu'êtes-vous allé faire dans ma chambre ?

– Je ne vois pas de quoi vous parlez.

– Vous vous êtes absenté pendant l'opération de tout à l'heure. Vous êtes allé fouiller dans mes affaires. »

Zeng s'efforça de cacher sa surprise. Il s'était effectivement introduit dans la chambre de Pei en l'absence des autres, et il l'avait fait sur ordre de Han. Mais il était persuadé de l'avoir fait proprement. Sans laisser de trace. Il avait mis des gants – et même un filet à cheveux. Comment Pei pouvait-il s'être aperçu de son passage ?

« Rien ne vous échappe, capitaine. Mais pourquoi me regardez-vous comme ça ? Auriez-vous quelque chose à nous cacher ?

– Cet après-midi, les contrôleurs du réseau téléphonique de Longzhou ont détecté une intrusion dans leur base de données. Quelqu'un a consulté l'historique de mon numéro de mobile pour le mois dernier. Mes chers collègues de Longzhou ont réussi à remonter à la source de cette intrusion. Encore une de vos petites facéties, Zeng ? »

Zeng, pour une fois, ne sut que répondre. Après un moment de réflexion, Han tenta d'arrondir les angles.

« Ce n'est sans doute qu'un malentendu. Je vous propose d'en reparler en privé, Pei. Évitons de mettre ce sujet sur la table en pleine réunion officielle.

– Non ! répliqua Pei, le visage de plus en plus fermé. Ce n'est pas du tout un malentendu. Vous l'avez chargé de me surveiller, et Mu aussi, pas vrai ? Comment se fait-il que je sois encore un suspect ? L'assassin court toujours et tue quand il veut, mais vous, pendant ce temps-là, vous chargez deux membres de votre équipe d'une mission absurde ! Nous sommes là pour empêcher Euménide de nuire, pas pour nous surveiller les uns les autres. Une réunion comme celle-ci est au contraire le moment idéal pour mettre le sujet sur la table !

– Vous avez raison sur un point, capitaine Pei, concéda Han dans un effort de diplomatie. C'est vrai, j'ai ordonné à Zeng et à Mu d'enquêter sur vous. Le sergent Zheng est assassiné, et qui trouve-t-on accroupi à côté de son corps ? Vous. Là-dessus, on découvre que vous êtes indissociablement lié à deux des meurtres de 1984. Je serais vraiment stupide de ne pas enquêter sur vous.

– Et vous voudriez me faire croire que ça s'arrête là ? s'indigna Pei, rouge de colère. Ne serait-ce pas plutôt parce que j'ai remis en question votre autorité et humilié l'homme que vous aviez chargé de me filer ? Pouvez-vous me dire, capitaine Han, ce que vos investigations sur moi ont donné jusqu'ici ? »

Han hésita. Toute l'équipe le regardait. Il n'avait pas le droit de montrer la moindre faiblesse.

« Commençons par le commencement. Vous avez été le premier à suggérer que le suspect était mince, qu'il mesurait autour de 1,68 mètre et qu'il était blessé à une main. Une déduction d'autant plus impressionnante que vous l'avez faite sur les lieux mêmes du crime. Sauf qu'elle était erronée, et nous venons de le payer cher. »

Pei faillit riposter que les analystes de Han avaient conclu à un signalement en tout point identique, mais son instinct lui souffla qu'il valait mieux s'abstenir.

« Venons-en maintenant au fiasco du Deye Building, enchaîna Han. Personne ne connaissait la position exacte de nos agents en civil présents sur la place en dehors d'eux-mêmes. Et pourtant, à peine entré dans la salle de commandement, vous les avez désignés un par un. Vous vouliez juste épater la galerie, capitaine Pei ? »

Les deux officiers s'affrontèrent du regard. L'ambiance devint soudain aussi instable qu'une bouteille de propane dans un bâtiment en flammes.

« Capitaine Han, capitaine Pei ! Reprenez-vous ! »

L'intervention de Xiong fit sursauter tout le monde. Pour Pei, ce fut comme s'il avait reçu une gifle en pleine figure. Il s'aperçut qu'il avait outrepassé les limites. Au vu des indices existants, Han n'avait pas tort. Pei pouvait même s'estimer heureux d'avoir été maintenu dans l'équipe. Dans le silence tendu qui venait d'envahir la salle, il tenta de reprendre le contrôle de ses émotions.

Zeng s'éclaircit la gorge.

« J'étais là quand le capitaine Pei a désigné les agents en position sur la place des Citoyens, dit-il. Personnellement, j'ai senti qu'il faisait appel à son sens de l'observation et à son expérience pour assembler les pièces du puzzle. Je vais vous dire ce qui m'inquiète plus : comment Euménide est-il arrivé au même résultat ? »

Sa question resta en suspens comme un nuage noir, jusqu'au moment où Pei claqua des doigts.

« L'hôtel ! » s'exclama-t-il.

Toutes les têtes se tournèrent vers lui.

« Que voulez-vous dire ? l'interpella Han.

– Pour que quelqu'un puisse se faire une idée claire du dispositif policier, il fallait qu'il bénéficie d'un point de vue panoramique sur la place. Il fallait qu'il soit en hauteur, comme nous. Et quel endroit choisiriez-vous si vous cherchiez un poste d'observation surélevé et invisible aux abords de la place des Citoyens ?

– L'hôtel, lâcha Xiong. Il y était aussi. »

23 octobre, 23 h 09
Sky Peak Hotel

Les membres de la cellule retournèrent au Sky Peak Hotel, dont la haute structure se dressait face au Deye Building. Han, flanqué de toute son équipe, s'avança jusqu'au comptoir de la réception et exigea de visionner sur-le-champ les bandes de vidéosurveillance des deux jours précédents.

La veille au soir, vers 22 heures, un homme s'était installé dans la suite 714. Après y avoir passé la nuit, il en était ressorti peu après 15 heures – une heure avant l'assassinat. Il n'était pas revenu depuis et n'avait pas réglé la note. Les images montrèrent aux policiers une silhouette masculine dont la taille, la constitution et la démarche correspondaient à celles du tueur aperçu sur la place des Citoyens. Aucune caméra n'avait capté d'images nettes de son visage.

Cette suite, située au sixième étage, offrait une vue imprenable sur la place et se trouvait presque exactement au-dessus de la chambre qui leur avait servi de salle de commandement. Pei fut tenté de le faire remarquer à Han mais comprit, à voir la rage qui déformait ses traits, que son homologue était d'ores et déjà parvenu à la même conclusion que lui.

Han ordonna à un employé de l'hôtel de lui communiquer la photocopie de la carte d'identité présentée par le suspect au moment de sa réservation. Il fallut deux minutes à Zeng pour constater qu'elle était fausse. Ce n'était pas non plus celle dont il avait retrouvé la trace plus tôt dans la journée, mais ce fut largement suffisant pour confirmer les soupçons de l'équipe. Quand Han lui demanda de décrire les traits du client, le réceptionniste qui l'avait accueilli la veille au soir répondit que l'homme en question portait des lunettes de soleil et une barbe fournie.

« Une barbe ? répéta Yin en s'empressant de noter l'information sur son carnet, sous les regards indifférents des autres. Capitaine, dois-je prévenir nos inspecteurs qu'ils doivent concentrer leurs recherches sur un homme à barbe ?

– C'était une fausse », grommela Han.

Yin, décontenancé, se remit à fixer l'écran.

« Le tueur n'est pas idiot, lui expliqua Pei. Cette barbe et ces lunettes lui ont servi à dissimuler son visage. Rien de plus. »

Avec une grimace dépitée, Yin déchira la page de son carnet et la froissa.

« Regardez ! s'écria Han, déjà absorbé dans le visionnage de la suite de la vidéo. Il avait une valise quand il est arrivé, mais pas quand il est ressorti. On ne peut pas totalement exclure qu'il revienne. »

Xiong comprit sur-le-champ.

« Je vais déployer mes hommes au sixième.

– Bien. Et il nous en faudra aussi dans le hall. Yin, vous vous occuperez de coordonner tout ça avec le capitaine Xiong. »

Han dévisagea l'un après l'autre les membres de l'équipe. Tous semblaient déterminés à agir, mais Pei était le plus impatient de tous. L'excitation lui dilatait les pupilles.

« Pour commencer, dit Han, allons jeter un coup d'œil à sa chambre. »

Le réceptionniste attrapa une carte-clé et conduisit Han, Pei, Mu et Zeng jusque devant la porte de la suite 714. Les mots « NE PAS DÉRANGER » s'affichaient en lettres rouges sur un petit écran LED sous la sonnette. À en croire le réceptionniste, personne d'autre n'était entré dans la suite depuis l'arrivée du barbu.

Le cœur de Pei battait fort. Si l'occupant de la suite 714 était bien le tueur qu'ils avaient vu la veille sur la place, le cercle se refermait enfin.

Han ordonna au réceptionniste d'ouvrir.

La porte pivota en douceur, et l'odeur qui s'échappa dans le couloir faiblement éclairé fit frissonner Pei. Des images de chairs putréfiées et d'organes à vif se carambolèrent dans son esprit. Il vit Mu se pincer le nez.

« Qu'est-ce que ça sent ? C'est horrible ! » couina le pauvre réceptionniste avec un haut-le-cœur.

Han entra le premier et inséra la carte dans la fente du boîtier mural. L'éclairage se mit en marche, révélant une suite élégante. Une valise ouverte était posée sur le lit *king size*. Pei renifla l'air et eut tôt fait de comprendre que la puanteur provenait de là.

Les policiers s'approchèrent du bagage et découvrirent son contenu.

Plus de dix bocaux en verre s'alignaient à l'intérieur. Tous avaient à peu près les dimensions de deux poings superposés et étaient pleins à ras bord d'un liquide saumâtre. Pei reconnut l'odeur. Du formol. Un objet de forme grotesque flottait à l'intérieur de chaque bocal.

« Ex... excusez-moi », bredouilla le réceptionniste en se plaquant une main devant la bouche.

Il bouscula Mu et Zeng et s'enfuit dans le couloir.

Tremblante, la psychologue se rapprocha de ses collègues.

« Que... qu'est-ce que c'est ? » demanda-t-elle en un murmure.

Personne ne répondit. Han enfila une paire de gants en coton blanc, sortit un bocal de la valise et le leva vers la lumière en plissant les yeux.

Dès qu'il eut identifié l'objet noyé dans le formol, Zeng poussa un glapissement presque comique.

« C'est un scalp ! Merde ! Un scalp humain ! »

Quelques mèches de cheveux étaient encore reliées à la chose, qui s'était mise à dériver lentement dans le liquide du fait des oscillations du bocal, telle une méduse de cauchemar.

C'en était trop pour Mu. Elle quitta précipitamment la suite, le souffle court.

Pei observa encore un moment le morceau de front et de cuir chevelu qu'il avait sous les yeux, puis lut l'étiquette collée au verre. Elle était couverte d'idéogrammes manuscrits. Han la vit en même temps que lui. Il retourna le bocal et ouvrit des yeux ronds en lisant le texte.

AVIS DE DÉCÈS

ACCUSÉ : Lin Gang
CRIME : viol au village-temple de Baijia
DATE DU CHÂTIMENT : 18 mars
EXÉCUTEUR : Euménide

La même calligraphie irréprochable. Un large trait rouge barrait le nom de l'accusé. Plusieurs membres de la cellule avaient déjà eu sous les yeux des avis de jugement et connaissaient bien le sens de ces traits rouges.

« Viol au village-temple de Baijia ? dit Pei, perplexe.

– Un crime non élucidé assez terrible, expliqua Zeng. Il a eu lieu l'an dernier. En fait, j'ai été chargé d'apporter un soutien technique au réseau de la sécurité civile. L'auteur avait pourtant un signe particulier très facilement reconnaissable : une balafre au couteau de cinq centimètres sur le côté gauche du front. »

Comme en réaction à ses paroles, le morceau de scalp se déplia à l'intérieur du bocal, révélant une longue cicatrice.

Pei émit un son à mi-chemin entre le gloussement et le soupir.

« Il ne s'est pas contenté d'élucider l'affaire à votre place, remarqua-t-il. Il a aussi fait le travail du tribunal en le jugeant lui-même. »

Han sentit son cœur se serrer. Le trait rouge en travers du nom de l'accusé paraissait lui sourire comme une bouche ricaneuse. Il remit le bocal dans la valise et en souleva un deuxième. Un lambeau de peau ondulait à l'intérieur, orné d'un tatouage de chauve-souris gris métallique.

Une étiquette l'accompagnait, avec un nom barré comme sur les autres.

AVIS DE DÉCÈS

ACCUSÉ : Zhao Erdong
CRIME : vol suivi de meurtre à East Elm
DATE DU CHÂTIMENT : 11 mai
EXÉCUTEUR : Euménide

East Elm. Le nom de ce programme immobilier haut de gamme réveilla dans l'esprit de Han des images depuis longtemps oubliées. Une série de tours résidentielles rutilantes. Une traînée rouge sur un parquet menant à un homme mort, affalé au pied d'un mur éclaboussé de sang. Han avait lancé son équipe dans un marathon de nuits blanches pour rechercher en vain le coupable, porteur d'un tatouage en forme de chauve-souris. Maintenant qu'il avait enfin ce tatouage sous les yeux, il ne savait pas trop ce qu'il devait ressentir. De la satisfaction ? De la tristesse ? De la colère ?

Dans un pesant silence, Han, Zeng et Pei sortirent un par un les bocaux de la valise pour les poser sur le lit. Mu revint en s'essuyant la bouche d'un revers de manche. Chaque bocal contenait un fragment de corps de taille et de forme différente – un doigt, une oreille, un nez et ainsi de suite. Sur chaque « échantillon » était étiqueté un avis de décès au nom d'une personne recherchée par la police. Ces noms étaient tous barrés d'un gros trait rouge – sauf le dernier.

AVIS DE DÉCÈS

ACCUSÉ : Peng Guangfu
CRIME : meurtre d'un policier au parc du Mont des Cerfs-Jumeaux
DATE DU CHÂTIMENT : 25 octobre
EXÉCUTEUR : Euménide

« Celui-là n'est pas rayé », observa Pei.

Les autres opinèrent. C'était le seul avis dont la date n'était pas passée.

Han semblait pétrifié. Zeng le regarda sans comprendre.

Pei posa sur Han un regard insistant. Aussitôt, Mu lui toucha le bras. Pei se tourna vers elle et la vit secouer la tête.

Pas maintenant, articula-t-elle en silence.

Han rangea avec précaution les bocaux dans la valise. Après un effort visible pour retrouver sa contenance, il sortit son téléphone portable et appela Yin, resté en bas.

« Prévenez nos hommes qu'on n'a plus besoin d'eux ici. Il ne reviendra pas. »

Han avait raison, songea Pei. Euménide avait fait ce qu'il fallait pour les attirer là, et ils se retrouvaient perdus dans cette suite comme des rats dans un labyrinthe. Ils n'y trouveraient aucun indice utile – en dehors de ceux que le tueur avait délibérément choisi de leur mettre sous le nez.

Les investigations ultérieures de la police scientifique ne feraient que confirmer son intuition et celle de Han. Aucune empreinte digitale ni aucune trace d'ADN quelle qu'elle soit ne serait relevée sur place – rien d'autre que cette valise et son sinistre contenu.

Il y avait treize bocaux. Chacun d'eux portait un avis de décès différent. Sur les treize noms de personnes visées par une sentence d'Euménide, douze étaient barrés de rouge. Seul celui de Peng Guangfu ne l'était pas.

Au milieu de ce macabre étalage de restes humains, deux objets détonnaient : un disque dur externe et ce qui ressemblait à un mini récepteur de signaux.

« Mon petit doigt me dit que je vais avoir du boulot », remarqua Zeng, les yeux fixés sur le disque dur.

De retour dans la salle de conférences, toute l'équipe visionna une vidéo projetée sur l'écran. Un petit homme trapu était accroupi devant un mur de pierre irrégulier. Il faisait face à la caméra. Ses bras, ses jambes étaient attachés, et la terreur déformait ses traits. On distinguait tout juste une cicatrice sur le côté gauche de son front.

Pei fut incapable de situer l'endroit. Ce mur était d'une texture trop grossière pour se trouver dans un logement ou même dans un entrepôt. La lumière était trop faible et le cadrage trop serré pour qu'il puisse formuler une hypothèse solide.

Au bout de plusieurs secondes, une voix d'homme hors champ s'élevait.

« Comment vous appelez-vous ?

– Lin… Gang, bégaya l'homme trapu.

– Quel a été votre rôle dans le viol commis le 3 août dernier au village-temple de Baijia ? »

Lin Gang baissa la tête.

« Je... C'est moi qui l'ai fait. »

L'homme invisible parlait d'une voix gutturale et murmurée. L'effet devait être terrifiant pour Lin, mais Pei n'eut aucun mal à comprendre les vraies motivations de son bourreau : il transformait sa voix à l'usage du public qu'il voulait atteindre – les policiers qui verraient un jour cet enregistrement.

« Cette femme que vous avez violée. Décrivez-la.

– Elle était... toute menue. Elle avait les cheveux courts, le genre...

– Non. Dites-moi quelque chose que vous êtes le seul à avoir vu. Quelque chose que les autres ne savent pas.

– Je... je comprends pas...

– Si vous ne me le dites pas, je peux vous trancher la gorge et vous regarder vous vider de votre sang. Ça prendra une demi-heure, peut-être plus. À vous de choisir.

– Elle avait... elle avait un grain de beauté. Sur la poitrine. À peu près gros comme une pointe de baguette.

– Bien. »

Une ombre passa devant l'objectif. L'homme sans nom se déplaça derrière Lin Gang et défit ses liens.

Lin massa ses poignets en sang. Puis il tourna la tête et pâlit. Son regard se vida de toute expression.

Une main s'avança dans le champ. Entre ses doigts, une lame de rasoir rectangulaire étincelait.

« Je vais vous laisser une dernière chance, lâcha l'homme sans nom, d'un ton encore plus tranchant que sa lame. Levez-vous et faites-moi face. »

Lin, désespéré, secoua la tête et se mit à sangloter.

« Non, je...

– Debout ! »

Lin tressaillit. Et, au lieu de se lever, il se mit en boule.

Un ricanement de mépris fusa, et la lame traversa en un éclair le champ de la caméra. Terrorisé, Lin voulut lever les bras pour se protéger mais s'écroula au sol, raide mort, avant d'avoir pu achever son geste. Une flaque de sang noir se forma autour de sa nuque. Une silhouette sombre se pencha sur lui. La lame porta plusieurs autres coups rapides, avec une précision chirurgicale.

Pei retint son souffle, guettant l'instant où la tête du tueur apparaîtrait dans le champ, mais son espoir ne dura pas. Bien sûr. Il portait une cagoule.

« Euménide, marmonna Xiong. C'est lui. »

Han mit un doigt en travers de ses lèvres en lançant un regard noir à son collègue de l'UPS.

Un bruit poisseux se fit entendre, comme quand quelqu'un mélange des nouilles dans un bol. Puis le tueur se redressa et présenta à la caméra son trophée, dont la forme rappelait vaguement une crêpe. Les membres de l'équipe poussèrent un cri en reconnaissant le fragment de corps découvert dans le premier bocal. Le scalp humain.

« Alors ? lança Zeng. C'était vrai ? »

Han fronça les sourcils.

« Quoi ? Qu'est-ce qui était vrai ?

– Le grain de beauté. Elle en avait un ? »

Le capitaine parut réfléchir, puis acquiesça.

« Oui. Très peu de gens en connaissaient l'existence.

– Il est possible qu'Euménide ait accédé à nos archives et lu le dossier d'enquête, non ? suggéra Pei. Ensuite, il lui aurait suffi de trouver un type qui ressemble à Lin Gang et de lui souffler la réponse. Tout ça n'est peut-être qu'une mise en scène de plus, pour nous embobiner.

– C'est peu probable, répondit Han, secouant la tête. Très peu probable. Si quelqu'un s'était introduit aux archives, nous en aurions entendu parler. »

L'homme qu'ils venaient de voir exécuter Lin était à l'évidence très bien informé sur les autres affaires non élucidées auxquelles renvoyaient tous les bocaux restants. La vidéo fut suivie de douze autres, chacune montrant un « procès » de même type, dirigé par l'homme cagoulé. La séquence s'ouvrait systématiquement sur un rapide interrogatoire, dont les questions concernaient des détails très spécifiques de l'affaire. Le décor était toujours identique – même mur de pierre, même cadrage trop serré pour donner des indications.

« Ce n'est pas possible qu'ils disent tous la vérité, murmura Zeng, incrédule. Il a dû leur souffler les réponses, comme disait Pei. »

Mais Pei était capable de reconnaître une terreur authentique. Et en l'occurrence, celle-là aurait poussé n'importe qui à cracher toute la vérité.

Chaque fois qu'une victime avait décliné son identité, l'homme la détachait. Il récitait toujours la même phrase à l'approche de la fin : *Je vais vous laisser une dernière chance.* Pourtant, aucun de ces hommes ne saisissait l'occasion pour essayer de se défendre. Ils ne paraissaient pas éprouver le moindre désir de lui échapper. À peine avaient-ils les pieds et les mains libres qu'ils se laissaient tomber en boule sur le sol et attendaient le coup de grâce comme des rats pétrifiés.

Tous étaient des violeurs, des voleurs ou des assassins endurcis. Pourtant, face à cet homme singulier, aucun d'eux n'avait été capable ne serait-ce que de l'implorer de lui laisser la vie sauve.

La dernière vidéo était sans doute celle qu'Euménide avait eu le plus à cœur de montrer aux policiers. Elle avait été tournée dans le même décor terne et délabré que les autres. Un homme qui pouvait avoir une trentaine ou une quarantaine d'années était à genoux sur le sol. L'objectif braqué sur lui montrait très distinctement ses traits.

« Comment vous appelez-vous ?

– Peng Guangfu.

– Quel a été votre rôle dans l'attaque à main armée d'une épicerie, rue de Qinfeng, dans la soirée du 25 octobre 1992 ?

– C'est moi qui l'ai braquée. Avec Zhou Ming.

– Le montant de votre butin s'est élevé au total à vingt-quatre mille yuans. Que s'est-il passé pendant votre fuite ?

– Il faisait nuit. On est tombés sur des flics.

– Combien ?

– Deux.

– Et ensuite ?

– Ils nous ont couru après, et on a filé se planquer dans le parc du Mont des Cerfs-Jumeaux. C'est plein de grottes et de rochers. On s'est cachés dans une grotte.

– Ces policiers vous ont-ils retrouvés ?

– Oui.

– Que s'est-il passé ensuite ?

– Ça s'est mis à canarder.

– Un des policiers a été tué, l'autre blessé. Votre complice, Zhou Ming, est mort pendant la fusillade. C'est exact ? »

Peng hocha lentement la tête.

« Vous savez comment s'appelaient ces deux policiers ? demanda l'homme invisible.

– Je l'ai su qu'après. Dans les journaux.

– Dites-le-moi.

– Celui qui y est resté s'appelait Zou Xu. L'autre s'appelle Han Hao. »

Pei sursauta en entendant ce nom. Il se retourna et dévisagea Han, éberlué. Han avait les dents serrées. Un voile de sueur lui couvrait le front.

Pei repensa à sa réaction quand ils avaient découvert le bocal au nom de Peng Guangfu dans la suite. Il y avait eu ensuite l'avertissement muet de Mu. Ils étaient tous au courant. Et ils l'avaient laissé dans le brouillard.

« Très bien, reprit l'homme invisible. Je vais vous laisser une dernière chance. »

Peng leva la tête et fixa un regard vide sur son bourreau.

La main anonyme entra dans le cadre. Contrairement aux attentes des policiers, ses doigts ne tenaient pas une lame scintillante, mais une pastille en métal de la taille d'un bouton. La main glissa cette pastille à l'intérieur de la poche de chemise de Peng.

« Ceci est un émetteur de localisation. Je vais envoyer le récepteur à la police. »

Le regard de Peng s'éclaira. L'ironie de la situation n'échappa pas à Pei : l'allusion à une possible intervention des forces de l'ordre rendait espoir à ce bandit.

« La partie sera lancée quand j'activerai cet émetteur. Il vous mènera là où vous devez aller. Ce n'est pas tout. Histoire de compliquer un peu les choses, vous devrez être quatre – ni plus, ni moins. Vous viendrez ici le 24 octobre à minuit. Si quelqu'un ne respecte pas la règle, ajouta l'homme en tournant son visage cagoulé vers la caméra, je le saurai. Donc n'essayez pas de jouer au plus fin. »

Il refit face à Peng.

« S'ils respectent la règle et réussissent à arriver ici dans les temps, vous pourrez peut-être repartir en vie. »

Han prit entre ses doigts le minuscule récepteur découvert dans la valise. Ils avaient déjà tenté de le mettre en marche, mais il était désormais clair qu'il ne fonctionnerait que quand Euménide aurait activé l'émetteur.

Sur les images suivantes, celui-ci disait à Peng :

« Il y a un autre problème. Je ne peux pas me permettre de vous laisser dévoiler mes secrets. Nous devons trouver un moyen d'éviter cela. »

Le visage de Peng s'emplit d'horreur. La main de l'homme apparut devant la caméra. Une lueur glaciale jaillit de la lame serrée entre ses doigts.

« Non, par pitié ! implora Peng, épouvanté. Je dirai rien – je dirai rien du tout ! »

Le choix, de toute façon, ne lui appartenait pas. L'autre main de l'homme sans visage entra dans le champ et attrapa Peng par les mâchoires, ce qui l'obligea à ouvrir la bouche en grand et transforma ses supplications en râles inintelligibles.

La lame plongea à l'intérieur de sa bouche. Peng se débattit comme un beau diable, mais la main du tueur était un étau trop puissant. Il poussa un cri déchirant. Un flot de sang gicla de sa bouche et aspergea la main de son bourreau. Au bout de quelques secondes, l'homme lâcha Peng, qui se mit aussitôt en boule, fou de douleur muette. Toujours hors champ, le tueur agita un morceau de langue sanguinolent face à la caméra.

« Je vous laisse une chance. J'espère que vous la saisirez. »

La série de vidéos s'acheva sur cette scène barbare. L'équipe soupira de soulagement quand l'écran redevint noir.

Han secoua la tête comme s'il émergeait d'un rêve.

« Nous ne sommes pas là pour élucider l'affaire du parc du Mont des Cerfs-Jumeaux, mais Peng Guangfu pourrait nous mener jusqu'à Euménide. Nous devons donc assurer sa sécurité. Si cela permet d'éviter d'autres meurtres, tant mieux. Nous allons faire exactement ce qu'a dit le tueur, c'est-à-dire envoyer quatre membres de cette cellule dans la fosse aux lions. »

Pei fit une moue. Ils étaient six. Deux d'entre eux resteraient donc sur la touche, et il avait la certitude d'en faire partie.

« Comment Euménide pourra-t-il savoir que nous respectons la règle ? demanda Zeng. Il compte nous surveiller ?

– Je n'en sais pas plus que vous, répondit Han. Les événements d'hier nous ont montré qu'il était très fort pour déjouer nos attentes. Qu'en pensez-vous, Mu ? »

La psychologue entrelaça les doigts.

« S'il y a une chose dont nous pouvons être sûrs avec Euménide, c'est qu'il ne bluffe pas. Soit il sera là où il nous aura dit d'aller, soit il nous observera à distance. Mais dans un cas comme dans l'autre, soyez certains qu'il nous tiendra à l'œil. »

24 octobre, 11 h 05
Siège de la police criminelle de Chengdu
Réfectoire du centre d'hébergement

Le réfectoire du centre d'hébergement de la police se trouvait au rez-de-chaussée, dans une petite salle donnant sur le hall. Dix ou douze clients y étaient disséminés ; à en juger par les piles de dossiers dans lesquelles la plupart d'entre eux plongeaient le nez entre deux bouchées, il s'agissait probablement d'experts en visite, invités pour donner des conférences ou animer des ateliers dans les divers services de police hébergés au QG. Pei, qui de son côté n'avait rien à faire, commanda une assiette de tofu épicé, un bol de riz et une bouteille de bière.

Il ne restait plus que treize heures avant l'exécution de la sentence qui visait Peng, un laps de temps crucial pour la cellule. Han avait fait ce qu'il fallait pour que Pei soit mis à l'écart.

« Ça va comme vous voulez, capitaine ? »

Mu déposa son plateau sur la table, face à lui.

« Je devrais vous remercier, répondit Pei, moyennement aimable. D'avoir autant de temps libre. »

Mu sourit.

« Insinueriez-vous que j'ai quelque chose à voir là-dedans, par hasard ? Je me retrouve moi aussi sur le banc des remplaçants, ne l'oubliez pas.

– Mais vous, c'est parce que vous avez une mission plus importante à remplir.

– Je ne vous suis pas », dit-elle en se raidissant.

Pei, toujours de marbre, se contenta d'avaler une gorgée de bière.

« Bon, d'accord, soupira Mu. Je reconnais que Zeng et moi avons enquêté sur vous, mais c'est seulement parce qu'on nous en a donné l'ordre. Nous sommes tous de la police. Par contre, je peux vous garantir que ni Zeng ni moi ne vous soupçonnons d'être le tueur.

– C'est bien aimable à vous, grommela Pei en plantant sa baguette dans un morceau de tofu.

– Tenez, dit Mu en sortant le lecteur MP3 de Zeng, écoutez ça. »

Elle sélectionna le fichier que l'informaticien lui avait fait découvrir.

Pei se figea dès le début de l'enregistrement. Ces phrases, il les avait entendues pour la dernière fois dix-huit ans plus tôt, sur les haut-parleurs de l'académie. Il pressa les paupières, soudain rattrapé par son passé. À la fin, il retira les écouteurs d'un air hébété.

« C'est moi, bien sûr, admit-il, les yeux embués. Je suis à l'origine de cet incident.

– Comme vous n'êtes pas sans le savoir, dit Mu, le nom d'Euménide n'a pas été associé pour la première fois à l'académie le 18 avril 1984. Quatre élèves-officiers au moins avaient déjà été punis par ce personnage. Une fille qui avait tendance à voler les affaires des autres, et trois garçons : un pour avoir triché à un examen, un autre parce qu'il aimait divulguer les secrets personnels de ses camarades et un dernier parce qu'il sortait avec deux filles en même temps. Je sais que vous n'avez tué personne. Je l'ai su à la seconde où je vous ai rencontré. Le chagrin et la haine que j'ai lus dans vos yeux étaient bien trop... réels. Pourtant, vous avez trempé dans cette histoire. Que nous cachez-vous ?

– Pas la peine de prendre autant de gants. Vous avez déjà largement de quoi m'expédier en garde à vue et lancer les interrogatoires officiels.

– Zeng a analysé cet enregistrement de sa propre initiative avant de m'en fournir une copie. Pour le moment, Han n'est au courant de rien. Nous vous croyons, lui et moi. Et vous, êtes-vous capable de nous croire ? J'aimerais juste entendre ce que vous avez à dire. »

Pei, sentant sa carapace se fendre, décida de lui révéler quelque chose qu'il n'avait jamais dit à personne.

« Je suis responsable des deuxième et troisième affaires que vous venez d'évoquer. Les autres, c'était Meng.

– Vous étiez deux ! s'étrangla Mu. Cela explique que la personne qui a volé les vêtements de cette fille ne se soit jamais fait prendre. Pourquoi avez-vous fait équipe dans un but aussi bizarre ?

– Nous n'avons jamais fait équipe, corrigea le capitaine. C'était... une compétition.

– Un jeu ? »

Le ton accusateur de Mu fit grimacer Pei. Le tueur, pendant qu'il torturait Peng Guangfu, avait provoqué la police en employant le même mot.

« Vous avez peut-être du mal à saisir la nature de ma relation avec Meng. Plus nous étions amoureux, plus notre rivalité grandissait. Chacun de nous admirait et respectait l'autre, mais rêvait aussi de prendre le dessus. C'est un sentiment étrange. Vous ne pouvez pas comprendre.

– Détrompez-vous, répondit Mu avec un sourire en coin.

– Vraiment ?

– Vous êtes tous les deux scorpions. Quand deux scorpions nouent des liens trop étroits, cela se termine toujours par la victoire d'un camp. Et d'un seul. »

Pei lui décocha un coup d'œil perplexe.

« On peut être psychologue et garder l'esprit ouvert, se justifia Mu.

– Vous avez peut-être raison dans notre cas. Nous passions notre temps à nous affronter. Et personne ne voulait lâcher un millimètre de terrain.

– Nous pourrons peut-être parler de ces choses-là plus tard, dit Mu en prenant entre ses baguettes une bouchée de poisson à la vapeur. Je préférerais que vous m'expliquiez ce qui s'est passé à l'académie, du début à la fin.

– Tout est de ma faute, soupira Pei en baissant la tête. Un groupe de camarades avait organisé, sur son temps libre, un concours d'histoires policières. L'idée a eu tellement de succès que, bientôt, tout le monde en parlait dans notre promotion. Meng débordait d'inventivité. Un soir, elle m'a raconté une histoire de femme qui punissait des criminels ayant réussi à passer à travers les mailles du filet. Elle l'a baptisée "Euménide", en référence aux déesses de la vengeance dans la mythologie grecque. Meng m'a demandé mon avis. Je n'étais pas emballé par son choix d'un personnage principal féminin. Traitez-moi de vieux macho si vous le voulez, mais je trouvais simplement que ce serait un peu plus réaliste qu'un homme soit au centre de ce type d'histoire. Bref, notre discussion a dégénéré en dispute. Elle m'a reproché d'être sexiste et patriarcal. Pour finir, nous avons fait un pari. Nous allions tester tous les deux son histoire dans la vraie vie afin de voir qui, d'un Euménide masculin ou d'un Euménide féminin, se montrerait le plus efficace. »

Le visage de Mu s'éclaira.

« La compétition…, dit-elle.

– Je suppose qu'on a parfois un petit côté ridicule à ces âges-là. Bref, nous avons décidé d'alterner les rôles. Pendant que l'un de nous jouerait le rôle d'Euménide, l'autre serait l'enquêteur. Si l'enquêteur réussissait à découvrir comment Euménide avait fait son coup, il remporterait la manche. À l'époque, j'étais l'un des tout meilleurs élèves en investigation criminelle, et c'était la même chose pour Meng en psychologie. Je croyais pouvoir la battre sans trop de mal, mais, au bout de quatre manches, nous étions à 2 partout.

– Vous n'avez peut-être pas réussi à démonter les méthodes de Meng, mais Zeng et moi sommes tout aussi incapables de démonter les vôtres. Comment avez-vous fait pour les remporter ?

– Ça, répondit Pei en souriant, c'est entre Meng et moi. Je n'en ai jamais parlé à personne d'autre. »

L'espace d'une fraction de seconde, Mu éprouva une pointe de jalousie.

« Je n'ai jamais eu l'occasion de le lui dire, mais… il fallait absolument que je la batte. J'étais même en train de préparer une cinquième manche – pour la prendre par surprise. Elle aurait dû avoir lieu le jour où Meng est allée retrouver Yuan à l'entrepôt. »

Une idée vint à Mu. Il y avait une autre interprétation possible de ce qui s'était passé à l'entrepôt – une possibilité que personne n'avait jamais évoquée. Ou en tout cas pas Pei.

« Quand vous avez découvert l'avis de décès de Yuan, lâcha-t-elle, vous vous êtes dit que c'était un coup de Meng. »

Pei grimaça comme sous l'effet d'une gifle.

« C'est vrai. Meng avait déjà puni un type volage. Et elle m'avait dit plusieurs fois qu'elle détestait la façon dont Yuan traitait les filles. Ma première pensée a été qu'elle ciblait Yuan pour me faire payer de l'avoir gardé comme ami.

– C'est pourquoi vous n'avez pas prévenu la police. Vous avez tout fait pour entrer vous-même en contact avec elle.

– Meng ne supportait pas le comportement de Yuan, mais je n'ai jamais cru une seconde qu'elle avait exécuté cette sentence jusqu'au bout. Je me suis dit qu'au pire, elle pouvait l'avoir ligoté pour lui donner une bonne leçon – et m'obliger à reconnaître ma défaite finale.

– Et quand Meng a vu cet avis, elle s'est peut-être dit la même chose. Que vous aviez décidé de prendre Yuan pour cible !

– C'est ce que j'ai pensé après coup. Ça expliquerait qu'elle non plus n'ait pas prévenu la police et qu'elle soit partie seule à sa recherche. »

Pei, les larmes aux yeux, partit d'un rire amer.

« Il y a quelques jours, ajouta-t-il, vous m'avez demandé pourquoi Meng s'en était remise à moi au moment de désamorcer la bombe. Ce qui me terrifie par-dessus tout, c'est qu'elle m'ait cru parce qu'elle s'imaginait que je l'avais fabriquée ! »

Mu opina en silence, comme pour elle-même, avant d'énoncer sa conclusion.

« En somme, vous êtes en train de me dire que le tueur, juste avant de commettre son premier crime, vous a volé votre idée d'un personnage créé de toutes pièces ?

– Je ne vois pas d'autre explication. Il a voulu prendre le pouvoir. S'affirmer comme le vrai Euménide.

– Mais… pourquoi aurait-il attendu dix-huit ans pour relancer la partie ?

– Il doit avoir ses raisons, mais je ne suis pas sûr de les connaître. »

Pei but une gorgée de bière et scruta Mu en plissant les yeux.

« Vous savez, il y a autre chose qui me dérange. Vous allez peut-être pouvoir m'aider.

– Quoi donc ?

– Meng et moi avons toujours révélé nos avis disciplinaires *après* l'application des sanctions. Si nous étions son modèle, pourquoi a-t-il publié ses avis de décès *avant* de commettre ses meurtres ? Et pourquoi est-ce qu'il recommence maintenant ? Pourquoi est-ce qu'il tue ?

– Ses intentions ne sont pas les vôtres, Pei. Le tueur s'est inspiré de ce que Meng et vous aviez imaginé pour construire un jeu capable de lui procurer les émotions qu'il recherche. Peut-être a-t-il trouvé que vos règles n'étaient pas assez excitantes. D'ailleurs, les siennes sont évolutives. Si on met de côté Zheng et Ye, il a assassiné douze personnes suspectées dans douze crimes non élucidés – sans nous en avertir en quoi que ce soit. Ces avis-là ne nous sont parvenus qu'après coup, en même temps que ses trophées macabres. Même si cela peut ressembler à une violation de son mode opératoire originel, ce n'est peut-être qu'une vaste mise en scène, dont le vrai but est de désigner sa victime-clé de la prochaine manche. Peng Guangfu.

– Je ne suis pas sûr que ce soit aussi simple. J'ai lu des choses sur des tueurs en série étrangers qui jouent au chat et à la souris avec la police, mais ils ne révèlent jamais l'identité de leurs victimes avant de passer à l'acte. Si son but premier était vraiment de se procurer une émotion de cet ordre, il suivrait chaque fois le même protocole. Alerter la police avant de commettre un meurtre exige des compétences hors norme, vous savez. D'ailleurs, souvenez-vous des vidéos qu'il vient de nous faire parvenir. Il a réussi non seulement à mettre la main sur des individus qui ne s'étaient jamais fait prendre par la police de Chengdu, mais aussi à les assassiner sans que personne en sache rien. Nous avons affaire à quelqu'un d'immensément talentueux, Mu.

– Que pouvons-nous faire, dans ce cas ?

– J'ai besoin d'avoir accès à tous les éléments du dossier 18/04. Y compris ceux que Zeng ou vous-même pourriez vous être gardés sous le coude jusqu'ici.

– D'accord, répondit sans hésiter Mu. Suivez-moi dans ma chambre. »

Pei fut frappé par l'aspect épuré de la chambre de la jeune femme. Un livre intitulé *Par-delà la liberté et la dignité* était posé sur sa table de chevet, à côté d'une pile de dossiers impeccablement rangée.

Après avoir ôté ses chaussures, Mu s'assit en tailleur sur le lit.

« Approchez cette chaise, dit-elle avec un geste en direction du bureau. Et ces dossiers, là. »

Pei s'exécuta, et Mu étala le contenu de plusieurs chemises cartonnées sur le matelas. Pei découvrit des documents regorgeant d'informations auxquelles il n'avait jamais eu accès, dont des comptes rendus de ses propres interrogatoires et des analyses de son rôle dans l'affaire.

Ce qu'il lut le déprima. Quand il crut avoir touché le fond sur le plan émotionnel, il ferma les paupières et se massa les joues, de plus en plus fort et de plus en plus loin vers l'arrière. Mu eut l'impression qu'il tentait d'extraire de force quelque chose de son cerveau. Ou peut-être d'empêcher cette chose d'en sortir.

Il se concentra à nouveau sur les documents. Il en feuilleta plusieurs, puis s'arrêta net sur une page. Une expression de stupeur envahit ses traits. Mu en eut la chair de poule.

« Qu'y a-t-il ? demanda-t-elle.

– Incroyable. C'est incroyable ! Comment ont-ils pu passer à côté d'une incohérence pareille ?

– Quelle incohérence ?

– L'heure ! L'heure est fausse ! s'écria Pei, montrant la feuille du doigt. Regardez ça ! Ce rapport situe l'explosion à 16h13. Non ! Je me souviens très clairement d'avoir dit aux policiers qu'elle avait eu lieu à 16h15 ! Tenez, c'est même écrit ici, dans ma déposition !

– L'écart n'est que de deux minutes. Cela étant… »

Mu s'interrompit. Elle aussi avait remarqué cette différence mais ne l'avait pas jugée assez importante pour y voir quelque chose de significatif. La police avait officiellement retenu 16h13 comme heure de l'explosion d'après les données fournies par les services de l'environnement de la ville. L'exactitude de cette donnée ne faisait pas l'ombre d'un doute. Certes, il y avait un écart de deux minutes avec le témoignage de Pei ; et alors ?

« Non, croyez-moi ! s'enflamma Pei, comme s'il lisait dans les pensées de la jeune femme. Je n'ai pas quitté des yeux l'horloge murale pendant tout le temps où Meng et moi avons dialogué par radio. Quand la communication a été coupée par l'explosion, il était 16h15. Je pourrais passer ma vie à vous décrire cet instant-là – les deux moineaux qui pépiaient sur le bord de ma fenêtre, la bouteille de Coca vide sur mon bureau, les grésillements de mon talkie-walkie. L'horloge marquait 16h15, je suis formel ! C'est à cette heure-là que ça s'est passé, à la minute près !

– Votre horloge avançait peut-être.

– Je la remontais tous les soirs. Et je vérifiais chaque fois que l'heure correspondait bien à celle qu'on annonçait à la radio. C'était une vraie manie chez moi, et je n'ai pas manqué une seule fois de le faire pendant tout le temps que j'ai passé dans cet internat. Sans compter que cette horloge était extrêmement précise. Elle pouvait donner l'heure exacte pendant plus de deux semaines.

– Admettons que vous ayez raison, concéda Mu, toujours sceptique. Dans ce cas, d'où vient l'écart ? Peut-être… peut-être y a-t-il eu deux explosions ? »

Pei secoua la tête.

« Impossible. Meng et moi avons parlé jusqu'à 16 h 15. Comment pourrait-il y avoir eu une explosion à 16 h 13 ? À moins...

– À moins que cette conversation n'ait été qu'une mise en scène, compléta Mu. Et si c'était vrai, ça voudrait dire...

– Oui, ça voudrait dire quoi ? » souffla Pei.

Une hypothèse invraisemblable commençait à se former dans son esprit, et il se prit à espérer contre toute espérance qu'elle était fausse. Il s'exhorta à rester calme, mais le sang lui fouettait les tempes.

Toujours aussi calme, Mu répondit à sa question.

« Ça voudrait dire que Meng était encore en vie après l'explosion. »

Une décharge électrique secoua Pei. Médusé, il fixa la jeune femme.

« Vous... vous croyez que c'est possible ?

– Si l'écart de deux minutes dont vous parlez a bel et bien existé, nous ne pouvons pas faire autrement que d'envisager cette possibilité.

– Vous voulez dire que mon échange avec Meng aurait en réalité eu lieu *après* l'explosion ?

– C'est ça. Et si nous poussons le raisonnement jusqu'à son terme, il mène inévitablement à deux conclusions. Primo, votre conversation par radio avec Meng n'a été qu'un stratagème de sa part pour vous faire croire qu'elle avait été tuée par l'explosion. Et secundo, cela explique que vous n'ayez pas réussi à la joindre avant qu'elle vous appelle de l'entrepôt. »

Pei cligna des yeux, incrédule.

« Son talkie-walkie était tout simplement éteint à 16 h 13, le vrai moment de l'explosion, poursuivit Mu. Elle l'a rallumé après. Et à 16 h 15, elle l'a de nouveau éteint pour vous faire croire que la bombe avait sauté à ce moment-là. »

Pei inspira bruyamment.

« Vous dites que Meng... que Meng serait Euménide ? Mais... notre suspect est un homme !

– Elle s'est peut-être trouvé un complice. »

Mu eut une nouvelle idée. Elle feuilleta en hâte les procès-verbaux d'interrogatoire.

« Vous dites avoir aussi entendu Yuan pendant votre conversation avec Meng, n'est-ce pas ? Cela nous laisse deux possibilités. Soit la voix de votre ami a été préenregistrée, soit il n'est pas mort non plus. »

Pei comprit où la jeune femme voulait en venir. Meng et Yuan pouvaient-ils s'être tous les deux fait passer pour morts ? Si se procurer des cadavres pour monter ce genre de subterfuge n'était pas particulièrement difficile pour des élèves-officiers aussi brillants qu'eux, cela soulevait une question grave. Pourquoi Yuan et Meng lui auraient-ils fait un coup pareil ? L'un d'eux était son meilleur ami, l'autre son amoureuse. Il y avait là quelque chose d'impossible à accepter.

« Attendez, fit Mu, toujours plongée dans la lecture des procès-verbaux. Rien ne prouve que Yuan ait survécu. Dans votre déposition, vous avez affirmé n'avoir eu aucun échange direct avec lui pendant votre conversation avec Meng. Sa voix pourrait donc avoir été préenregistrée.

– En d'autres termes, Meng l'avait déjà fait sauter et aurait mis au point ce stratagème sophistiqué pour dissimuler la vérité. »

Mais là encore, pourquoi Meng aurait-elle tué Yuan ? Se pouvait-il qu'elle l'ait réduit en cendres simplement parce qu'elle ne tolérait pas la façon dont il avait traité son ex ? Et si elle était toujours en vie, où avait-elle passé les dix-huit années écoulées ? Pourquoi n'avait-elle jamais cherché à le recontacter ? Toutes ces questions s'entrechoquaient sous son crâne.

« Pei, j'aurais besoin que vous fassiez un gros effort de mémoire. Personne n'était aussi proche de Yuan que vous. À votre avis, est-il possible que ce soit lui qui ait tué Ye Shaohong ?

– J'ai visionné cent fois les images de la place des Citoyens. Il n'y a strictement rien chez ce tueur qui me rappelle Yuan. Ni Meng, d'ailleurs. Et la voix qu'on entend sur les vidéos n'est pas la sienne non plus.

– Alors qui peut bien être cet homme ? Si Meng a mis en scène l'explosion, d'où sort-il ? »

Mu pouffa brièvement. Et, chose étrange, son visage exprima du soulagement.

« Qu'y a-t-il ? demanda Pei à mi-voix.

– Tout ce dont nous venons de discuter repose sur un postulat improuvable – l'existence d'une erreur dans l'heure de l'explosion citée dans le dossier. Du coup, nous allons jusqu'à suspecter Meng ! Dites-moi une chose, Pei : voyez-vous en Meng une personne capable de planifier et de commettre une série de meurtres ? »

Pei secoua immédiatement la tête.

« Voilà pourquoi il me semble que l'explication la plus plausible est que vous vous êtes tout bonnement trompé d'heure, reprit-elle. Tout ceci n'est sûrement pas aussi compliqué que nous l'imaginons. Nous sommes sur la piste d'un tueur de sang-froid. Devons-nous vraiment nous attarder sur un écart de deux minutes ? La cellule interservices de l'époque était composée de policiers aguerris, et aucun d'eux n'a jugé utile de s'intéresser à ce détail.

– Peu importe, répliqua Pei. La ponctualité a toujours été pour moi une valeur fondamentale. Je ne peux pas m'être trompé d'heure. »

Un sourire naquit sur les lèvres de Mu.

« J'y pense, dit-elle. Je connais quelqu'un qui devrait pouvoir nous aider. »

Comprenant de qui elle parlait, Pei se leva de sa chaise.

« Huang nous a menti, ajouta Mu. Que diriez-vous de retourner le voir ? »

24 octobre
Chez Huang

C'était l'heure la plus chaude de l'après-midi. Sous un soleil de plomb, Pei et Mu toquèrent à la porte de la masure.

« C'est ouvert ! » lança Huang de l'intérieur.

Dès leur entrée, une pénombre étouffante les enveloppa. Le décor n'avait pratiquement pas changé depuis leur précédente visite. Huang était occupé à farfouiller dans un gros tas de canettes et de bouteilles, sûrement pour les revendre. Il écrasait une à une les canettes vides avant de les attacher par lots. Pour lui, c'était une tâche pénible. Ses mains et ses pieds avaient été mutilés par l'explosion – d'ailleurs, aucune partie de son corps ne s'en était tirée indemne.

Pei eut pitié de lui. Pourquoi un homme dans cet état éprouvait-il encore le besoin de mentir ? Qu'avait-il à cacher ?

Huang interrompit sa besogne pour les saluer de sa voix rocailleuse.

« Ah, vous revoilà, tous les deux… Allez-y, mettez de la lumière. Vous êtes juste en dessous. »

Mu tira sur la chaînette du plafonnier, et une ampoule fissurée revint à la vie. Elle n'éclairait pas grand-chose, mais son halo rendit tout de même un peu de vie à la pièce.

« Je n'ai pas les moyens de consommer du courant quand je suis tout seul. J'allume seulement quand j'ai des invités. »

Mu se sentit coupable. Soupçonner cet homme d'avoir trempé dans un crime semblait presque cruel.

Pei s'assit sur un tabouret bancal.

« Il serait temps de nous dire la vérité, commença-t-il.

– Hein ?

– Il y a dix-huit ans, vous avez affirmé que vous aviez vu et entendu cette jeune femme me parler par talkie-walkie. Vous avez même été capable de décrire notre conversation. Mensonges ! En réalité, cette conversation a eu lieu deux minutes après l'explosion. À ce moment-là, vous étiez entre la vie et la mort ! Comment auriez-vous pu savoir ce que nous nous sommes dit ? » interrogea Pei, tremblant de rage contenue, en vrillant sur l'infirme un doigt accusateur.

Le regard de Huang se vida de toute expression. Ce n'était pas la réaction qu'attendait Pei.

« Dites-moi la vérité. Que s'est-il vraiment passé ce jour-là ? »

Huang le fixait toujours, comme perdu dans un brouillard. Mu décocha à son collègue un coup d'œil réprobateur. Quels secrets pouvaient-ils espérer arracher à cette loque humaine ? Pei se comportait comme une brute, voilà tout.

Pourtant, au bout de quelques secondes, une espèce de gémissement monta de la gorge de Huang.

« Vous avez raison, lâcha-t-il. J'ai menti.

– Que s'est-il passé ? demanda Pei.

– Je n'en sais rien.

– Vous n'en savez rien ?

– J'ai à peine franchi le portail de l'entrepôt. Franchement, je ne voyais rien du tout. Ensuite la bombe a explosé. Je… j'ai vraiment aucune idée de ce qui se passait à ce moment-là.

– Vous mentez encore ! Si c'était vrai, comment sauriez-vous de quoi Meng et moi nous sommes parlé par talkie-walkie ?

– Parce que vous l'avez dit vous-même. »

Pei regarda Huang, médusé. Sa main droite dériva inconsciemment vers son arme de service.

« Je me suis réveillé à l'hôpital, et, là-bas, le sergent Zheng m'a cuisiné pendant des jours et des jours. Je ne savais rien. Et puis, un matin, il est allé aux toilettes en laissant traîner son carnet à côté de mon lit. Ça m'a fait un mal de chien de tendre le bras, mais j'ai réussi à l'attraper. J'ai eu à peine le temps de lire ses notes sur l'interrogatoire de quelqu'un qui disait avoir eu une conversation par talkie-walkie avec la fille juste avant l'explosion. L'autre jour, quand vous avez débarqué ici, j'ai finalement compris que ce quelqu'un, c'était vous.

– Vous vous êtes servi de ma déposition pour mentir aux enquêteurs ? Si vous ne saviez pas ce qui s'est passé, pourquoi avoir inventé toute une histoire ?

– Regardez-moi ! Comment voulez-vous que je me débrouille ? Je n'étais qu'un petit ferrailleur sans le sou, un moins que rien. Pourquoi les gens de l'hôpital se donnaient-ils la peine de me soigner, à votre avis ? Je ne suis peut-être qu'un ignorant, mais j'ai vite compris la vraie raison. Les flics pensaient que je leur étais utile. Ils m'ont même installé dans ce palais ! Ils comptaient sur moi pour les aider à boucler leur enquête. Si j'avais été honnête en disant que je ne savais rien, quelle valeur aurais-je eue pour eux ? Vous croyez que les médecins auraient continué à s'occuper de moi ? Vous croyez que la police m'aurait logé gratuitement ? »

La voix de Huang avait faibli au fil des phrases, comme si une fuite d'air lui vidait les poumons.

Pei se rassit, le visage marqué par la déception. Cet homme ne les mènerait nulle part. Il avait simplement exploité une faille du système pour son bénéfice personnel. Il ne méritait pas qu'on s'acharne sur lui en le bombardant de questions.

Dans le silence qui s'ensuivit, Huang se remit au travail. Après avoir déplacé plusieurs lots de bouteilles et de canettes à l'autre bout de la pièce, il revint vers le policier et lui demanda d'un ton implorant :

« Vous pourriez me donner un coup de main, capitaine Pei ?

– Comment ?

– En apportant ici ce sac en toile que j'ai laissé dehors. Je dois avoir à peu près votre âge, mais la vie n'a pas été tendre avec moi. J'ai l'impression que mes forces me quittent de jour en jour. »

Pei fut à nouveau pris de pitié. Le dossier présentait Huang comme un homme de trente-cinq ans environ, mais il en paraissait au moins dix de plus. Il se leva et s'éloigna vers la porte.

« Ah, et il y a un tas de bouteilles à côté du sac, ajouta Huang. Si ça ne vous embête pas trop, j'aimerais bien les récupérer aussi. »

Pei sortit, et Huang, voyant que Mu s'apprêtait à le suivre, la retint par le bras.

« Vous voulez bien me passer ce bol d'eau, mademoiselle ? »

Poliment, Mu alla chercher le bol posé sur la table de chevet et l'apporta à Huang.

« Merci. »

Au moment de prendre le bol, il lui saisit le poignet. Elle écarquilla les yeux de surprise.

« Je sais autre chose, chuchota Huang, les yeux rivés sur le seuil. Mais j'ai trop peur pour le lui dire. Vous êtes la seule personne à qui je puisse parler de ça – en tête à tête. »

Le cœur de la jeune femme fit un bond lorsqu'il se pencha sur elle, quasiment jusqu'à coller sa joue balafrée contre la sienne.

« Revenez ce soir. Et en tout cas, ne lui dites rien. »

Un bruit de pas se rapprocha, et Pei retraversa le seuil en traînant un énorme sac. Huang lâcha la main de Mu. Elle recula de quelques pas en faisant de son mieux pour cacher sa sidération. Pei était calme. Il ne parut rien remarquer d'inhabituel.

Les deux policiers quittèrent le taudis de Huang en silence. Dans l'esprit de Pei, cette visite était un échec pour eux deux – surtout pour Mu, qui aurait bien voulu utiliser le témoignage de Huang pour réfuter sa théorie des deux minutes manquantes.

Ils marchèrent un certain temps côte à côte, puis Mu prit la parole.

« Et maintenant ? Qu'est-ce qu'on fait ?

– Il y a un vrai problème avec l'heure de l'explosion. Et nous avons peut-être un moyen de le prouver.

– Lequel ?

– Il faut en revenir aux éléments concrets. Si notre hypothèse est bonne, Meng n'a pas été tuée par l'explosion. Donc le cadavre de femme retrouvé sur place n'était pas le sien.

– Mais comment le savoir ? Tout ça remonte à dix-huit ans. Les cadavres ont été incinérés, et nos collègues de l'époque n'étaient pas techniquement équipés pour isoler l'ADN. Il ne reste sans doute aucune trace exploitable.

– Allons quand même faire un tour aux archives de l'institut médico-légal, suggéra Pei. Dans une affaire comme celle-là, il était effectivement impossible pour les enquêteurs d'établir à cent pour cent l'identité des deux victimes de l'explosion. Donc, s'ils ont respecté la procédure standard, des empreintes dentaires de Yuan et de Meng ont dû être réalisées avant leur crémation.

– À ma connaissance, ni Meng ni Yuan n'ont laissé derrière eux de dossier dentaire. Même si nous étions capables de retrouver ces empreintes, comment sauriez-vous si elles viennent vraiment d'eux ? »

Pei marqua un temps d'arrêt.

« Je trouverai quelque chose », répondit-il à mi-voix.

Ils se présentèrent aux archives de l'institut médico-légal une heure plus tard. Une fois qu'ils eurent rempli les formulaires et obtenu les autorisations requises, ce qui ne fut pas une mince affaire, le préposé aux scellés leur apporta sur un plateau les pièces à conviction conservées depuis l'explosion de l'entrepôt. Pei eut tôt fait de repérer les empreintes dentaires de Meng et de Yuan.

Après les avoir rapidement comparées, il en reposa une et se concentra sur l'autre, la plus fine. Ensuite, il fit quelque chose qui laissa Mu pantoise. Il approcha le moulage de sa bouche et le pressa contre ses lèvres. Il tira la langue et la promena en douceur sur les deux rangées de dents en plâtre.

Pendant qu'il embrassait le moulage, Pei ferma les yeux et fut submergé par des émotions vieilles de près de vingt ans. Il revit tous les couchers de soleil qu'il avait partagés avec Meng, toutes leurs étreintes. La sensation des lèvres de la jeune femme contre les siennes était quelque chose que le temps n'effacerait jamais.

Mu résista à l'envie de se détourner. Elle observa Pei jusqu'à ce qu'il interrompe son baiser ; d'une main tremblante, il garda encore un moment le moulage collé contre sa bouche. Puis il le reposa sur le plateau avec un claquement sec et rouvrit les paupières. Des larmes grosses comme des gouttes de pluie roulaient sur ses joues.

« C'est elle, chuchota-t-il dans un sanglot. Elle avait une incisive ébréchée. Je lui disais souvent de la faire refaire, mais elle tenait absolument à la garder. Elle disait qu'elle ne se sentirait plus elle-même sans cette dent-là. »

Mu sentit toute la profondeur de son chagrin et dit d'une voix douce :

« D'accord. Nous sommes donc désormais certains que Meng n'a tué personne. Cela va nous permettre de maintenir notre enquête sur les bons rails. »

Pei essuya ses larmes.

« Sur les bons rails ? Vous ne me croyez toujours pas en ce qui concerne l'écart de temps ?

– Les faits sont là, sous nos yeux ! s'écria Mu, exaspérée par l'entêtement de son collègue, en montrant du doigt le moulage qu'il venait de poser. Meng est morte. Elle a été tuée par cette explosion il y a dix-huit ans. Je me doute bien que vous n'avez pas envie de l'accepter, mais ce sont les faits. Et je suis sûre que vous pouvez le comprendre. Pour quoi vous battez-vous, en fin de compte ? »

Baissant la tête, Pei repartit dans le corridor sans un mot.

7
Mine de mort

24 octobre, 20h11

Mu était assise dans un coin du réfectoire, seule avec ses pensées et son bol vide de nouilles épicées. Moins de quatre heures les séparaient de l'expiration de l'ultimatum imposé par Euménide. Toute la cellule s'affairait comme une ruche en effervescence – sauf Pei et elle, restés sur la touche. Ce n'était pas un sentiment agréable.

« Vous dînez seule ? Laissez-moi vous tenir compagnie. »

Zeng posa son plateau et s'assit face à elle. Cela ne dérangea pas Mu : elle avait fini par s'habituer à ses avances insolentes – et totalement dénuées de tact. En un sens, ces tentatives étaient touchantes.

« Et vous, mon cher Zeng, vous dînez tard.

– Ah, le travail… L'aspect positif, c'est que ma connaissance empirique de la migraine a doublé ces deux derniers jours, dit-il en touillant le contenu de son bol avec ses baguettes. En dehors de ça, nous faisons du surplace complet. »

En raison de son manque d'expérience du terrain, Zeng avait lui aussi été laissé à l'écart de l'équipe de quatre policiers qui se préparait au même moment à partir retrouver Peng Guangfu. On l'avait chargé à la place d'étudier les dossiers personnels de tous les officiers susceptibles de correspondre au profil du tueur.

Il s'était attelé à sa tâche avec une grande confiance, demandant à son équipe de recenser tous les suspects potentiels de sexe masculin dont le passé policier ou militaire incluait une formation au maniement des explosifs, aux techniques d'investigation criminelle, au combat rapproché, aux radiotransmissions et à l'informatique. Pour limiter le champ des recherches, lui-même regardait ensuite si les noms de ces suspects avaient aussi figuré sur la liste des élèves de l'académie de police du Sichuan en 1984, année de la création d'Euménide par Meng et Pei.

Jusque-là, cela n'avait rien donné.

Un officier de la police provinciale du Sichuan avait mis Zeng en relation avec le ministère de la Sécurité de l'État, mais le résultat avait été tout aussi déprimant. Zeng avait passé de longues heures à éplucher des dossiers personnels, en comparant les périodes de service de chaque suspect à celles où Euménide avait été actif. Sans rien découvrir.

Quoique frustré par cette absence de progrès, Zeng était ainsi fait que cela n'affectait pas sa bonne humeur. Au contraire, s'asseoir face à une jolie jeune femme stimula son appétit. Lequel, à en juger par la montagne de nouilles amoncelées dans son bol, était considérable.

« Et avec votre coéquipier, ça avance ? demanda-t-il à Mu d'un ton léger, entre deux bouchées. J'ai entendu dire tout à l'heure que le capitaine et vous étiez maintenant comme les deux doigts de la main.

– Nous étudions plusieurs pistes, mais il se pourrait qu'elles ne mènent nulle part. »

Mu enchaîna en soumettant l'hypothèse de Pei sur la contradiction horaire présente dans le dossier. Doué comme il l'était pour les analyses techniques complexes, Zeng pourrait peut-être les aider à résoudre ce casse-tête.

« Je suis de votre avis, dit-il après l'avoir attentivement écoutée. Les deux minutes d'écart de Pei n'existent tout simplement pas. »

Une lueur d'espoir passa dans le regard de Mu.

« Qu'est-ce qui vous permet de l'affirmer ?

– Le dossier ne laisse aucune place au doute. Il n'y a eu qu'une seule explosion, et elle s'est produite à 16 h 13, tuant Meng et Yuan. Étant donné qu'ils étaient tous les deux morts à 16 h 15, Pei s'est forcément trompé d'heure. Par ailleurs, je pense qu'il aurait en effet réussi à détecter une usurpation d'identité à partir de l'empreinte dentaire de Meng. Donc, si cet écart de deux minutes avait vraiment existé, nous serions obligés d'en tirer la conclusion absurde que les morts peuvent parler. »

« Les impossibilités théoriques comme celle-ci sont essentielles pour faire avancer l'enquête », avait dit Pei à Mu. « Nous devons donc lui trouver une explication rationnelle – parce que, quand ce sera le cas, nous serons proches de l'élucidation finale. »

« Ça me rappelle quelque chose que me disait un de mes supérieurs, dit-elle. "Quand quelqu'un fait un choix qui vous paraît incompréhensible, ne pestez pas contre son aveuglement. Mieux vaut vous demander si cette personne cache quelque chose."

– C'est d'une logique imparable. Je suis prêt à parier que Pei en sait plus long que nous. Vu la manière dont il insiste sur cet écart de temps, vous auriez sans doute intérêt à vous demander s'il cache quelque chose.

– Comme ?

– Meng. Êtes-vous sûre qu'il dit la vérité sur les circonstances de sa mort ? »

Mu réfléchit. Si Meng avait survécu, elle aurait forcément fait partie des principaux suspects de l'enquête originelle. Mais Pei pouvait-il être allé jusqu'à induire en erreur la police – cellule interservices comprise – pour protéger la femme qu'il aimait ? Se pouvait-il que le drame ait pu les rapprocher au lieu de les séparer ?

Elle frissonna en repensant aux larmes de Pei dans la salle des scellés. Quelle avait été la nature réelle de ses émotions à ce moment-là ?

Zeng l'interrompit dans ses pensées.

« Vous feriez mieux de le garder à l'œil, dit-il. Pei détient peut-être la clé de l'histoire.

– C'est vrai. D'ailleurs, il se pourrait que je fasse une grande découverte dès ce soir.

– Dès ce soir ?

– Oui. Je suis sur une piste. Et elle concerne Pei.

– On peut savoir laquelle ? demanda Zeng, soudain tout ouïe.

– Il faut que j'y aille, dit Mu en se levant.

– Hé, vous n'allez pas me faire ça ! s'offusqua le jeune homme, la bouche pleine de nouilles. Parlez-moi de cette piste avant de partir !

– À chacun sa mission, répondit-elle avec un petit sourire. Occupez-vous de la vôtre, je m'occupe de la mienne. »

24 octobre, 21 h 47

Le détecteur de signaux laissé par Euménide dans la suite du Sky Peak Hotel était certainement la clé qui leur permettrait de retrouver Peng Guangfu – et, espéraient-ils, de capturer le tueur. Zeng et son équipe l'avaient examiné sous toutes les coutures sans découvrir le moindre dispositif de traçage ou d'écoute. Selon eux, l'appareil pouvait recevoir des signaux mais pas en émettre.

Han avait désigné Xiong comme son second dans l'équipe de quatre qu'ils avaient constituée pour obéir aux exigences d'Euménide. Chacun des deux hommes s'était ensuite choisi un coéquipier. Han avait opté pour Yin, son plus fidèle collaborateur, Xiong pour Liu Song, l'agent de l'UPS qui avait crocheté la serrure de l'appartement de Sun Chunfeng l'avant-veille au matin, car il lui vouait une confiance aveugle. Le curriculum de Liu avait beaucoup plu à Han, pourtant exigeant en la matière :

> Liu Song, 25 ans, 1,75 m, 70 kg. Performant pour le combat, le déminage, le tir de précision, le pilotage. N'a pas son pareil pour crocheter les serrures. Récompensé par une médaille du mérite de deuxième classe et par deux médailles du mérite de troisième classe en quatre années de service à l'UPS.

Le patron de la cellule interservices n'avait pas oublié la tragique leçon de l'opération de la veille. Cette fois, il n'était pas question de laisser à Euménide l'occasion d'exploiter un manque de cohésion chez ses adversaires. Les quatre membres de l'équipe se connaissaient tous personnellement.

Xiong avait proposé qu'ils partent dès que le récepteur serait activé, comme le voulait Euménide, mais en se faisant suivre à distance par une équipe de soutien. En cas d'affrontement, les deux groupes pourraient coordonner leurs forces et porter une attaque simultanée de l'intérieur et de l'extérieur. Ce qui, selon lui, augmenterait grandement leurs chances de victoire. Han avait balayé son idée d'un revers de main.

Pendant la désastreuse opération de la place des Citoyens, ils avaient été en position de contrôler les mouvements de Ye Shaohong, mais cette fois ils ne savaient même pas où se trouvait l'homme qu'ils étaient censés sauver. Cela les mettait dans une position passive et peu enviable, car ils ne pourraient combattre le tueur que si celui-ci le voulait. Par conséquent, avait conclu Han, la victoire ne serait possible que s'ils suivaient à la lettre les règles d'Euménide, quelles que soient leurs réticences.

La date d'exécution inscrite sur l'avis de décès de Peng n'avait rien d'une coïncidence. Le 25 octobre était le dixième anniversaire de la fusillade qui avait fait un mort et un blessé dans la police au parc du Mont des Cerfs-Jumeaux – le dixième anniversaire du soir où la vie du capitaine Han avait basculé.

Le rapport officiel de l'époque était succinct. À 22 h 12, Han et son coéquipier Zou Xu avaient surpris deux individus en train de braquer une épicerie au 652 rue de Qinfeng, à une vingtaine de minutes de trajet en voiture du siège de la police criminelle. Les deux officiers avaient poursuivi les malfaiteurs à pied jusqu'au parc du Mont des Cerfs-Jumeaux, où un échange de tirs avait eu lieu. Ce rapport omettait cependant quelques détails-clés :

Ce soir-là, le 25 octobre 1992, Han et Zou étaient sortis en titubant d'un restaurant, Le Jardin de Jade.

Même si la police criminelle de Chengdu interdisait officiellement la consommation d'alcool à ses hommes en uniforme, Han et Zou avaient toujours fêté de la même manière le bouclage de leurs enquêtes. À leur sortie du QG, ils rejoignaient directement ce restaurant, tenu par un cousin de Han, où ils se gavaient de poisson grillé et de *mapo tofu* en sifflant autant de verres de *baijiu* à soixante degrés que leur organisme pouvait en supporter. Ce fut encore le cas ce soir-là.

Zou n'était pas seulement le coéquipier de Han, c'était aussi son meilleur ami. Tous deux avaient intégré l'académie de police du Sichuan la même année. Leur talent et leurs remarquables performances d'enquêteurs leur avaient valu d'être surnommé « les Gémeaux » par leurs collègues. À l'époque, le jeu de la politique et des promotions internes venait de libérer le poste de capitaine de la brigade criminelle. Personne ne doutait que son successeur serait l'un des deux Gémeaux.

La rivalité qui s'était inévitablement installée entre eux au cours du temps était dans leur cas le signe d'une saine émulation. Toutes ces années de travail commun avaient accru leur complémentarité et leur confiance mutuelle. Ils formaient un duo exceptionnel.

Après avoir quitté le Jardin de Jade, les deux officiers se promenèrent dans les rues brillamment éclairées de Chengdu en revenant sur les faits marquants de leur dernière enquête et en retrouvant peu à peu les idées claires. Malgré l'heure tardive, de fortes odeurs de friture montaient des étals encore nombreux sur les trottoirs. Alors, sur un coup de tête, Han suggéra qu'ils s'offrent une dernière bière avant de rentrer chacun de son côté. « Un dernier coup pour la route », dit-il.

Zou aperçut une épicerie sur le trottoir opposé. Pendant qu'ils s'en approchaient, un tumulte éclata à l'intérieur. Malgré son ébriété, Han n'eut aucune peine à identifier les deux hommes qui menaçaient le caissier, des petits truands bien connus de la police locale : Peng Guangfu et Zhou Ming.

Ni Han ni Zou Xu n'auraient pu croire que ce qui les attendait serait autre chose qu'un jeu d'enfant pour des officiers d'élite comme eux.

À peine Peng et Zhou Ming eurent-ils aperçu les deux uniformes traverser la rue qu'ils obéirent à leur instinct : ils prirent leurs jambes à leur cou.

Han et Zou se lancèrent à leurs trousses. Les truands s'éloignèrent dès que possible des nombreux néons et lampions de la rue Fuxing pour s'enfoncer dans les ténébreuses étendues du parc du Mont des Cerfs-Jumeaux tout proche. Les policiers les virent ensuite courir vers le jardin de rocaille.

Ce jardin, dont les impressionnantes structures rocheuses créaient des corridors aussi sombres que tortueux, était célèbre dans toute la province. De nuit, il se transformait en labyrinthe, mais les officiers s'en remirent à leur expérience pour continuer la traque. Il ne leur fallut que quelques instants pour comprendre la topographie générale des lieux et ils décidèrent de se séparer pour prendre les criminels en tenaille.

Han et Zou Xu ayant rapidement bloqué les deux seules issues, leurs proies se retrouvèrent prises au piège.

Han, saturé d'adrénaline et d'alcool, fut le premier à repérer les deux truands, tapis dans un coin d'ombre et armés de couteaux. Il dégaina en leur criant de jeter leurs armes et de se rendre. Peng lâcha aussitôt son couteau. Zhou Ming l'imita peu après.

Ce qui se passa ensuite surprit complètement Han. Les deux voleurs sortirent des revolvers.

En toute autre circonstance, l'issue d'une fusillade entre deux des meilleurs policiers de la province et ce duo de petits malfrats aurait été écrite d'avance, mais l'alcool avait ralenti les réflexes de Han. L'arme de Zhou Ming cracha le feu, et Han sentit une balle lui entrer dans la jambe gauche. Son équipier tenta de se mettre à couvert derrière un rocher tout en cherchant des yeux la source de la détonation, mais lui aussi fut trop léthargique. Le chaos commença.

Quand l'écho des tirs se fut tu, Han avait tué Zhou Ming, et Peng, déjà loin, détalait coudes au corps. Zou Xu, à terre, se vidait de son sang.

Han ne parviendrait jamais à effacer cette nuit-là de sa mémoire. Elle lui apprit ce qu'était une défaite totale.

Trois mois plus tard, il fut nommé capitaine de la police criminelle de Chengdu. Au vu du rapport officiel, la plupart des gens considérèrent l'incident au parc du Mont des Cerfs-Jumeaux comme un exploit de plus dans sa carrière déjà brillantissime. Han, lui, savait ce qu'il en était.

Pour se délivrer de la culpabilité qui le rongeait, il fallait qu'il arrête Peng Guangfu. Avec une ténacité quasi obsessionnelle, Han chercha longtemps à retrouver sa trace. Dans les mois qui suivirent sa nomination, le nouveau capitaine de la criminelle mobilisa les yeux et les oreilles d'innombrables informateurs dans un seul but : localiser Peng. Non seulement leur gagne-pain s'en trouva menacé, mais cette mesure priva la police de ressources qui auraient pu être consacrées à d'autres investigations.

La chasse à l'homme personnelle de Han ne cessa que quand ses supérieurs lui donnèrent l'ordre d'y renoncer. Il fut contraint d'obéir. Et d'enfouir au fond de son cœur une douleur et une haine chaque jour un peu plus fortes.

Han savait donc pourquoi Euménide avait laissé la vie sauve à Peng Guangfu. Il se consumait de rage – mais était aussi plein d'espoir. S'ils ne commettaient pas d'erreur aujourd'hui, il pourrait enfin venger Zou Xu.

Le capitaine faisait les cent pas autour de la table de conférences. Il ne supportait plus cette attente qui semblait durer depuis des jours et ne prêtait aucune attention aux autres membres de l'équipe : Liu Song et Yin somnolaient, chacun sur un lit de camp, tandis que Xiong était assis à la table, les yeux fixés sur le récepteur d'Euménide.

Depuis la projection des vidéos du tueur, les nerfs de Han étaient tendus comme des câbles. Alors que ses collègues avaient utilisé ce temps de répit pour se reposer et reprendre des forces, il était toujours à cran.

Ses yeux rougis et son regard lointain inquiétaient Xiong. Après avoir longtemps hésité, le capitaine de l'UPS finit par lui dire ce qu'il avait sur le cœur :

« Vous feriez peut-être mieux de passer votre tour pour cette fois, capitaine. Clairement, c'est vous qui êtes la cible d'Euménide. Il espère que vous réagirez avec votre cœur, pas avec votre tête.

– Vous croyez que je vais reculer maintenant ? riposta Han, mâchoires serrées. Et puis quoi encore ? Ne comptez pas sur moi pour m'avouer vaincu ! »

Xiong ne trouva rien à répondre. Han enchaîna, toujours aussi remonté :

« Je n'ai pas perdu de vue mes priorités, Xiong. Oui, Peng doit mourir – mais pas de la main d'Euménide ! C'est à la justice de le condamner comme il le mérite. Notre devoir de policiers est de le capturer vivant pour qu'il soit jugé. Si Euménide le tuait, Peng échapperait à son châtiment légitime. Il n'est pas question que je tolère ça !

– Ni moi non plus ! s'exclama Xiong en abattant son poing sur la table. On va le retrouver, ce salaud. Et quand on le tiendra, je ne le quitterai pas des yeux avant de l'avoir personnellement traîné au tribunal. »

Le récepteur posé sur la table bipa à cet instant. Xiong et Han se regardèrent avec une expression quasiment identique.

« Liu ! Yin ! cria Han. C'est parti, on y va ! »

Les deux jeunes gens bondirent de leur lit de camp.

Il était près de 23 heures. Il ne restait donc qu'une heure avant l'expiration de l'ultimatum quand les quatre coéquipiers partirent à la rescousse de Peng Guangfu.

Liu Song prit le volant pendant que les trois autres se concentraient sur le récepteur de signaux. Utiliser cet appareil, constatèrent-ils, ne demandait pratiquement aucune compétence technologique. Plusieurs cercles concentriques étaient apparus sur le petit écran dès sa mise en marche. Ces cercles formaient une carte numérique stylisée de leur environnement ; l'écart entre eux correspondait à une distance réelle d'environ cinq kilomètres. Au centre de l'écran, un autre cercle, petit et plein, symbolisait leur position. Les quatre lignes droites qui en partaient à angle droit indiquaient les quatre points cardinaux. La position de l'émetteur de Peng était matérialisée par un point rouge clignotant, et ses coordonnées étaient affichées dans un coin de l'écran. Pour localiser leur objectif, ils n'avaient qu'à suivre ce point clignotant.

Le signal leur indiqua d'entrée de jeu que cet objectif se trouvait à vingt-trois degrés au nord-est, c'est-à-dire à une cinquantaine de kilomètres de leur position de départ. Ce signal provenait du comté de Tailin, voisin du leur.

Quarante minutes plus tard, l'équipe traversa un village nommé Anfeng. Sur l'écran du récepteur, le point rouge clignotant touchait presque le cercle central.

Le paysage autour d'eux était sauvage et rocailleux depuis une demi-heure, et les soubresauts du 4×4 de la police leur rappelaient en permanence qu'ils roulaient sur un chemin de terre. Anfeng était en pays minier, et le relief continuait de se creuser. Liu Song dut s'y reprendre à deux fois sur un tronçon de route plongé dans l'ombre pour trouver l'entrée de l'étroite piste qu'ils cherchaient et poursuivre vers le nord. Alors qu'ils venaient de s'engager dessus, deux pics acérés déchirèrent le voile de la nuit, occultant le clair de lune. En dehors du pinceau de leurs phares, il faisait noir comme dans un four. Ils suivirent la piste de montagne jusqu'à son terme.

D'après le point clignotant rouge, ils étaient arrivés.

Minuit approchait.

La lune était réapparue. Sur leur droite, ils devinèrent l'entrée d'une espèce de caverne au pied de la montagne. Sa forme rectangulaire indiquait clairement qu'elle était d'origine artificielle. Parmi les ombres de l'entrée, on distinguait tout juste un fouillis de matériel vétuste et quelques vieilles machines-outils.

« On est dans les temps », dit Han.

Personne ne semblait pressé de descendre du 4×4.

« On dirait une mine désaffectée », chuchota Yin.

Les autres saluèrent l'hypothèse avec des murmures approbateurs. Ce massif était très riche en houille, expliqua Xiong. Quelques années plus tôt, des prospecteurs pleins d'espoir avaient déferlé sur la région pour creuser des boyaux dans tout le comté. Le gouvernement local s'était finalement décidé à sévir, et toutes ces petites exploitations avaient dû fermer. Les montagnes de la région étaient truffées de tunnels à l'abandon.

L'entrée de la mine présentait une forte similitude avec le décor des vidéos vues dans la journée. Plus ils regardaient autour d'eux, plus ils étaient certains d'être au bon endroit.

Les uns après les autres, les membres de l'équipe se tournèrent vers Han. Au lieu de leur ordonner de descendre, le capitaine continua de scruter la caverne, parfaitement nette sous le clair de lune. Un homme était debout à l'entrée. Sa morphologie et ses vêtements étaient les mêmes que sur les images – Peng Guangfu était vivant.

L'homme se tortillait sur place, visiblement gêné dans ses mouvements. *Euménide l'a attaché*, pensa Han.

Xiong consulta sa montre. Plus que vingt-huit minutes avant le passage au 25 octobre.

« On devrait faire un repérage, proposa-t-il à Han. Euménide est peut-être là-dedans, en embuscade. »

Han siffla entre ses dents. Son instinct lui soufflait que de toute façon, si le tueur leur tendait un piège, il avait d'ores et déjà deux ou trois coups d'avance sur eux.

« On n'a pas une minute à perdre, répondit-il à voix basse. Il y a de grandes chances qu'il sache déjà qu'on est là. Mieux vaut y aller ensemble, en restant bien groupés. Sortez vos armes. On y va. »

Liu Song retira la clé du contact. Les quatre hommes sautèrent à bas du véhicule.

« C'est drôle, dit Yin au bout de quelques secondes. Il fait nuit noire, mais je vois très bien. »

Xiong ricana.

« Normal, gamin, dit-il en montrant du doigt le ciel nocturne. Chengdu est à cinquante kilomètres. Il n'y a quasiment pas de pollution lumineuse ici. »

Yin regarda dans la direction indiquée. La lune automnale flottait haut dans le ciel.

Liu avait garé le 4×4 au sommet d'une butte. Ils entamèrent leur descente en formation serrée sur un étroit sentier de montagne, l'arme au poing, positionnés de manière que le groupe bénéficie en permanence d'une vision à trois cent soixante degrés des reliefs qui les entouraient.

Le sentier s'arrêtait entre deux collines, au seuil d'une étendue de sommets et de vallées. Cette région avait été quasiment inhabitée avant l'ouverture de la mine, dont l'existence était la seule raison d'être de la piste qu'ils venaient de suivre. La nature semblait y avoir entièrement repris ses droits, effaçant jusqu'à la dernière trace d'activité humaine.

Han fouilla le paysage du regard. Il vit des ombres tremblantes et des touffes irrégulières de buissons et d'arbustes secs. Il entendit le vent siffler entre les collines.

Un terrain hostile. Euménide ne l'avait pas choisi par hasard.

Le capitaine promena le faisceau de sa torche sur les broussailles et les rochers, à l'affût du moindre mouvement. Les autres l'imitèrent. À son signal, ils se déployèrent en éventail pour conclure leur approche, avec Xiong qui fermait la marche.

Les quatre hommes atteignirent l'entrée de la mine sans incident. Ils l'éclairèrent pour s'assurer qu'il n'y avait personne d'autre en vue que Peng Guangfu.

Xiong et Liu se positionnèrent dos à dos, prêts à faire usage de leur pistolet-mitrailleur; Xiong braquait sa torche sur le 4×4, Liu braquait la sienne sur la galerie. Aussi longtemps qu'ils resteraient dans cette position, glissa Han à Yin en l'entraînant vers l'homme attaché sur le seuil, le risque d'une attaque venue du dehors resterait minime.

Leurs faisceaux se croisèrent sur les orbites creuses et le visage marqué de Peng. Il n'avait même pas trente ans. Ses cheveux étaient en désordre et sa barbe, s'aperçut Han, était imbibée de sang séché.

Peng assista d'un air hagard à l'approche des deux policiers. Un râle lui échappa. Non seulement il avait les mains liées ensemble, mais son poignet droit était menotté à la base d'un poteau de l'étai métallique qui soutenait les parois de la galerie, ce qui lui interdisait tout déplacement.

Yin éclaira sa bouche. Peng se mit à geindre, et son moignon de langue s'agita frénétiquement. Aucun des deux officiers ne comprit une seule syllabe de sa logorrhée.

Yin repensa en frissonnant à la lame brandie par Euménide sur la vidéo. Mais ils avaient retrouvé Peng, et rien d'autre ne comptait. Même s'il n'avait plus de langue, il devait exister d'autres moyens de lui soutirer des informations.

Le regard de Han sur Peng était tellement intense qu'il aurait pu lui trouer la peau. Après toutes ces années, il se retrouvait enfin face à l'homme qui avait changé le cours de sa vie. Il aurait donné n'importe quoi pour pouvoir laisser libre cours à sa haine et à sa rage, mais il devait rester maître de lui.

Il se tourna vers Liu Song.

« Venez voir s'il serait possible d'ouvrir ces menottes, Liu. Euh, non, attendez une seconde. Xiong, je préférerais que vous y jetiez un coup d'œil d'abord. Au cas où il les aurait piégées. On ne va prendre aucun risque. »

Pendant que Xiong examinait les menottes, Han s'approcha de Peng. Le truand avait sursauté en entendant sa voix et le regardait fixement. Han lut dans ses yeux étrécis qu'il le reconnaissait.

Il y a dix ans. Un soir sinistre. La fusillade.

L'expression de Peng passa de l'espoir à la surprise, puis de la surprise à la terreur. Il ouvrit la bouche, et sa langue tremblotante ne parvint à former que des sons inintelligibles.

Han s'avança lentement. Il tendit le bras et empoigna Peng par les cheveux pour le forcer à lever la tête.

« Tu me reconnais, pas vrai ? gronda-t-il. Le moment est venu pour toi de payer tes crimes ! »

Peng couina de plus belle, sans doute pour supplier le capitaine de l'épargner.

Xiong se redressa et regarda Han dans le blanc des yeux.

« Pas d'explosif, mais ces menottes ont quelque chose de bizarre. Il n'y a pas de serrure !

– Venez voir ça, Liu », ordonna Han.

Liu s'accroupit et étudia à son tour les menottes. Quelques secondes plus tard, l'équipe avait la réponse.

« Ce sont des entraves électriques, mon capitaine ! Elles ne s'ouvrent pas avec une clé. Il va falloir trouver le commutateur. »

Han baissa les yeux. Ces menottes étaient effectivement d'une épaisseur inhabituelle. L'une d'elles était attachée à un poteau qui faisait partie d'un étayage complexe, riveté aux parois de la galerie. Le démonter était hors de question.

Pour avoir une chance de repartir avec Peng, ils devraient ouvrir ces menottes.

« Il y a une télécommande quelque part, vous voulez dire ? demanda Xiong.

– Non, je viens de voir qu'il y a un fil. Le commutateur doit être au bout. »

À l'aide de sa torche, Liu repéra le début du parcours du fil. Il était relié à l'étai et filait le long du mur jusqu'à disparaître dix mètres plus loin, là où la galerie décrivait un coude à angle droit. Pour le suivre au-delà, ils auraient besoin de s'enfoncer dans le tunnel.

« Je peux aller voir », proposa Liu à Han.

À ce stade de l'opération, la moindre initiative exigeait le feu vert du chef, car l'équipe devait se tenir prête au combat.

« Pas en solo, dit Han. Accompagnez-le, Xiong. Yin et moi restons ici en couverture.

– Non, répliqua Xiong. Tenons-nous-en au plan. La cible est localisée, donc sa protection est notre priorité absolue. Vous l'avez dit vous-même, il faut tout faire pour empêcher Euménide de s'en prendre à Peng. Qui nous dit qu'il ne se cache pas dans ce tunnel ? Ou dehors, à quelques mètres ? On doit rester avec Peng quoi qu'il arrive ! »

Han accepta à contrecœur. Il comprenait les raisons de cette intransigeance. Xiong n'était pas seulement animé par le désir de mener à bien sa mission. Il avait honte. Honte d'avoir lamentablement échoué à protéger Ye Shaohong.

« Yin, dit-il en se tournant vers son assistant, c'est vous qui accompagnerez Liu. Soyez prudents. Et restez en contact radio.

– Compris », dit Yin.

En se couvrant l'un l'autre, Yin et Liu suivirent le fil électrique en direction des profondeurs du tunnel. Quelques secondes plus tard, ils étaient hors de vue.

Le capitaine de l'UPS déplaçait sans cesse sa torche pour mieux surveiller les abords de la mine. Pendant ce temps, Han décrocha sa paire de menottes personnelles. Il en referma une autour du poignet droit de Peng, à côté de l'entrave électrique, et l'autre à la base du poteau. Au cas où Yin et Liu réussiraient à déclencher l'ouverture des menottes d'Euménide, cela permettrait d'éviter tout mouvement intempestif de leur prisonnier.

Yin et Liu, après avoir tourné à l'angle de la galerie, constatèrent que le fil se prolongeait largement au-delà.

« Jusqu'où va ce tunnel ? murmura Yin.

– Il doit faire des kilomètres. Si quelqu'un s'aventurait là-dedans sans équipement, je vous parie qu'il crèverait de faim. »

Ils poursuivirent prudemment leur avance sur environ trente mètres, jusqu'à un endroit où le tunnel s'évasait considérablement, au point de devenir une caverne de la taille d'un hall d'immeuble. Là, ils se figèrent.

« Oh, non... », souffla Yin, épouvanté.

Des cadavres étaient pendus sous le plafond. Ils avaient été disposés en cercle, à quelques dizaines de centimètres les uns des autres. Yin agrippa si fort sa torche qu'il crut entendre le manche craquer. Des coulées de sang noirâtre, issues de la plaie béante qui barrait la gorge de chacun d'eux, dessinaient des espèces de tatouages sur les corps inertes.

Liu promena son rayon lumineux d'un corps à l'autre jusqu'à avoir fait le tour complet du cercle.

« Douze, dit-il. Douze morts.

– Nous avons vu treize vidéos. Et douze exécutions. Peng est la treizième victime », lâcha Yin en frissonnant.

Liu frappa la paroi du poing.

« Quel charnier, maugréa-t-il.

– Hé, regardez là-bas ! s'exclama Yin en pointant sa torche vers le mur de gauche. Le fil se divise en deux ! »

Yin avait raison. L'une des parties se prolongeait sur le mur de gauche, tandis que l'autre traversait le plafond en passant entre les cadavres. En le suivant des yeux, Liu remarqua qu'un troisième fil en partait.

« Il y en a même trois, dit-il.

– Mais... pour quoi faire ? Et où est-ce qu'ils mènent, bon sang ? »

Serrant les dents, Liu se plaqua contre le mur de gauche et entreprit de contourner les pendus. Le premier fil menait à l'entrée d'un nouveau tunnel, qui se perdait rapidement dans les ténèbres. Liu se retourna et pointa sa torche sur le mur du fond de la galerie principale, puis sur celui de droite. Malgré les cadavres qui encombraient son champ de vision, il réussit à distinguer deux autres tunnels. Un pour chaque fil.

« Qu'est-ce que c'est que cette blague ? » lâcha Yin, incrédule et toujours immobile face aux cadavres.

Ces galeries de mine avaient été percées au fur et à mesure, en fonction de l'emplacement des filons, lui expliqua Liu. Il n'était donc pas étonnant qu'elles se subdivisent de cette façon. Ce qui, malheureusement, n'allait pas leur faciliter la tâche.

« *A priori*, ajouta Liu, un seul de ces fils commande l'ouverture des menottes. Les autres ne sont que des leurres. »

Il leva son micro devant sa bouche et rendit compte à Xiong de leur macabre découverte et des ramifications du fil.

Xiong leur ordonna de rester groupés et de suivre le parcours de chaque fil l'un après l'autre. S'ils découvraient un commutateur dans un de ces tunnels, ils devraient l'actionner. Après tout, le dispositif était relié à une paire de menottes, pas à une bombe.

Yin et Liu commencèrent par le tunnel de gauche. Le fil était dissimulé à l'intérieur des tubes horizontaux de l'étayage. À l'extrémité de chaque tube, il réémergeait avant de disparaître dans le tube suivant. Ce schéma se répéta de façon ininterrompue tout au long de leur marche, qui leur parut interminable.

Au bout d'une cinquantaine de mètres, ils aperçurent un petit boîtier électronique de forme circulaire au pied d'un poteau. Pendant que Yin montait la garde derrière lui, Liu s'accroupit pour l'examiner.

« Nous venons de trouver le commutateur relié au premier fil, annonça Liu par radio. C'est un émetteur. Normalement, si on l'actionne, un signal électrique sera envoyé sur une fréquence spécifique. Si cette fréquence correspond à celle des menottes, vous devriez pouvoir les ouvrir.

– Excellent. Vous ne voyez rien de suspect ? Ça pourrait être un piège, non ? »

Liu promena son faisceau sur toute la longueur visible de l'étayage.

« Le fil est presque entièrement caché dans des tubes, mon capitaine. Il m'est à peu près impossible de deviner visuellement s'il est piégé. Je veux dire, n'importe lequel de ces tubes pourrait être bourré d'explosifs. Il n'y a aucun moyen de le savoir sans tout démonter. »

Un soupir grésilla dans son oreillette.

« C'est un risque qu'on va devoir prendre, Liu. Allez-y, appuyez sur le bouton. »

À l'entrée de la mine, Xiong et Han virent un point lumineux vert s'allumer brièvement sur les épaisses menottes. Elles restèrent verrouillées.

En les regardant de plus près, Xiong remarqua trois minuscules ampoules témoins dans le corps des menottes. Voilà qui semblait confirmer l'hypothèse de Liu : deux des trois fils déroulés dans les tunnels étaient des leurres.

« Localisez le deuxième commutateur et actionnez-le, vite ! »

Sans hésiter, les deux agents rebroussèrent chemin vers la galerie principale pour suivre le parcours du deuxième fil. Dans les profondeurs d'un tunnel, ils trouvèrent un autre commutateur au pied d'un autre élément d'étayage.

Cette fois, Liu ne demanda pas l'autorisation d'appuyer sur le bouton. Han et Xiong virent clignoter un deuxième point vert, mais les menottes restèrent verrouillées.

« Trouvez le troisième ! »

Malgré la fermeté de son ton, Xiong était inquiet. En toute logique, le dernier fil serait le bon. Pourtant, son intuition lui disait que non.

Les deux hommes allèrent le plus vite possible pour remonter jusqu'au troisième commutateur. Liu l'actionna.

Un point vert clignota sur les menottes. Elles restèrent verrouillées.

Xiong et Han, désemparés, se cherchèrent du regard.

« Quoi, fit Han, aucun de ces fils ne marche ? Qu'est-ce que c'est que cette embrouille ? »

La voix de Liu s'éleva, saturée de parasites :

« Je crois qu'on prend le problème par le mauvais bout, dit-il. À mon avis, ces fils ne sont pas des leurres.

– Je sens que je ne vais pas aimer la suite, marmonna Xiong.

– Vous avez dit qu'un voyant vert s'allumait chaque fois que j'appuyais sur un commutateur. Ça doit signifier qu'ils sont tous actifs. Mais étant donné qu'il y a trois fils, peut-être que ces menottes ne s'ouvriront que si on actionne les trois commutateurs en même temps, ce qui allumera les trois voyants.

– Mais oui, bien sûr ! s'exclama Han.

– Trois commutateurs, mon capitaine. Et on est quatre.

– Je comprends mieux pourquoi Euménide a exigé que nous venions à quatre.

– Comment ça ? demanda Xiong.

– Il cherche à équilibrer le rapport de forces. Nous sommes quatre, mais un seul d'entre nous pourra rester ici pour protéger Peng. S'il doit passer à l'offensive, ce sera à ce moment-là.

– Il faut que Liu et Yin reviennent, dit Xiong, visiblement tendu. L'objectif de ce fumier n'est que trop clair. Nous devons nous regrouper et demander du renfort. »

Liu parla à nouveau, lui aussi très nerveux.

« On vient de trouver un bout de papier à côté du commutateur. Il est signé Euménide.

– Qu'est-ce que vous attendez, lisez-le ! aboya Xiong.

– "J'ai posé une bombe dans la galerie. Elle explosera à 1 heure pile" », récita hâtivement Liu.

Les quatre membres de l'équipe regardèrent en même temps leur montre. 0 h 45.

« Ça m'étonnerait qu'il bluffe, dit Han dans son micro. Il nous reste quinze minutes, les gars. »

Même la connaissance la plus sophistiquée du déminage ne leur serait d'aucune utilité s'ils ne parvenaient pas à localiser la bombe. Elle pouvait être n'importe où – enfouie sous une couche de terre et de houille ou cachée dans l'une des innombrables crevasses qui zébraient les parois de la mine, au milieu d'un tas de matériel à l'abandon comme il y en avait un peu partout, voire à l'intérieur d'un tube d'étayage. Quinze heures n'y auraient pas suffi. Et ils n'avaient que quelques minutes.

Ils devaient avoir évacué le tunnel avant 1 heure – et avec Peng Guangfu.

Un lourd silence tomba sur la galerie. Pendant que Yin et Liu attendaient des ordres, Han et Xiong se creusaient la cervelle. Xiong finit par lever son micro.

« Le capitaine Han va vous rejoindre d'ici quelques instants, dit-il. Si nous n'avons pas réussi à déverrouiller ces menottes dans dix minutes, ajouta-t-il en jetant un bref regard à Peng par-dessus son épaule, quelqu'un y laissera une main. »

Peng fixa le gros couteau de combat accroché à la ceinture de Xiong, les yeux exorbités de terreur.

Han hésita. Allait-il jouer de son plein gré le rôle qu'Euménide avait écrit pour lui ? Ils ne pouvaient plus se permettre d'attendre. Une décision devait être prise sur-le-champ.

« À vous d'y aller, Xiong, dit-il avec un coup de menton en direction du tunnel. Je me charge de surveiller l'entrée. »

Mais Xiong refusa de fuir ses responsabilités.

« Non. Je ne peux pas perdre de vue notre objectif numéro un. C'est à moi de le faire. »

Quelles que soient les intentions du tueur, protéger Peng Guangfu restait leur devoir fondamental.

Face à la détermination glaciale qui se lisait dans les yeux de Xiong, Han acquiesça.

« Soyez prudent, dit-il.

– Tant que je serai là, répondit résolument Xiong, Euménide n'aura aucune chance d'approcher Peng. »

Han s'élança dans le tunnel. Il n'avait pas une seconde à perdre, mais une sorte de brouillard l'enveloppait. Soudain, une petite foule de silhouettes oscillantes surgit juste devant lui. Un cri étranglé sortit de sa gorge.

Même si Liu l'avait averti de la présence des corps, rien n'aurait pu préparer Han à ce qu'il avait sous les yeux.

Il nageait en plein cauchemar. Deux rangées de pendus se faisaient face en demi-cercle sous le plafond.

Tout à coup, une forme noire émergea de la galerie la plus proche et faillit lui rentrer dedans.

« Halte-là ! rugit Han, prêt à tirer.

– C'est moi, mon capitaine ! » cria Yin en levant les bras en l'air.

Han se détendit, baissa son pistolet.

« Qu'est-ce que vous foutez là, Yin ? »

Yin tenait un briquet allumé.

« Ma torche, mon capitaine. Elle m'a lâché. »

Han ravala un juron.

« Où est Liu ?

– Au fond de ce tunnel, répondit Yin en pointant le pouce par-dessus son épaule. Je m'occupe de celui du milieu. Prenez celui de gauche.

– On se contacte dès qu'on sera tous en position, dit Han. Et regardez bien où vous mettez les pieds.

– Compris ! »

Les deux hommes se séparèrent aussitôt. Han ne fut pas long à atteindre son but ; à peine eut-il déniché le commutateur qu'il passa un appel radio. Yin, privé de sa torche, fut le plus lent. Quand ils furent tous prêts, il était 0 h 52.

« Si on appuie tous en même temps, dit la voix de Liu, les menottes de Peng devraient s'ouvrir. Je vais compter. À trois, maintenez le bouton enfoncé pendant cinq secondes. »

Les trois hommes appliquèrent la consigne.

« Xiong ? demanda Han dans son micro. Qu'est-ce que ça donne de votre côté ? »

Aucune réponse ne lui parvint.

« Xiong ? Capitaine Xiong ?

– Vite, souffla Liu, affolé. Sortons d'ici ! »

Il collaborait étroitement avec Xiong depuis des années et avait un très mauvais pressentiment.

Les trois hommes repartirent en courant vers l'entrée de la mine. Liu arriva le premier, talonné par Han. Une odeur inquiétante assaillit leurs narines. Ils pointèrent leur torche en direction de sa source.

Leurs faisceaux éclairèrent un spectacle atroce. Les menottes électriques étaient enfin déverrouillées, mais Peng n'aurait pas pu être plus loin de la liberté. Il gisait en chien de fusil au pied de l'étayage, la main droite levée comme s'il cherchait à faire un salut bizarre. Liu s'approcha et constata que son poignet était toujours relié au poteau par les menottes de Han. Le sang échappé de sa blessure au cou formait déjà une grosse flaque sur le sol de la mine. Son corps inerte ne présentait aucun signe de vie.

Ils trouvèrent Xiong à quelques mètres de là. Le capitaine de l'UPS était dans un état presque aussi grave que Peng. Il se tordait sur le sol, une main plaquée devant la gorge. Un geyser de sang s'échappait de ses doigts chaque fois qu'il tentait de respirer.

« Mon capitaine ! » hurla Liu.

Son cri épouvanté résonna dans les profondeurs de la galerie pendant qu'il se ruait vers son chef. Il tomba à genoux et serra fort Xiong dans ses bras. Le capitaine, encore vaguement conscient, réussit à ouvrir les yeux. Une ombre de soulagement passa sur ses traits à la vue de son fidèle second. Il ouvrit la bouche pour dire quelque chose, mais, malgré tous ses efforts, fut incapable d'articuler un mot.

Liu vit la plaie hideuse qui lui barrait le cou. Xiong avait été égorgé, et une hémorragie massive empêchait l'air de faire vibrer ses cordes vocales. Ses tentatives de reprendre son souffle ne faisaient qu'aggraver son état.

Han les rejoignit en courant et s'accroupit. Il ferma les yeux, incrédule et amer.

« Cap... capitaine Xiong ? » balbutia-t-il.

Le son de sa voix provoqua chez Xiong un sursaut d'énergie. Il mobilisa ses dernières forces pour redresser la tête et saisir les bras de Han, si fort que les veines de ses mains devinrent visibles.

Han ne broncha pas. Une force presque magnétique soudait leurs regards. Il se pencha en avant jusqu'à ce que son oreille effleure les lèvres de Xiong.

« Qu'essayez-vous de me dire ? » souffla-t-il.

Xiong ne put émettre qu'un gargouillis.

Yin déboula à son tour du fond de la mine et s'arrêta net en découvrant la scène.

« Que... que s'est-il passé ?

– Qu'est-ce que vous attendiez, bon sang ? lui lança Han. Euménide est là ! Allez vite démarrer le 4×4 pendant que Liu transporte Xiong pour l'installer à l'arrière !

– Mais... et vous, mon capitaine ? bégaya Yin, toujours sous le choc.

– Oubliez-moi ! Je m'occupe d'Euménide ! »

Yin fit un pas en avant et, plissant les yeux :

« Il a tué Xiong. Vous pensez vraiment que vous auriez une chance ? »

Han le foudroya du regard. Sans un mot, Yin tourna les talons et se mit à sprinter vers le 4×4.

« Mon capitaine ! lança Liu. Je n'arriverai pas à transporter Xiong jusque là-haut tout seul ! »

Han se palpa les poches sans trouver les clés. Il saisit l'étai à deux mains et tira dessus de toutes ses forces. Le métal gémit mais ne céda pas. Il le secoua une fois, puis une autre. Les menottes de Peng tintèrent, mais ce fut tout. Han poussa un soupir et se retourna vers Liu.

« D'accord. On emmène Xiong. »

Les deux hommes soulevèrent ensemble leur collègue blessé et le transportèrent hors de la mine. Les phares du 4×4 s'allumèrent, répandant une clarté aveuglante au sommet de la pente.

Leur dos était trempé de sueur lorsqu'ils atteignirent le véhicule. Ils allongèrent Xiong sur le plancher du compartiment arrière, puis Liu grimpa à ses côtés. Han les rejoignit après avoir fermé le hayon. Yin, les mains crispées sur le volant, demanda :

« Et Peng, mon capitaine ? »

Han sursauta comme s'il émergeait d'un rêve.

« Peng ? répéta-t-il, secouant la tête. Trop tard. Partons.

– Mon capitaine ? » insista Yin, incrédule, en se retournant.

Han, muet, regardait fixement le blessé étendu à ses pieds. Xiong avait fermé les yeux. Sa gorge ne saignait quasiment plus.

Liu plaça un index tremblant entre le nez et la bouche de son supérieur mais ne sentit aucun souffle d'air.

Soudain, il se redressa et poussa un hurlement de loup enragé.

« Saloperie de fils de pute ! »

Il dégaina son arme de service et tendit la main gauche vers la poignée du hayon.

« Liu Song ! cria Han en se jetant sur lui. Ne bougez pas d'ici ! »

En une fraction de seconde, il réussit à plaquer Liu sur le plancher du 4×4, à côté de Xiong. Puis il se tordit le cou pour croiser le regard de Yin.

« Démarrez ! Qu'est-ce que vous attendez ? La bombe va exploser ! »

Yin jeta un coup d'œil à l'horloge de bord. 0 h 59. Émergeant enfin de sa sidération, il embraya et appuya à fond sur l'accélérateur. Quelques secondes plus tard, le 4×4 volait de bosse en ornière sur la piste de montagne qui descendait vers la ville.

« Laissez-moi descendre ! beuglait Liu. Je vais le retrouver et lui faire la peau ! Je vais le tuer ! »

Ses yeux roulaient de furie. Malgré les cahots qui ballottaient le 4×4, la poigne de Han resta suffisamment ferme pour l'empêcher de se relever. Au bout d'un moment, Liu cessa de se débattre. Ses cris se muèrent en sanglots.

Han se laissa retomber sur le plancher, de l'autre côté du corps inerte de Xiong. Il poussa un cri de détresse et se tira les cheveux.

Une formidable éruption secoua la caverne. L'onde de choc faillit faire décoller le 4 × 4. Loin derrière eux, le séisme provoqua un glissement de terrain au-dessus de la mine, et un gros éboulis en obstrua l'entrée. Le cadavre de Peng Guangfu, comme toutes les autres traces des crimes perpétrés dans cette caverne, fut enseveli sous des tonnes de roche et de terre.

8
Doute sur doute

24 octobre, 21 heures
Quatre heures plus tôt…

Mu Jianyun marchait d'un pas alerte dans une rue animée de la métropole. Han, Yin, Xiong et Liu Song étaient toujours au QG, en train d'attendre que le récepteur soit activé. Pendant qu'ils se tournaient les pouces, elle allait trouver des réponses.

Elle bifurqua au carrefour suivant et s'engagea dans un étroit passage. Ce fut comme si elle basculait dans un autre monde.

Les bâtiments alignés de part et d'autre semblaient vouloir se pencher au-dessus d'elle. Un vent cinglant balayait le Nid de cafards, apportant un froid glacial. Mu enfouit les mains au fond des poches de son manteau et serra les coudes contre son corps pour se réchauffer.

Je n'aimerais pas vivre ici, pensa-t-elle.

Elle arriva devant la masure. Huang Shaoping y menait, oublié du monde, une vie qui devait être un cauchemar. Probablement pire que le pire des siens.

Elle frappa, et la porte s'ouvrit. Huang apparut face à elle. La faible lueur de l'ampoule laissait dans l'ombre la moitié de ses traits.

« Bonsoir, dit Mu, priant pour qu'il ne sente pas son malaise.

– Vous êtes revenue.

– Oui, et je suis revenue seule », répondit-elle avec un sourire gêné.

Les lèvres déchiquetées de Huang se retroussèrent, comme s'il tentait de lui rendre la pareille, mais il n'y avait aucune trace de gaieté dans son expression.

« Asseyez-vous », grogna-t-il en grattant les cicatrices de son cou.

Mu approcha un tabouret en bois du lit crasseux, et Huang la rejoignit avec sa canne. Elle vint à sa rencontre pour l'aider à prendre place sur le lit, mais Huang, devinant son intention, manifesta clairement son refus d'un signe de tête. Mu se raidit. Cet homme avait gardé sa dignité.

Tous deux s'assirent.

« Alors ? Y a-t-il quelque chose dont vous souhaiteriez informer la police ? » demanda Mu, appuyant exprès sur le dernier mot.

Sa main effleura quelque chose, et elle sursauta. C'était une pile de vieilles factures.

« Non. Si j'avais voulu le dire à la police, ce serait déjà fait. Je ne parlerai de ça qu'à vous.

– Je donne des cours à l'académie, mais je suis aussi enquêtrice, vous savez. Je fais partie de la nouvelle cellule interservices 18/04. »

Une contraction agita la joue de Huang.

« C'est pour ça que vous allez devoir me promettre quelque chose avant que je vous en dise plus.

– Que dois-je promettre ?

– Que vous ne répéterez pas un mot à vos collègues de ce que je vais vous raconter. Je veux que vous régliez ça toute seule.

– On peut savoir pourquoi ?

– J'ai été obligé de me taire pendant toutes ces années, répondit Huang, avec un accent de sincérité que Mu n'avait jamais entendu chez lui. Et ce que je sais risque de mettre votre vie en danger. Je ne peux pas faire confiance à la police.

– Seriez-vous en train de me dire que quelqu'un de la police est impliqué dans cette affaire ? demanda Mu en se penchant vers lui.

– Vous pouvez me promettre ça ?

– Oui, répondit-elle sans hésiter. Je vous le promets. »

Elle attendit la suite, de plus en plus intriguée.

« Un mois avant l'explosion de l'entrepôt, la police de Chengdu a fait une énorme saisie de drogue. Vous devriez vous y intéresser avant d'orienter votre enquête dans une autre direction. »

Mu était surprise. Elle s'attendait à ce que Huang lui raconte quelque chose qu'il avait vu avant ou après l'explosion, et voilà qu'il lui parlait d'une affaire totalement différente.

Huang ne parut pas étonné de sa réaction.

« Le coup de filet du 16 mars 1984, ajouta-t-il. Tâchez de vous en souvenir.

– Quel rapport avec l'explosion ?

– Plongez-vous dans ce dossier, et vous y trouverez les réponses que vous cherchez. Je ne peux pas tout vous dire maintenant, parce que rien ne me garantit que vous serez capable de tenir votre langue. J'ai besoin de savoir si je peux vous faire confiance. »

Mu l'observa sans aucun dégoût. L'aspect de Huang était le même qu'à leur précédente visite, et pourtant il y avait quelque chose de changé en lui. C'était son regard. La manière qu'il avait de la fixer lui rappelait quelqu'un, comme si elle avait déjà croisé cet homme dans une autre vie. Sans pouvoir s'expliquer pourquoi, elle sentit qu'il ne se réduisait pas à ce qu'il paraissait être.

« Qui êtes-vous réellement, Huang ? »

Il découvrit ses dents blanches et ricana.

« Ça, vous le savez déjà. »

Mu baissa les yeux. Elle était trop passive. Il fallait changer d'approche.

« Vous avez dissimulé un certain nombre d'informations à la police. Je devrais peut-être revenir avec mes collègues de la cellule interservices pour voir ce que ça leur inspire, menaça-t-elle.

– Ce serait trahir la promesse que vous venez de me faire. Mais bon, tant pis pour moi si je vous ai mal jugée. J'emporterai ce secret dans ma tombe, voilà tout. Vous êtes en train de laisser échapper votre seule chance de savoir ce qui s'est vraiment passé il y a dix-huit ans. »

Mu fit la moue. Huang n'était pas tombé dans son piège.

« Je vous ai donné ma parole, dit-elle. Mais qu'est-ce qui me garantit que vous ne me menez pas en bateau ?

– Vous le comprendrez quand vous vous serez penchée sur cette affaire de drogue.

– D'accord. Je vais me pencher dessus.

– N'en parlez à personne, insista Huang. Vous ne mesurez pas la force de l'adversaire que vous allez défier. Je suis déjà en piteux état. Vous n'oseriez quand même pas m'enfoncer encore plus, si ? »

Mu fit signe qu'elle comprenait. Malgré la tension à couper au couteau qui régnait dans le taudis, elle ne put s'empêcher de poser une ultime question.

« Si vous ne faites pas confiance à la police, pourquoi m'avoir choisie ? »

Huang la regarda avec une sorte d'effroi.

« Toutes les histoires ont une fin, dit-il. Et j'ai su que c'était vous qui écririez la page finale de la mienne la première fois que je vous ai vue. »

Mu fronça les sourcils. Comment interpréter cette réponse ?

« Rappelez-vous, ajouta-t-il. Le 16 mars 1984. Revenez me voir si vous faites une trouvaille. »

Huang lui montra la porte.

« Je verrai », répondit-elle.

Mu se leva. Elle regarda l'heure. 21 h 40. Aucun membre de l'équipe n'avait cherché à la joindre depuis son départ du QG. Peut-être y étaient-ils encore. Ou peut-être qu'ils avaient reçu le signal attendu et étaient partis trop précipitamment pour avoir le temps de la prévenir. Dans un cas comme dans l'autre, rien ne l'empêchait d'explorer dès à présent la piste que venait de lui indiquer Huang. Avec un peu de chance, cela ferait avancer l'enquête. Et avec un peu de chance, cela lui permettrait peut-être aussi de comprendre pourquoi cet homme semblait tellement désireux de l'aider.

Une main sur la poignée, elle se retourna vers Huang.

« Merci de me faire confiance. »

Et elle partit.

Huang regarda la porte se fermer. Il gratta pensivement la vieille blessure de son cou et sourit.

Mu regagna le siège de la police juste après 22 heures. Ses quatre collègues campaient encore dans la salle de conférences. Yin et Liu somnolaient sur deux lits de camp dépliés dans un coin. Xiong et Han étaient assis à la table, les yeux fixés sur le récepteur d'Euménide, en attente du signal du départ. Elle faillit entrer mais préféra faire demi-tour et rebroussa chemin vers la sortie.

Zeng lui ouvrit la porte de sa chambre, les yeux gonflés de sommeil. Son expression s'éclaira dès qu'il la vit.

« Ah, je savais bien que vous ne pourriez pas rester longtemps loin de moi ! déclara-t-il, radieux. Vous me faites toujours autant confiance, pas vrai ? »

Mu s'assit sur une chaise sans émettre un son. Le silence était souvent le meilleur moyen de contrer les assauts de Zeng.

« Allez, dites-moi. Vous avancez sur votre fameuse piste ? Ou vous butez sur un problème ? Voyons si je suis capable de vous montrer la voie.

– J'ai besoin que vous me ressortiez un vieux dossier, dit-elle de but en blanc.

– Ah. Et on peut savoir lequel ?

– Une affaire de trafic de drogue. La saisie a eu lieu le 16 mars 1984. Je suis preneuse de tout ce que vous pourrez me dénicher dessus. »

Zeng cligna des yeux, déconcerté.

« Pour quoi faire, bon sang ?

– Cette histoire m'intéresse, répondit-elle sans avoir l'air d'y toucher. J'aimerais en savoir un peu plus dessus.

– Mais qu'est-ce qui vous arrive à tous, aujourd'hui ? D'un seul coup, tout le monde s'intéresse à des affaires antédiluviennes ! »

Cette réaction intrigua Mu.

« Qui d'autre ?

– Pei. Mais il ne s'agissait pas de cette histoire de drogue. Il s'est pointé ici après le dîner pour me demander un autre dossier, celui du meurtre d'un policier au parc du Mont des Cerfs-Jumeaux. J'ai l'impression que nous avons tous les trois un peu trop de temps libre en ce moment, vous ne trouvez pas ?

– Pourquoi vous a-t-il demandé ça ?

– Allez savoir. Peut-être qu'il meurt d'envie d'exhumer quelques boules puantes sur le capitaine, histoire de s'offrir un petit plaisir malsain ?

– Je préférerais que vous restiez concentré, s'agaça Mu. Alors ? Pouvez-vous m'obtenir ce dossier, oui ou non ? »

Zeng retrouva son sérieux.

« Euh, ça risque d'être un peu compliqué. L'affaire remonte quand même à dix-huit ans… Mais bon, les génies comme moi ont tendance à se sublimer sous la pression. Et pour une beauté comme vous, je retrouverais n'importe quoi.

– Dans ce cas, bouclez-la et mettez-vous au travail.

– Oui, chef ! »

Après un salut militaire, Zeng s'approcha du bureau et démarra son ordinateur portable. Son statut de directeur technique des services de surveillance numérique de la capitale provinciale lui donnait un accès complet aux bases de données de la police depuis n'importe quel poste informatique relié à Internet.

Le dossier 16/03 était clos depuis longtemps mais n'avait jamais été classé confidentiel, ce qui permit à Zeng d'en récupérer tous les éléments. Ses doigts volaient sur le clavier comme ceux d'un virtuose du piano. Au bout d'une minute ou deux, il se retourna en souriant vers Mu.

« Et voilà le travail.

– Ça n'a pas traîné, dit la jeune femme, surprise.

– Vous feriez mieux de vous grouiller. L'imprimante de l'accueil est déjà en train de cracher vos pages. »

Mu se rendit à l'accueil, où l'employée de nuit se débattait avec le flot de feuillets qui s'était soudain mis à sortir de sa machine.

« C'est pour moi, dit Mu. Ça vous dérangerait de me les agrafer ? »

La femme secoua la tête, outrée.

« J'ai déjà dit cent fois aux autres conférenciers qu'ils ne devaient pas imprimer leurs notes ici et je vais vous redire la même chose. Allez plutôt dans une boutique de reprographie, ce n'est pas ça qui manque dans le quartier. »

Mu s'éclaircit la gorge, puis montra sa carte de police et sa clé de chambre. Les yeux de l'employée s'agrandirent imperceptiblement, et elle s'empressa de ranger les feuillets en piles impeccables sans poser d'autre question. Elle marqua néanmoins un temps d'arrêt en prenant le dernier feuillet.

« Euh, je vous l'agrafe aussi, celui-là ? »

Une rose écarlate s'épanouissait sur toute la page, encore luisante d'encre fraîche. Mu éprouva une brève bouffée de plaisir en la saisissant entre ses doigts. Mais son professionnalisme reprit aussitôt le dessus, et elle rendit la fleur de papier à l'employée.

« Non merci, dit-elle avec un sourire chaleureux. Considérez ceci comme un témoignage de notre gratitude. »

Mu ne résista pas à l'envie d'entamer la lecture du dossier tout en se dirigeant vers sa chambre. Elle faillit plus d'une fois se cogner contre un mur.

Le patron de la cellule interservices à l'origine de la spectaculaire opération antidrogue du 16 mars 1984 n'était autre que Xue Dalin, défunt vice-commissaire de la police de Chengdu et première victime d'Euménide, assassiné quelques heures avant Meng et Yuan.

En raison de la présence de Pei Tao, les membres de la cellule interservices initiale s'étaient focalisés sur l'explosion de l'entrepôt, ce qui les avait empêchés d'enquêter en profondeur sur le meurtre de Xue Dalin. De ce fait, le lien entre les deux crimes leur avait largement échappé. Pour une raison ou pour une autre, Huang savait quelque chose qu'aucun enquêteur ne savait.

Mu résista à l'envie de s'asseoir au beau milieu du couloir désert pour continuer sa lecture et accéléra le pas. Elle faillit retourner chez Zeng mais se ravisa. Elle allait avoir besoin de paix et de silence pour digérer une telle somme de documents, et il ne fallait pas compter sur Zeng sur ce plan-là.

De retour dans sa chambre, elle étala sur son bureau les différentes pièces du dossier. Elle passa les deux heures suivantes à tout éplucher, page après page, cherchant la preuve décisive qui éclairerait tous les meurtres d'Euménide. Sa recherche fut infructueuse. Elle avait espéré trouver quelque chose sur Yuan Zhibang ou sur Meng Yun, mais ils n'étaient cités nulle part. Le vice-commissaire Xue Dalin était le seul lien manifeste entre les deux affaires. Il avait dirigé les investigations à l'origine du coup de filet antidrogue du 16 mars, et un mois plus tard, le 18 avril, il avait été la première victime d'Euménide.

En tant que vice-commissaire de la police de Chengdu, Xue avait forcément mené de nombreuses enquêtes. Quel lien pouvait-il y avoir entre sa présence à la tête de l'équipe qui avait organisé le coup de filet du 16 mars 1984 et sa mort brutale ? Pourquoi Huang cherchait-il à attirer son attention sur cette affaire-là ? Et d'où tenait-il ses informations ?

Toutes ces questions finirent par donner le tournis à Mu, qui se rendait bien compte que la vérité profonde lui échappait. Elle s'extirpa de sa chaise et alla à la fenêtre. Écartant les rideaux, elle inspira une longue bouffée d'air automnal. Puis elle ferma les yeux et laissa ses pensées se perdre dans le murmure de la circulation.

Le coup de filet antidrogue avait eu lieu le 16 mars, soit un mois et deux jours avant le meurtre de Xue. Cette date, qui donnait son nom au dossier, était celle du dénouement de l'enquête. Mais les investigations avaient commencé bien des semaines en amont.

Dans les années 1980, Interpol avait pris des mesures de répression drastiques contre le trafic de drogue international. À force de voir leurs bases tomber les unes après les autres, les cartels asiatiques avaient été obligés de chercher de nouveaux débouchés pour écouler leur production. Ce fut à cette époque que la Chine, en plein boom économique et désireuse de s'ouvrir au commerce international, devint pour eux une cible de choix.

Plaque tournante du transport et centre financier, Chengdu était l'une des villes les plus dynamiques de Chine sur le plan commercial, et le trafic d'opium ne tarda pas à y renaître de ses cendres. Cet essor inquiétant s'imposa rapidement comme le problème numéro un des forces de sécurité locales. Xue Dalin, alors vice-commissaire de la police de Chengdu, fut chargé par ses supérieurs de mener la riposte.

En 1984, la brigade antidrogue de Xue recueillit un renseignement d'une valeur inestimable. Un réseau de narcotrafiquants du Sud-Est asiatique prévoyait de livrer une très grosse quantité de drogue à une importante organisation criminelle locale. La transaction était annoncée pour le 16 mars, à Chengdu même. La cellule interservices 16/03 fut aussitôt créée.

Le tuyau provenait d'un informateur du nom de Deng Yulong. D'après sa fiche personnelle, jointe au dossier, Deng n'avait que vingt-cinq ans à l'époque mais travaillait déjà pour la police depuis sept ans.

Avant d'entamer cette collaboration, ce rusé jeune homme avait été un petit voyou type, affilié à l'un des gangs qui semaient le désordre dans les rues de la ville. Il s'était vite fait un nom parmi les petites frappes locales. Pour son dix-huitième anniversaire, après quelques verres de trop, Deng avait poignardé un autre membre de son gang, ce qui lui avait valu d'être arrêté. Alors que ses chances d'éviter la prison étaient quasiment nulles, un homme était intervenu pour lui permettre d'échapper à son destin : Xue Dalin. Xue n'était pas encore vice-commissaire à l'époque, simplement à la tête des services de sécurité publique de Chengdu.

D'un trait de plume, Xue transforma le cours de la vie de Deng. Il fit modifier le procès-verbal pour que l'heure de son crime, commis à 0 h 06 le 24 de ce mois-là, soit ramenée à 23 h 56 le 23.

Dix minutes de différence seulement, mais cela suffisait pour que Deng soit jugé en tant que mineur et non en tant qu'adulte. De ce fait, le tribunal se montra beaucoup plus clément, ne le condamnant qu'à deux ans de liberté surveillée.

Bien entendu, il y avait une contrepartie. Même si, une fois libéré, Deng continua de jouer les voyous, c'était désormais un informateur de la police. Et plus précisément de Xue Dalin.

La combinaison de son talent naturel et de son expérience précoce faisait de Deng une personne hautement qualifiée pour ce type de travail, et son étroite coopération avec Xue fut bénéfique aux deux hommes. Les taux de condamnation grimpèrent en flèche dans la juridiction de Xue, ce qui lui ouvrit des perspectives de carrière de plus en plus prometteuses. De même, en informant Deng sur les descentes et autres opérations à venir de ses services, Xue fournit à l'ambitieux jeune homme tous les outils dont celui-ci avait besoin pour asseoir sa réputation dans les bas-fonds et s'attirer les faveurs des patrons de la pègre locale.

Dans les premiers temps du bond en avant économique de Chengdu, un gangster nommé Liu Hong avait réussi par un mélange d'intelligence et de force brute à s'imposer et à se développer rapidement dans la région. Après avoir amassé une fortune considérable en pratiquant l'extorsion et le racket de protection, Liu Hong, insatiable, entreprit de recruter des criminels compétents pour élargir son empire.

Ce fut à cette époque qu'il remarqua Deng. Hong avait besoin d'hommes fiables et prit le jeune homme sous son aile. L'arrivée de Deng dans son cercle rapproché fut une bénédiction pour la police, qui attendait depuis longtemps une ouverture pour infiltrer la bande. Mais le meilleur restait à venir.

Quand les narcotrafiquants du Sud-Est asiatique cherchèrent à étendre leurs canaux de distribution à la région du Sichuan, ils durent passer par Liu Hong. Du coup, alléché par la promesse de profits colossaux, Liu Hong décida d'ajouter le trafic de stupéfiants à son répertoire et parvint en un rien de temps à établir un monopole sur le marché de l'opium à Chengdu. Après le succès de plusieurs livraisons relativement modestes, les deux parties convinrent d'une date pour leur première vraie transaction à grande échelle : le 16 mars 1984.

Les policiers jubilaient. Maintenant que leur informateur avait infiltré l'organisation de Liu Hong, leurs chances de réussir un gros coup augmentaient de façon stratosphérique – au bout d'un an à peine, Deng s'était d'ores et déjà imposé comme l'un des principaux lieutenants de ce seigneur du crime. Sa présence lors de la transaction avec ce groupe étranger serait donc garantie.

Le 16 mars, Liu Hong – flanqué de Deng et d'un garde du corps – rencontra trois gros bonnets du narcotrafic à l'endroit convenu. Xue et ses agents, tous en civil, étaient en embuscade. Ils n'attendaient plus que le signal de Deng pour passer à l'action et encercler les truands.

Puis ce fut le chaos.

Un gangster du Sud-Est asiatique repéra l'un des policiers en civil, et les cinq trafiquants se dispersèrent aussitôt. Et ouvrirent le feu dès qu'ils s'aperçurent que d'autres flics leur barraient le passage.

C'était la première fois que la police de Chengdu se retrouvait directement confrontée à la violence d'un gang de narcotrafiquants étrangers, mais les hommes de Xue s'y étaient préparés. Il leur fallut moins d'une minute pour cerner les criminels. Ceux-ci, conscients que leurs chances de survie étaient pour ainsi dire nulles, se défendirent comme des loups acculés.

Deux policiers furent touchés pendant la fusillade, mais tout bascula quand le jeune indic Deng Yulong retourna son arme contre son patron et les autres, ce qui porta un coup fatal aux trafiquants. Quand les armes se turent, Liu Hong et les quatre autres étaient sur le carreau, raides morts.

L'opération permit de saisir cinq cents kilos d'héroïne et plus de deux millions et demi de dollars en liquide. L'empire criminel de Liu Hong venait d'être anéanti en un seul jour.

Par suite de ce succès, les membres de la cellule interservices 16/03 reçurent à titre collectif la médaille du mérite de deuxième classe. Xue Dalin, lui, fut décoré de la médaille du mérite de première classe, et son avenir dans la police semblait plus radieux que jamais.

Un mois plus tard, tous ses collègues recevaient comme un coup de massue la nouvelle de son meurtre… mais aussi les accusations de corruption qui commençaient à monter des rangs de la police de Chengdu.

Mu repoussa le dossier dans un coin de son bureau et se prit la tête entre les mains. Xue Dalin mis à part, tout dans ce qu'elle venait de lire suggérait que cette affaire de drogue était entièrement distincte de celle des meurtres commis par Euménide. Quel pouvait être le lien ?

Un coup de sonnette l'interrompit dans ses pensées. Elle regarda sa montre. Presque 1 heure du matin.

« Qui est-ce ? lança-t-elle.

– Moi », répondit Zeng.

Que venait-il faire chez elle en pleine nuit ? Elle hésita, puis se leva et lui ouvrit la porte.

« Je me doutais bien que vous seriez encore debout », dit Zeng, immobile sur le seuil, les bras croisés.

Elle expira longuement.

« Vous avez quelque chose à me dire ? » demanda-t-elle d'un ton froid, malgré son sourire poli.

S'il était là pour faire le malin, elle ne se sentait pas d'humeur à l'écouter.

Comme s'il lisait dans ses pensées, Zeng éclata de rire.

« Je vois que mon petit cadeau de l'accueil ne vous a pas spécialement ravie. Ne vous inquiétez pas. Je suis ici pour résoudre l'énigme qui vous tracasse.

– Quelle énigme ?

– Pas la peine de faire l'innocente avec moi. »

Il entra tranquillement et s'affala sur le canapé.

« Franchement, ajouta-t-il, vous espérez me faire croire que vous m'avez demandé toutes ces infos sur une saisie de drogue vieille de près de vingt ans par simple curiosité ? Vous me prenez pour un con ?

– Il est tard. Qu'avez-vous à me dire ? »

Zeng tapota joyeusement la table basse du bout des doigts.

« Figurez-vous que j'ai trouvé le trait d'union entre cette saisie de drogue et le double meurtre à l'entrepôt. »

Mu lutta pour déchiffrer l'expression du jeune homme. Elle n'y parvint pas.

« Il y a un lien entre les deux affaires ?

– Si vous voulez continuer à faire l'idiote, je m'en vais ! »

Zeng se leva et repartit vers la porte.

Mu lui empoigna le bras.

« D'accord, d'accord. Rasseyez-vous et parlez. Vous avez raison. Je crois moi aussi avoir trouvé un lien, mais je n'en comprends pas la signification. Tout ce que je sais, c'est que Xue Dalin a joué un rôle dans les deux affaires. »

Elle s'installa à côté de lui sur le canapé.

« Ça, dit-il, on s'y attendait un peu. Mais le lien dont je vous parle n'est dans aucun des documents que je vous ai imprimés. »

Zeng se pencha vers elle, et Mu sentit qu'il cherchait une fois de plus à se faire mousser.

« Je les ai parcourus après votre départ, enchaîna-t-il, et je suis arrivé à la même conclusion que vous. Il n'y a que deux mots qui comptent dans tout le dossier : Xue Dalin. Du coup, j'ai effectué une recherche autour de ce nom. Et c'est là que les choses ont commencé à devenir intéressantes. »

Mu resta clouée sur son siège. Elle avait prévu de ne parler à personne de son enquête informelle sur la piste indiquée par Huang, mais Zeng était de toute façon déjà au courant ; il était trop tard pour le laisser à l'écart.

« Eh bien, qu'avez-vous trouvé ?

– Une femme. »

Zeng s'interrompit pour faire durer le plaisir. Exaspérée, Mu leva les yeux au ciel.

« Vous vous rappelez l'avis de décès de Yuan Zhibang, je suppose ? Quel était le premier crime mentionné ?

– "Infidélité récurrente".

– En étudiant les dossiers personnels des élèves-officiers de l'académie en 1984, je suis tombé sur une jeune fille qui s'était fait plaquer par son petit ami parce qu'elle était enceinte. Elle s'est suicidée en sautant d'un pont. Elle s'appelait Bai Feifei. »

Ce nom suscita des remous dans l'imagination de Mu. Peu à peu, la silhouette délicate d'une jeune fille lui apparut mentalement.

« Bai préparait son diplôme en section administration, expliqua Zeng. Elle faisait un stage au QG à l'époque de son suicide. Elle travaillait comme secrétaire administrative du vice-commissaire Xue Dalin. »

Mu fut incapable de masquer sa surprise. Cette Bai Feifei, qu'elle avait jusque-là considérée comme un personnage secondaire, une simple silhouette en marge d'une des deux affaires, devenait tout à coup le seul et unique point de jonction entre l'assassinat de Xue Dalin et celui de Yuan Zhibang. Son cerveau s'emballa.

« Quand est-elle morte ?

– Le 20 mars », répondit Zeng sans hésiter.

La cellule interservices de Xue avait démantelé l'empire criminel de Liu Hong le 16 mars. Quatre jours plus tard, sa secrétaire administrative, Bai Feifei, s'était donné la mort. Xue avait été assassiné le 18 avril. Le même jour, Meng Yun et Yuan Zhibang, l'ex-petit ami de Bai, avaient péri dans l'explosion d'un entrepôt.

Voilà ce que Huang attendait qu'elle découvre : que Bai Feifei était le trait d'union entre le coup de filet du 16 mars et les meurtres du 18 avril. Mais qu'est-ce que cela signifiait ? D'où Huang tirait-il ses informations sur le dossier 16/03 ? Et pourquoi était-il resté bouche cousue pendant dix-huit ans ?

Mu fut rapidement asphyxiée par toutes ces questions, qui se ramifiaient comme du lierre et l'empêchaient d'organiser un tableau d'ensemble cohérent.

La sonnette tinta. Zeng se leva et alla ouvrir.

Pei était sur le seuil.

« Capitaine Pei ? » fit Zeng, clairement surpris.

L'homme de Longzhou les regarda l'un après l'autre avant de lâcher :

« Ça s'est mal passé. »

25 octobre, 2h08
Hôpital populaire n° 1

Après s'être frayé un chemin parmi la foule nocturne des malades, des blessés et des proches inquiets, Pei, Mu et Zeng arrivèrent enfin aux urgences de l'hôpital populaire n° 1 de Chengdu. Les autres membres de la cellule, déjà sur place, ne parurent pas remarquer leur entrée.

La mort de Xiong avait causé un choc profond au sein des forces de l'ordre, même en pleine nuit. Le commissaire Song, patron de la police de Chengdu, et plusieurs agents de l'UPS s'étaient rués à l'hôpital dès qu'ils avaient appris la triste nouvelle.

Liu, les yeux injectés de sang, était assis seul et silencieux sur une chaise dans un coin de la salle, enveloppé d'une telle aura de chagrin et de rage que personne n'osait le déranger.

Le capitaine Han, qui avait commandé l'opération de la nuit, était au bord de la crise de nerfs. Il terminait son rapport oral au commissaire, d'une voix tellement étranglée qu'on aurait dit un croassement. Il avait l'air au bout du rouleau.

Le commissaire paraissait presque gêné par l'intensité de son chagrin, car Han était l'un de ses tout meilleurs éléments. Il détourna les yeux et dit :

« Rentrez chez vous et prenez un peu de repos, Han. »

Han opina en silence. Le commissaire Song avait raison – il était épuisé. Les événements des dernières heures le poursuivaient comme un cauchemar dont il n'arrivait pas à se réveiller. La souffrance envahissait toutes les cellules de son corps.

Incapable de trouver les mots justes pour répondre à son supérieur, Han se replia vers la sortie dans un état proche de la transe. Il aperçut Pei, Mu et Zeng, tous livides, mais passa devant eux sans un mot.

Le commissaire inspira profondément, puis lança :

« Capitaine Han ! »

Son appel attira tous les regards. Surpris, Han s'arrêta net et pivota.

« La cellule a encore besoin de vous ! cria Song. Ne l'oubliez pas ! »

Pour Han, tout était à recommencer. Il ne lui restait qu'une seule voie possible : *retrouver ce salopard d'Euménide et le broyer.* Sa colère se transforma en détermination. Il serra les dents, se força à redresser son dos endolori et s'assouplit les doigts.

Le commissaire lui adressa un hochement de tête approbateur.

« Essayez de dormir. L'équipe vous attend demain. »

Euménide aussi m'attend. Sur cette pensée, Han tourna à nouveau les talons et repartit vers la porte.

Yin Jian le regarda quitter la salle. À la différence de Liu et de Han, qui avaient tous deux succombé à la colère, à la tristesse et à la fatigue, aucune émotion extrême ne s'était emparée de lui après le drame de la mine. Au contraire, il avait l'impression que les rouages de son cerveau tournaient à une vitesse fulgurante.

Pei le rejoignit et lui tapota l'épaule.

« Ah, capitaine Pei..., murmura Yin en sursautant imperceptiblement.

– Qu'est-ce qui s'est passé là-bas, bon sang ? » demanda Pei en montrant le corps sans vie de Xiong.

Yin se ressaisit et raconta à Pei comment ils avaient découvert Peng à l'entrée de la mine, puis avaient été contraints de se séparer – ce qui avait permis à Euménide de tuer Peng et Xiong quasiment sous leur nez – avant d'échapper d'extrême justesse à la mort. Pei écoutait avec fascination, en visualisant chaque détail de la scène.

Yin poursuivit en expliquant que le capitaine Xiong Yuan avait rendu son dernier souffle à l'arrière de leur 4×4, mais que Liu Song avait insisté pour qu'ils le conduisent quand même à l'hôpital plutôt qu'à l'institut médico-légal, ne serait-ce que pour leur procurer un infime réconfort. Le médecin de garde n'avait eu besoin que d'un coup d'œil à la plaie au cou du capitaine de l'UPS pour le déclarer mort.

Comme Pei l'avait d'emblée redouté, tout cela s'était réduit à un nouveau traquenard soigneusement tendu. En se pliant aux règles d'Euménide, les policiers étaient devenus des pions sur son échiquier. Il n'en restait pas moins que la mort de Xiong était un séisme. Dans la mesure où les forces de sécurité avaient envoyé quatre de leurs meilleurs éléments sur place, Pei avait espéré qu'il n'y aurait pas de confrontation directe. Jamais il n'aurait imaginé que le tueur réussirait à assassiner le membre le plus aguerri de l'équipe.

À quoi joue-t-il ? s'interrogea Pei. Ne fallait-il y voir qu'une provocation sophistiquée à l'encontre de la police ? Euménide avait tout fait pour mener la cellule au désastre, mais était-ce là son but ultime ? L'élimination d'un joueur adverse ? Pourquoi avoir joué au chat et à la souris avec quatre policiers au lieu de tuer simplement Xiong comme il avait tué le sergent Zheng ?

Ils n'avaient toujours pas trouvé la clé indispensable pour comprendre les motivations d'Euménide. Ils passaient forcément à côté de quelque chose, mais quoi ? Pei s'était maintes fois posé la question. Pendant que Yin achevait son récit de la tragédie, une nouvelle hypothèse se forma dans son esprit. Mais il était trop tôt – et elle était trop audacieuse – pour qu'il puisse en dire un mot.

Il avait besoin de plus d'indices et de plus de temps.

« Ça vous dérangerait qu'on sorte une minute ? glissa-t-il à Yin. Il y a deux ou trois choses dont j'aimerais vous parler en privé. »

Yin se raidit, mais il ne voyait pas comment rejeter cette demande.

Les deux hommes sortirent et trouvèrent un coin tranquille au bout du bâtiment.

« Vous avez quelque chose à me demander, capitaine Pei ?

– Pendant que vous étiez à la mine, j'ai lu le rapport d'enquête sur la fusillade au parc du Mont des Cerfs-Jumeaux. Apparemment, c'est vous qui avez dirigé les investigations sur la scène du crime.

– Que voulez-vous savoir à ce sujet ?

– J'aimerais juste vérifier certains points. D'après le procès-verbal, Han a tiré trois fois pendant la fusillade. Deux de ses balles ont manqué leur cible, mais la troisième a atteint Zhou Ming en pleine poitrine, causant son décès immédiat. Avant de mourir, Zhou Ming en avait lui-même tiré quatre – dont celle qui a blessé Han à la jambe et celle qui a tué Zou Xu, les deux autres n'ayant touché personne. Le complice de Zhou Ming, Peng Guangfu, a tiré une seule balle, qui elle non plus n'a touché personne. Quant au coéquipier de Han, il s'est écroulé avant même d'avoir eu le temps de faire feu. C'est bien ça ? »

Yin fit oui de la tête. Il avait lui-même tapé ce procès-verbal. L'affaire remontait à dix ans, mais il en gardait un souvenir cristallin.

« Les balles ont toutes été retrouvées sur place, reprit Pei. Trois d'entre elles étaient des pièces à conviction essentielles – je parle évidemment de celles qui ont atteint Han, Zou Xu et Zhou Ming. Les traces de sang présentes sur ces trois projectiles confirment l'enchaînement des faits tel qu'il a été décrit par Han dans sa déposition. »

Le policier de Longzhou retira de sa poche intérieure le double d'une photo annexée au dossier.

« Voici la balle sur laquelle ont été retrouvées des traces du sang de Zou Xu. D'après le rapport balistique, elle a été tirée par l'arme de Zhou Ming. Vous pouvez me le confirmer ? »

Yin étudia la photo.

« Le rapport stipule effectivement qu'elle est sortie de l'arme de Zhou Ming. Où voulez-vous en venir ?

– Eh bien, cette photo me donne quelques indications, mais ma compréhension d'ensemble reste assez floue, c'est le moins qu'on puisse dire. J'aimerais que vous essayiez de vous rappeler l'aspect qu'avait cette balle quand vous l'avez examinée il y a dix ans. La pointe présentait-elle des signes de déformation ou d'abrasion ?

– Si c'était le cas, ce serait mentionné dans le rapport. »

Pei se demanda si Yin faisait exprès de se dérober. À sa décharge, il sortait d'une nuit difficile.

« La fusillade a eu lieu à proximité d'un miroir d'eau. Les traces de sang recueillies sur place indiquaient-elles que Han a marché dans ce bassin ? »

Yin soupira.

« C'est exact. Han a essayé de poursuivre Peng Guangfu malgré sa blessure, mais ses forces l'ont quitté pendant qu'il pataugeait là-dedans. Il n'a pas pu aller plus loin.

– Je vois. Merci d'avoir éclairé ma lanterne. »

Pei s'en alla. Yin le regarda traverser le parking. Quand la silhouette du capitaine se fut évanouie, il s'autorisa enfin à respirer.

25 octobre, 4h20
Chambre de Zeng

« Serait-il possible qu'un ancien de la bande de Liu Hong cherche à se venger ? » demanda Mu à brûle-pourpoint.

Zeng réfléchit à cette possibilité en se grattant le cuir chevelu. Mu venait de lui fournir deux arguments forts. Premièrement, toutes les actions d'Euménide semblaient dirigées contre la police. Et deuxièmement, maintenant qu'elle avait l'ensemble du dossier, l'existence d'un lien direct entre les victimes du 18 avril 1984 et le coup de filet antidrogue du 16 mars apparaissait de plus en plus probable.

« On ne peut pas l'exclure, répondit Zeng. Si on en parlait aux autres à la réunion de demain, histoire de lancer une enquête officielle ?

– Impossible.

– Pourquoi ? »

Mu n'avait pas oublié sa promesse à Huang.

« Je... Mon informateur n'y tient pas, répondit-elle. Si cette information s'ébruite, sa sécurité personnelle sera menacée. J'ai besoin de lui montrer que j'ai sincèrement à cœur de le protéger. Il n'y a que de cette façon que je l'amènerai à nous en dire plus.

– C'est vous qui voyez, fit Zeng, pas franchement mécontent de penser que cette situation lui permettrait de rester le seul confident de la jeune femme. Et maintenant, qu'est-ce qu'on fait ?

– Je dois trouver Deng Yulong. Je ne vois aucune autre source d'information fiable dans toute cette affaire.

– Deng Yulong, hmmm-hmmm... »

Zeng se précipita vers son bureau en enjambant le fouillis de fils qui serpentaient sur le sol et rouvrit le capot de son ordinateur. Ses doigts se perdirent dans un brouillard pendant qu'il surfait à toute allure sur les bases de données de la police.

« Voyons ce qu'on a sur ce mec. »

Au bout de quelques secondes, un fichier s'ouvrit.

Mu était déjà à côté de Zeng, les yeux fixés sur la photographie d'un homme d'âge moyen, aux yeux pétillants d'assurance et de malice, qui occupait un coin de l'écran. Le nom « Deng Hua » était inscrit dessous.

« C'est lui ! s'exclama Zeng.

– Comment ça ? fit Mu, surprise par l'excitation de son collègue. Le prénom n'est pas le même.

– Vous voulez dire que vous ne le reconnaissez pas ? Il a dû changer de prénom, c'est tout ! »

La jeune femme ne put que secouer la tête.

« Vous avez passé trop de temps le nez dans vos bouquins à l'académie, poursuivit Zeng. En admettant que vous n'ayez jamais vu sa photo, vous avez forcément entendu parler du "maire Deng", non ? »

Mu eut un déclic. Si le « maire Deng » n'avait jamais exercé le moindre mandat électif, ce surnom donnait une bonne idée de son statut. Pour tout dire, il était probablement plus puissant que le vrai maire de Chengdu.

Les gens de la ville le connaissaient avant tout en tant que chef d'entreprise. Ses sociétés couvraient un très large éventail de domaines : l'immobilier, l'investissement, le commerce international, la restauration et même la production musicale. Son passé était un mystère, mais sa fortune n'avait aucun équivalent dans la province du Sichuan.

Ce que les citoyens ordinaires étaient beaucoup moins nombreux à savoir – et qui faisait l'objet de toutes sortes de rumeurs parmi les autres –, c'est que Deng disposait d'un réseau de relations tout aussi large dans les secteurs d'activités illégaux. Comme aimaient à le dire certains habitants de Chengdu : « Quand le "maire Deng" crie, l'hôtel de ville tremble ! »

Mu n'aurait jamais cru qu'un personnage aussi éminent puisse avoir des origines aussi sordides. Elle n'aurait jamais imaginé non plus que le même homme puisse avoir été pendant des années un simple informateur de la police. Pas étonnant qu'il ait tiré un trait sur Deng Yulong pour devenir Deng Hua : il avait tout fait pour effacer les traces de son peu glorieux passé.

Il ne serait pas facile d'amener cet homme riche et influent à revenir sur les faits d'une affaire criminelle vieille de dix-huit ans. Cela risquait de demander quelques efforts.

9
Éclosion

25 octobre, 8 heures
Longyu Building

Situé à quelques pas de l'immense place Tianfu, au cœur de Chengdu, le Longyu Building dominait tous les immeubles voisins tel un séquoia au milieu des herbes. En plus de ses vingt-sept étages, il se distinguait par des bords incurvés et une surface sombre miroitante qui le faisaient ressembler à un gigantesque éclat de cristal noir. Ce gratte-ciel magnifique appartenait à la puissante Longyu Corporation, groupe présidé par l'homme qu'on surnommait le maire Deng. L'adresse – 888 rue Shuncheng – avait été choisie pour sa connotation positive, le chiffre 8 possédant une valeur particulière dans la culture chinoise. Selon l'explication officielle, la Longyu Corporation avait arraché cette adresse au terme d'une guerre d'enchères acharnée. La rumeur, toutefois, donnait une autre explication.

Mu s'arrêta sur la place, face au gratte-ciel. Le lien entre le nom de l'endroit et le prénom d'origine de son propriétaire ne lui avait pas échappé. Deng Yulong était peut-être parvenu à convaincre tout le monde qu'il s'appelait maintenant Deng Hua, mais il n'avait visiblement pas souhaité rompre à cent pour cent avec son passé.

À peine descendue de son taxi, Mu avait eu droit à une démonstration du côté m'as-tu-vu de cet homme : une flottille de cinq véhicules de luxe arrivant sur la place avait stoppé devant l'immeuble, et douze ou treize jeunes gens en uniforme noir avaient sauté des quatre Mercedes positionnées devant et derrière une somptueuse Bentley. Tous athlétiques et élancés. Ils avaient gravi au petit trot les marches du perron et formé une double haie jusqu'à l'entrée. Une fois la Bentley à l'arrêt complet, un homme particulièrement grand et bien bâti était descendu de l'avant côté passager pour ouvrir la portière arrière droite. Tous les autres avaient attendu au garde-à-vous que leur estimé employeur mette pied à terre.

À en juger par sa silhouette massive, Deng Hua devait avoir été costaud. D'ailleurs, même si le gros de ses muscles s'était depuis longtemps transformé en graisse, il se mouvait encore avec grâce. Il avait disparu dans le bâtiment en quelques foulées vigoureuses et toniques, flanqué de son escadron de gardes du corps.

Voilà donc à quoi ressemblait Deng Hua, le patron de la Longyu Corporation. L'homme à qui elle venait poser des questions.

Sa carte de police lui permit d'entrer rapidement dans l'immeuble, mais Mu fut stoppée net dès qu'elle eut traversé le gigantesque hall pour se présenter au comptoir d'accueil. La réceptionniste et un vigile lui demandèrent le nom de la personne qu'elle souhaitait voir, car elle ne pourrait accéder aux étages que si on l'y autorisait par téléphone.

Mu n'avait pas le choix. Elle fut directe.

« Je viens voir votre patron, Deng Hua. »

La réceptionniste afficha une mine sceptique.

« Vous aviez rendez-vous ? »

Mu montra à nouveau sa carte.

« J'ai besoin de lui parler immédiatement, c'est à propos d'une enquête en cours. »

La réceptionniste soutint froidement son regard, mais comme Mu restait de marbre, elle se résigna à ajuster son oreillette et composa un numéro interne.

« Allô, Frère Hua ? J'ai ici une dame de la police qui demande à parler à M. Deng... Oui, elle dit que c'est dans le cadre d'une enquête. Elle souhaiterait lui poser quelques questions... D'accord. Je comprends. »

La réceptionniste leva les yeux sur Mu avec un sourire navré.

« Je regrette, madame. M. Deng n'a reçu aucune notification préalable par courrier. Vous pourrez revenir dès qu'il en aura parlé au commissaire et fixé avec lui une date officielle de rendez-vous. »

Demander une notification par courrier pouvait sembler raisonnable, mais exiger que le commissaire de police en personne organise la rencontre ? Le pouvoir de Deng lui était visiblement monté à la tête. Mu toisa la réceptionniste d'un air incrédule. Malgré le sourire plaqué sur ses lèvres, son indignation était profonde.

Elle aurait certainement insisté si elle avait été mandatée par Han. Mais elle était là sur la seule base de l'intuition d'un homme auquel elle n'était même pas sûre de pouvoir faire confiance. Et le moindre faux pas pouvait gravement compromettre la suite de sa carrière. Dans ces conditions, mieux valait repartir au QG et trouver un moyen de compenser cette fin de non-recevoir.

En rebroussant chemin vers la sortie, elle remarqua quelque chose d'étrange. Où qu'elle regarde, son reflet lui apparaissait. Elle s'arrêta et réalisa que des miroirs à joints invisibles recouvraient entièrement les murs tout autour d'elle. Non seulement cet habillage agrandissait considérablement le hall, mais il lui donnait aussi la désagréable impression d'être observée.

Mu ignora ce détail gênant et se demanda tout en marchant comment elle allait bien pouvoir s'y prendre pour rencontrer le commissaire. Par l'intermédiaire du président de l'académie, peut-être ? Ou valait-il mieux renoncer temporairement à explorer cette piste et retourner chez Huang les mains vides ?

Des pas claquèrent dans son dos, de plus en plus proches.

« Mademoiselle ! Excusez-moi ! »

Elle se retourna et reconnut le vigile.

« Oui ? demanda-t-elle.

– M. Deng est d'accord pour vous recevoir. Suivez-moi, s'il vous plaît. »

L'homme fit demi-tour en pointant du doigt la partie du hall située derrière le comptoir d'accueil.

Mu eut du mal à dissimuler sa surprise. La réceptionniste parlait au téléphone sans la quitter des yeux, une main sur son oreillette, mais raccrocha dès qu'elle se sut observée.

Mu se demanda pourquoi Deng – ou ce mystérieux « Frère Hua » – avait changé d'avis. Elle n'eut guère le temps d'y réfléchir, car son accompagnateur et elle étaient déjà devant les ascenseurs.

« Veuillez monter au dix-huitième, mademoiselle, dit poliment le vigile. Quelqu'un vous y recevra. »

L'ascenseur arriva au dix-huitième étage et, comme prévu, un autre athlète – celui-là en costume sur mesure – l'attendait quand les portes coulissèrent, raide comme un piquet.

Il mesurait une bonne tête de plus que Mu et avait une trentaine d'années, un visage carré et de grands yeux tapis sous d'épais sourcils. Mu reconnut l'homme qu'elle avait vu descendre de l'avant de la Bentley. Très vraisemblablement le principal garde du corps de Deng.

Elle tendit la main droite.

« Mu Jianyun, dit-elle. Je suis maître de conférences à l'académie de police provinciale et membre d'une cellule interservices que vient de créer le département de police. »

L'homme lui serra la main.

« Enchanté, répondit-il en l'étudiant de haut en bas. Vous pouvez m'appeler Hua.

– Je trouve que "Frère Hua" vous va mieux », observa Mu en souriant.

L'homme ne broncha pas.

« Suivez-moi, je vous prie. M. Deng vous attend. »

Le dix-huitième étage était silencieux et épuré. À défaut de murs réfléchissants, Mu remarqua que des miroirs convexes étaient fixés en hauteur à chaque angle du couloir, ce qui permettait de voir au-delà. Elle n'aperçut pas un seul employé pendant leur parcours, en dehors des musculeux gardes du corps de Deng postés en divers endroits. Mu en conclut que cet étage était exclusivement dévolu aux bureaux personnels de Deng. Frère Hua la conduisit jusque devant une porte en métal bruni, défendue par deux autres hommes en noir.

Hua la franchit en premier. Une alarme bipa quand Mu voulut le suivre, et les gardes dégainèrent immédiatement leur arme pour lui barrer le passage.

« Toutes mes excuses, dit Hua en se retournant. Je vais vous demander de remettre tous les objets métalliques en votre possession à ces messieurs. Ils vous seront dûment restitués quand vous repartirez. »

Cette porte cachait un détecteur de métaux, comprit Mu. Elle était dans l'antre de son hôte et devait donc se plier à ses exigences. Résignée, elle tendit son sac à main à l'un des vigiles.

L'alarme se tut. Avec un hochement de tête satisfait, Hua lui fit signe de passer.

« M. Deng est dans son bureau, tout au bout du couloir. Je vous retrouverai ici à la fin de votre entretien. »

Mu se dirigea vers le bureau de Deng. La porte était entrouverte. Elle frappa doucement.

« Entrez », répondit une voix grave.

Poussant la porte, Mu découvrit une pièce immense. Profonde de vingt mètres au moins, elle ressemblait plus à la salle de conférences de l'académie qu'à un bureau. Sur la moquette d'un rouge flamboyant, des tables, des chaises, des coffres de rangement s'alignaient au cordeau. Tout le mobilier était noir avec des touches de rouge. Un lustre somptueux, de style européen, ornait le plafond. Mais le plus extravagant dans ce décor était la couche de cristal qui tapissait entièrement les murs et reflétait la pièce à l'infini. De quoi donner le tournis.

« Prenez un siège, s'il vous plaît. »

Le ton était sec, impérieux. Mu tourna la tête et découvrit l'impressionnant bureau ministre qui trônait au fond de la salle.

Un homme corpulent, aux yeux de tigre, était assis derrière. Elle reconnut le maire Deng.

Toute psychologue qu'elle était, ce décor déstabilisa Mu. Elle se força à avancer jusqu'au fauteuil qui faisait face au bureau. Reprenant sa contenance, elle s'assit et affronta le regard de son hôte.

« Votre bureau est assez unique en son genre, remarqua-t-elle.

– Je ne veux aucune zone d'ombre dans ma tanière », répondit calmement Deng.

Et en effet, la surface miroitante des murs lui permettait d'embrasser toute la pièce d'un seul regard.

« Psychologiquement parlant, dit Mu, on pourrait en déduire que vous avez peur de quelque chose. Peur de perdre de vue les personnes et les objets qui vous entourent, et par-dessus tout peur de perdre le contrôle.

– Pouvez-vous me rappeler votre nom, mademoiselle ?

– Mu Jianyun. Je suis maître de conférences à l'académie de police du Sichuan et membre de la cellule interservices 18/04. »

Deng ricana.

« Oh, la fameuse cellule 18/04… Dix-huit ans après les faits, vous êtes toujours embourbés dans cette enquête. Bel exemple d'efficacité policière, je suppose. »

Mu, piquée au vif, choisit après un instant d'hésitation de se montrer aussi abrupte que Deng.

« Nous disposons de nouveaux indices qui pourraient nous permettre de lever enfin le mystère. Mais pour cela, nous allons avoir besoin de votre aide. »

Deng se pencha en avant.

« Je vous écoute.

– Nous pensons qu'il y a un lien caché entre le coup de filet antidrogue du 16 mars 1984, l'explosion de l'entrepôt un mois plus tard et le meurtre de Xue Dalin. »

Mu prononça le nom du défunt vice-commissaire en scrutant les traits de Deng. Elle attendit une réaction, en vain. Il resta aussi indéchiffrable qu'une statue.

« Voilà pourquoi j'aimerais vous poser quelques questions sur les circonstances de l'affaire dans laquelle vous avez été personnellement impliqué. »

Deng réagit d'un éclat de rire hautain.

« Étant donné ma réputation, je pense que vous ne serez pas étonnée d'apprendre que je suis relativement bien informé sur ces deux dossiers. Il se pourrait même que j'en sache un peu plus long que vous. Soyez-en assurée, ils n'ont rien à voir l'un avec l'autre. L'opération du 16 mars s'est soldée par un succès sans précédent pour la police de Chengdu. Un grand moment de fierté pour l'ensemble de vos services. Les assassinats du 18 avril, c'est tout le contraire : ils ont été commis par un individu solitaire, un fou furieux mégalomane, et le fait que l'enquête n'ait toujours pas abouti est un motif de honte pour nos forces de l'ordre. Comment voudriez-vous qu'il y ait un lien entre les deux ? »

Mu décida de jouer cartes sur table.

« L'une des victimes mortelles de l'explosion du 18 avril s'appelait Yuan Zhibang. Il venait de se séparer de sa petite amie, Bai Feifei, qui à l'époque était la secrétaire administrative de Xue Dalin. Or Mlle Bai s'est suicidée peu de temps après le coup de filet du 16 mars en se jetant du haut d'un pont. Ne pensez-vous pas que ce lien mérite au minimum d'être exploré ? Supposez que la mort de Mlle Bai, au lieu d'être un suicide, ait plutôt été une sorte de préambule aux meurtres du 18 avril ? »

Un certain temps s'écoula avant que Deng réponde. Mu étudia sa réaction. Malgré les longues années d'expérience de cet homme, qui avait certainement appris à cloisonner ses émotions, le filtre entre son esprit et son corps laissa passer un peu de surprise.

« Qu'est-ce que vous avez trouvé d'autre ?

– Je comptais sur vous pour m'en dire plus. Tout ce que vous avez gardé en mémoire sur le coup de filet du 16 mars pourrait nous être d'une aide précieuse. »

Deng renifla.

« Je ne vois pas pourquoi je perdrais mon temps avec ça. Je n'ai aucun besoin de vous aider, et rien ne m'y oblige.

– Pourtant, objecta Mu en souriant, vous avez accepté de me recevoir. Donc de perdre votre temps. Pourquoi, sinon, serais-je ici ? »

Deng la regarda d'un air sévère et secoua lentement la tête, plusieurs fois de suite, comme s'il grondait une enfant.

« Non, non et non. Vous n'y êtes pas du tout. »

Mu sentit le sang lui monter aux joues.

« Je ne vous ai pas reçue pour vous aider, reprit Deng. Je l'ai fait à cause de ça. »

Il poussa une feuille de papier en travers de la table. Mu se pencha pour la lire.

AVIS DE DÉCÈS

ACCUSÉ : Deng Yulong
CRIMES : meurtres avec préméditation, racket, trafic de drogue, extorsion
DATE DU CHÂTIMENT : 25 octobre
EXÉCUTEUR : Euménide

« Pendant que vous étiez en bas, mon assistant a reçu ce fax. Et j'ai changé d'avis. »

Le sourire de Mu s'évapora.

« Le 25 octobre… C'est aujourd'hui ! » s'écria-t-elle.

Deng se contenta de soutenir son regard, un discret sourire aux lèvres.

« Monsieur Deng, je dois absolument passer un coup de fil. »

Elle sortit son portable et appela la ligne directe de Han. Le capitaine répondit aussitôt.

« Mademoiselle Mu ? Vous ne répondez plus au téléphone. Revenez immédiatement au QG. Nous préparons une réunion d'urgence.

– D'accord, capitaine, mais... Euménide vient de dévoiler le nom de sa prochaine cible. Il s'agit de Deng Hua, le président de la Longyu Corporation.

– Bon sang, comment est-ce que vous pouvez savoir ça ? Nous avons reçu l'avis il y a quelques minutes !

– Je suis avec Deng Hua dans son bureau.

– Quoi ? Vous êtes avec Deng Hua ? En ce moment même ? Qu'est-ce que vous fichez dans le centre ? »

Elle pouvait lui mentir. Mais à quoi bon ?

« Je suis sur une piste, dit-elle. J'avais besoin de lui poser quelques questions. »

Un souffle bruyant résonna dans l'écouteur. Mu se prépara à un bombardement de reproches. Soit tout de suite, soit à son retour au siège de la police. Mais Han réagit avec calme, sur un ton froidement professionnel.

« Ne bougez pas, ordonna-t-il. Et dites à Deng de rester aussi. Il ne doit pas mettre le nez hors de l'immeuble. Est-ce clair ? On sera là dans quelques minutes.

– Bien reçu. »

Mu coupa la communication. Savoir que ses collègues allaient bientôt arriver la rassurait, ce qui l'aida à se concentrer sur les implications de ce nouvel avis de décès. Il arrivait juste après sa découverte du rôle joué par Deng dans l'opération du 16 mars 1984. Et l'exécution était annoncée pour le jour même ! Il ne pouvait en aucun cas s'agir d'une coïncidence.

Deng la dévisageait de ses yeux acérés.

« Si j'ai bien entendu, mademoiselle Mu, il semblerait que vous ne soyez pas ici sur ordre de votre supérieur direct.

– C'est vrai. J'ai mon propre informateur, ce qui me permet d'explorer moi-même certaines pistes. Je suis habilitée à enquêter de manière indépendante.

– Un informateur ? gloussa Deng. Vous m'impressionneriez presque !

– Mes collègues seront bientôt ici. En attendant, vous ne devez en aucun cas quitter l'immeuble. Ils vous proposeront un plan de protection détaillé.

– En d'autres termes, je suis censé obéir à vos ordres ?

– C'est plutôt une suggestion, mais je vous conseille *fortement* de la suivre. En tout cas pour aujourd'hui.

– Il y a deux ou trois choses que vous devez comprendre, mademoiselle Mu. Premièrement, personne n'a le droit de m'ordonner quoi que ce soit. Mes déplacements quotidiens sont planifiés très longtemps à l'avance, et toute modification de dernière minute aurait des conséquences fâcheuses sur la suite de mon programme. Ce que vous m'annoncez est inacceptable. Je veux bien rester dans mon bureau jusqu'à ce soir, mais il faudra quoi qu'il arrive que je sois à l'aéroport pour prendre le vol de 20 h 40 vers Pékin.

– Aujourd'hui n'est pas un jour comme les autres, répliqua-t-elle en montrant l'avis de décès. Vous vous rendez compte de ce que représente ce fax ? Quelqu'un a décidé de vous assassiner, et c'est un tueur d'une dangerosité extrême.

– Ce qui m'amène à la deuxième chose que je voulais vous dire. Que quelqu'un cherche à me tuer peut paraître extraordinaire à quelqu'un comme vous, mais pas à moi. Tout ce que je possède aujourd'hui, je l'ai gagné en suant sang et eau. Et je pourrais remplir une encyclopédie rien qu'avec les noms de tous ceux qui veulent ma mort ou l'ont voulue un jour. Savez-vous à combien ma tête est mise à prix par certains groupes ? Un million de dollars ! C'est plus d'argent qu'il n'en faut pour attirer les meilleurs assassins professionnels de la planète. Si je devais chambouler mon agenda personnel chaque fois que quelqu'un menace ma vie, cette entreprise vivrait dans un chaos permanent. »

En un sens, l'explication de Deng se tenait. À combien de périls cet ancien petit voyou des rues avait-il échappé au cours du processus de transformation qui avait fait de lui l'un des hommes les plus riches de Chine ?

Une menace d'assassinat aurait plongé la plupart des gens dans la panique, mais lui avait à peine tiqué en lisant le message d'Euménide.

« N'en déplaise à tous ceux qui rêveraient de me voir mort, reprit-il, je suis toujours bien vivant. Et quel que soit le montant du contrat qu'ils voudront lancer sur moi, je ne suis pas facile à tuer.

– Euménide n'est pas comme les autres, insista Mu. En quelques jours, il vient de tuer trois personnes sous notre nez ! Malgré tous les dispositifs de sécurité que nous avions mis en place ! Il...

– Je sais déjà tout de ce type, l'interrompit Deng avec un geste vague. Il a tué Ye Shaohong sur la place des Citoyens, devant le Deye Building, il y a deux jours. Et aujourd'hui au petit matin, il a tué Peng Guangfu, le principal suspect du meurtre de ce policier au parc du Mont des Cerfs-Jumeaux, dans une galerie de mine à cinquante kilomètres d'ici. Il a aussi tué Xiong Yuan, le capitaine de l'UPS qui était censé le protéger. Plus, si j'ai bien compris, une douzaine de criminels recherchés par la police. »

Mu était stupéfaite. À sa connaissance, aucune de ces informations n'avait encore fuité dans les médias. Han tenait à poursuivre les investigations dans un secret absolu – d'où la surprise de Mu de le voir réagir avec une telle indulgence apparente à sa petite initiative personnelle. Et pourtant cet homme savait presque tout. Ou presque.

« Je m'intéresse à cette affaire depuis qu'Euménide a publié son premier avis en ligne, enchaîna Deng, assez fier de lui. Mes compétences vont un peu au-delà de ce que vous vous imaginez. Je dirais même que l'appareil de sécurité de cette ville n'a aucun secret pour moi.

– Dans ce cas, demanda Mu en se carrant sur son siège avec un petit sourire en coin, je suppose que vous êtes au courant du premier assassinat ?

– Celui de Ye Shaohong, vous voulez dire ? » demanda Deng en haussant un sourcil.

Non sans une pointe de satisfaction, Mu lui relata le meurtre de Zheng Haoming.

« Le sergent Zheng était un policier maintes fois décoré, respecté dans toute la ville. Et il a été tué chez lui. »

Deng plissa les yeux. C'était la première fois qu'il laissait entrevoir un signe de vulnérabilité.

« Nous avons les moyens de contribuer à votre sécurité, poursuivit Mu. Je vous rappelle que jusqu'ici, ce tueur a mis toutes ses menaces à exécution.

– Uniquement parce que la police surestime sa capacité de protéger les citoyens. Je ne commettrai pas la même erreur. Vous avez pu constater que je suis entouré de gens compétents sur le plan de la sécurité – et ce sont eux qui vont assurer la mienne aujourd'hui. Si vos collègues tiennent absolument à s'en mêler, ils n'y seront autorisés que s'ils acceptent de se plier à mes conditions. Je ne reçois pas d'ordres. J'en donne. À leur arrivée ici, ils devront se mettre en relation avec Hua, mon assistant personnel, et c'est lui qui leur dira quoi faire. »

Mu repensa au rigoureux dispositif de sécurité qui fonctionnait au rez-de-chaussée de l'immeuble. L'assurance de Deng ne se réduisait pas à une fanfaronnade. Même si ses collègues étaient capables de contribuer à sa protection malgré leurs échecs récents, quelle chance avaient-ils d'être plus efficaces que son équipe de gardes du corps ? Tous ces hommes en uniforme noir avaient été recrutés et entraînés dans le seul et unique but de protéger leur patron. Ils étaient payés pour rester à ses côtés jour et nuit – une tâche impossible pour des policiers.

Deng n'avait donc aucune raison de se fier davantage à ceux-ci qu'à ses propres hommes face à une menace d'assassinat.

Une série de coups discrets frappés à la porte rompit le silence.

« Entrez », commanda Deng d'une voix qui avait retrouvé son tranchant.

Frère Hua s'avança à pas rapides et vigoureux.

« Monsieur, dit-il en regardant Deng avec une sorte de vénération, le fax est parti d'un atelier de création graphique de la rue

Zhengtai, à quelques kilomètres d'ici. Les employés ne savent pas du tout qui a pu utiliser leur appareil. En fouillant un peu, on a découvert un cheval de Troie sur un de leurs ordinateurs. C'est grâce à ça que quelqu'un a pu prendre le contrôle du télécopieur à distance. Ce quelqu'un a travaillé proprement, sans laisser de trace exploitable. C'est un pro.

– Oui. Comme on s'en serait douté. Bon, mademoiselle, dit Deng en regardant Mu, je crois avoir été assez clair. Retournez donc attendre vos collègues au rez-de-chaussée. J'ai à faire. »

Hua raccompagna la jeune femme hors du bureau. Dès qu'elle fut dans le couloir, il se replia dans la grandiose tanière sans ombre de son employeur.

Deng, assis à son bureau face aux images de vidéosurveillance que diffusait l'écran de son ordinateur, regarda Mu s'éloigner dans les couloirs puis prendre l'ascenseur.

« Vous la sentez comment ? demanda-t-il à Frère Hua.

– Intelligente. Extrêmement observatrice. Si c'est une alliée, on aura intérêt à garder deux ou trois cartes dans notre manche. Si c'est une ennemie, elle va nous en faire voir. »

Deng acquiesça distraitement.

« On verra bien. Elle fait partie de ce qu'ils appellent la cellule interservices 18/04. Elle vient aussi de remettre sur le tapis une autre vieille affaire – le fameux coup de filet antidrogue du 16 mars 1984. Elle s'est aperçue que Yuan Zhibang, une des victimes de l'explosion d'un entrepôt qui a eu lieu la même année, avait été le petit ami de Bai Feifei, qui se trouvait aussi être la secrétaire administrative de Xue Dalin. »

Hua plissa les yeux.

« Elle a un indic, ajouta Deng d'une voix plus grave. Quelqu'un qui pourrait savoir d'autres choses. Trouvez-le. »

Hua hocha la tête.

« Occupez-vous de ça tout de suite. »

Deng n'eut pas besoin d'en dire plus. Il connaissait bien les compétences de Frère Hua et le savait capable de rivaliser avec les meilleurs policiers du pays pour ce qui était de mener des investigations ou de se battre. Il connaissait aussi sa loyauté sans faille, qui l'aurait fait se sacrifier pour lui. Il n'avait aucune raison de s'inquiéter.

Quelques minutes plus tôt
Siège de la police criminelle de Chengdu
Salle de conférences

« … Et dites à Deng de rester aussi. Il ne doit pas mettre le nez hors de l'immeuble. Est-ce clair ? On sera là dans quelques minutes. »

Après avoir écouté la réponse de Mu, Han raccrocha. Il regarda tour à tour les autres membres de la cellule interservices.

Quelques instants après avoir reçu un exemplaire de l'avis de décès adressé à Deng Hua, Han avait ajouté cette réunion d'urgence à l'ordre du jour. Par rapport à la précédente, la composition de l'équipe était légèrement modifiée. Outre l'absence de Mu – que son coup de téléphone venait enfin d'expliquer –, Liu Song avait remplacé le capitaine Xiong en tant que responsable de l'UPS.

Le drame de la mine planait au-dessus d'eux comme un gros nuage noir. Tout le monde avait les yeux rougis et les traits soufflés après une nuit sans sommeil.

Liu, le plus bouleversé de tous, avait à peine été capable d'écouter l'exposé de Han. Après avoir montré le nouvel avis de décès, le capitaine avait passé plusieurs minutes à parler de Deng Hua, la prochaine cible d'Euménide. Du fait de son statut éminent, la nouvelle avait aussitôt suscité l'attention des plus hautes autorités locales. Le commissaire avait d'ores et déjà ordonné au capitaine Han de veiller à ce que la sécurité personnelle du patron de la Longyu Corporation soit garantie à tout prix.

Une fois sa présentation terminée, Han laissa à ses collègues la possibilité de réagir. Liu fut le premier à s'exprimer.

« J'ai quelques questions à vous poser, Yin », lança-t-il d'un ton froid et dur comme la surface d'un glacier.

Les autres furent surpris de le voir interpeller ainsi l'assistant du capitaine, alors qu'il venait à peine d'être intégré à l'équipe.

« Quelles questions ? demanda Yin, faisant de son mieux pour maintenir un aspect calme.

– Cette nuit, à la mine, le capitaine Han, vous et moi avons chacun actionné un commutateur. Pourquoi avez-vous mis autant de temps à trouver le vôtre ? »

Liu marqua un temps d'arrêt, comme pour laisser aux autres le temps d'assimiler le sens de son accusation.

« C'était la deuxième fois que vous entriez dans ce tunnel, ajouta-t-il. Comment expliquez-vous que le capitaine ait localisé son commutateur avant vous ?

– Ma torche m'avait lâché, répondit Yin. J'ai dû me servir de mon briquet pour refaire le trajet. Il faisait noir, ça n'a donc pas été facile. Je suis tombé sur le capitaine en revenant dans la salle des pendus. Il m'a posé à peu près la même question que vous.

– Votre torche ne marchait plus ? ricana Liu.

– C'est la vérité, intervint Han. Nos techniciens l'ont examinée. Elle était HS, il n'y a aucun doute là-dessus.

– D'accord. Dans ce cas, laissez-moi vous poser une autre question, Yin. Après avoir actionné ces trois commutateurs, nous n'avons eu aucun retour radio de Xiong. Le capitaine Han et moi sommes tout de suite repartis en courant vers l'entrée de la mine. Nous y sommes arrivés à peu près en même temps, et le capitaine Xiong était déjà en train de se vider de son sang. Nous l'avons porté à deux pendant que vous couriez rejoindre le 4×4. Vous vous êtes assis au volant et vous avez démarré le moteur. Aurais-je raison si je disais que vous n'avez eu aucun contact physique avec le capitaine Xiong pendant toute cette phase ? »

Yin avala bruyamment sa salive. Toute la salle retint son souffle.

« Oui, vous auriez raison. »

Le cœur de Yin s'emballa tandis que Liu posait son ultime question :

« Dans ce cas, comment se fait-il que j'aie retrouvé des traces de sang sur le pommeau du levier de vitesse ? C'est vous qui avez conduit le 4×4 au retour. Comment ce sang a-t-il atterri sur vos doigts ? »

À peine ces mots eurent-ils quitté les lèvres de Liu que tous les regards convergèrent sur les mains de Yin, posées à plat sur la table, tellement serrées qu'une feuille de papier n'aurait pu s'y glisser.

« Je... »

Yin, incapable d'aller plus loin, lança un regard désespéré à Han, comme pour le supplier.

Le capitaine se tourna vers Liu.

« Où voulez-vous en venir avec toutes ces questions, Liu ? Soyez plus clair.

– Le capitaine Xiong n'a pas pu se faire tuer aussi facilement, c'est impossible ! s'emporta Liu. Il était totalement concentré sur son devoir, qui consistait à protéger Peng. Comment Euménide aurait-il pu réussir à lui trancher la gorge dans un délai aussi court ? À moins... à moins que son assassin n'ait été quelqu'un dont il ne se méfiait pas. Quelqu'un par qui il ne s'attendait absolument pas à être attaqué ! »

C'était une accusation glaçante, mais Pei en reconnut la logique. Han et Liu avaient pris position dans leur tunnel respectif bien avant Yin. Peut-être ce retard lui avait-il laissé le temps d'assassiner à la fois Xiong et Peng Guangfu. Les traces de sang recueillies sur le levier de vitesse méritaient d'être examinées.

« Et Peng aurait été le seul témoin de son meurtre », fit l'homme de Longzhou, songeur.

Liu hocha la tête dans un silence éloquent.

« Comment pouvez-vous être sûr que c'est Yin qui a laissé ce sang sur le levier de vitesse ? intervint Zeng. Il était peut-être déjà là avant, non ?

– C'est moi qui ai conduit à l'aller, riposta froidement Liu, et il n'y avait pas de sang dessus.

– Vous vous trompez complètement ! » aboya Han.

Cet éclat de voix fit tressaillir l'agent de l'UPS, qui se retint de répondre.

« Dès que nous avons été garés devant l'hôpital, enchaîna Han, Yin a sauté de son siège et couru à l'arrière pour nous aider à transporter Xiong. Il était tellement pressé qu'il a oublié de mettre au point mort. Je l'ai remarqué et je m'en suis chargé moi-même peu après. Donc, s'il y a du sang sur le levier de vitesse, c'est sans doute de ma main qu'il est venu. »

Zeng fit entendre un long soupir.

« Vous voyez ? fit-il. Tout ça n'est qu'un malentendu. Détendez-vous, Liu. »

Liu grogna mais s'abstint de répondre.

« Nous sommes tous terriblement affectés par la mort de votre supérieur, Liu, dit Han. Mais ça ne vous donne pas le droit de jeter la suspicion sans raison sur tel ou tel de vos collègues. Personne ici ne niera que le capitaine Xiong était un policier brillant, mais notre adversaire est encore plus redoutable que nous ne le pensions. Je n'ai pas discuté avec Xiong quand il s'est porté volontaire pour rester en couverture à l'entrée de la mine. »

Le capitaine ferma les yeux avant d'ajouter :

« Si vous tenez à aborder le sujet de nos pertes lors des deux dernières opérations, sachez que c'est moi qui dois en être tenu pour seul responsable. »

Contaminé par l'émotion de Han, Liu baissa la tête et retint ses larmes comme il put.

« Ma décision est prise, continua Han. Dès que cette enquête sera bouclée, j'ai l'intention de démissionner de mon poste de capitaine et de mettre un terme à ma carrière. Mais avant ça, je veux retrouver ce fumier. Je le capturerai de mes mains s'il le faut, et je veillerai à ce qu'il soit puni comme il le mérite ! »

Ce cri du cœur fit redresser la tête à Yin et à Liu. Zeng sourit. Pei garda sa mine sombre.

« Une nouvelle bataille nous attend, dit Han. Et je suis persuadé qu'elle nous offrira notre meilleure chance de retourner la situation et d'en finir avec Euménide une fois pour toutes ! Voici quelles seront vos missions : Liu Song, foncez séance tenante au Longyu Building à la tête d'un détachement de l'UPS. Il va falloir protéger Deng Hua. C'est notre objectif numéro un. Capitaine Pei, vous assisterez Liu pendant cette première phase.

– Bien reçu ! » s'exclama Liu.

Pei, lui, resta silencieux.

« Capitaine Pei, il y a peut-être une réflexion dont vous aimeriez nous faire part ? »

Pei, arraché à ses pensées, jeta un coup d'œil à Yin, puis à Liu.

« Je ferai tout ce que je peux pour aider l'agent Liu à remplir sa mission.

– Excellent. Je vous conseille de partir tout de suite. Quant à vous, Zeng, vous ne bougerez pas du QG. Vous serez chargé de nous transmettre au fur et à mesure l'ensemble des données et informations disponibles.

– Ça marche », répondit Zeng, pas surpris le moins du monde d'être condamné à rester au bureau, car c'était son lot habituel.

Han se tourna pour finir vers le seul membre de l'équipe qui attendait encore une consigne :

« Et en ce qui vous concerne, Yin, je vous garde avec moi. Nous avons besoin d'une réunion technique pour discuter plus en détail de nos mesures de sécurité avec les collègues. Nous rejoindrons les autres au Longyu Building tout de suite après. »

Yin regarda le capitaine. Une compréhension silencieuse semblait circuler entre les deux hommes.

25 octobre, 9h15
En route vers le Longyu Building

Le capitaine Pei était assis aux côtés de Liu à l'avant d'un 4×4 de la police. Derrière eux, six agents de l'UPS ayant déjà participé à l'opération sur la place des Citoyens. Leur échec ce jour-là et la perte récente de Xiong Yuan étaient pour eux une motivation plus que suffisante, et tous brûlaient d'impatience de remplir leur mission.

Pei s'était posé quelques questions au cours de la réunion, mais la tension ambiante l'avait incité à les garder pour lui. À présent que Liu et lui étaient seuls, il ne voyait plus la nécessité de se taire.

« Il y a quelque chose qui me tracasse, Liu Song.

– Quoi donc ? fit Liu, tournant brièvement la tête.

– Han dit qu'il a touché le levier de vitesse après votre arrivée à l'hôpital. Vous étiez dans le véhicule à ce moment-là. Vous l'avez vu faire ? »

Liu secoua la tête.

« Je ne m'en souviens pas, mais j'aurais du mal à affirmer quoi que ce soit. Je ne pensais qu'à transporter le capitaine Xiong. Je n'ai pas fait attention au reste. »

Pei comprenait. L'état de détresse absolue de Liu Song avait pu émousser sa perception.

« Vous aussi, demanda Liu, comme s'il lisait dans ses pensées, vous trouvez qu'il y a quelque chose de louche dans ce qu'il raconte ? Vous pensez qu'il protège Yin ? »

L'homme de Longzhou, ayant découvert à quel point Liu était naïf et spontané, ne chercha pas à lui cacher ses doutes.

« C'est très plausible. J'ai du mal à imaginer que quelqu'un ait pu trancher la gorge du capitaine Xiong sans rencontrer la moindre résistance. Mais même si les circonstances de sa mort paraissent suspectes, nous n'avons aucun indice assez solide pour résister à l'examen. C'est pour ça que je n'ai rien dit à la réunion. Dans un moment aussi capital, une mauvaise entente au sein de l'équipe pourrait avoir des conséquences désastreuses.

– Je ne voudrais pas que ça pose des problèmes pour la suite de l'enquête. »

Pei tapota l'épaule de Liu.

« Je connais un moyen de vérifier les dires du capitaine Han. J'aurais juste besoin que vous m'aidiez. »

Le visage de Liu s'éclaira.

« Quel moyen ?

– S'il dit la vérité, on retrouvera des traces de ses empreintes digitales dans le sang du levier de vitesse. S'il ment, ces empreintes seront celles de Yin. C'est d'une logique imparable. Personne n'osera la contester. »

Liu secoua la tête, visiblement déçu par ce qu'il venait d'entendre.

– J'y ai pensé aussi. Mais je ne vois pas comment nous pourrions réussir à faire analyser ce sang. Toutes les demandes de recherche d'empreintes passent par Han. Et j'ai l'impression que dans cette ville, vous êtes la seule personne à penser que mes soupçons méritent d'être étudiés.

– Nous n'aurons pas besoin de faire analyser quoi que ce soit. Il suffit que nous allions jeter ensemble un coup d'œil à ce 4×4.

– Pour quoi faire ?

– Juste pour voir s'il y a encore du sang et des traces d'empreintes sur le levier de vitesse. Si oui, ça voudra dire que personne ne craint une éventuelle investigation à ce sujet, donc que nos soupçons étaient injustifiés. »

Pei fit une pause pour laisser à Liu le temps d'assimiler sa proposition.

« Mais si le sang a disparu, reprit-il, ça signifiera que malgré l'expiration imminente de l'ultimatum, quelqu'un de l'équipe aura fait le choix d'aller effacer ces empreintes. Dans ce cas, nous serons face à un problème grave. »

Liu regarda Pei avec admiration. Il sortit son portable et appela Wei Tangyuan, un ancien camarade de lycée devenu responsable du parking souterrain de la police.

Deux hommes étaient assis face à face dans le bureau du capitaine de la brigade criminelle. Leur tension rendait l'air irrespirable.

« Vous savez la vérité, n'est-ce pas ? Vous aussi, vous avez vu ces taches de sang.

– En effet. »

Un silence.

« Merci de m'avoir aidé en ne disant rien.

– Que voulez-vous que je fasse de vos remerciements ? Je vous ai aidé, c'est vrai, mais je ne sais même pas si j'ai eu raison de le faire.

– Allons. Les choses sont rarement toutes noires ou toutes blanches, non ? Dans certains cas, la différence est difficile à faire.

– Pourquoi ? Pourquoi faites-vous ça ?

– Je n'ai pas le choix.

– Quelqu'un vous y force ?

– On pourrait dire ça. J'ai commis une faute, minuscule, qui en a amené une autre, un peu plus grosse… puis une troisième, encore plus grosse. À partir du moment où on a fait un premier pas sur le mauvais chemin, il n'y a plus de retour en arrière possible.

– Je n'ai aucune envie de m'engager sur ce chemin-là.

– Et moi, je ne peux plus faire demi-tour ! Il me reste une chance. Je vais régler le problème personnellement.

– Vous ne devez pas participer à cette opération. Trouvez une excuse. Inventez-vous une porte de sortie.

– Et comment fait-on pour tout le reste ? Pour ce qui s'est déjà passé ?

– Je n'en sais rien. Cela fait trop de choses à assimiler en une seule fois. Si ça se trouve, j'emporterai ce secret dans ma tombe. »

25 octobre, 9 h 30

Longyu Building

Quand le capitaine Pei, Liu Song et les agents de l'UPS arrivèrent dans le hall du gratte-ciel, Mu les attendait.

Le vigile et la réceptionniste interceptèrent les policiers au niveau du comptoir d'accueil. Liu eut beau brandir sa carte, ils refusèrent de céder.

« Ça vous donne un aperçu de la manière dont les choses se passent chez le maire Deng, dit Mu à Liu avec un sourire ironique. J'ai eu droit au même cinéma tout à l'heure. Si vous voulez voir le patron, il faut d'abord en passer par un certain "Frère Hua".

– C'est grotesque ! s'emporta Liu. Nous sommes là pour le protéger !

– Croyez-moi ou non, intervint Pei, mais c'est plutôt bon signe. Si nous avons du mal à l'approcher, ça ne sera pas plus facile pour Euménide.

– Et encore, dit Mu, vous n'avez pas vu le dispositif dans les étages. Il y a même un détecteur de métaux encastré dans le cadre de la porte qui mène au couloir du bureau particulier de Deng. Il pourrait vivre jusqu'à la fin de ses jours dans cet immeuble. Même un missile à guidage laser ne réussirait pas à l'atteindre. Le hic, c'est qu'il a l'intention de prendre l'avion pour Pékin ce soir.

– Quand ? interrogea Liu.

– Le décollage est à 20 h 40. »

Pei opina en silence. *Euménide doit le savoir aussi. Pourquoi, sinon, aurait-il mis la date d'aujourd'hui sur son avis de décès ?* L'aéroport était non seulement un lieu public, mais aussi l'un des rares endroits où Deng serait obligé de se montrer à visage découvert. L'épreuve de force était donc imminente, et son intuition souffla à Pei qu'elle se déroulerait là-bas.

Le portable de Liu sonna. Il s'éloigna pour prendre l'appel, et Pei en profita pour questionner Mu.

« Que faites-vous ici ?

– Je suis sur une piste », répondit-elle fièrement.

Pei n'eut pas le temps de réagir : Liu était déjà de retour.

« Le sang a disparu, Pei ! Putain, ils l'ont fait ! Ils ont effacé les empreintes ! »

Pei se raidit. C'était la preuve formelle du bien-fondé de leurs soupçons, et cela signifiait qu'un obstacle majeur allait bientôt se dresser sur leur route.

« Qu'est-ce qu'on doit faire ? » demanda Liu.

Même s'ils ne se connaissaient que depuis quelques jours, il avait toute confiance en Pei.

Après un instant de réflexion, Pei décida de mettre Mu dans la confidence.

« Il va falloir demander du soutien à la hiérarchie en passant par-dessus Han, dit-il. L'un de vous a-t-il des contacts qui pourraient nous être utiles ?

– Je peux toujours essayer, répondit Mu, sans trop savoir où Pei voulait en venir. Mais j'espère quand même que vous allez me mettre au courant de ce qui se prépare. »

Aucun des deux hommes n'eut le loisir de lui répondre, car Frère Hua les rejoignit. Pei redressa les épaules et prit une posture défensive.

« Pei Tao ? » demanda Hua.

Troublé par l'intensité de son regard, Pei se balança d'un pied sur l'autre.

« Vous... me connaissez ?

– M. Deng vous attend. Je vais vous demander de me suivre en haut. Vos amis vont devoir patienter ici, dans le hall, dit Hua en montrant Mu et Liu. Les consignes de M. Deng sont très claires : il souhaite avoir un entretien privé avec le capitaine Pei pour étudier le meilleur moyen de coordonner nos dispositifs de sécurité. »

Mu s'y attendait. Liu, en revanche, s'étrangla de colère. Il poussa un grognement furieux mais se souvint à temps qu'il avait une mission à remplir et que ce n'était pas le moment de faire un esclandre.

« Accordez-moi cinq minutes, dit Pei à Hua. J'ai encore deux ou trois choses à voir avec mes collègues.

– Mon employeur souhaite vous parler d'un sujet extrêmement urgent, et je crois qu'il serait de loin préférable que vous preniez le temps de le voir dès maintenant. Vous poursuivrez votre discussion après. »

Le ton de Hua était empreint d'une autorité quasi dominatrice, qui ne laissait aucune place à la contestation. Après avoir soupesé ses possibilités, Pei décida qu'il n'avait aucune raison de ne pas voir Deng avant de régler tout le reste.

« J'y vais, dit-il à Liu. Ne bougez pas d'ici. On fera le point à mon retour. Et par pitié, ne commettez aucune imprudence. La vérité n'est pas aussi simple que vous le pensez. »

Liu acquiesça en silence. Depuis les événements de la nuit, il n'avait plus aucune raison de mettre en doute la parole de l'homme de Longzhou.

Pendant leur montée vers le dix-huitième étage, Hua informa par radio son patron de l'arrivée imminente du visiteur. La voix nasillarde de Deng répondit dans le haut-parleur, et Pei la sentit émaillée d'une certaine impatience.

Il fut introduit dans le bureau de Deng et resta bouche bée en découvrant les dimensions extravagantes de la pièce et les murs réfléchissants. Il se ressaisit aussitôt et s'assit dans le fauteuil qui faisait face au bureau de Deng. Hua se posta comme d'habitude aux côtés de son employeur. Deng toisa Pei de haut en bas.

« Capitaine Pei, dit-il avec un imperceptible salut de la tête. Content de vous rencontrer.

– Moi de même, répondit Pei en lui rendant son salut.

– Permettez-moi d'aller droit au but. Vous êtes de la police de Longzhou. Qu'est-ce qui vous amène à Chengdu ?

– J'ai reçu une lettre d'Euménide, répondit Pei sans sourciller.

– Encore un de ces "avis de décès" ? fit Deng, l'air amusé. Et on peut savoir quand il est censé vous liquider ?

– Ce n'était pas un avis de décès. J'ai reçu une vraie lettre.

– Pourquoi cet Euménide s'intéresserait-il à vous ?

– Je pourrais vous renvoyer la question. »

Deng ricana, puis gratifia Pei d'un sourire à peu près aussi naturel qu'une rose de plastique.

« Il semblerait que nous ayons quelques petits points communs, vous et moi. Nous avons tous les deux eu droit à un message d'Euménide et nous avons tous les deux été proches de personnes qui ont reçu un avis de décès il y a dix-huit ans. Pour vous, c'était Yuan Zhibang. Pour moi ? Xue Dalin faisait partie de mes meilleurs amis.

– Vraiment ? demanda Pei en se rappelant que Han avait dit quelque chose sur la vie antérieure de Deng pendant la dernière réunion. Qu'entendez-vous par là ? À quel point étiez-vous proche de Xue Dalin ?

– Vous avez peut-être entendu parler de l'opération antidrogue qui a eu lieu ici il y a dix-huit ans ?

– Bien sûr, répondit Pei. Cette affaire fait partie de la légende. J'étais encore élève-officier à l'époque, et tous mes camarades de la section investigation criminelle en parlaient. C'était un cas d'école, l'illustration parfaite de la façon dont la police doit travailler avec un informateur. »

Cette fois, sa réponse fit naître un sourire sincère sur les traits de Deng, qui ne put contenir sa satisfaction d'entendre un officier de police comme Pei parler ainsi du tournant de son existence.

« Cet informateur, dit-il, c'était moi. Je suis Deng Yulong. »

Pei ouvrit des yeux ronds. Jamais il n'aurait deviné que l'homme assis face à lui puisse être la fameuse « armée d'un seul homme » devenue mythique pour tous les policiers de Chengdu. Son cerveau se mit en branle – Xue Dalin avait reçu un avis de décès dix-huit ans plus tôt, Deng Hua venait de recevoir le sien. Tous deux avaient été impliqués dans la même affaire de drogue. Pouvait-il s'agir d'une coïncidence ?

« Avez-vous connu Bai Feifei ? demanda Deng.

– Bai Feifei ? »

Ce nom disait quelque chose à Pei, qui se creusa la cervelle. La mémoire finit par lui revenir.

« Oui. C'était la petite amie de Yuan Zhibang. Le premier crime cité sur son avis de décès était l'infidélité, ce qui renvoyait directement à la façon dont il s'est conduit avec elle. »

Deng, qui jusque-là n'avait pas cessé de dévisager Pei, manifesta un certain soulagement.

« Capitaine Pei, je crois que notre conversation est terminée. J'ai été ravi de parler avec vous.

– C'est tout ? »

Pei ne comprenait pas ce qui se passait, mais son intuition lui souffla qu'un homme comme Deng ne pouvait pas avoir fait l'effort de le recevoir à seule fin de lui poser quelques questions décousues.

« Oui, c'est tout, répondit Deng en jetant un coup d'œil à sa montre. J'ai rendez-vous avec la direction du groupe à 10 heures. C'est-à-dire dans cinq minutes. Ils m'attendent juste à côté, dans la salle de réunion. »

Involontairement, Pei vérifia l'heure à son poignet.

« Vous avancez un peu. Il est exactement 9 h 50.

– Une vieille habitude. Ma montre avance toujours de cinq minutes. Comme ça, je suis à l'heure même quand j'ai cinq minutes de retard. »

Ce n'était pas une mauvaise habitude, songea Pei. Mais en tant que policier, lui-même réglait toujours la sienne à l'heure exacte.

Bien sûr !

« Capitaine Pei, intervint Hua en s'avançant d'un pas, vous allez pouvoir redescendre. Il vous restait certains sujets à traiter avec les collègues qui vous attendent en bas, semble-t-il ?

– Oui, absolument. »

Pei bondit de son fauteuil, partit à grandes enjambées vers la porte, s'éclipsa aussi rapidement que possible et se laissa même aller à trottiner dans le couloir.

Hua le regarda disparaître avec étonnement.

« Qu'est-ce qui lui prend ? Ce type n'est sûrement pas l'informateur de Mu, si ? »

Deng, tout aussi perplexe, secoua la tête.

« Non, dit-il. Il n'y a aucune chance que ce soit lui.

– Dans ce cas, je sais ce qu'il nous reste à faire. Sheng et les autres sont partis il y a une demi-heure. Nous ne devrions pas tarder à avoir des nouvelles.

– Sheng et vous avez déjà largement fait la preuve de votre valeur. Je suis sûr que vous ne me décevrez pas. D'autant que la personne que Sheng doit retrouver peut à peine marcher. Mais ne vous souciez pas trop de ça pour le moment, fit Deng en se levant. Venez plutôt avec moi à la réunion. »

Hua accompagna son employeur jusqu'à la salle attenante.

Au rez-de-chaussée, Pei émergea de l'ascenseur et s'avança dans le hall. Dès qu'ils l'eurent repéré, Liu et Mu vinrent à sa rencontre.

« Ça n'a pas été long, remarqua Mu. De quoi avez-vous parlé ?

– Qu'est-ce qu'on fait, capitaine Pei ? demanda Liu. On prévient la mairie ? Les autorités provinciales ? »

Liu, sentit Pei, était déjà convaincu que Yin avait joué un rôle-clé dans la mort de Xiong et rêvait de le mettre sous les verrous dès que possible. Ce n'était pourtant pas la priorité.

« Non, répondit-il. Pas maintenant, nous n'avons pas le temps. J'ai un problème urgent à régler et je dois y aller tout de suite. Vous deux, restez ici. Ne faites rien avant mon retour.

– Qu'est-ce qui se passe ? s'étonna Mu. Ça ne vous ressemble pas.

– Et… qu'est-ce qu'on fait pour Yin ? renchérit Liu, décontenancé. On le laisse courir ? »

Pei avait le cerveau en ébullition. Il s'efforça de réfléchir.

« L'avion de Deng décolle à 20 h 40. Je serai revenu ici avant 17 heures, c'est-à-dire avant son départ pour l'aéroport. Rien de grave ne pourra lui arriver tant qu'il ne sortira pas de cet immeuble. C'est clair pour tous les deux ? »

Mu et Liu hochèrent la tête à l'unisson.

« Rappelez-vous juste ce que je viens de vous dire et ne prenez aucune initiative avant mon retour. »

Pei était trop pressé pour attendre une minute de plus. Le paradoxe était enfin résolu. L'écart de deux minutes, l'attente de dix-huit ans. Tout se tenait.

Seule une question restait en suspens : *Pourquoi ?*

Vingt minutes plus tard, Pei entrait dans le Nid de cafards. Après quelques minutes de marche dans le passage, la masure se dressa devant lui. Son sang se glaça.

Il arrivait trop tard.

La porte était grande ouverte, mais il n'y avait personne; à l'intérieur, Pei découvrit un capharnaüm encore plus complet que le jour de sa précédente visite. Les tables et les chaises étaient renversées, la couverture était en lambeaux. Les rebuts hétéroclites de Huang jonchaient le sol.

Le taudis était sens dessus dessous. Pei repoussa divers objets du pied, cherchant un signe susceptible de lui indiquer depuis combien de temps Huang était parti. C'était impossible à dire. Mais l'important était qu'une ou plusieurs personnes avaient fait irruption chez lui dans l'espoir d'y trouver quelque chose.

Où était passé Huang? Que cherchaient ces personnes? Et l'avaient-elles trouvé?

Ces questions nageaient dans son esprit comme des anguilles dans un ruisseau bourbeux. Il avait beau se creuser la cervelle, il ne parvenait pas à tirer un récit cohérent des éléments en sa possession.

Huang savait forcément qu'il reviendrait. Il le savait depuis que Pei, la fois précédente, lui avait parlé de l'écart de deux minutes.

Peut-être était-il tapi dans quelque recoin sombre, riant dans sa barbe. Pei regagna le seuil de la masure et regarda d'un côté, puis de l'autre. Il serra les poings, s'emplit les poumons et ressortit en hurlant dans le passage.

Une vieille dame apparut à la fenêtre du bâtiment d'en face et le dévisagea d'un air ahuri. Pei se retourna et vit un duo d'hommes d'âge mûr l'observer eux aussi. Âgés d'une soixantaine d'années, ils portaient l'un et l'autre un blouson noir en Skaï.

« Où es-tu donc? cria-t-il. Sors de là et viens te battre avec moi! »

Le grand brûlé épiait la masure depuis sa cachette. Dans son dos, quelques rayons de soleil traversaient les fenêtres d'un immeuble, ce qui lui permettait de voir clairement le passage – tout en le rendant invisible à quiconque se présenterait chez lui.

Moins d'une heure plus tôt, il avait vu une bande d'hommes en uniforme noir s'engouffrer dans le taudis. Il savait qui ils étaient et ce qu'ils venaient faire.

Son plan – son stratagème – avait encore une vraie chance de fonctionner.

Au départ, il ne s'était pas attendu à devoir tenter un coup aussi risqué. Mais son adversaire était plus coriace que prévu et lui avait forcé la main.

L'invasion de son domicile avait confirmé cette hypothèse.

« Ce n'est pas l'envie qui me manque de me battre avec toi, murmura-t-il d'une voix spectrale. C'est juste que le moment n'est pas venu. »

Il descendit l'escalier, clopin-clopant, en appui sur sa canne.

Il est temps d'en finir, pensa-t-il. *Allons ensemble au bout de cette dernière manche. Malgré l'élégance des coups précédents, la partie ne sera vraiment belle que si elle se termine sur la note juste.*

10
La naissance d'Euménide

25 octobre, 11 h 03
Le Jardin de Jade

Le Jardin de Jade était un restaurant situé à l'extrémité sud de la route de Xingcheng, en plein cœur de la zone industrielle de Chengdu, un quartier à forte concentration de start-up et d'entreprises high-tech. La salle était assez petite, mais l'élégance de sa décoration intérieure en avait fait la cantine de choix des employés en col blanc des environs. À 11 heures du matin, les premiers clients affluaient déjà. Le personnel était en ordre de bataille, prêt à maîtriser le chaos quotidien qui était le lot de tous les restaurants animés.

Un homme se dirigeait vers l'entrée. Il portait un imperméable long dont la capuche couvrait la moitié supérieure de sa tête. Quant au bas de son visage, il était invisible sous un masque anti-pollution blanc. Si ce type de masque était assez courant, surtout dans les grandes métropoles de Chine, l'ensemble produisait un effet pour le moins étrange. L'homme marchait la tête basse, et on avait l'impression que son corps tout entier était recroquevillé à l'intérieur de cet imperméable, comme un animal blotti sous un orage.

Il s'appuyait sur une canne et traînait la jambe droite. Il s'avança prudemment dans la salle, à tout petits pas.

Malgré son apparence, l'hôtesse d'accueil le reçut avec un sourire chaleureux.

« Combien serez-vous, monsieur ? »

L'homme l'ignora et mit sans hésiter le cap sur une table de coin au fond du restaurant. Il n'y avait aucune fenêtre à proximité, et les clients étaient rares de ce côté-là.

Il s'assit dos à l'angle des murs, ce qui lui offrait une vue panoramique sur la salle.

Une serveuse lui tendit la carte, qu'il repoussa en douceur.

« Je n'ai pas faim, dit-il d'une voix qui semblait avoir toutes les peines du monde à s'arracher à ses poumons. J'aimerais parler à Mme Guo.

– C'est à quel sujet ? »

La serveuse voulut le regarder plus attentivement, mais il maintint la tête basse, et son masque dissimulait toujours l'essentiel de ses traits.

« Je viens recouvrer une dette, répondit-il.

– Et vous êtes ?

– Dites-lui que je suis envoyé par une vieille connaissance. »

De plus en plus perplexe, la serveuse partit chercher sa patronne.

La propriétaire du Jardin de Jade était une femme de vingt-sept ans du nom de Guo Meiran, dont le physique plutôt avenant se doublait d'une forte personnalité. Elle venait tous les jours au restaurant pour surveiller ce qui se passait en salle et en cuisine. Informée par sa serveuse de la demande de ce client, elle émergea des cuisines et prit le temps de l'observer de loin. Elle eut beau fouiller dans sa mémoire, elle ne se souvenait pas d'avoir une dette quelconque, et certainement pas envers un homme comme celui qu'elle voyait assis dans le coin. Pourtant, après une brève hésitation, elle se dirigea vers sa table avec aplomb, sans montrer la moindre trace de surprise.

« En quoi puis-je vous aider, monsieur ? »

L'homme, toujours le nez sur son assiette, la gratifia d'un regard oblique.

« Je viens recouvrer une dette.

– À ce qu'il paraît, fit-elle en souriant. Et pourriez-vous me dire ce que je vous dois, s'il vous plaît ? »

L'homme redressa enfin la tête. Ses yeux étaient tellement injectés de sang que Guo ravala un cri.

« À moi, rien. Mais je représente Xu Yunhua.

– Qui êtes-vous ? » interrogea-t-elle, soudain glaciale.

Au lieu de répondre, l'homme tendit le bras et lui attrapa la main gauche. Une sensation de froid lui mordit la peau. Baissant les yeux, elle vit que son poignet était menotté à celui de l'homme.

« Détachez-moi ! » ordonna-t-elle.

Elle tenta de se dégager, mais l'homme la retint avec une force presque surhumaine. Guo perdit l'équilibre, et l'homme l'empêcha de tomber en la forçant à s'asseoir à côté de lui.

« Qu'est-ce qui vous prend ? s'écria Guo, gagnée par la peur, en cherchant des yeux les autres clients. Au secours, appelez la police ! »

Ses cris alertèrent la serveuse, qui se précipita dans les cuisines. Les clients du restaurant se retournèrent pour voir ce qui se passait.

Tenant toujours aussi fermement Guo d'une main, l'homme ôta sa capuche de l'autre. Il abaissa ensuite son masque. Des cris fusèrent dans la salle.

Guo découvrit un visage terrifiant, difforme, secoué de tics et couvert de cicatrices. Ses lèvres déchiquetées se retroussèrent en un sourire grotesque, révélant des dents d'une blancheur étincelante.

Guo poussa un cri.

« Qu'est-ce... Qui êtes-vous ? Pourquoi m'avez-vous attachée ? »

Au même moment, plusieurs employés surgirent des cuisines, avec à leur tête un homme rondouillard, qui brandissait un large tranchoir et semblait plus que prêt à en découdre. Les autres s'arrêtèrent net juste après avoir franchi en trombe la porte battante, qui oscillait encore sur ses gonds, mais lui s'arma de courage et poursuivit son avancée. Son arme tendue devant lui, il apostropha l'inconnu.

« Hé ! Vous avez entendu ce qu'a dit Mme Guo ! Lâchez-la ! »

Sans répondre, l'homme enfouit la main gauche dans une poche de son imperméable.

« Qu'est-ce que vous faites ? aboya le gros employé en levant encore plus haut son tranchoir. Posez ça sur la table tout de suite ! »

Il se retourna vers ses collègues et cria :

« Appelez la police, vite !

– Je crains qu'il ne me soit un peu difficile de poser ceci, répondit l'homme en exhibant l'objet qu'il tenait au creux de sa main.

– Qu'est-ce que c'est ? »

L'employé tenta d'avaler sa salive, mais sa bouche était sèche comme de la sciure de bois.

« Un détonateur. Pour être plus précis, il s'agit du détonateur de cette bombe. »

L'homme ouvrit son imperméable. Un boîtier en plastique était fixé à sa ceinture, relié par un fil électrique au petit appareil qu'il tenait.

« Il suffirait que je serre un peu les doigts pour que ça explose. »

Plusieurs vagues de cris horrifiés parcoururent la salle, et les clients se mirent à décamper vers la sortie en se marchant les uns sur les autres. Après avoir hésité quelques secondes, le candidat à l'héroïsme lâcha son tranchoir et se joignit au flot des fuyards.

Le restaurant se vida en moins de trente secondes. Il ne resta bientôt plus à l'intérieur que la propriétaire et l'homme défiguré, assis côte à côte dans le coin le plus reculé. La terreur de Guo était tellement indicible qu'elle n'avait même plus la force de se débattre et ne réussissait qu'à bredouiller, entre deux sanglots :

« Au secours… à l'aide… au secours… »

Pendant que Guo Meiran tremblait de tout son corps, le capitaine Han faisait son entrée dans le hall du Longyu Building à la tête d'un détachement de policiers. En les regardant arriver,

Liu Song, toujours sur place avec ses hommes de l'UPS, remarqua l'absence d'un des membres de la cellule interservices.

« Où est Yin ? demanda-t-il.

– Aucune idée, répondit Han. Je ne l'ai pas revu depuis la réunion, et il ne répond pas au téléphone.

– Il est en fuite ! s'exclama Liu, fébrile. C'est bien la preuve qu'il a tué Xiong ! Qu'est-ce que vous attendez pour le faire arrêter ?

– Il ne vous appartient pas de décider si un de mes hommes est en fuite ou non ! Notre priorité absolue est d'assurer la sécurité de Deng Hua. L'ordre vient d'en haut. Si vous n'êtes pas capable de vous fourrer ça dans le crâne, je suis pleinement habilité à vous écarter de la cellule ! »

Mu prit le bras de Liu et l'entraîna à l'écart.

« Gardez votre sang-froid », lui glissa-t-elle.

Elle avait beau comprendre en partie les raisons de son impatience, ce n'était pas le moment de perdre de vue leur objectif numéro un.

Liu Song inspira profondément. Il était certain que Han couvrait Yin, mais mieux valait s'en tenir à ce qu'avait dit Pei avant de s'éclipser : *Ne prenez aucune initiative avant mon retour.*

En un sens, Han avait raison – leur premier devoir était de faire en sorte que Deng ne soit pas la victime suivante d'Euménide. Liu décida donc de se concentrer sur sa mission. Ils devaient empêcher le tueur de commettre son crime.

Frère Hua arriva à son tour. Il annonça au capitaine Han que Deng l'attendait en haut pour étudier les modalités de son départ vers l'aéroport.

Le portable de Han sonna à l'instant où il s'apprêtait à monter dans l'ascenseur. L'écran lui indiqua un appel en provenance du QG. Il le prit.

« Capitaine, dit la voix de Zeng. Il y a du nouveau.

– Je vous écoute.

– Une prise d'otage est en cours dans un restaurant. Le Jardin de Jade, route de Xingcheng. Le suspect porte une ceinture d'explosifs et s'est menotté à la propriétaire.

– C'est au commissariat local de s'en occuper ! s'emporta Han. Vous osez m'appeler pour ça dans un moment pareil ? Je ne veux pas entendre parler d'une histoire qui n'a aucun rapport avec notre enquête !

– Mais il y en a un ! protesta Zeng. Les flics de la zone industrielle sont déjà sur place, et le contact a même été établi avec le suspect. Il a formulé des exigences. Il demande à voir trois personnes.

– Accouchez, Zeng ! Qui veut-il voir ?

– Mu, Pei et Deng Hua. Ce n'est pas tout. Le suspect... s'est présenté comme l'unique rescapé de l'explosion de l'entrepôt, il y a dix-huit ans. Huang Shaoping. »

Han, nerveux, réfléchit quelques secondes.

« Appelez Mu et Pei. Dites-leur de se rendre sur place au plus vite.

– Et Deng ?

– Hors de question, répliqua Han sans hésiter. Nous sommes censés mobiliser tous nos effectifs pour garantir sa protection personnelle. Comment pouvez-vous envisager que nous l'envoyions là-bas dans ce contexte ?

– Je peux y aller, intervint Hua, qui attendait à côté du capitaine. Je représenterai M. Deng. »

Quelque peu agacé de constater qu'il avait été écouté, Han regarda attentivement le garde du corps. À vrai dire, il ne voyait aucun inconvénient à l'expédier dans ce restaurant à la place de son patron, qui était le personnage-clé de l'affaire et pouvait lui permettre de tout régler. Quels que soient les défis annexes qui pourraient surgir pendant l'opération, il devait protéger Deng. Son propre avenir en dépendait.

Un quart d'heure plus tard

Pei changea de position sur la banquette en cuir du 4×4 de la police. Mu, assise à côté de lui, gardait les yeux rivés sur les vitrines qui défilaient au-delà de sa fenêtre. Le garde du corps de Deng Hua était seul à l'arrière, les traits figés en un masque insondable.

Le trajet, inutile de le dire, ne fut agréable pour personne.

Quand leur véhicule s'immobilisa enfin devant le Jardin de Jade, ils constatèrent que leurs collègues du quartier avaient déjà isolé le bâtiment. À cause de la menace d'explosion, ils avaient créé un cordon de sécurité de cent mètres de rayon tout autour du restaurant. En revanche, ils n'avaient pas pu empêcher les badauds de s'agglutiner derrière les barrières, malgré leurs avertissements répétés. Les journalistes se bousculaient aussi contre les barrières, avides de s'arroger une place de choix.

Pendant que Mu, Pei et Frère Hua descendaient du 4×4, le policier entre deux âges qui commandait l'intervention vint à leur rencontre. Il se présenta comme le sergent Chen.

« Je suis prêt à entrer », annonça Pei d'un ton froid.

Le sergent Chen secoua la tête.

« Pas si vite, dit-il. Le suspect exige de voir Mlle Mu en premier. Ensuite Frère Hua, et ensuite vous, capitaine Pei. »

Un agent du commissariat local apporta un gilet pare-balles à Mu. Elle l'enfila avec peine. Lourd et rigide, le gilet se soulevait et retombait à chacune de ses respirations, ce qui permit à Pei de voir son souffle se raccourcir.

« Vous n'êtes pas obligée de le faire, Mu, dit-il.

– Si. D'ailleurs, je ne me fais pas trop de souci pour moi. De nous trois, vous êtes de loin le plus menacé. C'est vous qui passerez en dernier. »

Pei ne trouva rien à répondre, et Mu s'éloigna en direction du restaurant. Elle poussa la porte et s'avança seule dans la salle.

L'homme défiguré n'avait pas bougé de sa table du fond, qui était dans l'angle mort des policiers déployés dehors : ils ne pouvaient pas le voir sans entrer.

Guo, prostrée à côté de lui, tremblait comme une feuille. Elle leva la tête avec une faible lueur d'espoir dans les yeux en entendant des pas.

Levant sa main libre, l'homme fit signe à Mu.

« Par ici, Mu ! » lança-t-il d'une voix calme, presque amicale.

Elle s'approcha et s'assit face au duo.

« Qu'est-ce qui vous prend, Huang ? demanda-t-elle.

– Je suis à court de solutions, répondit-il en plissant les yeux. Il n'y a plus que vous qui puissiez m'aider.

– Que voulez-vous dire ?

– Ils m'ont repéré. Je suis en danger de mort. J'ai affaire à un ennemi puissant. Trop puissant pour que j'aie ma chance en l'affrontant à la régulière. Si je veux rester en vie, je n'ai pas d'autre choix que de me tenir embusqué ici et d'essayer d'attirer un maximum d'attention par tous les moyens possibles. »

Mu était sceptique. Même s'il disait la vérité, n'aurait-il pas pu choisir une méthode moins radicale ?

« Je ne peux pas vous laisser vous en prendre à des innocents, dit-elle en montrant Guo Meiran. Libérez-la avant qu'il soit trop tard. Il y a une multitude d'agents dehors, je suis sûre que vous les entendez. Pensez-vous sincèrement qu'ils n'arriveront pas à vous protéger ? »

À ces mots, Guo tourna la tête vers Huang.

« Je vous en prie… », murmura-t-elle.

Il anéantit tous ses espoirs en secouant brièvement la tête.

« Non. » Il reporta son attention sur Mu. « En dehors de vous, je n'ai confiance en personne. »

Mu se demanda si elle devait y voir un honneur ou un motif de honte.

« Si c'est vrai, répondit-elle, laissez-la partir. Gardez-moi en otage. Je veux bien rester ici avec vous.

– Ça ne marchera pas. J'ai encore besoin de vous pour faire quelque chose d'important. Il faut que vous en appreniez un maximum sur la personne qui tire les ficelles, et c'est extrêmement urgent. Si vous réussissez, j'aurai peut-être une chance d'échapper au danger qui me pend au nez. Je vous ai déjà dit que l'opération antidrogue du 16 mars 1984 était la clé de tout.

– J'ai tenu parole : je n'ai parlé de vous à personne. Vous vous laissez emporter par vos émotions, Huang. Je travaille déjà sur une nouvelle piste. Laissez-moi juste un peu plus de temps.

– Non, je ne peux pas. Quoique... Je pourrais vous donner un dernier indice, ajouta-t-il en un souffle.

– Quel indice ? »

Il se tourna vers Guo.

« Prenez ce qu'il y a dans ma poche intérieure. »

L'otage, docile, glissa une main tremblante entre les pans de l'imperméable. Après quelques secondes de tâtonnements, elle en ressortit une enveloppe cachetée et un petit paquet en plastique opaque fermé par de l'adhésif épais.

« Passez le paquet à Mlle Mu », ordonna-t-il.

Guo s'exécuta.

Mu sentit un objet plat et rectangulaire à l'intérieur. Elle fit mine d'arracher l'adhésif, mais il la retint.

« Non, dit-il. Vous l'ouvrirez dehors, et seulement quand vous serez seule. Personne d'autre que vous ne doit voir ce qu'il y a dedans, c'est vital. »

Quelle sorte de secret cet homme pouvait-il bien encore cacher ?

« Ça veut dire que je dois m'en aller ?

– Oui. Dites à l'homme de Deng qu'il peut venir, fit Huang en la fixant au fond des yeux. Et ne l'oubliez pas : le résultat de la partie dépend de vous. »

La vue de ces yeux plantés dans les siens fit frissonner Mu. Surmontant son trouble, elle obéit et se retira. Elle disposait d'un nouvel indice, et la première chose à faire était de savoir en quoi il consistait.

En la voyant quitter le restaurant, le sergent Chen se précipita vers elle.

« Comment est-ce que ça s'est passé ? Il a formulé de nouvelles exigences ?

– Il a refusé de relâcher l'otage. Il demande à voir Frère Hua. »

Mu retira son gilet et s'éloigna à grands pas. Elle chercha des yeux un coin tranquille, mais l'endroit grouillait de policiers, de journalistes et de badauds. Elle courut jusqu'à la chaussée et héla un taxi, ce qui lui permit d'échapper enfin à la horde humaine.

Hua la regarda s'éclipser de ses yeux acérés de tueur d'élite.

« Quelle mouche la pique ? demanda le sergent Chen, en s'efforçant de cacher son humiliation.

– Aucune idée », répondit Pei, lui-même surpris.

Hua se prépara à entrer dans le restaurant en enfilant à son tour un gilet pare-balles.

Une minute plus tard, il s'asseyait à la table d'angle face à Huang et à Guo.

« M. Deng ne peut pas venir. Il m'a chargé de le représenter. »

Son ton était posé et confiant, malgré la bombe visible à un mètre de lui.

« Je ne m'attendais pas vraiment à ce qu'il vienne, répondit Huang avec une lueur de malice dans les yeux. Après tout, cet homme pèse largement son poids d'or. Je trouve déjà plutôt flatteur que quelqu'un comme vous ait fait le déplacement, Frère Hua.

– Vous savez qui je suis ? lâcha le garde du corps, la mine fermée.

– Vous êtes né Rao Donghua. Vos parents sont morts quand vous aviez cinq ans, ce qui vous a valu d'être placé dans un orphelinat. Le maire Deng vous a pris sous son aile et a financé votre éducation. Il a aussi financé votre formation au combat rapproché, au pilotage sportif et au maniement des armes à feu, entre autres spécialités. Après tout, pour devenir son garde du corps personnel, il était impératif que vous soyez aussi performant que nos meilleurs policiers. Votre gratitude envers lui est si profonde que vous le suivriez en enfer s'il vous le demandait.

– Eh bien, pouffa Hua, jamais je n'aurais cru que quelqu'un s'intéresserait un jour à une vie aussi misérable que la mienne. Permettez-moi juste une petite rectification. Je suis plus performant que n'importe quel flic. »

Huang exhala un soupir.

« En un sens, Deng et vous n'êtes pas si différents.

– Qui êtes-vous ? demanda Hua, pressé d'en finir.

– Quelqu'un qui sait des choses, répondit Huang, avec une pointe de dureté dans la voix. Par exemple sur les secrets d'une certaine saisie de drogue vieille de dix-huit ans.

– Rien d'autre ? ricana Hua. C'est de la préhistoire. Deng est l'un des hommes les plus puissants de la province. Vos prétendus secrets ne m'intéressent absolument pas. Vous n'êtes qu'un pauvre éclopé. Un moins que rien.

– Personne ne peut nier l'influence de Deng, naturellement. À côté de vous, c'est vrai, je ne suis qu'un grain de poussière. »

Frère Hua se contenta de hausser les épaules.

« Et pourtant, ajouta Huang, il veut que vous mettiez la main sur quelque chose. Et cette chose, vous n'arrivez pas à la trouver. Je me trompe ? »

Les paupières du garde du corps frémirent imperceptiblement. Huang sourit, même si ses cicatrices empêchaient en grande partie de le voir.

« C'est bien ça. Un enregistrement, peut-être ? Oui, vous savez de quoi je parle. Ne diriez-vous pas que l'existence de cet enregistrement exerce à elle seule une certaine influence ? Il semblerait qu'elle ait le pouvoir de faire trembler de frayeur certaines personnes haut placées...

– Parlez.

– J'en ai une copie.

– En d'autres termes, vous avez décidé d'abréger votre petite existence minable », lâcha Hua sur un ton aussi glacial qu'un hiver arctique.

Huang ne se laissa pas démonter. Un rire sifflant monta de son thorax.

« Je suis infirme depuis un bon bout de temps, dit-il. Une mort rapide aurait été plus enviable que la vie que je supporte depuis dix-huit ans. Si je m'accroche à cette existence minable, comme vous dites, c'est dans l'espoir d'être encore là le jour où le monde découvrira la vérité sur la fameuse opération antidrogue du 16 mars. Il y a quelques jours, je n'y croyais quasiment plus. Mais j'ai enfin trouvé une personne à qui je peux faire confiance. Elle est compétente, déterminée, et surtout elle a le cran qu'il faut pour réussir à exhumer des vérités enfouies depuis si longtemps. J'ai entièrement confiance en elle. Même si je meurs, elle transformera mon rêve en réalité.

– Vous le lui avez donné, c'est ça ? » interrogea Hua.

Le garde du corps revit Mu sortant du même restaurant quelques minutes plus tôt, un paquet en plastique à la main.

Huang ricana mais ne répondit pas. *Le silence en dit parfois plus long que toutes les paroles*, pensa-t-il.

Hua se leva comme un ressort.

« Vous ne venez pas seulement de signer votre arrêt de mort, dit-il en fusillant Huang du regard. Vous avez aussi signé le sien. »

Sans un mot de plus, le garde du corps ressortit en coup de vent et passa entre les barrières de la police sans prêter la moindre attention aux questions de Chen. Le sergent le regarda s'éloigner, impuissant et humilié pour la deuxième fois en quelques minutes.

En même temps que Hua quittait le périmètre de sécurité autour du Jardin de Jade, plusieurs hommes en noir se détachèrent de la foule. Il ne leur fallut que quelques secondes pour le rejoindre. Hua s'adressa à deux d'entre eux, des colosses à la mine patibulaire, en leur montrant du doigt le carrefour où Mu avait été vue pour la dernière fois. Après avoir acquiescé, ils disparurent à l'intérieur d'une des trois Mercedes noires alignées au bord de la chaussée. Elle démarra dans un hurlement de pneus. Peu après, Hua et le reste de ses hommes grimpèrent dans les deux autres.

Pei retint son souffle en voyant s'éloigner les trois luxueux véhicules. Son tour était venu d'affronter l'homme. Il refusa le gilet que lui tendait un agent. Inutile de s'encombrer de précautions excessives. Quelle protection pourrait lui apporter un gilet pare-balles si une bombe lui explosait à la figure ?

Il pénétra seul dans le restaurant vide.

Tout en marchant vers le fond de la salle, Pei fixa son regard sur le visage en lambeaux de Huang. Il chercha dans sa mémoire des images de son propre passé susceptibles d'y être associées. En vain. L'explosion l'avait complètement défiguré, transformant un beau jeune homme en gargouille grotesque.

Sans les deux minutes d'écart entre l'heure de l'explosion mentionnée dans le procès-verbal initial et celle de sa déposition, Pei n'aurait jamais découvert la véritable identité de cet homme.

Il reconstitua l'enchaînement logique qui l'avait mené à cette inévitable conclusion.

Malgré le scepticisme affiché par Mu face à sa théorie des deux minutes manquantes, il avait gardé la conviction que ce décalage dissimulait un élément capital. C'était le même type d'intuition qui l'avait conduit à imaginer que Meng n'était peut-être pas morte dans l'explosion, mais l'empreinte dentaire retrouvée à l'institut médico-légal avait anéanti cet espoir.

La veille au soir, incapable de chasser cette incohérence de son esprit, Pei était resté cloîtré pendant des heures dans sa chambre, mais, malgré tous ses efforts pour résoudre le paradoxe, il n'y était pas parvenu. À court de solution, il avait fini par se demander s'il ne s'était pas trompé d'heure. Le doute l'avait rongé jusqu'au matin, quand sa conversation avec Deng lui avait tout à coup permis d'y voir clair.

Dix-huit ans plus tôt, d'après l'horloge de sa chambre, son contact radio avec Meng avait été interrompu à 16 h 15. Or le rapport de la police situait l'explosion à 16 h 13.

Il n'existait qu'une seule solution capable de tout expliquer.

Quelqu'un avait avancé l'horloge.

Et quelle que soit cette personne, elle devait avoir eu la certitude que son stratagème ne serait pas découvert – en anticipant entre autres que la chambre de Pei serait mise sous scellés pour les besoins de l'enquête dès la découverte du message de Meng et de l'avis de décès au nom de Yuan. De même, cette personne devait avoir prévu que Pei, en raison de ses liens avec les deux victimes de l'entrepôt, serait longuement détenu au siège de la police à des fins d'interrogatoire. Et que l'horloge de sa chambre, en son absence, s'arrêterait avant qu'il soit relâché, ce qui permettrait à sa manipulation de rester à jamais secrète.

Ces réflexions avaient soulevé d'autres questions.

Pourquoi quelqu'un aurait-il eu intérêt à avancer son horloge ?

Qui avait eu la possibilité de le faire ?

Plus Pei y réfléchissait, plus il lui était devenu difficile d'ignorer le nom qui lui revenait sans cesse à l'esprit.

Yuan Zhibang.

Comme ils partageaient la même chambre, Yuan aurait eu mille occasions d'avancer cette horloge. Il connaissait aussi l'obsession de la ponctualité de Pei. Il était le seul avec lui à savoir à quel point cette horloge était précisément réglée – et à quel point le moindre décalage perturberait la perception du temps de son meilleur ami.

Mais quel résultat Yuan pouvait-il viser en recourant à ce stratagème ?

Pei avait reconstitué le 18 avril 1984 à la lumière de sa nouvelle théorie. Il était parvenu à deux conclusions : primo, Yuan avait presque certainement survécu à l'explosion ; et secundo, la rupture soudaine de la communication radio avec Meng avait été mise en scène. D'après ce qu'elle lui avait dit dans les ultimes instants, Yuan se trouvait à environ un mètre d'elle, une bombe sanglée sur le corps. Si cela avait été vrai, ni l'un ni l'autre n'aurait pu survivre à l'explosion.

Par conséquent, il y en avait eu deux. L'une réelle, l'autre simulée. La fausse explosion devait s'être produite au moment où Pei avait perdu le contact avec Meng. Ce qui l'avait amené à penser, à tort, que Yuan et Meng étaient tous les deux morts.

Alors qu'en réalité, Yuan avait encore disposé de deux minutes pour neutraliser Meng et s'enfuir avant la vraie explosion.

Pei en avait conclu que c'était la raison pour laquelle Yuan avait avancé l'horloge de leur chambre : il s'agissait de rendre la fausse explosion indétectable et se donner le temps de prendre la fuite.

Pourtant, l'existence de cet écart de temps soulevait elle-même d'autres questions. Yuan avait très vraisemblablement voulu éliminer tout doute sur l'heure de l'explosion, mais comment se faisait-il que son plan ait échoué ?

Quand la fausse détonation avait mis fin à l'échange de Pei et de Meng, les aiguilles de l'horloge indiquaient 16h15. Yuan avait voulu lui faire croire que l'explosion s'était produite à ce moment-là. Mais elle s'était produite à 16h13.

Personne ne connaissait Yuan mieux que Pei, et personne ne savait mieux que lui à quel point son ami était réfléchi et méticuleux lorsqu'il planifiait quelque chose. Si son intention avait bel et bien été de faire sauter cette bombe, il était rigoureusement impossible que la première détonation ait pu résulter d'un mauvais calcul de sa part.

Un événement imprévu avait donc eu lieu dans l'entrepôt. Un événement que Yuan n'était pas parvenu à empêcher et qui, quelle que soit sa nature, avait déclenché l'explosion anticipée de la vraie bombe. Yuan, dont Pei supposait qu'il comptait sortir indemne du théâtre de cendres de sa mort simulée, n'avait pas pu s'échapper à temps. Et ses brûlures l'avaient rendu méconnaissable.

Pei traversa la salle évacuée du restaurant sans quitter des yeux la créature mutante assise dans le fond. Pas à pas, il se rapprocha de celui qui avait jadis été son meilleur ami. Deux décennies plus tôt, tous deux avaient été unis par un respect et par une admiration réciproques. Pourtant, malgré leur amitié, cet homme avait organisé le meurtre de la femme qu'il aimait.

En s'asseyant, Pei maintint le regard rivé sur ce visage hideux et lardé de cicatrices, comme s'il espérait y lire des réponses aux questions présentes au fond de son cœur. Pourtant, il ne vit rien. Les yeux injectés ne se détournèrent pas. Les traits difformes restèrent aussi impassibles qu'un masque de cuir.

Un long moment s'écoula avant que son vis-à-vis ne prenne enfin la parole.

« Est-ce que tu me hais, Pei ? »

Pei n'était pas sûr de connaître la réponse à cette question. Oui, il avait autrefois haï le tueur responsable de l'explosion. Il l'avait haï de toute son âme. Mais maintenant qu'il savait la vérité, le mot « haine » lui semblait beaucoup trop simpliste pour décrire ce qu'il ressentait.

Son esprit était en ébullition. Il ne savait pas comment faire face aux émotions qui s'agitaient en lui – ni comment réconcilier quatre années de fraternité et dix-huit de souffrance. En fin de compte, un seul mot se fraya un chemin jusqu'à ses lèvres.

« Zhibang...

– Tu me connais mieux que personne, Pei. Tu dois savoir que je ne suis pas le monstre que tout le monde imagine.

– Pas un monstre ? Toi ? répéta Pei entre ses dents. Seul un monstre est capable de faire ce que tu as fait. »

Huang – Yuan – secoua la tête, comme s'il cherchait à rejeter l'accusation.

« Tu es flic depuis dix-huit ans. Tu as envoyé un nombre incalculable de gens derrière les barreaux. Tu as sûrement eu le temps de t'apercevoir que beaucoup de criminels ne sont pas méchants. Ils violent la loi parce qu'ils n'ont pas le choix, c'est tout.

– Mais c'est toi qui as choisi Meng, fit Pei d'une voix frémissante. Pourquoi ?

– Il fallait que quelqu'un me voie sur place pour qu'on puisse croire que j'étais mort. C'était le seul moyen pour que mon plan fonctionne. Quand j'ai compris à quel point mes ennemis étaient influents – et à quel point j'étais faible en comparaison –, je me suis décidé à poursuivre le combat par d'autres moyens. J'ai compris que je n'avais plus le droit de rester attaché à quoi que ce soit. Pas même à ma propre vie. Je sais que Meng comptait énormément pour toi, mais à partir du moment où j'ai fait le pas de côté qui m'a permis de tout réévaluer d'un point de vue objectif, les choses me sont apparues différemment. »

Pei secoua la tête, incrédule.

« Ton plan... Il n'y en avait que pour ton plan... Tout ça pour devenir Euménide ?

– Tu crois que je suis Euménide ? lâcha Yuan avec un rire sombre. Tu te trompes, Pei. Après tout, Euménide a été créé par Meng et toi. *Tu* es Euménide. Comme elle l'a été. On pourrait dire qu'il y a un Euménide à l'intérieur de la plupart d'entre nous. Le peuple a besoin de justiciers. »

Pei frappa la table du poing.

« Non. Le peuple a besoin de lois.

– La loi ne garantit pas la justice. Les riches et les puissants peuvent violer les règles comme bon leur semble, et la loi n'atteint pas non plus ceux qui savent se cacher dans l'ombre. Voilà la réalité dont j'ai pris conscience il y a dix-huit ans, ajouta Yuan avec une touche de cruauté dans la voix. Et tu voudrais me faire croire que tu ne l'as toujours pas compris après toutes ces années dans la police ? À moins que tu ne sois prêt à renoncer à la justice dans le seul but de réfuter ma théorie ? Tout ça parce que tu as perdu la fille que tu aimais ? »

Pei ne trouva pas les mots.

Entre-temps, la tension nerveuse de Guo Meiran avait tellement augmenté qu'elle semblait à la limite de la catatonie. Yuan l'attira contre lui d'un coup sec. Elle gémit faiblement.

« Regarde-la, celle-là. Dans le temps, elle était serveuse dans ce restaurant. Avec sa jeunesse et son joli minois, elle a séduit le propriétaire et fini par convaincre cet abruti de quitter sa femme pour se jeter à son cou. Et là, d'un coup, la petite serveuse est devenue la femme du patron. Maintenant, c'est elle qui commande. »

Pei posa les yeux sur Guo. La jeune femme paraissait à la fois effrayée et confuse.

« J'adore les histoires de gens passés de la misère au luxe, enchaîna Yuan. Mais le problème, c'est que notre chère Guo ici présente n'a pas supporté que l'ex-femme de son nouveau mari récupère la moitié de ses biens au moment du divorce. Elle s'est mise à la harceler au téléphone, tous les jours. Elle lui balançait quelques mots bien sentis – par exemple sur la manière dont elle s'envoyait en l'air avec son ex. La pauvre femme n'a pas supporté l'humiliation. Elle est tombée en dépression. Jusqu'au jour où elle a avalé un plein flacon de comprimés. On l'a retrouvée morte. »

Pei fixa Guo sans rien dire.

« Ça te met en colère, pas vrai ? Et tu sais quoi ? La loi ne s'en prend pas aux gens comme elle. Elle a commis toutes sortes d'actes méprisables, et ça ne l'empêche pas de mener une vie confortable, d'être bichonnée par son riche mari et d'exploiter le bien légitime d'une morte. Peux-tu m'affirmer que, face à un crime de ce genre, il n'y a pas une part de toi qui espère l'intervention d'un Euménide ? »

Yuan se tourna vers Guo. Elle était pâle comme la mort.

« Ouvrez la lettre », ordonna-t-il.

Elle n'osa pas le défier. Docile et soumise, elle déchira l'enveloppe cachetée qu'il lui avait fait sortir de son imperméable. À l'intérieur, sur un bout de papier, cinq lignes tracées d'une main précise :

AVIS DE DÉCÈS

ACCUSÉE : Guo Meiran
CRIMES : meurtre sans préméditation
DATE DU CHÂTIMENT : 25 octobre
EXÉCUTEUR : Euménide

Malgré le brouillard de terreur qui l'enveloppait, Guo comprit ce que cela impliquait.

« Non, implora-t-elle entre deux sanglots. Je… je regrette tellement ! Je ne recommencerai plus jamais ! S'il vous plaît, je vous en supplie, tous les deux… pardonnez-moi, s'il vous plaît, juste pour cette fois… »

Yuan la plaqua à nouveau contre lui et montra Pei.

« Posez la question à cet officier de police. La loi doit-elle pardonner aux meurtriers qui promettent de changer de comportement après avoir tué quelqu'un ? »

Un grand frisson secoua Guo, et une odeur âcre assaillit les narines de Pei. En entendant un bruit de liquide couler au sol, il réprima une grimace et s'obligea à réorganiser ses pensées pour quitter le chemin sur lequel Yuan tentait de l'entraîner.

« Euménide… Quelqu'un qui peut s'affranchir des limites de la loi pour punir les auteurs de crimes. Bien entendu, nous rêvons tous plus ou moins de jouer les super-héros ou les justiciers, mais… » Pei secoua la tête. « Mais aucune personne sensée n'essaierait de mettre ce fantasme en pratique dans la vraie vie ! Même si Meng et moi avons inventé ce personnage, notre seul but était de rivaliser d'ingéniosité en jouant un mauvais tour à quelques camarades qui s'étaient mal comportés. L'idée de tuer ne nous a jamais effleurés !

– C'est parce qu'aucun de vous n'a été confronté au même choix que moi ! s'écria Yuan. Tout le monde a des pensées délirantes, mais très peu de gens deviennent vraiment fous. Les autres ne valent pas mieux qu'eux, ils ont simplement échappé aux épreuves qui auraient pu les faire basculer ! J'ai vécu des choses que personne ne comprendra jamais ! »

D'une voix vibrante de colère, il se lança dans le douloureux récit de son voyage dans la folie, entamé près de deux décennies plus tôt…

Tout avait commencé le 16 mars 1984, avec un coup de filet antidrogue dont l'onde de choc s'était propagée à l'ensemble des forces de sécurité de la province. En réalité, cette affaire allait bien au-delà de ce que la plupart des gens en connaîtraient jamais.

Deng Hua – que tout le monde connaissait encore sous le nom de Deng Yulong – avait à peine vingt ans à l'époque, mais il avait déjà fait la démonstration de son extraordinaire débrouillardise et de sa très grande vivacité d'esprit. Ces traits de caractère allaient faire de lui un des acteurs-clés du succès de l'opération contre les trafiquants, dont il était ressorti beaucoup plus riche et puissant que quiconque ne l'aurait cru possible.

C'était Deng qui avait ouvert le feu sur les trafiquants quand ceux-ci s'étaient retrouvés encerclés par la police. Lui aussi qui avait permis aux hommes des stups de décapiter les deux bandes à la fois, celle de Liu Hong et celle du Sud-Est asiatique. À la fin de l'intervention, il avait discrètement récupéré la moitié de la drogue et de l'argent.

Malgré la minutie avec laquelle Deng avait préparé son plan, Xue Dalin s'en était rendu compte. Dès le lendemain du coup de filet, le vice-commissaire l'avait convoqué dans son bureau pour l'interroger. Toutefois, peut-être à cause de sa réticence à abandonner l'arme secrète qu'il avait consacré tant de temps et d'efforts à façonner – ou peut-être pour éviter de ternir sa flamboyante réputation –, le conflit qui les opposait avait débouché sur un accord favorable aux deux parties. Deng, toujours beau parleur, s'était engagé à détruire la drogue qu'il avait dissimulée si le vice-commissaire Xue déclarait l'enquête officiellement close. Et, dans un souci d'équité, Xue toucherait cinquante pour cent de l'argent sale raflé par Deng.

Sauf que l'affaire n'en resta pas là. Les choses se compliquèrent avec l'entrée en scène d'une tierce personne : la secrétaire de Xue, Bai Feifei.

La police avait récemment fait l'acquisition d'un lot d'appareils d'écoute et de surveillance importés du Japon. Xue laissait les siens aux bons soins de sa secrétaire. Celle-ci, fascinée par ces gadgets dernier cri, avait pris l'habitude de jouer avec pendant son service. Ainsi, bien qu'absente du rendez-vous secret de Xue et de Deng, Bai enregistra et écouta leur conciliabule après avoir caché dans le bureau de son chef un micro flambant neuf.

Bai, toute jeune stagiaire, n'avait qu'une expérience infime de la dureté du monde réel. C'est pourquoi elle tomba des nues en découvrant que son supérieur, un héros à ses yeux, s'était abaissé à pactiser avec un bandit. Elle le lui dit en face et finit par avouer qu'elle avait entendu sa discussion avec Deng. Elle l'implora de revenir sur sa position. Le marché conclu avec cet homme, l'avertit-elle, pouvait ruiner sa carrière et peut-être même sa vie.

Xue fut surpris de ce cri du cœur et décida d'exploiter la candeur de la jeune femme. Personne d'autre qu'elle n'avait entendu la conversation en question, et elle était venue le trouver sans prendre la précaution de faire écouter l'enregistrement compromettant à qui que ce soit. Feignant d'être convaincu par ses arguments et de regretter ce qu'il avait fait, Xue lui annonça qu'il restituerait à ses supérieurs la totalité de l'argent et de la drogue détournés. Et il jura à sa secrétaire que Deng serait puni. Cette réponse ravit tellement Bai qu'elle remit sans hésiter au vice-commissaire la bande enregistrée de sa discussion avec Deng.

Le surlendemain, Bai se noyait dans une rivière aux confins de la ville, près du chemin qu'elle empruntait chaque soir pour rentrer chez elle après le travail.

En sa qualité de supérieur hiérarchique direct, Xue déclara publiquement que les récents déboires sentimentaux de Bai l'avaient plongée dans un état de profonde instabilité émotionnelle. À l'en croire, elle lui avait même maintes fois fait part de ses pensées suicidaires. Les camarades de promotion de Bai confirmèrent ses dires sur la vie amoureuse de la jeune secrétaire et l'enquête relative à sa mort fut prestement bouclée, les investigateurs ayant conclu à un suicide pour cause de détresse affective.

L'ex-petit ami de Bai, Yuan Zhibang, fut donc montré du doigt. Mais Yuan, lui, savait ce qu'il en était. Il servait de bouc émissaire.

Il raffolait effectivement des jeunes femmes. Mais alors que ses histoires d'amour – toujours sincères malgré leur nombre – auraient tout au plus provoqué des haussements de sourcils au XXIe siècle, elles lui avaient valu une réputation scandaleuse dans les années 1980.

Sa relation avec Bai avait commencé par une période de lune de miel, mais leurs caractères, au fil du temps, s'étaient révélés incompatibles. L'avortement avait effectivement été le déclencheur de leur rupture, mais c'était une décision qu'ils avaient prise d'un commun accord. Ils étaient d'ailleurs restés bons amis, continuant de se voir ou de s'appeler au moins une fois par semaine.

Les conclusions des enquêteurs, pour qui Bai Feifei avait été poussée au suicide par ses problèmes sentimentaux, convainquirent à peu près tout le monde sauf Yuan. Et en fin de compte, il n'eut pas besoin de déployer beaucoup d'efforts pour découvrir la vérité sur sa mort.

Bai était ressortie très enthousiaste de sa discussion avec Xue, persuadée qu'elle était de l'avoir ramené dans le droit chemin. Impatiente de partager la bonne nouvelle avec quelqu'un, elle avait immédiatement pensé à Yuan. Elle était allée le trouver et lui avait tout raconté du début à la fin. Sur le coup, il avait cru que c'était une affaire réglée. Tous les élèves-officiers de l'académie idolâtraient Xue, et Yuan n'était pas peu fier qu'elle ait réussi à empêcher leur héros de tomber dans le précipice.

Jamais il n'aurait pu prévoir ce qui arriva ensuite – la noyade mystérieuse de Bai, puis la culpabilité que Xue s'efforça de lui faire endosser. Inutile d'être un génie de l'investigation criminelle pour deviner qu'il y avait anguille sous roche.

Comment devait-il réagir à un coup du sort aussi brutal ?

Même si Bai et lui avaient rompu bien avant la mort de la jeune femme, cela ne changeait pas grand-chose pour Yuan. Il fit le vœu de la venger.

Il lui avait promis un jour qu'il la protégerait toujours. Que si quelqu'un abusait d'elle, il retrouverait cette personne et la ferait payer.

En tant qu'élève-officier à quelques semaines de sa remise de diplôme, Yuan trouvait naturel que la justice soit rendue de façon légale. Toutefois, la seule preuve capable d'étayer sa version des faits – l'enregistrement du pacte criminel entre Xue et

Deng – était aux mains du vice-commissaire. En outre, celui-ci et ses alliés avaient assez de pouvoir et d'influence pour le réduire au silence s'il portait plainte contre eux. Pour que la justice passe, Yuan comprit qu'il devrait agir en dehors du cadre de la loi.

Tiraillé entre chagrin et colère, le jeune homme commença à avoir de sérieux doutes sur les principes mêmes qu'il était censé défendre, lui qui venait de passer plusieurs années de sa vie à apprendre à faire respecter la loi. Il s'aperçut que certains malfaisants pouvaient échapper à leur châtiment légitime et que la société comportait des zones d'ombre auxquelles la loi n'avait pas accès.

Le professeur Yang, qui dirigeait alors le département d'investigation criminelle de l'académie et en était l'un des professeurs les plus admirés, disait souvent que les policiers et les criminels étaient les deux faces d'une même pièce. Yuan prit une décision dont il ne se serait jamais cru capable.

Il se servirait de ses talents et de sa formation pour punir Xue et Deng.

Il se rendait compte que ce projet risquait d'anéantir ses chances de devenir officier de police, le rêve de sa vie. Ce fut alors qu'une idée lui vint, par l'entremise de deux camarades de promotion – son grand ami Pei et l'amoureuse de celui-ci, Meng.

Euménide, le trublion vindicatif surgi des profondeurs de l'imagination de Meng, semait au même moment la zizanie à l'académie. Pei et Meng avaient peut-être réussi à tromper tout le monde avec leur petit jeu, mais pas Yuan. Non seulement il s'estimait aussi intelligent qu'eux, mais il faisait chambre commune avec Pei. Le personnage d'Euménide eut tôt fait de prendre pour lui un sens très différent, dépassant de loin tout ce que Meng aurait pu concevoir. Dans l'esprit de Yuan, Euménide cessa de n'être qu'un mauvais plaisant pour devenir un véritable justicier, voué à châtier les auteurs de crimes impunis.

Pour que son plan fonctionne, Yuan devait s'engager sur un chemin sans retour. But principal : éliminer Xue Dalin et Deng Yulong.

Ses quatre années d'académie lui avaient appris à maîtriser l'ensemble des compétences indispensables à un policier d'excellence : le maniement des explosifs, le crochetage de serrures, l'art du combat rapproché, la méthodologie et les techniques de l'investigation criminelle.

Yuan se doutait qu'assassiner Xue et Deng ne serait pas facile. La longue expérience criminelle de Deng l'avait rendu rusé comme un renard. L'homme était en permanence sur ses gardes et ne devait qu'à un instinct de survie exceptionnel d'être encore de ce monde. Yuan n'aurait pas le droit à l'erreur. En cas d'échec, Deng riposterait sans pitié.

Par ailleurs, même si ses qualités professionnelles pouvaient lui être d'une aide inestimable pour réussir son projet, il était conscient qu'elles étaient aussi susceptibles de causer sa perte. La police provinciale ne manquait ni d'excellents analystes, ni d'inspecteurs d'élite. Le moindre indice capable de les mener jusqu'à lui serait une menace immédiate. Et où pourrait-il se cacher si un aussi vaste filet était tendu autour de lui ?

Après une longue période de réflexion, Yuan comprit qu'il n'existait qu'une seule solution à son problème : Yuan Zhibang devait disparaître. Et devenir Euménide.

Il était indispensable qu'Euménide soit un personnage dépourvu d'existence. Un individu sans état civil ni histoire, n'ayant jamais laissé aucune trace. Quelle que soit sa cible – un poids lourd du crime ou un policier de haut rang –, c'était ce qui lui permettrait de rester hors d'atteinte.

Yuan devait donc simuler sa propre mort. Ce n'était qu'à ce prix qu'il pourrait incarner ce personnage.

Il n'avait aucune chance d'y arriver seul. Et en même temps, il ne pouvait dévoiler son plan à personne.

Pei et Meng étaient les seuls capables de l'aider à accomplir sa métamorphose.

Pour commencer, Yuan se trouva une correspondante et fit semblant d'avoir un début de relation sentimentale avec elle. Ses fausses lettres d'amour confirmeraient son infidélité présumée et égareraient plus tard les enquêteurs à la recherche d'Euménide.

Puis, le 18 avril 1984 avant l'aube, alors que le vice-commissaire dormait encore, Yuan s'introduisit à son domicile en crochetant la serrure. Il égorgea Xue Dalin d'un coup de lame de rasoir, laissa un avis de décès à son nom sur la table de la salle à manger et dénicha l'argent de la drogue que Xue dissimulait chez lui. Ces liasses de liquide lui permettraient de subvenir à ses besoins quand il aurait disparu.

Après avoir caché l'argent ailleurs, Yuan s'attela le même matin aux ultimes préparatifs de sa disparition en tant qu'homme ordinaire. Un par un, il rompit tous ses liens affectifs avec le monde.

Il s'inventa un rendez-vous avec sa correspondante pour cet après-midi-là. Avant de quitter la chambre qu'il partageait avec Pei, il avança l'horloge murale de deux minutes pour escamoter l'incohérence chronologique de son plan. Ceci fait, il laissa un deuxième avis de décès – à son propre nom – dans le panier à courrier accroché derrière la porte de la chambre. Un sentiment de satisfaction macabre l'avait envahi au moment de le rédiger.

Une fois ces préparatifs achevés, Yuan ressortit de l'internat. Il croisa comme prévu Meng à l'extérieur du bâtiment et feignit la surprise. Après lui avoir expliqué où il allait, il dit que Pei serait bientôt de retour et demandait qu'elle l'attende dans la chambre avec son talkie-walkie.

Yuan avait préalablement installé un brouilleur à l'intérieur de l'appareil de Meng, ce qui lui permettrait de couper la communication quand il le voudrait. En plus de ce brouilleur, il avait équipé le talkie-walkie d'un dispositif mécanique contenant une petite quantité de poudre – une sorte de bombe miniature, juste assez puissante pour assommer la personne qui tiendrait l'appareil près de son visage au moment de la détonation et la plonger quelques minutes dans l'inconscience, ce qui lui laisserait le temps de faire exploser l'autre bombe, infiniment plus meurtrière.

Meng aperçut l'avis de décès dès son arrivée dans la chambre. Naturellement, elle crut que c'était Pei qui avait tracé à l'encre ces impeccables idéogrammes. Après avoir laissé elle-même un message sur place, elle se précipita vers l'adresse mentionnée par Yuan au cours de leur brève conversation devant l'immeuble.

À sa surprise, elle se retrouva devant un entrepôt désaffecté. Malgré ses réticences, elle entra dans le bâtiment. À l'intérieur, elle découvrit Yuan attaché au pied d'un mur, un engin explosif sanglé sur le torse.

Yuan, à ce stade, avait déjà enfilé ses hardes de ferrailleur, mais la panique qui saisit Meng à la vue de la bombe éclipsa les soupçons qu'elle n'aurait pas manqué d'avoir en des circonstances normales. Son réflexe immédiat fut de contacter Pei, comme s'y attendait Yuan. À 16 h 12, il était prêt à activer le brouilleur du talkie-walkie de Meng pour couper la communication.

Pendant que Meng se démenait pour désamorcer la bombe en suivant les instructions affolées de Pei, Yuan déclencha la télécommande cachée dans ses vêtements. Le brouilleur interrompit aussitôt le signal radio, et la mini bombe explosa au creux de la main de Meng. Étourdie par la détonation, elle perdit connaissance comme prévu.

Dans la chambre de l'internat, Pei entendit une courte rafale de parasites jaillir de son talkie-walkie… puis plus rien. Ses yeux se levèrent vers l'horloge murale à cet instant précis. Malgré l'effroi qui le paralysait, il vit l'heure : 16 h 15.

Yuan était déjà passé à l'action. Il traîna le corps de Huang Shaoping – un mendiant avec lequel il s'était lié d'amitié en prévision de ce moment et qui vivait dans un tunnel de ciment – à côté de Meng et les menotta l'un à l'autre. Après avoir jeté un coup d'œil à sa montre, il régla le compte à rebours pour que la bombe explose deux minutes plus tard, à 16 h 15. De cette manière, non seulement le témoignage de Pei confirmerait la vraie heure de l'explosion, mais lui-même aurait le temps de s'éloigner avant la déflagration.

Moins de cent secondes plus tard, l'homme jusque-là connu sous le nom de Yuan Zhibang serait englouti par les flammes. Et Euménide, un individu sans état civil ni histoire, émergerait des cendres de l'entrepôt détruit.

Un plan effectivement brillant, songea Pei. Et malgré cela, il était clair que quelque chose avait terriblement mal tourné.

Le regard de Yuan était perdu dans le lointain, absorbé par la contemplation d'un passé vieux de dix-huit ans.

« C'est Meng, finit-il par dire. Je l'ai sous-estimée. Et c'est bien la dernière personne que j'aurais dû sous-estimer, ajouta-t-il avec une pointe d'admiration dans la voix. Nous avons tous les deux essayé de rivaliser d'intelligence avec elle, toi et moi. Et au final, nous avons tous les deux perdu.

– Qu'a-t-elle fait ? » demanda Pei, incapable de maîtriser le tremblement de sa voix.

Yuan lui lança un regard oblique et poursuivit son récit.

Il était 16 h 13 et des poussières. Il restait moins de deux minutes avant l'explosion.

Meng revint à elle. Un afflux de sang lui brûlait les joues, ses oreilles bourdonnaient, mais elle était consciente et reprit rapidement ses esprits.

Yuan avait disparu, et elle était menottée à un inconnu. Un inconnu aux paupières closes, complètement immobile. Meng était incapable de dire s'il était mort ou juste inconscient. Ce fut alors qu'elle remarqua l'engin explosif attaché à sa taille. Et le compte à rebours qui défilait inexorablement, seconde après seconde.

Elle examina la bombe en hâte mais ne savait toujours pas comment la désamorcer. Plus qu'une minute, disait le cadran.

Meng leva la tête et balaya frénétiquement l'entrepôt des yeux. Elle aperçut une silhouette en train de s'éloigner vers la sortie. Et elle comprit. Il lui avait tendu un piège.

« Yuan Zhibang ! »

Yuan stoppa net. Il se retourna et croisa le regard de la jeune femme. Le temps parut suspendre son cours lorsqu'elle vit une ombre de culpabilité et de tristesse glisser sur ses traits.

« Je suis désolé », dit-il d'une voix sourde.

Et il reprit sa marche vers la porte de l'entrepôt.

« Espèce de salaud ! Arrête-toi et regarde-moi ! »

Il émanait d'elle une force magnétique. Yuan, presque arrivé à la porte, se figea à nouveau. Puis il pivota pour lui faire face. À ce moment-là, il s'estimait encore totalement maître de la situation. Elle n'avait aucun moyen de contrecarrer son plan.

Il restait moins d'une minute avant l'explosion de la bombe, mais Yuan n'aurait besoin que de quelques secondes pour sortir. Cela lui laissait encore le temps de s'échapper, alors que Meng, elle, n'avait aucune chance de se libérer. Que risquait-il à lui accorder encore une poignée de secondes ?

Ce fut là son erreur – croire que Meng tentait d'échapper à la mort.

Vrillant sur lui un regard noir, elle empoigna le fil de la bombe et l'arracha.

Yuan ouvrit la bouche en grand en comprenant ce qu'elle voulait faire. Meng n'avait aucune intention de rester en vie. Il détala vers la sortie de l'entrepôt, mais c'était déjà trop tard. Une vague de chaleur brûlante le souleva du sol, et le monde se perdit dans les flammes et l'obscurité.

Pei eut l'impression que son esprit planait à plusieurs kilomètres au-dessus de la terre. Des larmes roulaient sur ses joues. En un sens, il était soulagé.

« Ce n'est pas ma faute », murmura-t-il.

En même temps que s'installait en lui la conscience qu'il n'était pas la cause de la mort de Meng, la pierre qui lui broyait le cœur depuis dix-huit ans se souleva enfin. Son admiration pour son amoureuse morte augmenta encore. Jamais il n'aurait imaginé que sa fin ait pu être à ce point héroïque.

Pei s'essuya les yeux et fixa Yuan.

« Je la reconnais bien là, lâcha-t-il d'une voix rauque. Elle n'a jamais été du genre à admettre sa défaite. Elle était imbattable !

– Oui, fit Yuan, indifférent à l'émotion du policier. Je n'ai pas réussi à la battre. Ni à te battre, toi. Elle m'a presque tout pris. Et maintenant, avec ton aide, je vais enfin pouvoir enterrer le peu de vie qu'il me reste. »

Il s'interrompit un instant, comme s'il était en train de changer d'avis.

« Mais tout bien réfléchi… ni elle ni toi n'avez réussi à me battre non plus. Tu t'en rendras compte bien assez tôt. Quand notre combat se terminera, il sera facile de désigner le vainqueur. »

Pei secoua la tête.

« Je t'ai trouvé. C'est déjà terminé.

– Je voulais que tu me trouves, répliqua Yuan avec un rire amer. Et je ne suis pas Euménide. Plus maintenant, en tout cas. J'ai cessé de l'être le jour où l'élue de ton cœur m'a carbonisé. »

Pei ferma les yeux, honteux de son excès d'orgueil. L'explosion de l'entrepôt avait peut-être mutilé Yuan, mais sa motivation originelle était toujours là. Voilà pourquoi il avait patienté dix-huit ans. Parce qu'il le fallait.

« Il y en a un autre, dit Pei, testant sa nouvelle théorie.

– Oui. »

Yuan attira Guo contre lui.

Pei crispa les mâchoires. Yuan avait tenu à former un successeur, à transmettre à quelqu'un les qualités indispensables pour mener à bien sa mission de justice.

« Je le trouverai, dit-il.

– Non, tu ne le trouveras pas, ricana Yuan. Il n'existe aucune trace de lui. Même pas de photo, pas une seule. Dis-moi, Pei, comment vas-tu faire pour trouver quelqu'un qui n'existe pas ?

– Deng Hua ! s'écria Pei, de plus en plus exalté. Voilà comment je vais le trouver ! Et je sais déjà où vous avez choisi de mettre votre plan à exécution ! »

Le visage de Yuan se déforma sous l'effet d'un sourire qui ramena brutalement Pei deux décennies en arrière. Un sentiment indescriptible s'empara de lui.

« J'aime bien ce que tu es devenu, Pei. »

Pei se raidit.

« Souviens-toi de ce qu'était notre vie il y a dix-huit ans, avant l'explosion, poursuivit Yuan. Quand on partageait la même chambre – presque comme deux frères – et qu'on se battait pour prouver qu'on était les meilleurs élèves de l'académie. As-tu pensé une seule fois à l'époque qu'on finirait comme ça un jour ? Regarde-nous, chacun dans un camp, le feu contre la glace. Nous essayons de toutes nos forces de triompher sur l'autre, et pourtant ni toi ni moi n'avons la moindre certitude de remporter la victoire. »

Pei plissa le front sans répondre.

« Je sais ce que tu penses de tout ça : exactement la même chose que moi, dit Yuan. Nous avons tous les deux soif de défis et d'émotions fortes, nous rêvons d'un grand ennemi plus que d'un bon ami. Je sais que nous avons tous les deux le même fantasme : nous retrouver face à face sur un champ de bataille et nous battre l'un contre l'autre jusqu'à ce que mort s'ensuive. Soit tu me tues, soit je te tue. »

Pei siffla entre ses dents. Yuan s'esclaffa, mais son rire ressemblait au râle d'un animal mourant.

« J'ai transformé notre fantasme en réalité. Tu devrais me remercier, vraiment. C'est moi qui ai écrit la lettre qui t'a fait venir ici. C'est moi qui t'ai invité à entrer dans la danse. Et tu ne m'as pas déçu. Pour être franc, je suis jaloux. Il te reste une chance d'affronter un adversaire exceptionnel. »

Pei dévisagea longuement Yuan, puis secoua la tête.

« Tu es fou.

– Fou ? répéta Yuan en ricanant. Je suis peut-être fou à tes yeux, mais moi, au moins, je réussis à punir des gens qui méritent de l'être. Je fais le travail que toi et tous tes collègues devriez faire.

– Sauf que nous n'assassinerions jamais une innocente ! rugit Pei.

– Allons, Pei... Que signifie l'innocence, au fond ? fit Yuan en haussant les épaules. Laisse-moi te poser une question. Si je n'avais tué ni Meng, ni Zheng Haoming – si j'avais seulement tué des gens qui méritaient d'être punis de leurs crimes –, est-ce que tu m'arrêterais ? »

Pei n'eut guère besoin de temps pour réfléchir.

« Bien sûr que oui.

– D'accord. Maintenant, regarde-la bien, marmonna Yuan en tirant sur le bras de Guo pour la forcer à faire face au policier. Imagine, juste une minute, que j'aie toujours été un bon citoyen, parfaitement respectueux de la loi. Mais que les actes odieux de cette salope me dégoûtent tellement que j'ai envie de la tuer. Irais-tu jusqu'à me tirer dessus pour m'en empêcher ?

– Oui.

– Pourtant, tu la détestes aussi. Ce que j'ai envie de lui faire ne te paraît pas détestable en soi, mais tu feras quand même tout ce que tu pourras pour m'empêcher de lui régler son compte. Tu iras jusqu'à me tuer, moi, si ça te paraît indispensable. Tout ça à cause de ton satané besoin de respecter les règles, et parce que tu t'imagines que ces règles protègent le peuple.

– Exactement.

– Je fais quelque chose que tu aurais bien envie de faire, sauf que tu en es incapable. Et malgré ça, tu me tirerais dessus. Maintenant, dis-moi : serais-je innocenté ? »

Pei se contenta de secouer la tête.

« Pourquoi as-tu hésité ? Permets-moi de répondre à ta place. Non, je ne serais pas innocenté. Tu vois, nous sommes fondamentalement adversaires. Même si nous pouvons sympathiser, même si nous recherchons la même forme de justice, nous sommes condamnés à nous affronter jusqu'à la mort. Nous sommes tous les deux prêts à nous sacrifier pour combattre le crime – au nom du bien public. Personne n'est vraiment innocent. D'ailleurs, soupira Yuan, à l'exception de Meng, tous ceux que j'ai tués le méritaient. Même le type dont j'ai utilisé le cadavre pour faire croire que j'étais mort avait commis des actes impardonnables.

– Tu oublies Zheng. Lui aussi était innocent. Et ton successeur l'a tué quand même.

– Zheng s'est montré beaucoup trop curieux. Je suis prêt à éliminer quiconque se met en travers de mon chemin. »

Pei regarda Yuan dans le blanc des yeux.

« Dans ce cas, pourquoi ne m'avez-vous pas tué, moi ?

– Tu te souviens de "l'effet poisson-chat" ? »

Pei repensa aux longues heures d'étude dans l'amphithéâtre de l'académie. Le professeur Yang leur avait appris que l'expression provenait d'une vieille fable norvégienne. Autrefois, du temps où les bateaux de pêche norvégiens partaient pêcher la sardine très loin, les pêcheurs s'étaient rendu compte que ce poisson si précieux survivait rarement au trajet de retour vers le port. Pourtant, à la grande surprise de tous les autres, un capitaine réussissait toujours à ramener ses sardines vivantes. Son secret était étonnamment simple : il lâchait un poisson-chat dans la cale à sardines. À peine avaient-elles repéré le prédateur qu'elles se mettaient à nager comme des folles pour tenter de lui échapper. Cela les obligeait à mobiliser toutes leurs forces, donc à rester vivantes, jusqu'à ce que le bateau soit à quai.

« Tu es le poisson-chat, expliqua Yuan. Ta présence est ce qui maintient Euménide en éveil. Voilà pourquoi on ne te tue pas. À ce stade, je n'ai plus rien à lui apprendre. Toi, au contraire, tu es appelé à devenir son adversaire numéro un, et tu seras en même temps son plus grand professeur. »

Pei se demanda s'il devait l'entendre comme une insulte ou comme un compliment. Peut-être n'était-ce ni l'un ni l'autre.

« Tu as perdu les pédales, Yuan. Tu es tellement empêtré dans tes propres mensonges qu'ils te rendent aveugle à la vérité. Tu ne vois même pas que le temps de tes crimes est révolu. J'ai hâte de planter mes crocs dans ta sardine », conclut-il avec un sourire froid.

Yuan humecta ses lèvres difformes.

« Tu comptes vraiment m'empêcher de tuer Deng ?

– Bien sûr. Tu ne me crois pas capable d'y arriver ?

– Oh, si, je n'ai aucun doute là-dessus. Même si tu sais déjà de quel individu nous parlons. Deng est une crapule. Il trafique de la drogue. Il a du sang jusqu'au cou. Est-ce vraiment le genre de personne pour lequel tu risquerais ta vie ?

– La loi juge les gens selon des règles précises. Les crimes de Deng sont une chose. Le fait que tu veuilles l'exécuter par des moyens illégaux en est une autre. La loi ne te permet pas d'exercer dans ton coin une justice dévoyée, et je ne te le permettrai pas non plus.

– Ces nobles paroles te viennent facilement à la bouche, réagit Yuan en découvrant ses dents blanches comme de l'ivoire. Tu penses comme ça parce que tu n'as jamais été confronté à un choix difficile. Mais tu auras tôt fait de comprendre. Il n'y a pas d'issue pour toi non plus

– Qu'est-ce que ça signifie ?

– Tout à l'heure, dit Yuan en souriant, Mu est ressortie d'ici avec un objet que je lui ai donné. Ton sens de l'observation a toujours été acéré. Je suis sûr que ce détail ne t'a pas échappé. »

Pei se raidit en repensant à la précipitation avec laquelle Mu avait sauté dans un taxi juste après avoir quitté le Jardin de Jade.

« Tu lui as donné quoi ?

– Peu importe. Ce qui compte, c'est que Deng croie qu'elle l'a maintenant en sa possession. La bande enregistrée par Bai Feifei il y a dix-huit ans. »

Pei cessa de respirer en comprenant ce que cela impliquait pour Mu. Il abattit son poing sur la table et se leva d'un bond.

« Fils de pute ! Tu vas la faire tuer !

– *Moi ?* Je ne toucherai pas à un cheveu de Mu. C'est Deng qui veut sa mort. Oh, et ne te fatigue pas à essayer de convaincre son toutou Hua que c'est une ruse de ma part. Je l'ai déjà prévenu que tu raconterais n'importe quoi pour sauver ta coéquipière.

– Espèce d'ordure… »

Fou de rage, Pei empoigna Yuan par le col de son imperméable. Les veines de son cou saillaient comme des serpents lorsqu'il cria :

« Pourquoi a-t-il fallu que tu la mêles à ça ?

– Pour te mettre à l'épreuve, répondit lentement Yuan, en détachant chaque syllabe. J'avais besoin de te placer face à un choix difficile. J'avais besoin de voir comment tu réagirais. »

Les mains tremblantes, Pei lâcha Yuan. Il sortit son téléphone et composa frénétiquement le numéro de Mu. Mais il n'y eut pas de réponse. Pei balança l'appareil sur la table.

Yuan ne semblait pas perturbé le moins du monde.

« Il est temps que tu t'en ailles, capitaine Pei. Si tu attends encore, il sera trop tard pour que tu aies le choix. »

Pei récupéra son téléphone et partit vers la porte.

« Hé, attends ! » fit la voix de Yuan dans son dos.

Pei s'arrêta et se retourna.

« Tu ne me dis même pas au revoir ? » demanda Yuan.

Les deux hommes se regardèrent. Toute leur histoire commune – de l'amitié sans faille, suivie de dix-huit ans de deuil, de nostalgie et de regrets, à l'hostilité et à la colère qui venaient de marquer leurs retrouvailles – se cristallisa dans ce bref instant.

« Je préfère te laisser un peu en paix avant que tu ne te retrouves en enfer », répliqua Pei, cinglant.

Il lui tourna le dos et courut vers la porte.

Yuan sentit son énergie vitale l'abandonner un peu plus à chaque enjambée de Pei. Il se laissa aller en arrière sur sa chaise, aussi épuisé qu'un homme sur son lit de mort.

« On a fait un joli parcours, pas vrai, Guo ?

– Ce flic a raison. Vous êtes complètement cinglé », souffla-t-elle.

Il passa un bras autour de ses épaules frissonnantes.

« C'est possible. Mais c'est une question qui ne va pas nous tracasser longtemps, vous et moi. »

Yuan avait atteint le but qu'il s'était fixé. La mission à laquelle il avait consacré la seconde moitié de son existence était accomplie, mais il n'en éprouvait aucune joie.

Juste une profonde solitude.

C'était sûrement la journée la plus calamiteuse de sa carrière de policier, pensa le sergent Chen. Qu'une prise d'otage ait lieu dans sa juridiction était déjà grave en soi, mais le plus rageant était qu'aucune des personnes qui avaient discuté jusque-là avec le preneur d'otage n'ait ensuite daigné prendre le temps de lui fournir un minimum d'indications sur ce qui avait été dit ou sur ce qui devait être fait.

Au moins, à sa sortie du restaurant, le capitaine Pei eut l'obligeance de lui crier :

« Repliez-vous ! »

Le sergent Chen retransmit aussitôt l'ordre à ses hommes.

« Tout le monde recule, vite ! »

Il ne savait pas trop ce qui se tramait, mais la tête de Pei laissait présager le pire.

Une déflagration fit trembler le sol et voler en éclats les vitres de plusieurs bâtiments avoisinants. Le Jardin de Jade se transforma en un amas de béton d'où montaient des panaches de fumée. Le seul son encore audible par Chen était un bourdonnement assourdissant dans ses oreilles.

Le chaos submergea la rue. Des gens hurlaient de terreur pendant que d'autres couraient se mettre à l'abri. Certains s'avancèrent même vers les décombres, poussés par une curiosité morbide.

Pei, qui avait déjà franchi les barrières, ne se retourna pas. En arrivant au carrefour, il se tourna dans la direction prise par Mu. Cette avenue pouvait mener un peu partout, et il n'était pas un spécialiste de la géographie locale.

Alors qu'il hésitait, immobile, son portable sonna, et il vit s'afficher le nom de Mu. Il prit l'appel sur-le-champ, mais ce fut la voix de Zeng qui lui parla.

« Allô ? Capitaine Pei ?

– Zeng ? fit Pei, sans savoir s'il devait s'attendre à une bonne ou à une mauvaise nouvelle. Où êtes-vous ? Où est Mu ?

– À l'hôpital populaire n° 1. Mu a eu un problème. Putain, j'ai vraiment eu du bol d'arriver à temps ! »

Pei balaya immédiatement la foule des yeux, cherchant le jeune policier en uniforme qui l'avait amené avec Mu et Hua. L'homme était invisible. Pei fixa son regard sur le sergent Chen, occupé à lancer des ordres aux agents qui fourmillaient autour du restaurant. Il envisagea de lui demander si l'un de ses hommes pouvait le déposer à l'hôpital, mais son instinct lui souffla que le sergent refuserait sans l'ombre d'une hésitation.

Tournant la tête, il repéra une file de taxis à quelques dizaines de mètres. Il courut jusqu'au véhicule de tête et ouvrit brutalement la portière avant droite. Le chauffeur, qui regardait bouche bée le restaurant détruit, cria de surprise quand il s'assit à côté de lui.

« Hé, qu'est-ce qui vous prend ? »

Pei lui mit sa carte de police sous le nez.

« À l'hôpital populaire n° 1, vite ! Je veux y être dès que ce sera humainement possible.

– D'accord, d'accord, fit le chauffeur, calmé par le coup d'œil oblique qu'il venait de jeter au pistolet accroché à la ceinture de Pei. Comme vous voudrez, chef. »

Pendant que le taxi démarrait, Pei composa le numéro de Zeng. L'informaticien décrocha tout de suite, et Pei lui demanda des explications sur ce qui s'était passé.

« Quand j'ai vu Mu partir avec vous vers le Jardin de Jade, raconta Zeng, je me suis mis à gamberger sec. Du coup, j'ai fini par quitter le QG pour la rejoindre sur place, et je suis arrivé route de Xingcheng juste au moment où elle montait dans un taxi. Avec un petit paquet à la main. Du coup, je suis resté dans le mien et je l'ai suivie. Au bout d'un certain temps, Mu est descendue, et je l'ai vue disparaître dans un passage pouilleux. Je ne savais pas ce qu'elle faisait là, mais vu son attitude, elle n'avait pas envie qu'on la remarque. J'ai décidé de l'attendre au portail. Ensuite, deux types sont entrés dans le passage. Ils avaient l'air de chercher quelque chose ou quelqu'un. Peu de temps après, j'ai entendu Mu hurler et j'ai foncé ! »

Pei poussa un soupir de soulagement.

« Je l'ai découverte par terre, au fin fond du passage, continua Zeng. Elle était dans les pommes, mais elle respirait. L'un des deux types que j'avais repérés faisait le guet pendant que l'autre la fouillait. Dès qu'il m'a vu, le premier type s'est jeté sur moi. Ah, vous auriez dû voir ça ! J'étais bien parti pour lui mettre la tête au carré quand l'autre a sifflé, et ils ont tous les deux décampé à toute vitesse. J'étais trop inquiet pour Mu pour leur courir après. Je l'ai ramassée et je l'ai portée sur mon dos jusqu'à ce qu'on trouve un taxi, et nous voilà.

– J'arrive, dit Pei. Comment va-t-elle ?

– Le docteur m'a parlé d'une blessure légère à la tête. Elle sera vite rétablie. Elle est déjà réveillée. Aile est, chambre 417. »

À peine le taxi eut-il stoppé devant l'hôpital que Pei bondit sur le trottoir. Il sprinta jusqu'à l'entrée de l'aile est et se rua vers les ascenseurs. Il poussa la porte de la chambre 417 et trouva Mu étendue sur un lit, le visage tourné vers la fenêtre. Zeng, assis sur une chaise, massait son bras contusionné à l'aide d'un onguent antiseptique. Ses cheveux étaient hirsutes, et l'entaille de son arcade sourcilière nécessiterait sans doute quelques points de suture. Il affichait un sourire niais.

« Comment allez-vous ? » demanda Pei.

Les deux occupants de la chambre se tournèrent vers lui, et le sourire de Zeng s'agrandit encore.

« Rien de bien méchant, dit-il. Ces voyous ne pouvaient pas savoir qu'ils s'attaquaient à un champion de boxe invaincu de l'académie. »

Pei et Mu échangèrent un regard, comprenant sur-le-champ que les « voyous » en question étaient des hommes de Deng.

« Que vous a donné Yuan Zhibang ? demanda Pei à Mu.

– Qui ça ? fit-elle, décontenancée.

– Huang Shaoping est Yuan Zhibang ! Je sais que ça paraît fou, mais je vous expliquerai tout plus tard. Que vous a-t-il donné ? »

Pei s'était approché de la fenêtre en parlant. Il regarda en bas et repéra instantanément plusieurs jeunes gens immobiles devant l'hôpital. Même s'ils pouvaient donner l'impression de se tourner les pouces, Pei comprit à leur attitude qu'ils surveillaient en réalité les entrées et sorties du bâtiment. Les hommes de Deng étaient déjà en position.

Il se replia dans le couloir et téléphona à Liu Song. Après lui avoir résumé la situation, il demanda l'envoi en urgence d'une équipe d'agents de l'UPS pour protéger Mu. Liu accepta sans discuter.

À son retour dans la chambre, Pei sentit que Mu et Zeng avaient encore du mal à digérer la révélation qu'il venait de leur faire. En revanche, Mu semblait avoir pris conscience de la gravité de la situation. Elle sortit un bout de papier de sa poche et le tendit à Pei.

« Il m'a donné ça, dit-elle. C'était à l'intérieur d'une enveloppe. Qu'est-ce que ça veut dire ? »

Pei lut. Il n'y avait que trois mots sur la feuille. « *Je suis désolé.* »

Il se massa le front et expira lentement.

Je suis désolé.

Dix-huit ans plus tôt, Yuan avait dit ces mots à Meng quelques secondes avant qu'elle n'arrache le fil de la bombe. Et il venait d'écrire les mêmes à Mu au moment de la livrer en pâture à Deng et à ses hommes.

Vu ce que Yuan avait fait croire à Deng, il n'y avait aucune chance que l'homme fort de la ville renonce à traquer Mu. Son pouvoir lui permettait de briser tous ses ennemis. Un jour ou l'autre, Mu tomberait entre ses griffes. Deng l'interrogerait

– vraisemblablement sous la torture – jusqu'à ce qu'elle avoue où était la bande. Même si cette bande n'existait pas.

Pei réfléchissait à toute allure. La sphère d'influence du magnat était trop vaste. Pour sauver Mu, il ne voyait qu'une seule solution. Il devrait contourner la loi et éliminer Deng.

Il devrait violer tous les principes qu'il avait consacré sa carrière à défendre.

Yuan l'avait placé face à un choix.

C'était soit Mu, soit Deng. Il ne pouvait sauver que l'un des deux.

11
Dernier sang

25 octobre, 17 h 11
Longyu Building

En revenant dans le hall de l'immeuble, Pei constata que tous les policiers mobilisés pour l'opération étaient déjà là. Ils faisaient cercle autour de Han, qui leur exposait sa stratégie de protection.

Liu Song vit approcher Pei et vint aussitôt à sa rencontre pour l'entraîner à l'écart.

« Du nouveau, capitaine ? interrogea-t-il, anxieux. Et maintenant ? Qu'est-ce qu'on fait ?

– Rien. Il n'y a rien à faire.

– Quoi ? Vous m'avez dit de me tenir prêt pour ce soir. J'ai prévenu le commissaire politique – il attend que je le rappelle. On pourra passer par lui pour tout ce qu'on aura besoin de demander à la hiérarchie. »

Pei réfléchit avant de répondre.

« Ce n'est plus indispensable. Mieux vaut attendre de voir comment les choses se passent ce soir, et nous nous occuperons de Han et de Yin après, dit-il en promenant un regard sur la petite foule de leurs collègues. Où est Yin, au fait ?

– Han m'a dit qu'il ne l'avait plus revu depuis un moment. Il a filé, c'est clair ! Si on n'agit pas tout de suite, ajouta Liu à voix basse, il sera beaucoup plus dur à attraper. »

Pei aurait eu bien des choses à dire à l'officier de l'UPS, mais ce n'était pas le moment.

« Je vais être honnête avec vous, Liu. Je vous expliquerai les raisons de la mort de Xiong dès que possible. Mais pas maintenant.

– Compris, dit Liu.

– Rejoignons les autres. Dans l'immédiat, le mieux est encore d'écouter le plan de bataille du capitaine. »

Pendant qu'ils se dirigeaient vers les policiers qui faisaient cercle autour de Han, celui-ci aperçut Pei.

« Ah, capitaine Pei ! Qu'est-ce qui s'est passé là-bas, bon sang ?

– Huang Shaoping était en fait Yuan Zhibang, répondit Pei, la mine fermée. Il est mort. »

Han resta sans voix.

« Huang – ou plutôt Yuan – a signé les trois meurtres commis sous le nom d'Euménide il y a dix-huit ans, reprit Pei. Malheureusement, il laisse un héritier. Quelqu'un a repris le flambeau. »

Il résuma brièvement les événements à Han, de la prise d'otage à l'explosion du restaurant et au nettoyage en cours des décombres, en prenant soin de taire certains noms qu'il jugeait inopportun de citer devant tous les autres. *Xue Dalin*, pensa-t-il. *Deng Hua. Mu.*

« Merde ! lâcha Han. C'est un nouvel Euménide qui a commis les derniers meurtres ? Et nous ne savons rien de lui ? »

Pei hocha la tête.

« C'est quelqu'un qui n'a même pas d'état civil, qui n'a jamais laissé aucune trace écrite, dit-il. Comme s'il n'existait pas.

– On va le piéger, grommela Han entre ses dents. Le moment est venu pour ce fumier d'apprendre ce que la justice veut dire.

– Absolument, dit Pei.

– Il faut maintenant qu'on se concentre sur cette opération, déclara Han. Venez, Pei, je vais vous mettre à la page. »

Han expliqua à son homologue de Longzhou que Deng tenait à ce que sa protection rapprochée soit exclusivement assurée par ses gardes du corps. La police devrait rester cantonnée à des tâches de sécurité subalternes et contrôler toutes les entrées et sorties. À 18 h 30, Deng quitterait le Longyu Building en direction de l'aéroport, où il embarquerait sur le vol de 20 h 40 pour Pékin.

Selon l'arrangement conclu avec Han, Liu et ses hommes de l'UPS seraient les premiers à quitter l'immeuble pour ouvrir la voie et s'assurer qu'il n'y avait aucun obstacle sur le parcours. La flottille de Deng partirait ensuite, encadrée par une escorte de véhicules de la police sous les ordres de Han. À l'aéroport, Deng devrait attendre à bord de sa limousine blindée pendant que des policiers se chargeraient des formalités d'enregistrement. Une fois la procédure terminée, il descendrait de l'auto et serait directement conduit au contrôle de sécurité, d'où il rejoindrait la salle d'embarquement sous la double protection de ses gardes du corps et de la police.

Le parcours de Deng jusqu'à son avion avait été organisé de manière à réduire au minimum ses contacts avec le monde extérieur. Il monterait dans la Bentley au pied de l'immeuble, et son chauffeur l'emmènerait jusqu'au parking souterrain de l'aéroport. Là, Deng descendrait juste devant l'entrée VIP, où l'attendraient non seulement ses hommes, mais aussi toute une équipe de policiers. Cette partie de l'aérogare aurait en outre été provisoirement fermée au public. Le dispositif de sécurité était infranchissable.

Le seul et court moment où Deng devrait se montrer en public serait celui de son entrée dans la salle d'embarquement, car la police n'était pas habilitée à interdire l'accès à cette zone aux autres passagers. Cela étant, comme ceux-ci auraient tous été contrôlés avant d'y parvenir, il n'y avait aucun risque que l'un d'eux porte une arme, fût-elle aussi minuscule qu'une lame de rasoir.

Même si Euménide avait largement fait la preuve de son ingéniosité, la situation serait différente cette fois-ci. Entre le dispositif de surveillance complet mis en place par la police et la présence additionnelle des hommes de Deng, le tueur n'aurait pas l'ombre d'une chance d'approcher sa cible. La salle d'embarquement était un espace clos. Au moindre geste suspect, les policiers ou les gardes du corps du magnat le captureraient immédiatement.

Assassiner Deng Hua dans l'enceinte de l'aérogare semblait tout bonnement chimérique. Pourtant, s'il y avait quelque chose qu'on ne pouvait pas contester à Euménide, c'était son étrange aptitude à réussir l'impossible.

Chacun connaissait son rôle. Liu et ses hommes de l'UPS quittèrent le Longyu Building pendant que Pei patientait dans le hall avec Han et les autres. Il n'avait aucun doute sur l'endroit où Euménide porterait son attaque. Ce serait dans l'aérogare.

Pei regarda le capitaine de la criminelle et sentit comme il était tendu. Les veines de ses tempes étaient saillantes.

Han attendait lui aussi cette phase cruciale de l'opération. Il avait déjà beaucoup trop perdu – il n'y avait plus de retour en arrière possible.

J'ai commis une faute, minuscule, qui en a amené une autre, un peu plus grosse… puis une troisième, encore plus grosse. À partir du moment où on a fait un premier pas sur le mauvais chemin, il n'y a plus de retour en arrière possible.

Ce sang sur le levier de vitesse avait bien failli le perdre.

Han repensa à la manière dont il s'était engagé sur ce chemin un soir d'automne, deux ans plus tôt. Il n'avait pas cessé de l'arpenter depuis.

L'avant-veille au soir
Siège de la police criminelle de Chengdu
Salle de conférences

« Comment vous appelez-vous ?

– Peng Guangfu. »

À la seconde où Han comprit que Peng était encore en vie, son cœur chavira. Euménide savait. Il avait découvert la vérité sur la fusillade du Mont des Cerfs-Jumeaux. Tous les autres criminels présentés sur ses vidéos étaient morts, il n'avait épargné que Peng. Ses intentions étaient claires comme de l'eau de roche.

Han se retint de détourner les yeux de l'écran. Il ne fallait surtout pas que Mu – ni Pei – se rende compte de son trouble. Ces deux-là étaient les plus perspicaces du groupe, et, avec son bagage de psychologue, Mu serait plus intriguée que quiconque par une réaction anormale.

À la fin de la séquence, Euménide trancha la langue de Peng Guangfu. « *Je vous laisse une chance* », dit la silhouette. « *J'espère que vous la saisirez.* »

On pouvait logiquement supposer que ces paroles s'adressaient à Peng, mais il était aussi possible de les entendre comme une énième provocation lancée aux forces de l'ordre.

De même, tout le monde semblait s'accorder à penser qu'Euménide avait tranché la langue de Peng pour l'empêcher de révéler quoi que ce soit sur lui. Han était le seul à comprendre le sens véritable de la menace.

Plusieurs minutes après son retour au QG, sa ligne directe sonna. Un homme lui parla d'une voix basse et assourdie, comme s'il cherchait à dissimuler son identité. C'était la même que sur les vidéos. Euménide.

« *Vous devriez me remercier de ne pas dévoiler votre secret.* »

Han alla fermer la porte à clé avant d'écouter la suite.

« *La balle est dans votre camp. Je suis sûr que vous saurez en profiter.*

« *Ne vous inquiétez pas, je vous aiderai. Quand vous aurez atteint la destination indiquée par le récepteur, une fenêtre de tir s'ouvrira pour vous. Par contre, cela ne durera pas longtemps. Vous devrez être réactif – il ne faudra pas hésiter une seconde.* »

Han serra les dents. Il savait à présent ce que cela faisait d'être un pantin.

« *Qu'est-ce qui vous arrive, Han ? Vous avez perdu votre langue ? Laissez-moi vous décrire ce qui se passera si vous refusez. Votre honte sera publique. Vous connaîtrez le déshonneur. Vous deviendrez un proscrit. Peng restera en vie malgré ses crimes. Il ne pourra plus parler, mais il aura gagné quand même. Il assistera à votre chute avec un plaisir pervers. Voilà le destin qui vous attend, sauf si vous agissez. L'occasion ne se représentera pas. Soit vous tuez Peng, soit vous assumerez les conséquences de vos crimes. Vous comprenez ?* »

Han ne pouvait même plus respirer.

« Suivez mes instructions, et on croira qu'Euménide a fait une victime de plus. Vous serez délivré – à condition que votre conscience vous le permette. Je serai à l'affût. Si vous réussissez, je détruirai la totalité des indices existants.

« Voilà les règles. Si vous refusez de jouer le jeu, la fin de la partie ne vous plaira pas. »

L'homme raccrocha sans que Han ait prononcé un seul mot. Parler lui était impossible. Il n'avait pas le choix.

Pas un jour ne s'écoulait sans que Han revive le drame survenu au parc du Mont des Cerfs-Jumeaux. Ses erreurs. Sa culpabilité.

Quand il s'était retrouvé face à Zhou Ming et à Peng Guangfu dans le jardin de rocaille ce soir-là, l'alcool lui engourdissait les sens. L'adrénaline de la poursuite l'avait un tant soit peu dégrisé, mais il était encore ivre. Ses gestes manquaient de tonus, et il était obligé de garder un œil fermé pour ne pas voir en double les hommes qu'il poursuivait. Au fond de lui-même, Han se savait responsable de ce qui s'était passé ensuite.

Ce fut lui qui, le premier, accula les voleurs au fond d'une allée sombre. Tous deux laissèrent tomber leur couteau, et Han commit l'erreur de se relâcher. D'où la lenteur de sa réaction quand Zhou Ming sortit un pistolet de l'arrière de sa ceinture et lui tira une balle dans la jambe. Han voulut riposter mais eut du mal à le viser.

Sur sa gauche, Zou Xu surgit de derrière un rocher et se précipita sur l'auteur du coup de feu à l'instant où Han, ayant enfin réussi à pointer son arme, appuyait sur la détente.

Zou Xu s'écroula. La balle de Han lui avait transpercé la poitrine.

Bien que mortellement touché, le coéquipier de Han parvint à entraîner Zhou Ming dans sa chute et à lui arracher son revolver. Peng Guangfu s'enfuit.

Han s'approcha en traînant la jambe, ralenti par sa blessure. Il maintint Zhou Ming en joue pendant que Zou Xu agonisait.

Le policier poussa un râle déchirant, puis mourut. Un mélange d'émotions atroces envahit Han. Il regarda son coéquipier tombé, leva la tête et lança un hurlement vers le ciel nocturne.

Zhou Ming, blotti au pied du rocher, le suppliait en bégayant de lui laisser la vie sauve. Il avait perdu son revolver et tendait les deux mains vers lui en signe de soumission totale. Mais Han était aveuglé par la rage. Il colla le canon de son arme contre le cœur du voleur et actionna la détente.

Le sang de Zhou Ming lui gicla à la figure, et la brume de son ivresse commença enfin à se dissiper.

Il avait commis des fautes. Et il devait prendre une décision.

Trois balles avaient été tirées. Dont deux par lui, tuant son coéquipier Zou Xu et le criminel Zhou Ming. Celle de Zhou l'avait blessé à la jambe. Ces indices balistiques suffiraient aux enquêteurs pour reconstituer la vérité de la scène chaotique qui venait d'avoir lieu.

Il devait y remédier.

Malgré sa blessure, Han palpa rapidement le corps de Zou pour localiser la balle qui l'avait tué. Il la trouva vite – elle avait traversé la poitrine de son coéquipier et affleurait dans son dos, juste en dessous des côtes. Han réussit à l'arracher et la glissa dans sa poche.

La fusillade n'était pas passée inaperçue. Des sirènes mugirent à l'extérieur du parc quelques minutes plus tard. Quand les premiers agents accoururent, Han avait tout juste eu le temps de déposer la balle extraite du corps de son coéquipier à l'endroit où il avait ramassé celle qui avait tué Zhou Ming. Son émotion n'était pas feinte lorsqu'il répondit à leurs questions. Mais son cerveau tournait à plein régime. Sur le trajet du retour au QG, où se poursuivrait son interrogatoire, il élabora un plan destiné à effacer les preuves de ses deux crimes. Ce ne serait pas facile. Mais si la vérité éclatait au grand jour, les conséquences seraient encore bien pires pour lui.

Les jours suivants, Han réécrivit toute l'histoire. Il était le seul à savoir qu'il avait tué son coéquipier et froidement exécuté un voleur. Le seul – à l'exception de Peng.

La tuerie fit la une de la presse plusieurs jours de suite. La police criminelle de Chengdu décora Han pour sa conduite remarquable et lui offrit la promotion dont lui et Zou Xu rêvaient depuis longtemps.

Han Hao était un héros.

Mais la souffrance n'avait jamais quitté son cœur. Chaque jour, il revivait l'instant terrible où Zou Xu s'effondrait au sol et se rappelait la chaleur du sang de Zhou Ming sur son visage quand il l'avait abattu à bout touchant.

Il avait besoin d'effacer tout cela. En faisant le choix de déformer la vérité, il avait franchi un point de non-retour. Il se lança dans une traque éperdue de Peng Guangfu, non pas pour l'arrêter et le traîner devant les juges mais dans l'espoir de réduire au silence, d'une balle dans la tête, la seule autre personne à connaître la vérité sur la fusillade du parc.

Malgré tous ses efforts, il ne retrouva jamais Peng, et ses supérieurs finirent par lui intimer l'ordre de faire une croix sur ses envies de vengeance personnelle. Il fut contraint d'obéir. Par la suite, il ne lui resta plus qu'à espérer en silence que Peng ne tomberait jamais aux mains de ses collègues et que son secret honteux resterait enfoui pour toujours.

Mais Euménide n'était pas disposé à laisser impunis ses crimes passés.

Le 25 octobre avant l'aube, tandis qu'un Peng Guangfu sans défense était enchaîné à un poteau de métal à l'entrée de la mine comme un animal sacrificiel, Han fit ce qu'il avait à faire.

Le plan d'Euménide consistait à éloigner de Peng les trois autres policiers présents dans la mine en les attirant chacun au fond d'un tunnel. Si Xiong avait bien voulu partir dans le sien comme le lui demandait Han, tout aurait été parfait. Mais le capitaine de l'UPS avait refusé.

C'était le pire scénario possible. Han l'avait toutefois anticipé et était prêt à y faire face.

Les graines de son destin étaient semées depuis longtemps.

Un deuxième pas succède toujours au premier.

Han devait tuer un frère d'armes. Sauf que, cette fois, ce ne serait pas un accident. Il s'approcha de Xiong et l'égorgea d'un coup de rasoir impeccable. Du sang lui éclaboussa la peau et dégoulina sur son poignet. Celui de Peng coula juste après. La sensation devenait familière.

Xiong gisait au sol mais refusait de succomber à ses blessures. L'entaille béante de son cou l'empêchait d'articuler une seule syllabe. Privé de l'usage de la parole, il ne put que darder sur son bourreau un regard empli de rage et d'accusation.

Le courage manqua à Han. Il eut beau se répéter maintes fois que c'était indispensable, il ne réussit pas à l'achever. Il s'élança vers l'intérieur de la mine comme s'il cherchait à fuir l'enfer – ou à s'y précipiter.

Le dernier regard de Xiong l'avait glacé jusqu'aux os. Han s'enfonça en titubant dans le tunnel, en état de transe. Quand Yin déboula face à lui, il ne le reconnut pas aussitôt. Son instinct lui souffla de repousser cette silhouette qui semblait l'attaquer ; ainsi une partie du sang de Xiong fut-elle transférée de sa main à celle de Yin – un sang qui réapparaîtrait plus tard sur le levier de vitesse du 4×4.

Ce ne fut qu'après avoir amené Xiong à l'hôpital que Yin se rendit compte, à la lumière des tubes fluorescents, qu'il avait du sang sur la main. L'atroce vérité lui effleura l'esprit. C'était une hypothèse à laquelle il n'osa pas croire, tout en ne voyant pas d'autre explication.

Yin garda ses doutes ensevelis au plus profond de son cœur. Han n'était pas seulement son chef – il le voyait aussi comme un mentor et un héros. L'anéantissement soudain de la vision idéalisée qu'il avait de cet homme lui était insupportable. Confronté à une réalité aussi terrible, il préféra l'occulter.

Mais Liu revint sur le sujet pendant la réunion suivante.

Han se trouva un alibi en affirmant que c'était lui-même qui avait laissé du sang sur le levier de vitesse, et Yin continua de garder le silence. Han s'y attendait. Trois ans plus tôt, il lui avait permis d'esquiver de justesse le coup de couteau d'un cambrioleur. Depuis, son jeune assistant le traitait comme un deuxième père. Pourtant, Han ne parvint pas à se taire. Il ressentit le besoin de dire la vérité à Yin.

Dans le secret de son bureau, Han lui raconta tout. De son double homicide au parc du Mont des Cerfs-Jumeaux au coup de téléphone menaçant d'Euménide. Toujours loyal, Yin accepta de protéger son secret. Il exigea en revanche que Han renonce séance tenante à ses fonctions à la tête de l'équipe d'investigation, ce qui l'empêcherait d'être à nouveau le jouet du tueur.

Han avait l'intention d'accepter. Mais Euménide ne le laisserait pas s'en tirer à si bon compte.

Deux heures avant que la cellule se réunisse pour parler de l'avis de décès de Deng Hua, Han reçut un nouveau coup de fil dans son bureau.

« *Vous vous êtes bien débrouillé, Han. Je suis en train de me repasser la vidéo de la mine. Fascinant. Vous avez un réel talent pour tuer vos collègues ! Mais la partie n'est pas encore terminée. J'ai encore une tâche à vous confier. Accomplissez-la, et j'effacerai toutes ces images.*

« *Deng Hua sera entouré de gardes du corps à l'aéroport. Personne ne pourra l'approcher sans se faire prendre. Non, ne vous affolez pas. Croyez-vous sincèrement que je demanderais à un capitaine de la police d'assassiner quelqu'un devant tout le monde ?*

« *Je serai à l'aéroport ce soir. Le moment venu, je vous demanderai d'opérer une petite diversion à un certain endroit de la salle d'embarquement. Ce sera un jeu d'enfant pour vous. Personne ne se doutera de rien.*

« *C'est tout ce que vous aurez besoin de faire. Je vous préviendrai par SMS en temps utile.*

« *Quand la partie sera terminée, je détruirai les images. Et vous savez que je tiens parole.* »

Chaque phrase aggrava un peu plus l'état de nerfs de Han. Il était furieux. Furieux contre lui-même d'avoir commis une faute pareille dix ans plus tôt. Furieux de se voir à ce point impuissant aujourd'hui. Il n'était pas en position de refuser quoi que ce soit à Euménide, et tous deux le savaient.

Pourtant, Han n'était pas assez naïf pour croire aux promesses d'un ennemi aussi diabolique. Il allait rester dans la partie, et la fin n'était pas écrite. Lui aussi avait un plan.

« J'y vais, annonça-t-il à Yin en se levant de son bureau, prêt à participer à l'opération du jour.

– Non, mon capitaine. Vous ne pouvez pas.

– J'y vais, point final !

– Qu'est-ce qui vous prend, mon capitaine ? Il faut que ça cesse ! »

Déterminé à empêcher Han d'aller encore plus loin sur son chemin, Yin l'attrapa par le col.

La colère déforma les traits de Han. Il frappa son assistant.

Ce premier coup en appela d'autres. Plus aguerri, Han prit le dessus et assomma le jeune homme d'un crochet à la tempe.

Il n'avait plus qu'une seule solution : ligoter Yin dans le vestiaire et croiser les doigts pour que tout soit fini quand il se réveillerait. Si son plan réussissait ce soir-là, se dit Han, tout pouvait encore bien se terminer.

25 octobre, 18h30
Longyu Building

Au siège de son empire, transformé en place forte, le magnat Deng Hua était plongé dans un abîme de perplexité.

Jamais il n'aurait cru que l'accord qui lui avait permis de prendre son envol dix-huit ans plus tôt laisserait une trace aussi compromettante. *Qui est cet éclopé qui vient de se faire sauter ?* se demandait-il. *Quel rapport entre lui et ces meurtres vieux de près de vingt ans ?*

Avait-il des liens avec Bai Feifei ? Comment, sinon, aurait-il pu savoir ce qui s'est passé après le coup de filet antidrogue ?

Les meurtres de Xue Dalin et de Yuan Zhibang ont-ils été commis pour la venger ?

Qu'a-t-il bien pu raconter à ces deux flics ?

Qu'est-ce que c'est que cette histoire ?

Ces questions refusaient de lui sortir du crâne. Mais à la réflexion, les réponses étaient sans importance.

Tout ce qui comptait, c'était que ce type ne pourrait plus lui faire de tort.

Depuis son bureau, Deng avait appris par ses hommes que le Jardin de Jade avait sauté et que l'éclopé était mort. Bien entendu, il avait pris des précautions, au cas où cet étrange preneur d'otage n'aurait pas mis sa menace à exécution : il s'était arrangé avec un certain flic présent sur les lieux afin que, si l'homme montrait le bout du nez – que ce soit pour se rendre ou pour s'enfuir –, la balle d'un tireur d'élite de la police mette fin à sa vie.

Finalement, l'ironie de la situation avait quelque chose d'amusant : il pouvait remercier Euménide d'avoir assassiné le vice-commissaire Xue Dalin tant d'années auparavant. Cette fripouille corrompue lui avait tout appris mais était devenue trop gourmande.

Personne ne comprenait Deng mieux que Xue. En le sortant de sa cellule pour le former et faire de lui son informateur, Xue avait dompté une bête sauvage. L'instinct brut de Deng s'était révélé dans toute sa puissance meurtrière quand il s'était retourné contre Liu Hong, le jour du coup de filet antidrogue qui avait valu tous ces lauriers à Xue. C'était l'occasion attendue par le vice-commissaire. Il avait besoin d'un loup, d'un fauve dont il serait le seul maître. Ils avaient continué à travailler ensemble, Xue tenant d'une main de fer la laisse du jeune Deng.

Puis Euménide avait assassiné Xue, et Deng Yulong s'était évaporé dans la nature pour ne plus jamais devoir obéir à un autre maître. Après avoir refait surface sous le nom de Deng Hua, riche homme d'affaires, il avait entrepris de se forger un avenir qu'il ne devrait qu'à lui-même.

Faute de concurrents, Deng ne fut pas long à reprendre le contrôle du trafic de drogue renaissant dans la province. Sa carrière d'informateur avait fait de lui un fin connaisseur des pratiques policières, et il disposait grâce à elle d'innombrables relations. Avec de tels atouts, il suffisait d'être intelligent et bien organisé pour échapper aux enquêtes et aux sanctions pénales.

Deng accumula ainsi un capital énorme, tout en restant pleinement lucide sur les risques inhérents à ce secteur d'activité. Le commerce de stupéfiants ne pouvait être qu'un projet à court terme. Le temps pour la police de préparer son coup de filet suivant, il avait déjà pris ses distances. Son retrait déconcerta ses collègues de l'époque, mais leurs doutes furent levés quand les forces de police chinoises lancèrent une vaste campagne antidrogue à l'échelle nationale, qui déboucha sur des centaines d'arrestations de trafiquants. L'empire de Deng, lui, continua de se développer sans encombre.

Durant le boom de l'économie chinoise des années 1990, Deng décida d'investir dans les industries du divertissement et de la consommation. Avec l'aide de ses relations haut placées des deux côtés de la loi, ses affaires devinrent de plus en plus prospères. Ce fut alors qu'il supervisa la construction du plus luxueux complexe de loisirs de la province, et cette nouvelle position lui permit à la fois d'accroître son pouvoir et d'enrichir son carnet d'adresses politique.

Deng devint incontournable dans les milieux commerciaux, criminels et même gouvernementaux. Personne n'était plus charmant que lui lorsqu'il s'agissait de cultiver ses relations. Lorsqu'il s'agissait de se confronter à quelqu'un, personne n'était plus cruel. Plus son influence grandissait, plus ses ennemis devinrent nombreux.

Comme il l'avait expliqué à Pei, une quantité incalculable de gens voulaient sa mort. Il avait à peine cillé en lisant l'avis de décès envoyé par Euménide. Avec Frère Hua à ses côtés et la police pour assurer ses arrières, il pouvait dormir tranquille.

Il avait passé sa vie entière à risquer la mort – en quoi cette menace-ci serait-elle différente des autres ?

Deng préféra se concentrer sur la décision qu'il allait être contraint de prendre à propos d'une certaine psychologue. Si elle disposait bel et bien de cet enregistrement, il avait un vrai problème.

J'ai résisté à des tempêtes pires que celle-là, pensa-t-il. *Après tout ce que j'ai accompli, ce n'est pas cette petite saleté vieille de dix-huit ans qui va m'abattre. Je suis intouchable. Personne ne détruira mon empire.*

C'est dommage pour la fille, par contre. Elle avait un côté presque admirable...

On frappa à la porte.

« Entrez », dit Deng.

Sheng s'avança. Il évitait de regarder son patron en face, signe que quelque chose était allé de travers.

« Monsieur... les deux hommes qu'on a envoyés s'occuper de Mu...

– Ça y est, ils ont la bande ? »

Sheng se résolut enfin à établir le contact visuel avec Deng.

« Il y a eu... un imprévu. »

Deng ne quitta son bureau qu'à l'heure programmée du départ pour l'aéroport.

Le capitaine Han l'attendait au rez-de-chaussée du Longyu Building. Sur son ordre, ses agents nettoyèrent prestement le hall de tout le personnel non autorisé. Le chauffeur de Deng amena la Bentley au pied du perron. En coordination avec les autres membres du dispositif, l'équipe de l'UPS commandée par Liu se déploya le long du trottoir.

Douze gardes du corps en uniforme noir sortirent en file indienne du bâtiment, marchant au pas cadencé. Tous étaient grands et portaient des lunettes noires, comme s'ils étaient issus du même moule.

Ils formèrent une double haie pour permettre à leur patron de passer sans danger de l'immeuble à son véhicule. Quand tout le monde fut en place, Deng apparut sur le perron, flanqué de trois personnes : deux gardes du corps et son homme de confiance.

Frère Hua était à côté de lui et marchait au même rythme. À l'approche de la Bentley, il prit les devants et ouvrit la portière de Deng. Malgré les circonstances, celui-ci affichait une décontraction à la limite de l'insouciance. Tout était normal. Ou semblait l'être.

Pei assista à la scène à l'écart de ses collègues, songeur. Il sentait qu'il s'était passé quelque chose d'anormal entre le capitaine Han et Peng Guangfu. Certains détails restaient encore à éclaircir, mais ce qu'il savait était déjà assez troublant.

En lisant le rapport balistique du dossier d'enquête sur la tuerie au parc du Mont des Cerfs-Jumeaux, il avait appris que la balle qui avait tué le coéquipier de Han présentait des déformations importantes. Or elle avait forcément perdu une grande partie de sa vitesse en traversant la poitrine de Zou Xu. Par conséquent, même si cette balle était ressortie de son dos, comme le disait le rapport, il ne voyait pas comment elle avait pu laisser sur le rocher derrière lui un impact aussi profond que celui qui avait été découvert sur place. La conclusion s'imposait, irréfutable : les preuves balistiques avaient été manipulées.

Pei étudiait plusieurs hypothèses, mais il était trop tôt pour les exposer en public : cela reviendrait non seulement à défier frontalement le capitaine de la police criminelle de Chengdu – qui était aussi le chef de la cellule –, mais aussi à remettre en question l'efficacité de tout le système de maintien de l'ordre local.

S'agissant du meurtre de Xiong Yuan, les faits paraissaient assez clairs : il était tombé dans un traquenard tendu par Euménide. Mais étant donné que Han avait déplacé des indices au parc du Mont des Cerfs-Jumeaux – et que Peng Guangfu avait également été présent à la mine –, Pei pouvait aussi envisager un tableau très différent. Xiong était connu pour ses qualités de combattant, et sa plaie au cou montrait qu'il avait été attaqué de face. Pei était de plus en plus certain que son agresseur était quelqu'un contre qui le capitaine de l'UPS ne se serait jamais attendu à devoir se défendre. Un allié.

Les soupçons de Liu Song s'étaient tout de suite portés sur Yin. Néanmoins, Pei ne trouvait aucun mobile convaincant à l'assistant et préférait miser sur son supérieur. S'il avait raison de penser que quelque chose avait tragiquement mal tourné au parc du Mont des Cerfs-Jumeaux, il était assez logique que Han ait fait ce qu'il fallait pour que Peng Guangfu ne sorte pas vivant de la mine.

Pei avait besoin du feu vert des supérieurs de Han pour ouvrir une enquête officielle à son sujet. Il pensait pouvoir ainsi mettre Euménide échec et mat, offrant du même coup à la police une victoire décisive.

Mais Euménide avait prestement réagi en plaçant Pei face à un dilemme majeur. S'il empêchait le tueur de passer à l'action ce soir-là, Deng survivrait, mais Mu aurait de grandes chances de mourir. S'il voulait sauver la jeune femme, la seule solution était de rester en dehors du chemin d'Euménide et de laisser mourir Deng Hua.

C'était soit Deng, soit Mu.

Pei regarda le magnat prendre place à bord de sa Bentley. Puis il posa les yeux sur le capitaine Han, l'élément-clé du plan d'Euménide, debout non loin de là.

Le moteur de la Bentley se mit à ronronner. Les gardes du corps de Deng rejoignirent leurs véhicules, qui encadraient la limousine comme une phalange protectrice. Han et ses agents grimpèrent dans les deux 4×4 de la police stationnés à l'avant et à l'arrière du cortège.

Le soir tombait. Les rues de la ville étaient inondées de lumière, les trottoirs grouillaient de piétons. Le moment était venu de se mettre en route.

Le convoi atteignit l'aéroport international de Chengdu à 19h17. Liu et les agents de l'UPS étaient sur place, prêts à les accueillir. Le chauffeur de Deng descendit dans le parking souterrain et roula jusqu'à l'entrée VIP de l'aérogare, fermée au public pour toute la durée de l'opération. Après s'être assuré que l'ensemble des gardes du corps et des policiers était en position, Frère Hua descendit de l'avant de la Bentley et ouvrit la portière de son patron.

Avant de quitter l'habitacle, Deng avait pris soin de s'équiper d'un chapeau de feutre, d'un masque filtrant et de lunettes noires. Lorsqu'il mit pied à terre, son visage était entièrement couvert.

Pei sortit d'un des 4×4 de la police et secoua la tête en découvrant ce spectacle. L'arrivée de Deng était tout sauf discrète.

Frère Hua se posta à côté de son patron, et les gardes du corps en uniforme s'empressèrent de faire cercle autour d'eux. Les policiers étaient chargés d'ouvrir la voie et de détecter toute menace potentielle. Deng emprunta le parcours spécialement préparé pour lui jusqu'au poste de contrôle, qui donnait directement sur la salle d'embarquement. Les policiers furent les premiers à s'y présenter, montrèrent leurs papiers aux agents de sécurité de l'aéroport, et furent autorisés à passer.

Sur ordre de sa hiérarchie, le chef de la police aéroportuaire s'était déplacé en personne pour participer à l'opération. Quand Deng et son entourage eurent franchi les contrôles, il s'approcha de Han.

« Soyez tranquille, capitaine. Aucun endroit au monde n'est plus sûr que cette salle. Depuis que l'aéroport existe, aucun délit n'y a jamais été commis. »

Il était 19h35, et le vol pour Pékin était annoncé à l'heure. Deng pourrait bientôt embarquer. La compagnie avait fourni la liste des passagers, et les enquêteurs l'avaient comparée à celle de Zeng, qui recensait tous les anciens membres de l'académie de police pouvant correspondre au profil d'Euménide, mais cela n'avait rien donné – ils n'avaient pas non plus repéré d'achat de billet à la dernière minute, ni de nom de passager associé à un vol récent de papiers d'identité. Un haut dirigeant politique était censé envoyer une voiture pour accueillir Deng à son arrivée à Pékin. Sa sécurité dans la capitale serait assurée par le gouvernement.

Dans la salle d'embarquement, Deng mit le cap sur un fauteuil confortable et s'assit, toujours flanqué de ses gardes du corps, dont la présence tout sauf subtile attira nombre de regards curieux parmi les passagers.

Le capitaine Han rassembla ses agents et leur demanda de se positionner à intervalles réguliers dans l'aérogare. Étant donné les menaces d'Euménide, il s'attendait à ce que la tentative d'assassinat ait lieu dans cette salle. En cas de dispositif de sécurité infranchissable, le tueur serait obligé de le contacter pour demander qu'il lui ouvre la voie jusqu'à Deng.

C'était ce qu'espérait Han. Il attendait Euménide.

Pendant ce temps-là, Pei observait à la fois Han et Deng. En tant que cible annoncée du tueur, Deng représentait sa meilleure chance de le capturer. Persuadé par ailleurs que Han était un pion d'Euménide pendant cette manche, Pei s'était promis de continuer à le tenir à l'œil une fois que Deng aurait embarqué sans encombre et volerait vers Pékin, à l'affût du moindre geste anormal.

L'homme de Longzhou avait fait son choix. Il espérait ne pas le regretter. S'il laissait Euménide assassiner Deng, Mu serait sauvée. Ensuite, il pourrait profiter de l'occasion pour remettre à la fois Euménide et Han entre les mains de la justice.

Il balayait sans cesse la salle des yeux, comme Han. Et comme Deng. Tous trois cherchaient la même cible : Euménide.

Euménide assista à l'entrée des policiers, de Deng et de ses gardes du corps. Ses lèvres s'incurvèrent lorsqu'il vit le capitaine Han Hao lancer des coups d'œil anxieux dans toutes les directions. Sans regarder son téléphone, Euménide lui envoya un message composé à l'avance.

« *Je suis là. C'est le moment.* »

Quelques secondes plus tard, le capitaine Han sentit son portable vibrer et le sortit discrètement de sa poche pour regarder l'écran.

La paupière gauche agitée par un tic, Han fouilla des yeux l'aérogare. Il ne parvint pas à identifier formellement sa cible mais recensa plusieurs candidats crédibles.

Cet homme qui venait de sortir des toilettes avait jeté un bref regard de son côté avant de s'installer dans un fauteuil libre. Il tenait un journal ouvert, mais il en feuilletait les pages très rapidement. On sentait bien que son attention était ailleurs.

Il y avait aussi celui qui était assis devant l'ordinateur mis à la disposition des passagers dans l'espace affaires. Avec son costume élégant et ses chaussures en cuir, il avait tout d'un haut fonctionnaire. Mais pourquoi portait-il des lunettes de soleil à l'intérieur ?

Et il y avait encore cet agent d'entretien, debout à l'extérieur de la baie vitrée de l'aérogare. Cela faisait un certain temps que Han le voyait balayer la terrasse. Se pouvait-il qu'il soit en train de scruter la salle d'embarquement à travers la vitre ?

Han aurait aimé envoyer ses agents questionner ces individus, mais c'était impossible. Euménide ne devait en aucun cas tomber aux mains de la police. Il dut se contenter de les observer tout en analysant discrètement la situation.

Pendant ce temps, quelqu'un observait Han.

La paupière gauche de Han se remit à frémir – le téléphone venait à nouveau de vibrer au creux de sa main.

« *Vous avez deux hommes à dix mètres au sud de Deng. Éloignez-les.* »

Han prit une grande inspiration. Il voyait les deux membres de son équipe. Pourquoi Euménide lui demandait-il de les éloigner ? Était-il tout près d'eux ? Sa tentative d'assassinat allait-elle venir de ce côté-là ?

Il n'avait pas une seconde à perdre ; il devait faire croire à Euménide qu'il suivait ses ordres à la lettre.

Il s'approcha à grands pas de ses agents.

« Allez voir d'un peu plus près ce que fait ce type assis devant l'ordinateur, vous deux. Celui qui porte un costume et des lunettes noires. »

Les policiers obtempérèrent, et Han resta à l'endroit qu'ils venaient de quitter. Quelques instants plus tard, il reçut un nouveau message.

« Très bien. Quand je porterai mon attaque, n'essayez pas de m'en empêcher. »

Il est ici, pensa le capitaine, mâchoires serrées. *Mais où ?*

Son téléphone vibra.

« Je suis au milieu des gardes du corps, en chemise rouge. »

Bien sûr ! Euménide avait réussi à se glisser dans l'entourage immédiat de Deng. Il portait le même uniforme et les mêmes lunettes noires que ses hommes, mais sans doute n'avait-il pas eu le temps de se changer entièrement. Alors que les autres portaient une chemise blanche sous leur veste, la sienne était rouge...

Han sentit tous les poils de son corps se dresser. Il n'était qu'à quelques pas d'Euménide. Il inspecta rapidement la tenue des gardes du corps de Deng. Leurs manches de chemise dépassaient des poignets de leurs vestes. Toutes étaient blanches – à une exception près.

L'homme à la chemise rouge se tenait juste à côté de Frère Hua, à très peu de distance de Deng. Outre cette différence de couleur, son attitude tranchait également avec celle des autres gardes du corps. Tous étaient concentrés sur leur environnement immédiat, prêts à réagir au moindre mouvement suspect. Alors que lui avait la tête basse et penchée sur le côté, comme s'il cherchait à éviter les regards.

Le cœur de Han battait fort. L'homme ne semblait pas le voir. Il fit réapparaître le dernier message reçu sur l'écran de son portable.

Il avait besoin d'être sûr.

S'il répondait à ce message, cela offrirait une piste en or aux policiers chargés de l'enquête à venir. En revanche, ils auraient beaucoup plus de mal à retrouver l'origine d'un appel vocal. Il connaissait le moyen d'en effacer lui-même toute trace.

Euménide devait mourir. Tous les autres problèmes pouvaient être résolus. Tous les indices compromettants pouvaient être détruits. Même s'il était soupçonné, personne ne réussirait à prouver sa culpabilité.

Euménide allait disparaître, et son cauchemar avec.

Han faisait semblant de coopérer dans un seul et unique but : lui coller une balle entre les deux yeux dès que l'occasion se présenterait.

Le tueur était enfin dans sa ligne de mire. Il ne lui restait plus qu'à lever un ultime doute avant de passer à l'action.

Han appuya sur Appel.

Une seconde plus tard, l'homme à la chemise rouge glissa une main dans sa poche et en sortit un téléphone. Il effleura une touche et rempocha l'appareil.

La sonnerie se tut au creux de l'oreille de Han, remplacée par une voix enregistrée familière.

« Votre correspondant n'est pas disponible pour le moment. Veuillez renouveler votre appel. »

Euménide avait enfin commis un faux pas.

Han n'avait que quelques secondes devant lui pour agir. Les gardes du corps le virent approcher, et la suspicion se peignit sur leurs traits impassibles. Frère Hua tourna la tête vers lui.

« Il y a un problème, capitaine Han ? »

Contrairement aux autres, Euménide regardait toujours ailleurs, comme s'il sentait déjà le nœud coulant se resserrer autour de son cou. Han était résolu. Il leva la main droite et pointa sur lui le canon de son pistolet semi-automatique.

Le coup de feu résonna d'un bout à l'autre de la salle avec la force d'une petite explosion. Han avait tiré à un mètre cinquante de distance. La balle s'enfonça dans le côté gauche du crâne du tueur, juste au-dessus de l'oreille. Euménide tomba comme une masse et resta parfaitement inerte.

La détonation absorba tous les autres sons de l'aérogare. Les gens mirent plusieurs secondes à réagir. Le silence céda la place à des cris.

Frère Hua se jeta sur le capitaine et le plaqua au sol en agrippant à deux mains son pistolet. Plusieurs gardes du corps entourèrent l'homme écroulé pendant que les autres se précipitaient pour aider Hua à maîtriser Han.

Les policiers passèrent eux aussi à l'action. Même s'ils ne comprenaient pas grand-chose à ce qui venait d'arriver, ils suivirent leur instinct, qui leur ordonnait de reprendre le contrôle de ce chaos. L'un après l'autre, ils dégainèrent leur arme et mirent en joue Hua, toujours à califourchon sur le capitaine Han.

« Lâchez-le !

– Debout, et vite !

– Laissez-moi tranquille ! rugit Han. C'était Euménide ! Je viens d'abattre le tueur ! »

Deux de ses agents s'emparèrent de Hua et mirent brutalement fin à son furieux corps-à-corps avec leur capitaine.

Deng se leva enfin de son fauteuil. D'une main tremblante, il ôta ses lunettes noires et son masque. Ses yeux faisaient la navette entre Han et l'homme à terre, qui baignait maintenant dans une mare de sang. Ses traits étaient déformés par la surprise et l'effroi.

Pei arriva en courant. Il avait eu des soupçons en voyant Han passer un appel, mais jamais il ne l'aurait cru capable de faire une chose pareille. Tout était allé beaucoup trop vite pour qu'il puisse intervenir. Il dévisagea l'homme qui venait de retirer ses lunettes et son masque, et sa gorge se serra.

Ce n'était pas Deng Hua.

Deux gardes du corps retournèrent sur le dos l'homme étendu au sol. Ils lui retirèrent ses lunettes de soleil. Leurs yeux étaient toujours invisibles, mais une horreur palpable déforma leurs traits. L'homme abattu par Han avait déjà rendu le dernier souffle, et pourtant son regard acéré était toujours là, tout comme son expression pleine d'assurance et d'autorité.

Han avait tué Deng Hua.

Frère Hua perdit complètement son sang-froid. Le désespoir et la furie transformèrent ses paroles en vociférations à peine intelligibles :

« Han, foutu salaud ! Je vais vous faire la peau, putain de merde ! »

Malgré les deux agents costauds qui le retenaient de toutes leurs forces, Frère Hua réussit à se dégager et chargea le capitaine comme un animal enragé. Son poing partit dans un brouillard et s'écrasa avec un *crac* sur la tempe de Han. Le capitaine recula en titubant, KO debout. Un caporal l'empoigna et l'immobilisa au sol.

« Reprenez-vous ! hurla Pei à Hua. Vous ne trouvez pas que la situation est assez confuse comme ça ? »

Il s'adressa ensuite aux policiers qui l'entouraient.

« Bouclez toutes les issues, vite ! Personne ne doit quitter cette aérogare ! Liu, si le capitaine Han essaie de bouger, tirez-lui dessus ! »

Plusieurs agents lancèrent des regards interrogateurs à Pei, puis à Han, toujours à terre. Ils semblaient ne rien comprendre à ce soudain renversement de la hiérarchie.

« Vous avez entendu ? aboya Liu en faisant signe à ses hommes de se mettre en action. Le capitaine Han est en état d'arrestation, emparez-vous de lui ! »

Han regardait fixement les yeux sans vie de Deng Hua. Il avait perdu. Il était tombé dans le panneau d'Euménide. Manipulé comme un pantin, il avait lui-même assassiné Deng.

Il lâcha son arme. Il ne chercha pas à résister lorsqu'un agent de l'UPS lui tordit les bras derrière le dos. Quand Liu s'approcha et lui passa lui-même les menottes, il ne put que sourire bêtement.

Ses hommes se regardaient dans un silence médusé.

« Qu'est-ce que vous attendez ? leur cria Han. Obéissez aux ordres du capitaine Pei ! »

Il avait perdu. Cela ne faisait aucun doute, mais il ne pouvait pas laisser Euménide s'en tirer. Peut-être, avec de la chance, la capture du tueur lui permettrait-elle d'éviter une déroute totale. Son dernier espoir était que l'homme de Longzhou réussisse là où lui-même avait échoué.

L'équipe de l'UPS bloqua rapidement toutes les entrées et sorties de la salle d'embarquement, ce qui revint dans les faits à fermer la moitié de l'aéroport. Des policiers s'agitaient un peu partout, tentant de rétablir un semblant d'ordre et d'isoler la scène de crime.

« Où est-il ? » interrogea Pei.

Han secoua la tête en grimaçant.

Pei le gifla.

« Où est-il ? Vous étiez en contact avec lui il y a quelques instants à peine. Il est forcément dans les parages. Où est-il, bon sang ? »

Han écarquilla les yeux, frappé par une révélation. *Euménide savait exactement ce qui se passait ici quand il m'a envoyé ses messages. Il doit être tout près !*

Avec l'énergie du désespoir, il inspecta le hall du regard. Quelques secondes lui suffirent pour repérer sa cible.

« Là-bas ! » s'écria-t-il, en indiquant la direction d'un coup de menton.

Pei, Hua et Liu suivirent son regard.

L'agent d'entretien qu'il avait vu balayer la terrasse extérieure du rez-de-chaussée un peu plus tôt était maintenant occupé à laver une vitre à l'extérieur de la mezzanine. Il paraissait observer tranquillement tout ce qui se passait dans l'aérogare. Les phares d'un des avions qui roulaient sur le tarmac brillaient dans son dos : le contre-jour était trop puissant pour permettre à quiconque de voir son visage – mais sa silhouette dégageait une étrange impression de puissance.

« C'est lui ! C'est lui, là-haut ! » glapit Han d'une voix flageolante, comme si la rage et la douleur lui coupaient la gorge.

Pei et Frère Hua couraient déjà à toutes jambes. Ils traversèrent l'aérogare comme deux tornades jumelles. Liu cria un ordre, et plusieurs membres de l'UPS les suivirent au sprint. Quelques secondes plus tard, toutes les personnes engagées dans l'opération fonçaient vers la sortie.

L'homme debout derrière la vitre ne montra aucun signe d'affolement. Après avoir observé le hall quelques secondes de plus, il tourna presque nonchalamment le dos à la baie vitrée. Ses poursuivants avaient encore un bon bout de chemin à parcourir avant d'être dehors.

Le temps pour eux d'atteindre le côté extérieur de la baie vitrée, Euménide s'était volatilisé.

Le cadavre de Deng gisait toujours dans la salle des départs, la nuque en sang. Deng Yulong avait réussi à fuir son passé pendant dix-huit ans, en changeant de nom et en bâtissant l'un des plus gros empires économiques de la province. En fin de compte, cela n'avait pas suffi. Son passé venait de le rattraper.

ÉPILOGUE

L'aéroport n'était plus qu'un point sur l'horizon derrière lui, tout au fond du paysage sauvage et désolé à travers lequel il marchait. Malgré la bise automnale qui lui fouettait les joues, il ne sentait pas le froid. Son sang était encore en ébullition.

Un nombre incalculable de gens essayaient certainement de retrouver sa trace. Pourtant, aucun d'eux ne savait qui il était. Ils ne savaient de lui que ce qu'il leur avait permis de savoir. Il était Euménide.

Il était un homme sans identité.

Dix-huit ans plus tôt, il avait été un pauvre orphelin solitaire, errant dans les rues et promis à disparaître sous les crocs d'une société cruelle et insensible. C'était à cette époque qu'il avait rencontré un homme tellement couvert de brûlures et de cicatrices qu'il en était méconnaissable. La plupart des gens le regardaient comme un monstre.

Ce grand brûlé l'avait aidé à accomplir quelque chose dont il n'aurait jamais osé rêver. Avec le recul, il restait empli de respect et d'admiration pour celui qui s'était imposé comme son mentor.

Il était devenu son apprenti, ce qui lui avait permis de développer ses talents.

Il allait aider le peuple.

Trois ans plus tôt, son mentor lui avait fourni une liste de noms de personnes dont les crimes graves étaient restés impunis. Il s'était mis à leur recherche. Quand il en retrouvait un, il lui infligeait le châtiment le plus dur possible. Il avait été bien formé. Ces voleurs, violeurs et autres assassins avaient défilé comme des agneaux à l'abattoir.

Il se sentait arrivé à la fin de son apprentissage, mais son mentor lui avait expliqué qu'il devrait encore tuer une certaine personne pour devenir un exécuteur judiciaire qualifié.

Deng Hua.

Cela ressemblait à une mission impossible, mais la mort de cet homme était ce qu'exigeait son mentor.

Il avait passé près de trois ans à chercher une solution à son problème. Quasiment sans avancer d'un pouce. Du moins jusqu'à la capture d'une des proies figurant sur sa liste – le voleur Peng Guangfu.

Peng lui avait révélé la vérité cachée derrière l'homicide d'un policier au parc du Mont des Cerfs-Jumeaux. C'était cette découverte qui lui avait permis de comprendre, dans une illumination, comment il allait exécuter Deng.

Son mentor avait validé son plan, mais avec une adjonction cruciale : il devrait d'abord assassiner un policier âgé, Zheng Haoming, ex-membre de la cellule interservices 18/04 originelle, pour assurer la participation de Han Hao à l'enquête criminelle.

L'ordre l'avait décontenancé. Zheng Haoming ne figurait pas sur la liste de son mentor. Si l'objectif de ce meurtre était d'impliquer Han Hao, il existait des méthodes plus rapides.

« Tu es appelé à devenir un vrai exécuteur judiciaire. Par conséquent, tu dois comprendre que tu auras toujours face à toi deux ennemis. Le premier sera le criminel dont le nom figurera sur ton avis de décès. Et le second sera la police. Ne doute jamais de la nature antagoniste de tes relations avec les policiers. Si l'occasion se présente, ils te tueront sans l'ombre d'une hésitation. Tu dois être prêt à faire de même avec eux. Tue Zheng Haoming, et tu n'hésiteras plus jamais en cas de confrontation avec les forces de l'ordre. »

Il s'était vite laissé convaincre de la valeur de ces instructions. Lorsqu'il avait conçu son plan, c'était avec le meurtre de Zheng Haoming en guise de préambule.

La cellule interservices avait été réactivée, avec Han à sa tête. La première phase était terminée.

Ye Shaohong était la suivante. L'assassiner au milieu d'une foule de policiers était une entreprise risquée. Pourtant, son succès avait eu un double effet. Primo, l'affaire avait accaparé l'attention des enquêteurs, ce qui avait permis d'éviter, lors de la publication de l'avis de décès de Peng Guangfu, qu'ils ne s'intéressent de trop près à l'affaire du parc du Mont des Cerfs-Jumeaux. Secundo, cet exploit avait fait la démonstration du formidable pouvoir de nuisance d'Euménide. Et cela avait marché : après l'exécution de Peng Guangfu, les soupçons initiaux ne s'étaient pas portés sur Han.

Le plan avait suivi son cours malgré la mort de Xiong Yuan, victime collatérale de l'assassinat de Peng. En menaçant de divulguer les images vidéo de la mine, il avait encore attisé la peur et la haine du capitaine, qui s'était mis en tête de l'éliminer à tout prix.

Exactement comme il l'avait prévu.

Bien que n'ayant pas réussi à se procurer une seule occasion d'assassiner Deng Hua au cours des deux années précédentes, il avait amassé une quantité considérable d'informations confidentielles à son sujet. Deng se montrait rarement en public, et, dans les rares situations où sa présence était indispensable, le magnat apparaissait toujours entouré d'une cohorte de gardes du corps. Il lui arrivait même d'utiliser un sosie par surcroît de précautions…

Aussi n'avait-il eu aucun mal à faire croire à Han que l'homme déguisé en garde du corps était Euménide. La pièce finale du puzzle avait été facile à poser – il s'était servi d'une fonctionnalité couramment proposée par les opérateurs chinois de téléphonie mobile et avait redirigé ses appels entrants vers le portable de Deng.

Et c'était Han lui-même qui avait tué Deng Hua, accomplissant enfin sa mission impossible.

Le rêve de son défunt mentor était réalisé – il pourrait reposer en paix.

Lui-même avait fini son apprentissage. Il était un vrai exécuteur judiciaire.

Personne ne connaissait son nom d'origine, mais il ferait en sorte que tout le monde retienne celui d'Euménide.

Frère Hua sprintait dans le noir. Ses poumons étaient en feu, mais il n'envisageait pas de s'arrêter.

Il retrouverait ce salaud même s'il devait courir jusqu'au bout du monde.

Peu importait où, peu importait comment, il réussirait un jour à lui mettre la main dessus.

Cela, il se le jura.

Han Hao était debout dans la salle d'embarquement. Les menottes lui enserraient les poignets comme des anneaux de glace. Il n'avait jamais éprouvé cette sensation.

Émergeant de sa sidération et de son accablement, il s'efforça de reprendre le contrôle de ses pensées. Il connaissait les conséquences de ses actes. Mais il ne tomberait pas sans combattre.

Han ne pouvait pas se contenter de baisser les bras et d'accepter sa défaite. Il avait besoin d'une lueur d'espoir au milieu de son désespoir.

Il allait retourner la situation. Il avait encore des alliés, et ils l'aideraient à trouver le salaud qui venait de le détruire. Il taillerait cet homme en pièces de ses mains.

Cela, il se le jura.

Pei était sur la mezzanine, face à la baie vitrée de la salle d'embarquement. Le tueur avait été posté à cet endroit précis quelques minutes plus tôt, mais il s'était volatilisé à temps.

Pourtant, l'homme de Longzhou ne perdait pas espoir. Il avait enfin vu son adversaire. Quoi qu'il arrive, il se croyait capable de retrouver la piste d'Euménide.

Il était temps pour ce salaud de payer *ses* crimes.

Cela, il se le jura.

FIN DE LA PREMIÈRE PARTIE

Imprimé en France
par CPI Brodard et Taupin à La Flèche
N° d'impression : 3033517